わたしたちみんなが愛し
父さんがとても恋しいわ
すばらしい父親でいてく

謝辞

この場を借りて、次の方々に計り知れないほど貴重な助力を感謝いたします。

たいへんすばらしい支えと励ましを与えてくれたリン・ドリュー。

百人の聖者を合わせたほど忍耐強く、エリーとコニーの誕生のあいだ、そしていままたヘッティの誕生のあいだわたしの手を握ってくれていた、とても優秀な編集者であるマキシン・ヒッチコック。

優れたスキルで入稿用整理を行ってくれた、サマンサ・ベル。

たくさんの支えと親切をくださった、作家の友人たち。

そして何よりも、読者のみなさんに感謝します。著者、編集者、出版者、リサーチ担当者が一冊の本を生みだすチームだとすれば、読者のみなさんは、そうして世に出た作品を楽しむことで、それに命を吹きこんでくれるからです。

カナリアが見る夢は

おもな登場人物

ヘンリエッタ（ヘッティ）・ウォーカー――歌手を夢見る18歳
エリー――ヘッティの養母
ギデオン――ヘッティの養父
コニー――エリーの妹
ジョン・プライド――飛行士。コニーの弟
アルフレッド――キャンバリー伯爵。ジョンの友人
ポリー――アルフレッドの妹
ジェイ・ダルハウジー――アメリカ人投機家
エディ・オーモンド――舞台のセット・デザイナー
バブス――ヘッティの下宿仲間

第一部

1

「母さん、見て！」

ヘッティが大きな黒い瞳をきらめかせ、手にした《リバプール・ポスト》をエリーの顔の前に差しだした。「リバプールのアデルフィ・ホテルで、アフタヌーン・ティーを楽しむお客のために歌う〝若い女性〟を募集しているの。ここにある住所に応募すれば連絡をくれるのよ。毎日歌えるだけでなくお金ももらえるなんて、わたしにぴったりだわ！」

エリー・ウォーカーはかすかに眉をひそめ、新聞の広告欄に目をやった。「でも、ヘッティ……」

育ての母の反応を見て、ヘッティの目から興奮のきらめきが消えた。「母さん、わたしがどんなに歌うのが好きか知っているでしょう？　このまえみんなの前で歌ったときもすごく褒められたし、ブラウン先生も、これまで教えた生徒の誰よりもすばらしい声だって言ってくれるわ」

エリーはため息をついた。「ええ、そうね。でも、小さな劇場を借りきって、寄付金を集めるためのコンサートで歌うのと、ホテルで……お金のために歌うのは――」

がっかりして不満そうに口を尖《とが》らせるヘッティを見て、エリーは言いよどんだ。十八歳になったとはいえ、ヘッティは多くの点でまだ子どもだ。

それでも体つきはとても女らしくなり、胸のふくらみはもう大人の女性と変わりない。イギリス人の父親から受け継いだ白い肌に、日本人の母親譲りの華奢《きゃしゃ》な骨格と愛らしい顔立ちをしたヘッティは、すれ違う人々が思わず振り返るほどエキゾチックな美しさに恵まれていた。

父親がリバプールに帰ったあとに日本で生まれたため、父親の顔さえ知らずに育ったこの養女には、理解できる年齢になるのを待ち、誕生にまつわる状況と実の両親の死を話して聞かせた。母親のミナコが愛を誓い合ったイギリスの恋人に焦がれるあまり、幼いヘッティを連れて海を渡りリバプールにやってきたこと。ミナコが着いたときには、恋人のヘンリーはすでに絶望と失意のうちにみずからの命を絶ったあとだったことを。

「あなたのご両親は愛し合っているのに引き裂かれ、とても苦しんだのよ……」

「でも、父さんは結局母さんと結婚したわ」ヘッティはそう言って口を尖らせた。

「ええ、そうね」エリーはうなずいた。「でも、それは家の事情でわたしとの結婚を無理強いされたからなの。そしてヘンリーの妻だったわたしには、当然ミナコとあなたの面倒をみる責任が――」

「ええ、母さんはわたしたちに親切にしてくれた」エリーの優しい声と温かい腕に、幼かったヘッティはどれほど慰められたことだろう。

「気の毒に、ミナコは愛する人がいない世界で生きていく気力を失ってしまった。そしてある冬の夜に、船溜《ふなだ》まりに落ちて溺れてしまったのよ」

「そのあと母さんはギデオンと結婚して、わたしを正式に養女にしてくれたのね。だから、わたしには新しい両親ができた」

「そのとおりよ」エリーは優しくうなずいた。「わたしとギデオンがどれほどあなたを愛しているか、決して忘れないで」

一途《いちず》な性格でときどきまわりが見えなくなるものの、人形のように愛らしい丸顔と、それを縁取るまっすぐな長い黒髪、かすかにアーモンド型をした黒い瞳のヘッティを、エリーは心から愛していた。

だからいま、自分の言葉にその黒い瞳が反抗するようにきらめくのを見ると、胸が痛んだ。多感な年ごろの娘にとって、自分の願いを拒否されるのはつらいことだ。自分も十代のころ、いまの夫であるギデオンと会うことを母に禁じられ、どんなに苦しい思いをしたことか。

「でも、わたしは歌いたい。歌う必要があるの」ヘッティは涙のにじむ目で抗議した。

「歌うことだけが、ずっとわたしの願いだった。母さんも知っているはずよ」

エリーはため息をついた。ヘッティはとても感情の起伏が激しくて、いま笑っていたと思うと、次の瞬間には涙を浮かべている。音楽のこと、歌のこととなると、とくにその傾向が強い。明るい曲に乗って楽しそうに踊っていた十分後には、悲しい歌を聴いて涙を流す娘なのだ。

「気持ちはわかるけど……」

「いいえ、母さんにはわからないわ」

抜けるように白い頬を怒りに染めたヘッティは、エリーですら思わず見とれるほど愛らしかった。この容姿に加えて澄んだ美しい声とあれば、プレストンで声楽を教えているミス・ブラウンが催した音楽会で、ヘッティの歌を聴いた観客が総立ちになって拍手喝采したのも決して意外ではない。

「母さんにとって、歌は……ただの楽しみ、趣味のひとつでしかない。でも、わたしにとってはすべてなの。歌えなければ、心の一部が死んでしまうほど大事なものなのよ！」ヘッティはそう叫ぶと、部屋を走りでた。

どうして母さんはこの気持ちをわかってくれないのだろう？　三十分後、ヘッティは自分の部屋の窓辺に立って、涙でぼやけるウィンクリー広場に目を向け、考えていた。

もちろん、母のことは心から愛している。エリーとギデオンはヘッティが知っている唯一の両親、家族だ。ふたりに愛されていることもわかっていた。エリーは、最初の夫と愛人のあいだに生まれたヘッティを、親族の反対を押しきって自分の娘として育ててくれたのだ。窓の外に見える広場のほぼ真向かいに住んでいるアメリア・ギブソンも声高に反対したひとりだったが、エリーはきっぱりとこの伯母の考えを否定した。それ以来、アメリア・ギブソンはヘッティの生まれについてぴたりと口にしなくなった。

エリーは自分を、実の息子リチャードとデヴィッドと同じように扱ってくれる。でも、ヘッティはリチャードたちとは違っていた。外見もそうだが、ウォーカー家とその親族で、これほど音楽と歌を愛しているのはヘッティだけだった。エリーの妹コニーはとても気さくな人で、ミュージックホールのショーには目がないけれど、そのコニーですら、この気持ちをわかってくれるかどうか……。

ヘッティは観客の前で歌いたかった。歌いおわって拍手を浴びるときの喜び、達成感に勝るものはない。幼いころから歌手になるのが夢だった。子どものころ、母の弟のジョンが訪れるたびに、彼の伴奏で歌うのがどれほど好きだったことか。

あのころ、ジョンとのあいだには特別な絆《きずな》があった。でも、ここ数年は友人と始めた飛行訓練所の経営で忙しくて、ジョンは昔ほど頻繁に顔を見せてくれない。ヘッティが歌を愛しているように、ジョンは飛ぶことが大好きなのだ。

ヘッティが物心ついたときから、ジョンは親友で、なんでも話せる特別な人だった。周囲の景色をカメラで撮りながらその美しさを語るジョンと一緒に、プレストンの散歩道やリブル川の土手を何時間も歩いたものだ。ジョンはいつもヘッティをからかったが、守ってもくれた。ヘッティはそんなジョンを心のありったけで信頼しているのだった。

「どう思う、ギデオン？」エリーはその夜遅く、夫と寝室でふたりきりになると、ヘッティの願いを話し、夫の意見を尋ねた。

ギデオンとは結婚して十四年になる。エリーが出会ったころ、ギデオンはその日暮らしの貧しい若者だったが、実母から相続した遺産と本人自身の努力で、いまではプレストンでも一目置かれる存在になっていた。そのおかげでエリーは、母と同じプレストンの名家の出で、医者を夫に持つ母方の伯母アメリアに引け目を感じないですむ。

「きちんとした家庭の娘が、お金をもらって人前で歌うなんて……。アメリア伯母さんの非難が聞こえるようだわ」

「ああ、あの人のことだ、ヘッティが受け継いだ血のせいだと非難するだろうな」ギデオンがうなずく。

エリーは首を振った。「そんな。ヘッティはあんなに賢くて溌剌《はつらつ》としているのに。それに、あの子はとても……」

「美しい？」

「傷つきやすい、と言いたかったの」

　ふたりは黙って顔を見合わせた。

「ヘッティのことが心配だわ。ちょっとしたきっかけで道を誤りかねない、難しい年齢ですもの。実の母親がいてくれたら、少しは違うでしょうけど……」エリーはミナコの死にまつわる悲劇的な状況を思い出し、ため息をついた。「ときどきとても心配になるの。自分は養女だから、ほかのふたりほど愛されてないと感じているんじゃないかと……。リチャードとデヴィッドよりも可愛《かわい》いと思うこともあるのに」

「エリー」ギデオンは妻の手を取った。「ヘッティを守りたい気持ちはわかるが、おれたちの型にはめようとするのはよくないぞ。あの子にはすばらしい才能があるんだ。ヘッティは特別な声に恵まれていると、ブラウン先生も言ってるだろう？　あの子が追加のレッスンを受けられるように頼んだのもそのためだ。その才能を無理やり封じこめようとしたら、どうなると思う？」

「何が言いたいの、ギデオン？」

「ブラウン先生の意見を訊《き》いてみたらどうかな？　で、先生が人前で歌うのは悪いことじゃないと言ったら、その仕事に応募させてやろうじゃないか。アデルフィは一流のホテルだし、ヘッティが採用されたとしても、歌うのは午後のティー・タイムだ。午後のなかばにアデルフィで紅茶を飲む男がそれほど多いとも思えない。きっとほとんどの客が女性だよ。きみが心配しているようなろくでもない男たちは、そもそもあのホテルに入ることさえ許されないさ」

ギデオンはこの勧めに顔をしかめる妻を見守った。妻を悩ませるのも傷つけるのも、できれば避けたかった——とくにいまは。だが……。

「ヘッティがコニーと同じ道をたどるのは、きみも見たくないだろう?」

「もちろんよ。まあ、いまはあの子もハリーや子どもたちと幸せに暮らしているけど」

「ああ。だが、コニーはろくでもない男に引っかかって、その男と駆け落ちしたあと何年も行方知れずだった。ヘッティもかなり頑固だからな。思いつめたら厄介だ」

「そんな言い方をしないで。ヘッティは思いやりのある、優しい子よ」

「もちろんおれだってヘッティを愛してるさ。愛しているからこそ言うんだ。あの子はとても若い。いまは人前で歌いたがっているが、実際にそうしてみたら、案外、願っていた道とは違うと思うかもしれない。そのときは、いつでもここに戻ってこられるようにしておきたいんだ」

「あなたの言うとおりね。わかってるのよ。いつまでもそばに置きたいと思うのは、身勝手な話だって。でも、子どもたちはみんな、あっというまに大きくなるんですもの。リチャードだって、まだ学校を卒業してもいないのに、もう操縦を習いたいと言いはじめているわ。それに……」エリーはそっとお腹に手を置いた。

「アイリスにはもう話したのか？」ギデオンが心配そうに尋ねた。

エリーの親友アイリスは、一流の産婦人科医でもあるのだ。

エリーは首を振った。「まだ早すぎるわ。初産というわけでもないし……」

結婚したてのころ、ふたりはたくさん子どもが欲しかったのだが、実際にできたのはふたりだけだった。ところが思いがけないことに、末の子が十歳になったいま、エリーはふたたび妊娠したのだ。

「ギデオン、そんな顔をしないで。心配するのはわかるけど、この子ができたことを喜んでほしいの」

「きみがみんなのことで気をもみすぎるから、それが体に障らないかと気になるだけさ」

ギデオンは明るい声で言ったが、彼が心配している理由はエリーの母親が出産で命を落としたからだった。そのあと十六歳のエリーを筆頭に、残された子どもたちがどれほどつらい思いをしたか、ギデオンはよく知っていた。もちろん、エリーは母とは違い、次の出産で命を落とす危険があると医師に警告されているわけではない。ただ次男のデヴィッドを産んでから何年も経《た》っているとあって、妻はもう妊娠しない、だから出産で死ぬ危険もないと、すっかり安心していたのだった。ところが、そんな話をしてから数週間後、エリーが妊娠したことがわかったのだ。

「ほんと？　オーディションを受けてもいいの？　ああ、母さん、とっても嬉《うれ》しい！　ありがとう、愛してるわ」

ヘッティはめまいがするほどの興奮と幸せに満たされ、母に駆けよってキスすると、じっとしていられずに歌いながら居間をくるくるまわりはじめた。

「ヘッティ、ちょっと落ち着いて、最後まで聞いてちょうだい」

ギデオンはもう少し厳格な声で言った。「ヘッティ、こっちに来て座らないか」

興奮のあまり震えながら、ヘッティはエリーのすぐ横に腰をおろし、母の手を取った。

「ブラウン先生は、心配する理由はまったくないと請け合ってくれた。アデルフィのピアニストもその奥さんも知っているそうだよ。ふたりもピアノと声楽を教えていると言っていた。だが、かりにオーディションを受けつけたという知らせが届いても、たくさんの応募者がいるはずだから必ずしも受かるとはかぎらない、とも言ってたぞ」

ギデオンはちらっと妻を見た。エリーはまだ半分、ヘッティがオーディションに落ち、ここに留《とど》まることを願っているのだ。

「それくらいわかってるわ」ヘッティがじれったそうに言い返す。「でも、先生はわたしならきっと受かるとおっしゃらなかった？」

「いや、先生はこう言ってたよ。〝彼女は優秀な生徒だが、ささいなことで取り乱す傾向がある〟と」本当は〝彼女には並外れた才能がある〟と言ったのだが、このさい娘が自惚《うぬぼ》れるようなことは言わないでおこう。「しかし、広告主に手紙を書いて推薦してくれるそうだ」

ヘッティは喜びの声をあげ、ぱっと立ちあがってポルカのステップを踏みはじめた。

「おいおい、いったいなんの騒ぎだ？」

「ジョン！」ヘッティは笑いながら、部屋に入ってきた男性に駆けよった。「どうしていたの？　ずいぶん久しぶりね。飛行機から写真を撮ったり、飛ぶ魅力に取りつかれた人たちに教えるのが忙しくて、わたしたちのことなんか忘れちゃったのかと思った」

「取りつかれた人たち？　なんだよ、それ。きみこそ、鶏のときの声みたいな発声練習で、まだ近所の人たちを怖がらせているんじゃないのか？」

ジョンとヘッティが仲良くやり合うのを見て、エリーはほほ笑んだ。弟のジョンとヘッティは十歳離れているが、とても仲がよかった。ヘッティがまだ小さいころから、ジョンはこの子に頼まれるといやとは言えなかったし、ヘッティ自身もジョンが大好きで、いつもまとわりついていた。

ヘッティはえへんと咳払《せきばら》いしたいのをこらえ、つんと顎を上げて言った。「見てなさい。わたしはもうすぐ音階の練習だけじゃなく、ちゃんと歌うんだから！」

「へえ」ジョンは姉に向かって片方の眉を上げた。「ブラウン先生がまた慈善コンサートをやるの？　このまえは聴き逃して残念なことをしたから――」

「何が残念よ、音楽のセンスなんかまるでないくせに。聞き分けられるのは、飛行機のエンジン音だけでしょ」

「エンジン音の微妙な違いを聞き分けるには、すごくいい耳が必要なんだぞ。それができるかできないかが、生死の境目になることもあるんだ」

エリーが顔をしかめ、弟に訴えた。「ジョン、そういう話はやめて。飛ぶのがどんなに危険なことか思い出すじゃないの」

ジョンはあわてて姉に請け合った。「大丈夫だよ、姉さん。ちゃんと規則に従って飛べば、危険なんかまったくないんだ」

エリーの後ろから、ヘッティがいたずらっぽい目でジョンをにらんだ。「嘘ばっかり。飛ぶのが大好きなのは、とてもスリルがあって興奮するからだ、って言ったくせに」

「スリルはあるが、だからって危険とはかぎらない」

「で、今日は何か用事があってこっちに来たのか？」義弟がこれ以上エリーを心配させないうちに話題を変えようと、ギデオンは内心のあせりを隠して明るい声で尋ねた。

ジョンがためらいがちに言った。「実は頼みがあるんだ、ギデオン」

ギデオンはかすかに眉をひそめた。エリーの母親が貧しい自分を望ましくない求婚者だとみなして遠ざけるまえは、ジョンとはとても仲がよかった。彼のことは好きだが……。

「また困っている友達の面倒をみてくれと言うんじゃないだろうな。このまえおまえに頼まれて雇ったろくでなしは、しらふになるのに三日もかかるほど酔っ払ってやってきたぞ」

ジョンが気の毒な者に誰彼なく同情する優しい心の持ち主だということは、家族のみんなが知っていた。

図星だったとみえて、ジョンの顔が赤くなった。父親似のジョンは、長身で肩幅が広く、きらめくブルーの瞳と真っ白な歯、豊かな暗褐色の巻き毛の持ち主で、すれ違う人々が思わず振り返るほどハンサムだ。

「あの娘《こ》はろくでなしじゃないよ……」

「あの娘だって？」

「あの娘ですって？」

ギデオンとエリーが同時に問い返した。

ジョンはにっこり笑った。「うん。会ってくれる？　ジェニングス夫人とキッチンにいるんだ。すごく可愛くて人懐っこいから、あんたならすぐ仲良くなれるよ、ギデオン。まだほんの子どもだし、悪い癖はひとつもない。ぼくのとこに置いてもいいんだけど、しょっちゅういないから可哀想《かわいそう》だと思って。ほんとは自分のものにする気はなかったんだけど、いじめられて、震えているのを見たら……」

エリーの眉間のしわがどんどん深くなり、その反対にギデオンの口元がゆるみはじめた。

ヘッティが笑いながら叫ぶ。「母さん、そんな顔をしなくても大丈夫よ。ジョンが連れてきたのは子犬だもの。そうでしょ、ジョン？」

「なんだって？　ああ、もちろん。ものすごく可愛いコリーの雌犬だよ。持ち主にひどい扱いを受けているのを見て、つい買ってしまったんだ」

「まあ、ジョン。びっくりさせないでちょうだい」エリーはあきれた顔で弟を叱った。

「ごめん。いまから見ていてくれる？　今日はそんなにゆっくりしていられないんだ。駅で新しい生徒たちを乗せて、飛行場に連れていくから」

「訓練所のほうはどんな具合だ？」ギデオンが尋ねた。

「順調だよ。まだ利益がでるところまでは行ってないけどね。この先も、あんたのような成功は望めないだろうが」ジョンはほほ笑んだ。「なんとか収支がとんとんになってきた。これもあんたに助けてもらったおかげだ」

「あれくらい、なんでもないさ」ギデオンは義弟の肩をつかんだ。「だが、たぶんエリーには恨まれているな。おれが手を貸したせいで、おまえが危険な仕事を始めた、ってさ。なんの設備もない湿っぽい小屋に住んでいるせいで、おまえがそのうち病気になるんじゃないかと、エリーはいつも心配してるんだ」

ジョンは笑った。「たしかにあの小屋はこのあたりの家とはだいぶ違うけど、ぼくにはじゅうぶんさ」

ギデオンの援助で、飛行場にぴったりの平坦《へいたん》で広い農地とそこにある小屋をジョンが買ってから、そろそろ三年になる。住まいにしている小屋も生徒たちが寝泊まりする兵舎のような建物も粗末だが、格納庫と二機の飛行機には使えるかぎりの金をかけていた。

「それで？　今度はなんの慈善コンサートだい？　ぼくもチケットを買わせてもらうよ。たとえきみのキーキー声を聴きに行く暇がないとしても」

「さっきの話はブラウン先生の発表会でも慈善コンサートでもないわよ」ヘッティが怒って言い返した。「ちゃんとした仕事。お客さまを相手に歌うんだから！」

「客の前で歌うって？　どういう意味だ？」ジョンの顔から笑みが消えるのを見て、ヘッティは彼の非難を察して口を尖らせ、言い返した。

「アフタヌーン・ティーを楽しんでいるリバプールのレディたちの前で歌うの。きっとみんなに気に入られて、有名になるわ」ヘッティはジョンの顔をよぎった翳《かげ》には気づかず、声を弾ませた。

ギデオンが急いでつけ足した。「こういうことなんだよ、ジョン。ブラウン先生がヘッティを、アデルフィ・ホテルのサロンで歌う仕事に推薦してくれるそうなんだ」

「すてきでしょ」ヘッティは両手を胸の前で握り、喜びに輝く目で彼を見上げた。「ステージに立つみたいに、ひとりで歌うのよ。もちろんホテルだからステージとは違うけれど、どんな幸運が舞いこむか――」

「人前で歌っても、いいことなんか何もないさ。その空っぽなおつむがばかげた空想でいっぱいになるだけだ」ジョンは鋭く言い返した。

「なんですって？」

エリーが急いで口をはさんだ。「ヘッティ、今朝あなたの青いドレスを見たときに思ったんだけど、あれは縁取りを新しくしたほうがいいわね」


「こいつを引き受けてくれてありがとう、ギデオン」それからまもなく、ジョンはかがみこんでコリー犬をなでながら言った。ギデオンに犬を見せるために、エリーとヘッティを二階に残し、彼とふたりでキッチンへおりてきたのだった。

「フィリップとリチャードたちが帰ってきたら、大喜びするだろうな」ギデオンはそう言って低い声で笑った。

ジョンも笑顔になった。フィリップは母がその出産で命を落とすことになったプライド家の末っ子で、ジョンとは十歳違いの弟だ。エリーが自分の子どもたちと一緒に育てられるように、ギデオンがジョンたちの伯母から引きとったのだ。

「ギデオン、ヘッティにオーディションを受けさせるのはいいことかな？」ジョンは唐突に言った。「あんなに世間知らずだし、まだ子どもだよ」

ギデオンが首を振った。「おまえはまだ子どもだと思っているかもしれないが、本人はいっぱしのレディだと思っている。日曜日の教会のあとでヘッティを取り囲む若い連中もそう思っているよ。もう十八だからな」

「だとしても、これまでずっと守られてきて、世間の風にあたったことなんかないんだ。あいつはステージで歌うのが夢だと言ってるけど、華やかなライトの陰にどんな生活があるのか、まるでわかってない」

「そうかもしれないが、反対されてコニーのように家を飛びだすよりも、アデルフィ・ホテルという安全な環境でそれを経験するほうがずっといい。リバプールなら、必要とあればコニーが近くにいるし」

「コニーが伯母さんの家を飛びだしたのは、ひどい仕打ちを受けていたからだよ。それに、自分が恋に落ちていると思っていたからだ」

「ヘッティはおれたちからひどい仕打ちを受けているわけじゃないが、情熱的に恋をしているぞ」

「なんだって？　どこかの若いやつに？　恋愛だなんて、あいつは若すぎるよ」

ギデオンはいきり立つ義弟をなだめた。「いや、ヘッティが愛しているのは音楽だ。おまえが飛行機に惚れこんでいるのと同じさ。それにオーディションに受かるとはかぎらない。ブラウン先生が応募者は多いはずだと言っていたからな」

ヘッティがもう子どもではないことは、ギデオンに言われるまでもなくジョンもよくわかっていた。実際、ジョンはいまや一人前の女性となったヘッティに、しばらくまえから恋をしているのだった。とはいえ、ヘッティに対する気持ちが親友に対してのものから、大人の男の焦がれと愛情に変わったあとも、ヘッティの自分に対する気持ちは相変わらず昔のままだった。今日のヘッティの反応がそれをはっきりと示している。姉夫婦の家をあとにしながら、ジョンはみじめな気持ちでそう思った。

2

待ちかねていたアデルフィ・ホテルからの手紙がようやく届いた。ヘッティは目の前の朝食には手を触れず、息を止めるようにして、父がそれを開けるのを見つめていた。

父がまず黙って手紙を読むあいだ、ヘッティは訴えるようにエリーを見た。

そんなヘッティを見たエリーは、この子を手放したくないと思いながらも夫を促していた。「ギデオン、なんて書いてあるの？」

「ミス・ヘンリエッタ・ウォーカーがアデルフィのお客さまの前で歌う能力があるかどうか確かめるため、今週の水曜日にオーディションを行うので、メイ・ブキャナン夫人の家にお越しいただきたい、とある」

「よかった！」ヘッティは胸がいっぱいになってそれしか言えず、ぽろぽろ涙をこぼし、嗚咽《おえつ》をもらしながらエリーに駆けよると、肩に顔をうずめて全身を震わせた。

その二時間後、エリーの許しを得て声楽の教師であるブラウン先生を訪ねたヘッティはこう打ち明けた。「実際にオーディションを受けられるなんて、まだ信じられなくて。何もかも先生のおかげです。先生が推薦状を書いてくださったからですわ」

「わたしは事実を書いただけですよ、ヘッティ。あなたは特別な賜物《たまもの》を与えられているの。すばらしい声をね」

「でも、それをどう使うか教えてくださったのは先生です」

「オーディションはいつなの?」ブラウン先生も興奮しているようだった。

「今週の水曜日なんですが、もう緊張していて。リバプールには母方の叔母がいるので、余裕をもって明日の電車で出かけ、叔母のところに泊まる予定なんです。あの、どんな課題曲が出ると思いますか?」

「初めてのことですもの、不安と心配で緊張するのはあたりまえよ。課題曲はこちらが用意すべきではないかしら。難しいアリアではなく、あなたの声域を示せるもので、アフタヌーン・ティーを楽しむレディたちの耳に心地よく響くような曲がいいわね」先生は真剣な顔で考えこんだ。「そう、感傷的できれいな曲がいい。きちんとした服装も必要ですよ。人前に立つときは外見も大事なの。ただし体にぴったりしたものはだめ。声をだす邪魔になるわ」ブラウン先生は首を傾《かし》げて付け加えた。「今日は月曜日だから、明日発《た》つのなら、急いで歌う曲を決めて練習しないとね。《さようなら《アウフヴィーダーゼン》》はどうかしら? ヴィヴィアン・シーガルがこの歌でスターになったときには、ちょうどいまのあなたと同じ歳《とし》だったわ」

喜びが大きすぎて何も言えず、ヘッティはうなずいた。二日後にオーディションを受けるなんて、とても信じられない。

バスが道の角に停《と》まり、ふたりを降ろすと、ヘッティは横にいる母に身を寄せた。コニーの家を出てから、不安と緊張がどんどんふくれあがっていく。

オーディションを受ける場所はアデルフィの近くで、ライム通りから一本はずれた通りにあった。その通りに立っているほかの建物と同じように、質素だがきちんとした外見の家だ。玄関前の石段は軽石で磨かれ、ドアのノッカーもぴかぴかだった。

「とってもどきどきする……」ヘッティは震える声でつぶやいた。

「気が変わった?」母が優しく訊《き》いてきた。

ヘッティは即座に首を振り……母がもらしたかすかなため息にも、心配そうな眼差《まなざ》しにも気づかなかった。

きちんとアイロンをかけたエプロンと帽子をつけ、こざっぱりした服を着た小柄なメイドがドアを開けて、暗褐色の装飾的な家具が置いてある薄暗い奥の客間にふたりを通した。厚いレースのカーテンが表から射《さ》しこむ光をさえぎり、部屋のなかをいっそう陰気で重苦しくしている。ペルシャ絨毯《じゅうたん》の一部が擦り切れかけているのは、わたしのようにぴりぴりした応募者が、この陰気な部屋で待たされるあいだ、そこを行きつ戻りつしたせいだろうか?　ヘッティはふくらんだソファに浅く腰をおろしながらそう思った。

このオーディションにはどうしても受かりたい。歌うチャンスを手に入れたい。その願いで、胸が痛いくらいだ。ヘッティはかたわらに座った母の手を握りしめた。

と、いきなりドアが開き、ヘッティは飛びあがった。さきほどのメイドだった。

「おふたりとも、こちらにどうぞ」

「大丈夫よ。落ち着いて」一緒に立ちあがった母がそう囁《ささや》いて握った手に力をこめ、ヘッティの頬にキスした。

ヘッティはぎくしゃくした足取りで客間を出た。声が出ないのではないかと心配になるほど、喉がからからだ。

メイドは表に面した客間の前で足を止めた。「このドアをノックして、お待ちください」母のノックに答えが返ってこなかったので、ヘッティはたちまち心配になった。「ひょっとして――」聞こえなかったのかもしれない。そう言いかけたとき、女性にしては低い、はっきりした声が命じた。

「お入りなさい」

母に背中を押され、ヘッティは部屋に入った。そこにはソファの代わりに、背もたれのまっすぐな椅子がいくつか並んでいた。でも、ヘッティの目を引いたのは、ピアノと、その前に座っている女性だった。

メイ・ブキャナン夫人は、小柄で痩せたブラウン先生とは違って、長身で恰幅《かっぷく》もよかった。ブラウン先生は白髪まじりの髪を無造作に引っつめているが、ブキャナン夫人は黒々とした髪を後ろで束ね、大きなシニヨンに結っていた。それに、細かいところに気のつく、とても優しい教師であるブラウン先生と違って、なんだか冷たくて怖そうだ。

鷹《たか》のような目でじろりと見られ、ヘッティは震えあがった。

「あなたの先生はとても褒めていらしたわ、ミス・ウォーカー。すばらしいソプラノの声をお持ちだそうね」

ヘッティはどう答えればよいかわからず、母に目をやった。

「ご自分でも、先生と同じように自分の声を高く評価していらっしゃるの？」

「評価はともかく、歌うのは大好きです」ヘッティはどうにかそう言った。ブキャナン夫人のそばにいると、なんだか自分がちっぽけで、取るに足りない人間に思えてくる。きっとこきおろされるにちがいない。ヘッティは来なければよかったと思いはじめた。

「よろしい。では、お立ちなさい」

ヘッティは従順に立ちあがった。緊張で吐きそうだ。きっと大失敗するにちがいない。この不安が出だしの音にそのまま表れ、ヘッティはうろたえた。楽譜を見なくてもわかる歌い慣れた曲なのに、緊張のせいで、もう少しで一音ずれそうになったのだ。けれど、いったん歌いはじめると、歌の魅力とこの歌にこめられた思いがいつものように頭を占領し、自然に声が流れでてきた。

最後の小節を口にするころには、気持ちが高揚し、喜びにあふれていた。母は涙で目を潤ませている。

「最初の音をはずしましたね」ブキャナン夫人が冷ややかに批判した。

「あがってしまったんです」

「わたしの前でさえまともに歌えないとしたら、百人のお客さまの前でどうやってちゃんと歌うんです?」

ヘッティはうつむいた。恥ずかしくて、がっかりして、母と目が合ったら泣きだしてしまいそうだった。

3

「ずいぶん時間がかかったのね。で、どうだった？」

「可哀想《かわいそう》に、ヘッティはすっかり緊張してしまって」先に立って居心地のいい居間に入っていくコニーに、母が説明していた。

「わたし、最初の音をはずしちゃったの」この告白にコニーが気の毒そうな顔になるのを見て、ヘッティは笑って付け加えた。「でも、オーディションには合格したのよ。ブキャナン夫人が言うには、応募者のなかでいちばん上手だったんですって」

「悪い子。だったら最初からそう言ってよ。落ちたと思うじゃない！」コニーが笑いながらたしなめる。

「ちょうど同じ通りにブキャナン夫人のお姉さんの下宿があって、そこに入ることになったの。女性だけの下宿。一カ月のあいだ毎朝ブキャナン夫人にレッスンを受けてから、アデルフィ・ホテルで毎日、午後に歌うの。もちろん日曜日はお休み。ホテルで歌いはじめたら、毎月一度だけは、二日間続けて休めるようになるんですって。だからプレストンにも戻れるわ」

「あら、ここにも来なくちゃだめよ。とっても楽しみにしているんだから。学校のコーラスも聴いてもらいたいし。音楽教師のドクター・ケントンは、うちのコーラス部がとても自慢なの。ブルーコート・スクールのコーラス部よりはるかに優れている、と自惚《うぬぼ》れているくらい」

コニーの夫のハリーは男子だけの私立校の校長で、コニー一家は学校に隣接した校長用の宿舎に住んでいる。コニーは校長の妻としての仕事に加え、ハリーと結婚するまえに始めた幼稚園兼孤児院の経営にいまでも深く関わっていた。

「で、そのレッスンはいつから始まるの、ヘッティ?」

「来週から。そのまえに、歌うときに着るドレスを買わなきゃ。ねえ、母さん?」

「ええ。ブキャナン夫人の話では、歌うときにはちゃんとしたティードレスを着なくてはいけないらしいの」エリーは妹に説明した。

「この街なら、それくらい簡単に見つかるわ。明日一緒に買い物に出かけましょうよ」

コニーの言葉に、エリーはかすかにためらった。「コニー、買い物にはあなたがついていってくれる?　明日はアイリスと会う約束をしているの」

ヘッティは驚いて母を見ると、懇願した。「だめよ、母さんも一緒じゃなきゃ。お願いだから母さんも来て」新しい人生に踏みだすのはわくわくするものの、親元を離れ、ひとり暮らしをするのは初めてとあって、内心は不安でたまらず、つい甘えたくなった。コニーですら姉にけげんそうな目を向けている。

「ごめんなさいね」ヘッティの落胆に気づいて、エリーは言った。「でも、アイリスがリバプールにいるのは明日だけなの。彼女と会うのは、とても大事な――」

「服を選ぶのに、母さんがいてくれなきゃ……」ヘッティは泣きそうな声になった。

青ざめて涙ぐむヘッティを、コニーが落ち着いた声でなだめようとした。「エリーが一緒じゃないのは残念だけど、わたしが代わりに一緒に行くわ。ふたりですてきなドレスを選びましょうよ」

でも、母さんが来てくれなければ買い物の楽しみは半減してしまう。ヘッティはそう言い返したいのをこらえ、どうにか泣かずにうなずいた。


四時になり、紅茶とともに夕食代わりの軽食をとる〝夕食《ハイ・ティー》〟の時間がくると、コニーの三人の子どもたちとハリーも一緒に、みんなでテーブルを囲んだ。そのあとヘッティは、ストローで薄い木の皮を動かすゲーム〝スピリキン〟やほかのゲームをして、子どもたちがベッドに入る時間が来るまで遊んだ。

「ヘッティ、あなた、災いの種をまいたわよ」子どもたちを寝かしつけて居間に戻ってくるなり、コニーが言った。「あの子たち、ヘッティはこの次いつ来るの、ってそりゃうるさかったのよ。これからはあなたが遊びに来てくれる日曜がいちばんのお気に入りになりそう」

住み慣れたプレストンをあとにして、新しい街で新しい暮らしを始める不安も、バスに飛び乗ればいつでもコニーたちに会えると思うと和らぐ。ヘッティが笑みを浮かべていると、急に母がこう言った。

「ねえ、コニー、月曜日に下宿に入るまで、ヘッティをここに置いてもらえない？　ほんの二、三日でリバプールに戻るのに、プレストンに帰るのは時間が無駄になると思うの」

「でも、荷造りをしなきゃ」ヘッティはあわてて母に訴えた。新しい人生に踏みだす心の準備がまだできていない、などと子どもじみたことは言いたくないが、お気に入りのものや大好きな人たちに〝きちんと〟お別れを言いたかった。それに、これからはたったひとりなのだと思うと、心細くて胸のなかが冷たくなる。母の存在とその愛はこれまでいつもそばにある、あたりまえのものだった。その母がこんなにも簡単に、こんなにもあっさりと自分から離れていくなんて。

「荷造りならわたしでもできるわ、ヘッティ。直接マーシャル夫人の下宿へ届くように手配するわね」

「もちろん、うちは大歓迎よ」コニーが上機嫌で言った。

ヘッティはみじめな気持ちで、笑みを浮かべるどころではなかった。最初はわたしが家を離れることに反対だったのに、母さんたら、少しでも早く厄介払いをしたがっているみたい。また涙ぐみそうになって、ヘッティは必死にこらえた。ブキャナン夫人に合格だと言われたときの天にも昇るような気持ちは、いまやみじめな喪失感に変わっていた。

「エリー、まだ起きているんでしょ?」コニーがそう言いながらドアを開け、部屋に入ってきた。エリーは枕を背にあてて脚を伸ばしながら、問いかけるように妹を見上げた。

「今日は忙しくてゆっくり話す暇もなかったから」

ベッドの横に座った妹に笑みを投げ、エリーは読んでいた本を置いた。

「姉さんに一緒に買い物に行けないと言われて、ヘッティはずいぶんがっかりしていたわ」姉が顔をしかめるのを見て、コニーはため息をついた。正直に言うと、コニー自身も驚いたのだった。ヘッティが唯一の女の子とあって、エリーはあの子を特別可愛《かわい》がってきたからだ。

「わたしもできれば一緒に行ってあげたいのよ。でも、アイリスに会う必要があるの」

また、姉の目が翳《かげ》る。

「エリー、何かあるのね。どうしたの?」

「実は……子どもができたの」

コニーはいぶかしげに眉をひそめた。「でも、それはいいニュースでしょう?」

エリーは弱々しい笑みを浮かべた。「コニー、わたしはもう三十五歳よ。それに末の子を産んだのは十年もまえだし。ギデオンもわたしも、もっと子どもが欲しかったから、喜んではいるのよ。ただ……」エリーは妹と目を合わせた。「母さんのことがあるから、ギデオンはとても心配しているの。彼には不安だなんて言えないけど……」

「でも、フィリップを産んだとき、母さんはいまの姉さんより年上だったわ。それに、お医者さまにもう妊娠してはだめだと警告されていたのよ」コニーは心配そうに姉を見た。

「まさか同じ警告を受けているわけじゃ――」

「いいえ、そうじゃない。でも……なんだか、この妊娠はこれまでと感じが違うの。うまく説明できないけど、何かが違うのよ。だから心配で、アイリスに相談したいの。アイリスはほとんどリバプールにいないけど、さいわい、明日はロドニー通りのお父さんのところにいるそうなの。でも、アイリスに会う理由をヘッティに話せば、わたしのことを心配して、いまプレストンを離れるのは間違っていると思うにちがいないわ。母の死にわたしが感じたうしろめたさを、あの子に味わわせたくないの」

「でも、姉さんは母さんとは違う。死ぬなんて、そんな恐ろしいことを考えちゃだめよ。きっと無事に赤ちゃんを産めるわ」

妹のきっぱりした口調に、エリーは口元を和ませた。看護婦だったころは、きっとこんなふうにしっかりした態度で患者に接していたにちがいない。

「アイリスに相談するのは賛成よ。彼女は一流の産婦人科医だもの。でも、買い物に同行せずにアイリスに会うわけを、ヘッティにもちゃんと説明したほうがいいんじゃないかしら。あの子、とても傷ついているわ」

エリーはため息をついて目をふせた。「そんなに単純じゃないのよ、コニー。ヘッティがこのオーディションに応募したがったとき、わたしは反対したの。いまだって、できればそばにいてほしい。あの子が結婚するまでは一緒にいられるとばかり思っていたんですもの。でも、無理に押さえつけたら、ヘッティが家を飛びだすんじゃないかとギデオンが心配するものだから……」

「わたしみたいに?」コニーは皮肉まじりに言って、首を振った。「ヘッティは姉さんとギデオンを愛してるわ。ふたりに愛されていることもわかってる。家を飛びだして、消息を絶つなんてありえない」

「でも、わたしが自分を必要としていると感じたら、家に留《とど》まろうとするでしょう。いつかそれを後悔する日が来るかもしれない。あんなに歌うことが好きなんですもの。わたしのために、せっかくのチャンスをあきらめさせるのは可哀想だわ。だからお願い、アイリスに会う理由は黙っていてちょうだい」

「わかったわ。姉さんがそう言うなら……」コニーはしぶしぶうなずいた。

一人前になったいま、これまでのようにコニーの子どもたちと同じ部屋を使うのではなく、ひと部屋を与えられたヘッティは、その夜なかなか眠れなかった。ベッドに起きあがり、膝を抱えていると、悲しくて涙が頬を伝った。昼間はあんなに幸せだったのに、いまはとってもみじめだ。どうして母さんはわたしをプレストンに帰らせたくないの？

もうわたしのことなど愛していないのだろうか？　昔のように、夜中に裸足《はだし》で自分の狭いベッドを出て、母の横に潜りこむことができたら。小さいころはよくそうしたものだ。母に抱きしめてもらうと、悪い夢も不安も忘れてぐっすり眠ることができた。

ヘッティはドアのほうをちらっと見て……首を振った。わたしはもう子どもじゃない。自分の足で立つときが来たのよ。

4

「最初にボン・マルシェに行きましょうか」コニーは朝食のテーブルで姪《めい》にそう言った。ハリーはすでに仕事に出かけ、子どもたちはコニーの家にいる若い子守が近くの公園に連れだしてくれた。

付き添ってくれるコニーに失礼な態度をとりたくなくて、ヘッティは唇を震わせながらも、どうにか微笑を浮かべてうなずいた。

「食べおえたらすぐに出かければ、あのデパートに行ってもたっぷり時間が残るわ。まずボン・マルシェで最新の流行を確認しましょう。といっても、あそこで買うかどうかはべつよ。デパートは高いもの。けど、売り場をひと通り見れば、どんなものを買いたいか、だいたいつかめるはず」

ヘッティはおとなしく椅子を押しやり、立ちあがった。

「アイリスとは何時に会うの、エリー？」コニーが尋ねた。

ヘッティの様子を見ていたエリーは、カップを置いて明るい声で言った。「やっぱりわたしも一緒に買い物に行こうかしら。そっちのほうが楽しそう。ご両親のところにいるアイリスには電話で断るわ」

ヘッティは母がコニーと目を見交わしたのには気づかず、ぱっと顔を輝かせて母に駆けよった。「よかった、母さんが一緒に来てくれて！」

「ええ、わたしも一緒に買い物するのが楽しみよ」エリーは優しく答えた。「さあ、上に行って支度をしてらっしゃい。ボン・マルシェの気取った売り子に、子ども扱いされたくないでしょう？」

ヘッティは歌を口ずさみながら、踊るような足取りで階段を上がっていった。

「ほんとにいいの……？」

エリーは首を振ってコニーの言葉を制した。「ゆうべ、あの子が夢を見て泣いているのが聞こえたの。小さいころと同じように。ときどき忘れてしまうけど、ヘッティはとても感受性が強いのよ。それにあなたが言ったように、心配する理由はひとつもないわ。アイリスもきっとそう言うはずよ」

「まあ……姉さんがそう思うなら」

「ええ。さてと、わたしも支度しなくてはね。そのまえにアイリスに電話をかけさせて」

「ああ、ここはなんていい香りがするのかしら」ヘッティはエリーとコニーの腕を取り、期待に目を輝かせて、嬉《うれ》しそうにボン・マルシェの香水売り場で深々と息を吸いこんだ。

「リバプールの裕福なレディは、ここで服を買うのよ」コニーが重々しく言った。「ここには、ムッシュ・ウォルトがパリでデザインしたドレスも置いてあるんだから」

「コニー、ヘッティの頭に妙な考えを吹きこまないで」エリーがそう言って笑った。「ギデオンは気前がいいけど、デザイナー仕立ての一点ものまではちょっとね。いくらヘッティの就職祝いでも、限度というものがあるわ」

「姉さんがまだ結婚するまえに、ラヴィニア伯母さんがわたしのために作ってくれたドレスを覚えてる？　とてもすてきだった。淡いクリーム色で、姉さんがお揃《そろ》いのリボンで飾ってくれたっけ」

エリーは昔から裁縫が得意で、最初の夫と結婚したあとは、夫に雀《すずめ》の涙の給料しか払おうとしない義父のもとで、家計を助けるために服を仕立てるようになった。婚家を出てプレストンに戻ったあとも貧しいながらどうにか暮らせたのは、最初は手で、その後、長い髪を売って買ったミシンで服の仕立てを請け負ったからだった。

「見て！」ヘッティが、展示してある口紅やほかの化粧品に目をみはった。

「化粧品など使わなくても、あなたはじゅうぶんきれいよ」エリーはそう言ってヘッティを引っ張り、化粧品売り場を通りすぎた。

ヘッティがこの高級デパートの何を見ても目を引かれ、立ちどまるので、目当ての売り場にたどり着いたときには、デパートに入ってから一時間以上も経《た》っていた。服飾売り場に飾ってある服の多様さに、ヘッティはふたたび目をみはった。薄手の高級素材で作られた宝石のような色のシルクやサテン、そのすべてが流行の先端を行くバイアスカットだ。自分がいつも着ている、ウールの縒《よ》り糸で織った服や、明るいプリント模様のコットンでできた丈夫な服とは、まるで違う。

どの服もシャンデリアのもとできらめき、誰かがそばを通るたびに誘うようにひらひらと動く。ヘッティは手を伸ばしたくてたまらなかった。ここにあるのは、自分たちが営む生活とはまるで異なった毎日を送っている女性――働く必要のない、裕福な〝レディ〟たちの服だ。それにあのデザイン！　ローウエストで丈の短いスカート、大きな蝶結《ちょうむす》びの飾り帯《サッシュ》。ここには、およそ思いつくかぎりの機会に着る服が揃っている。

あとをついてくる売り子の鷹《たか》のような目のもと、ヘッティは豪華なイブニングドレスや毛皮のコートを言葉もなく見つめた。

「あれなんかどうかしら？　とても似合うと思うけど」エリーが小声で言い、マネキンが着ている赤いシルクのティードレスを指さした。ポピー柄があしらわれたその服は、マネキンのくるぶしどころかふくらはぎまで見えるほど丈が短い。ヘッティはシルク生地にそっと触れ、迷うように母を見た。

「でも、ここは見るだけで、ジョージ・ヘンリー・リーの店で買うんじゃなかったの？」

「気が変わったのよ。この服はあなたにぴったりだわ。ねえ、コニー？」

ヘッティは母が本気だとは思えなかった。この美しいティードレスを自分が着られるなんて夢だとしか思えない。

「ええ、すてきね」コニーは即座に同意した。「しかも黒髪と白い肌に完璧な色だわ」

ヘッティはにこにこしているふたりを見比べた。父はいつも〝プライド家の女性はいったんこうと決めたらてこでも動かない〟と母をからかうけれど、どうやら本当みたいだ。

三人の様子を見て、売り子がゆっくり近づいてきた。

「母さん、ここを離れたほうが……」ヘッティが小声で促したが、エリーは売り子のほうへ振り向き、赤いティードレスを示した。

「娘のティードレスを探しているの。これを試着させてもらえる？」

売り子はにっこり笑って熱心に勧めてきた。「もちろんですとも。お目が高いですわ。お嬢さまの髪とお肌の色にぴったり。もうお気づきでしょうけど、こちらはフランス製で、ムッシュ・ウォルトのお弟子さんがデザインされたものなんです。赤は今シーズンの流行色ですの。お嬢さまにはきっとよくお似合いになりますわ。特別な場合にお召しになりますの？」

「ええ、とても特別な場合にね」エリーはそう言って優しい目でヘッティを見た。

十分後、ヘッティは赤いドレスを着て、模様のポピーと同じ色に頬を染め、母と叔母の前に立った。が、ふたりとも黙っている。

　きっと思ったほど似合っていないんだわ。ドレスのシンプルなラインがきれいにでるよう売り子がスカートを調節し、腰に幅の広いサッシュを結んだあと鏡で見たときは、そこに映っているのが自分だとは信じられないほどすてきに見えた。喉も腕もとてもほっそりして白く、手首もふくらはぎもくるぶしも驚くほど華奢《きゃしゃ》で、唇さえ少しまえよりも赤く見えたくらいだ。

　でも、叔母は何も言わない。母も黙っている。

「ああ、ヘッティ……」母の目が涙で潤む。

　ヘッティはうろたえた。「母さん、いいのよ。気に入らなくてもわたしは平気。ほかのドレスを探しましょう」

「気に入らないですって？　もちろん、とても気に入ったわ」

「だったら、どうして泣いてるの？」

　母はレースのハンカチの端で目を拭うと、笑った。「それを着たあなたが、あんまり美しいから」

「ええ、ほんとに」売り子が熱心にうなずく。「よろしければ、これにぴったりの靴もございますのよ。銀色で、踵《かかと》が新しいんです。それに、髪には小さなリボンをつけられてはいかがでしょう？」

「とりあえず、このドレスだけいただくわ」母がそう言うのが聞こえた。「靴は考えてみましょう。ヘッティ、着替えていらっしゃい」

支払いがすみ、ドレスが何枚も重ねられた薄紙のなかにおさまると、三人はそれを持って店を出た。

「喉がからからだわ。お茶でも飲まない？」

コニーの提案で、三人はデパートの近くにこぢんまりした喫茶店を見つけた。ヘッティは興奮しすぎて何も喉を通りそうもない気がしたが、いざテーブルにつくとあっというまに小さなサンドイッチと、ケーキと、手のこんだ焼き菓子をふたつもたいらげた。

何度もお礼を言う娘に、エリーはお茶を飲みながら笑顔で言った。「新しい人生が幸せな思い出ばかりになるといいわね、ヘッティ」

「ええ、きっとそうなるわ。だって、もう胸が弾《はじ》けそうなほど幸せだもの」

「それは食べすぎたせいじゃないの？」コニーがまぜっ返す。

エリーはふたりと一緒に笑ったものの、脇腹を片手で押さえ、しつこい不快感をなだめようとした。疲れているだけよ、自分に言い聞かせる。コニーが言うとおり、心配することは何もない。アイリスに会っていたとしても、きっと大丈夫だと言われるだけ。いわれのない不安でヘッティの新しい門出を台無しにするより、こうして一緒に祝ってあげるほうがはるかに重要だ。エリーは一緒に買い物に来たことも、ドレス一着に驚くほどの大金を払ったことさえ、少しも後悔していなかった。

お茶を飲みおえたら、ボン・マルシェに戻って、さきほど売り子が勧めた銀色の靴を買うとしよう。ついでに、ヘッティに送るトランクに入れてやるちょっとした贈り物も。

母が買い物のあとすぐにプレストンに帰るのをやめ、コニーの家にもう三泊することになって、ヘッティは喜んだ。ひとり暮らしに必要なものは、ジェニングス夫人に荷造りしてもらい、日曜日に車で母を迎えに来る父が持ってきてくれるのだ。

「長めに滞在できるわけだから、アイリスとも会えるんじゃない？」一緒に朝食の後片付けをしていると、コニーが言った。

エリーはうつむき、自分がまだ不安を感じ、アイリスに会っておけばよかったと思っているのを隠して、胸騒ぎを無視するように明るい声で言った。「それがだめなの。アイリスはもうリバプールを発《た》ってしまったのよ。でも、大丈夫。ずいぶん気分がよくなったから」

すっかりではないけれど……。

5

「あいつらときたら、なんにもわかっちゃいないのに、全部わかってるつもりでいやがる。飛行機には適切な敬意を払う必要があるってのに」

ジョンはにやにや笑いながら、整備を担当するジム・ライリーが新しい生徒たちのことを愚痴るのに耳を傾けていた。「熱意がありすぎるだけさ、ジム」

「熱意は結構だが、なかには無鉄砲なやつもいるぞ。あのひょろひょろの赤毛もそうだ。あいつには気をつけろ。厄介の種になりかねん」

この言葉にジョンは笑みを消し、顔をしかめた。たしかにアラン・シムズは、無謀なうえに自信過剰な若者だった。ジョンが今週の初めに一緒に飛んだときにも、指示を無視して宙返りをしでかした。そのときに、飛行中の判断の誤りや未熟な技術は、即座に死に繋《つな》がることを指摘したのだが……。

「まあ、あいつはもうすぐ卒業だ。あっというまに次の生徒が入ってくるな。今回は何人だって？」

「思ったよりも少ないんだ」

今日のように晴れて風のあまりない日は絶好の飛行日和だ。だが、昨日飛んだときは、プロペラの具合があまりよくなかったから、それを修理するまで飛ぶことはできない。それに、ジョンの頭はほかのことに占領されていた。

戦時中に知り合ったパイロットから今週の初めに届いた手紙に、ジョンはもう一度目を通した。労働者階級の背景を持つジョンと貴族であるアルフレッドのあいだに、階級を超えた友情をもたらしたのは、飛行機への愛と飛ぶことへの情熱だった。といっても、積極的だったのはアルフレッドのほうで、ジョンは友達付き合いをするにはあまりにも身分が違うと抗議したのだが、無視されたのだ。

手紙には、今週末にニューヨークへ行く客船に乗る妹を見送るためリバプールに来て、出発まえの何日かアデルフィ・ホテルに滞在する、と書かれていた。

〝そのとき、会えないだろうか。実はちょっとしたビジネスの話があるんだ。いまも飛べる環境にいるきみが羨ましいよ。残念なことに、ぼくは一家の長としての責任やら何やらで空を飛ぶことができなくなった。しかし、まあ、愚痴を言っても仕方がない〟

常に人生の明るい面を見るのは、アルフレッドの長所だ。とはいえ、絶えず金の心配をせずにすむとあれば、楽観的に物事を見るのはたやすい。アルフレッドはいまや伯爵だが、ジョンのほうは生きるために必死に働かねばならない一般市民だ。

いや、住まいがこれじゃ、そのなかでも最低の部類だな。ジョンはみすぼらしい小屋を見ながら思った。地面に板石を敷いただけの〝床〟は、雨が降ると水が上がってくるし、冬は氷が張る。それでも最初よりはましになったのだ。この土地を買ったときは、水源は家畜にも使う小屋の外の配水管だったが、いまは小屋のなかに水道管を引いているし、外の便所もただの穴みたいな不衛生なものだったが、自分だけでなく訓練所の生徒たちも使えるように汚水槽を作った。さいわい、生徒たちが寝泊まりする建物にはギデオンのおかげで、陶器の便器や洗面ボウルを備えた浴室がある。ジョンが暮らす小屋には浴室がないため、ふだんはそちらを利用していた。そのほうが洗濯場に吊《つ》るしてあるブリキの浴槽をおろすよりも簡単だ。

そのうち時間と金ができたら、エリーに買えと言われているコンロを備えつけるとしよう。そうすれば、熱い風呂に入る贅沢《ぜいたく》ができるようになる。いつか……そのうちに。操縦を教える仕事が利益を生むようになったら。

もう少し料金を上げたらどうかとギデオンは言う。だがそれでは、純粋に空を飛びたいと願う若者に払えなくなるかもしれない。正直に認めれば、いまのところは訓練所の収益よりも、政府機関に頼まれる航空写真のほうが金になる。

リバプールに行くためには、ジムにプロペラの具合を見てくれるように頼み、レッスンをいくつかキャンセルしなくてはならない。かろうじて人前に着ていけるシャツにアイロンをかける必要もあった。こちらの〝面倒をみる〟のを自分の役目と心得ている親切な村人のジェニー・ブラックに頼めば、焼け焦げを作られてしまうかもしれないからだ。それにリバプールまでの旅費もひねりださねばならない。

だが、リバプールにはヘッティがいる。そしてアルフレッドと会うことに同意すれば、シャツにアイロンをかけてもらうという口実でコニーを訪ねられるし、ヘッティにも会える。

「父さんは何時に着くの？」朝食をすませたあと、プレストンに戻る母の荷造りを手伝いながら、ヘッティは尋ねた。

「早めに出ると言っていたわ」

「わたしの荷物を忘れたりしないわよね？」

「大丈夫、ジェニングス夫人に渡すようにギデオンにリストを送ったもの。そうだ、ギデオンはジョンを連れてくるそうよ」

ヘッティは思いがけない知らせに顔を輝かせた。「ほんと？　あのドレスを着てもいい？　ジョンと父さんに見せたいの」

「その時間があればね。ええと、買ってきたハンカチはどこへ置いたかしら？」

ヘッティはそれを整理ダンスの上で見つけた。窓から射《さ》しこみ、床を斜めに横切る朝陽《あさひ》に明るく照らされた部屋は、いまの幸せな気持ちにぴったりだ。プレストンの家と家族は恋しくなるだろうが、今週の初めに感じていた不安とみじめさはもう消えていた。まもなく始まる新しい生活がとても楽しみだ。

「パルマスミレのほうが、ブラウン先生よ。忘れないでね」

「ええ。わたしが直接届けて、ヘッティからのささやかなお礼です、と伝えるわ」母はそう請け合った。

貯金で買って母の鞄《かばん》にしのばせた〝薔薇《ばら》の香油〟のことを話してしまおうか？　それとも最初の計画どおり、家に戻った母を驚かせるために内緒にしておく？　母が荷ほどきをしたときに香油の瓶を見て喜ぶ様子が目に浮かび、ヘッティは黙っていることにした。

香油につけたカードも、心をこめて書いた。〝母さんのことをいつも思ってる。誰よりも大好きな母さんへ〟というメッセージも気に入ってくれるといいけれど。

「ああ、父さん」

「ほらほら、ヘッティ、何も泣くことはないだろう」ギデオンは到着そうそう自分にしがみついて泣きだした娘の背中を優しくなでた。

「この分じゃ、リバプールとプレストンのあいだをしょっちゅう往復することになりそうだな。車掌がそのうち専用の座席を空けといてくれるかもしれないぞ」ギデオンはそう言って、ようやく自分から離れたヘッティをからかった。

「ヘッティのトランクはきみの指示どおりに下宿でおろしたぞ、エリー」

「あそこはどうだった？　大家さんに会ったの？」

「ああ、会った。感じのいい人じゃないか。家のなかも清潔で、きちんとしているようだし。きっと気持ちよく過ごせるだろう。なあ、ジョン？」

ジョン！　ヘッティは彼に駆けよって抱きつきたい気持ちを抑えて、にっこり笑いかけた。わたしはもう子どもじゃない、一人前の女性だもの。「母さんが買ってくれたドレスを見たら、驚くわよ。お茶のあとで着て見せてあげる」

急ぎ足で客間に入ってきたコニーが、弟を見て顔をほころばせた。「しばらくね、ジョン、会えて嬉《うれ》しいわ。どうしてもっと頻繁に顔を見せてくれないの？」

「決まってるだろ、ここには飛行場がないからさ」ハリーがからかう。

小さな部屋はまもなく賑《にぎ》やかな話し声と笑い声でいっぱいになった。そのなかでも、ヘッティには誰よりもはっきりとジョンの声が聞こえた。そしてジョンが頻繁に見るのも、ヘッティの上気した愛らしい顔だった。

誰よりも自分になつき、いつもまとわりついていた少女は、いまやはっとするほど美しい若い女性になっていた。そんなヘッティを見るたびに、ジョンは相反する感情に胸を引き裂かれる。リバプールに来る道中、ギデオンからエリーの妊娠を告げられたことも、重苦しい気分に拍車をかけていた。フィリップのお産で母が死に、ジョンたちはどれほどつらい思いをしたかわからない。いまでもジョンはふたりの姉が妊娠するたびに心配でたまらなくなる。だが、エリーは丈夫だし、精神的にもしっかりしている、ジョンはそう自分に言い聞かせた。予想外の妊娠かもしれないが、とくに問題が起こるとは思えない。

お茶が終わると、ヘッティはエリーに支度の手伝いを頼み、買ったばかりのドレスを着るために二階に駆けあがった。

エリーは仕上げにサッシュを結び、黒い髪をなでつけて、鏡に向かってほほ笑んだ。

ヘッティが鏡のなかで目を合わせる。「どうしてそんなに悲しそうなの?」

「あなたのお母さんのことを考えていたの」

「ほんとの母さんのことは、ほとんど思い出せないわ。いつも泣いていたことと、船で具合が悪かったことだけ」ヘッティはあっさりそう言った。

ヘッティにとって母と呼べるのはエリーだけだ。物心ついてから優しく自分を抱いてくれたのは、いつもエリーの腕だったのだ。

エリーは娘の現実的な口調に苦笑した。日本人の母親の血が混じっているために、顔立ちも体つきも自分たちと異なるとはいえ、ヘッティの中身はイギリス人そのものだ。たとえ結婚しても、意志の強いヘッティが、ヘンリーから聞いた日本女性のように楚々《そそ》として夫に従う姿は想像できない。

まだヘッティが子どものころ、エリーは日本に関する本をよくヘッティに買い与えたものだったが、その一方で、ヘッティが〝自分は外国人〟だとか〝みんなと違う〟と思わないようにも気を配った。ミナコがいまのヘッティを見ることができたら、わたしと同じように誇らしく思うだろうか？　それとも母の役割を奪ったわたしに腹をたてるだろうか？　あとに残していかなくてはならなかった子どもに、母親はどんなことを望むのだろう？

「母さん、早く」ヘッティがそう言ってエリーの物思いを破った。「下に行って、父さんやジョンにドレスを見せましょうよ」

コニーがドアのすぐそばを空けてくれたおかげで、ヘッティはさっと入り、白い頬を薔薇色に染めてくるりとまわってみせた。

むきだしの腕やふくらはぎを見た父がかすかに眉をひそめたのにヘッティは気づいた。でも、ジョンはきっと褒めてくれるわ。

だが、期待をこめた眼差《まなざ》しが怒りに燃えた目とぶつかると、ショックのあまりふらついて倒れそうになった。ジョンがいきなり立ちあがって大股に部屋を出ていくのを見て、ヘッティは青ざめた。

「ジョン！」ヘッティは、ジョンが勢いよく閉めたドアを開けて廊下に出ると、ショックと混乱で震える手を差し伸べた。「どうしたの？　どうしてそんな顔をしてるの？　このドレスが気に入らなかった？」

「公の場所でよくそんな格好ができるな。きみには慎みってものがないのか」ジョンはついきつい調子で責めていた。非難にヘッティが傷ついた顔をするが、自分もショックだった。露出度の高いドレスを着たヘッティを見たとたん、なぜか貧しい少女たちの姿が記憶の底から浮かんできた。戦争中、一斤のパンを買うために野営地のまわりで体を売っていた少女たちの姿が……。

それに、自分の反応がふたつの相反する気持ち――男としての興奮と、そういう劣情からヘッティを守りたいという強い願いから生じているのだと説明することもできない。

ヘッティは伸ばしていた手を引っこめ、背中にまわした。「それってどういう意味？　いまは……こういうのが流行《はや》ってるのよ。みんなが丈の短い服を着ているわ」

「そうかもしれないが、〝みんな〟は男の目を楽しませるために着るわけじゃない」ジョンは嫉妬にかられてそう口走っていた。

ヘッティはつんと頭を上げて言い返した。「悪かったわね！　でも、これは母さんが選んでくれたのよ。ホテルでアフタヌーン・ティーを楽しむのはレディたちだけだし」

「だが、そういうレディたちを迎えに来る夫や、息子や、父親もいる。露出度の高い服を着た歌手がいることがわかれば、大喜びで迎えに来るだろうさ」ジョンは吐き捨てた。

「どうしてそんな意地悪を言うの？　わたしはもう子どもじゃないのよ、ジョン。子ども扱いはやめて」ヘッティは怒って言い返した。

本当なら自分のために喜んでくれるはずのジョンが、なぜこんなひどいことを言うのか理解できない。

「あなたなんて大嫌いよ、ジョン・プライド。一生大嫌いだから！」そう言うときびすを返して階段を駆けあがり、ベッドに身を投げて泣きだした。

客間をあんなふうに出るべきではなかった。ジョンは自分の行為を恥じ、みじめな気持ちで思った。ヘッティにあんなひどいことを言うべきでもなかった。だが、大人びたドレスを着て、見知らぬ娘みたいに見えるヘッティの姿が、あまりにもショックだったのだ。姉たちに言わせると、ふだんのジョンは父と同じで温厚だが、ときどき〝ろばみたいに頑固になる〟らしい。

とはいえ、この怒りには苦痛も混じっていた。激しい怒りを感じた理由はわかる。だが、なぜこれほど激しい喪失感と絶望を感じるのか、ジョンは自分でもよくわからなかった。たしかに歳《とし》は十八だが、中身はまだ子どもだ。そのヘッティが、あんな格好でホテルのラウンジに立つのがどれほど危険なことか、ギデオンとエリーにはわからないのだろうか？　自分にはこんなにはっきりわかるのに。ヘッティは、無垢《むく》な乙女を食い物にする危険な男を引きよせるだろう……。

怒りに任せて歩いていたジョンは、自分がいつのまにかハリーのライバル校であるブルーコート・スクールを通りすぎていることに気づき、バスを待たずにアデルフィまでこのまま歩いていくことにした。そのあいだに混乱と動揺も少しはおさまるかもしれない。

チャールズ・ディケンズがかつて〝世界一のホテル〟と書いたアデルフィ・ホテルは、一九一二年にフランク・アトキンソンの設計により再建されたあとも、リバプールの人々にとっては世界一のホテルでありつづけている。有名な〝亀のスープ〟に使われる亀は、地下にある水槽で飼われているという。

ホテルの前では、ドアマンが次々に停《と》まるタクシーのドアを開け、優美な装いの客が降りるのに手を貸し、べつのドアマンが口笛でポーターを呼んで荷物を運ばせていた。ジョンは彼らを迂回《うかい》してホテルのなかに入り、大理石の床を横切りながら、大西洋を横断する客船のパンフレットに見るともなく目をやった。その先は到着する客と引き払う客でごった返している。そこから何段か階段を上がると、淡いピンクの付け柱が壁を飾っている広いロビーだ。

シャンデリアに照らされたロビーの両側にあるアーチ型のフレンチドアは、どちらも大きなレストランの入り口だ。アルフレッドと会うことになっているのは多柱式《ハイポスタイル》ホールのほうだった。

ナポレオンの帝政時代にフランスで流行った様式、アンピール式の装飾を施した大きな四角いホールにあるテーブルは、すでにアフタヌーン・ティーを楽しむ客であらかたふさがっていた。ジョンが入り口から見まわしていると、制服を着たウェイターが気取ったフランス語訛《なま》りで尋ねた。「失礼ですが、テーブルをおとりになりたいのでしたら――」

「友人と待ち合わせているんだ」ジョンは落ち着いた声でさえぎった。

「さようでしたか。で、ご友人というのは？」

「キャンバリー伯爵だ」

それを聞いてウェイターの態度がころりと変わった。ふだんなら苦笑するところだが、まださきほどの不機嫌が残っているジョンは、テーブルへと導くウェイターの媚《こ》びるような態度を無視した。

「おいでになったことを、伯爵にお知らせいたしますか？」

「いや、約束の時間にはまだ少しある」ジョンは屋根のない中庭へと届くアーチに目をやった。その前の艶やかな大理石の床には、大きなグランドピアノが置かれている。

ヘッティはここで歌うのか？

紅茶をお持ちいたしますか、と尋ねるウェイターを無視してジョンは席に着き、ほかのテーブルにいる客を見渡した。家族連れが多い。明日ニューヨークに向けて出港する客船の乗客だろう。女性だけで紅茶とおしゃべりを楽しんでいるテーブルもちらほらある。

「やあ、ジョン、久しぶりだな」

テーブルの客を観察するのに気をとられ、アルフレッドが近づいてくるのに気づかなかったジョンは、急いで立ちあがると友人が差しだす手を握った。隣にいる若い女性が前に進みでる。「ポリー、親友を紹介しよう。こちらはジョン・プライド。ジョン、妹のレディ・ポリー・ハワードだ」

「いやだわ、アルフィー。なんて堅苦しい紹介なの。お気の毒に、ミスター・プライドが怖がっているわ！　わたくしは誰もが平等な国、アメリカにしばらく住むつもりなのよ。ありがたいことに、称号などという化石がない国に。そこではただのポリー・ハワードで通すつもり。だからあなたもそう呼んでくださいな」

ジョンはにこやかに差しだされた手を握ったが、自分がアルフレッドの妹をポリー・ハワードと呼ぶことなどありえないのはわかっていた。

ヘッティのドレスの裾はぎょっとするほど短かったが、レディ・ポリーのスカートはもっと短かった。黒いサッシュを結んだエメラルド色のサテン地のワンピースは、ほっそりしたボーイッシュなスタイルを引き立たせている。

「ポリー、おまえは書かなくてはならない手紙があるんだろう？　ぼくたちに付き合ってくれなくてもいいよ」

「いやね、アルフィー、追い払うつもり？　おあいにくさま、わたくしもここにいて、アフタヌーン・ティーを楽しむつもりよ。でも、お兄さまとミスター・プライドの会話を盗み聞きするつもりはないから、心配なさらないで」

「悪いな、ジョン。こいつは当節流行りの、威勢のいいモダンガールのひとりでね」

ポリーが笑ってバッグを開け、長いキセルと煙草《たばこ》を取りだすのを見て、ジョンはショックが顔に出ていないことを祈った。

「アルフィー、火をつけてくださらない？　女だてらに煙草を吸うなんて、自堕落で恐ろしいことだとお思いになるかしら、ミスター・プライド？　わたくしの愛する兄はそう思っているの。妹がこれほどモダンで大胆なことに、恐れをなしているのよ。お姉さまか妹さんがおあり？」

「姉がふたりいます」

「あら、すてき！　モダンな方々？」

「ポリー、質問が多すぎるぞ。すまない、ジョン。こいつは恐ろしいほど甘やかされて育ったものだから」

「誰のせいかしら？　望みどおりケンブリッジ大学に行かせてもらえていたら、家庭教師に甘やかされることもなく、ちょっとした女学者になっていたはずよ。ミスター・プライド、ダンスはお好き？」

「ジョンはダンスに時間を割くほど暇じゃない」

「アルフィー、ばかなことを言わないで。ダンスをする時間がないほど忙しいなんて間違ってるわ。そんなにお忙しく何をなさっているの？」

ジョンが答えるよりも先に、アルフレッドが言った。「飛行機の操縦を教えているんだ。すばらしい教師だよ」

「すてきだわ。わたくしにも教えてくださる？　きっと飛ぶのが大好きになる。とても面白そうだもの！　ああ、待って！　すばらしいことを思いついた。飛び方を教えてくださったら、ダンスを教えてさしあげてよ」

「おまえは明日ニューヨークに発《た》つんだぞ」

ポリーは可愛《かわい》らしく口を尖《とが》らせた。「そうだった。でも、発たないかも。気が変わるかもしれないわ」

ポリーがようやく説得に応じて席を立つと、アルフレッドが謝った。「悪かったな」

「謝る必要はないよ」ジョンはほほ笑まずにはいられなかった。レディ・ポリーは楽しい人だ。おかげでだいぶ気分がよくなった。

「きみが経営している飛行訓練所のことを詳しく話してくれないか。さばききれないほど生徒が押しかけているんだろうな」

ジョンは首を振った。「いまはそうでもない。景気が悪いから……」

「そうだな。かなりの不景気だ。しかも、早期の回復を見込める望みもあまりないときてる。もしも経営難なら、ぼくのちょっとした起業に加わることを考えてくれるとありがたいんだが」

ジョンはけげんな顔で友人を見つめた。「きみはもう飛ばないんだと思ったが」

「ぼくは飛ばない。だが、うちの地所にある飛行クラブの運営を頼まれてね。そこで新しい教官が必要なんだ。優れた操縦技術を持つ人間が。すぐにきみのことが頭に浮かんだ」

「そう言われても、どう答えればいいか……」ジョンは正直に告げた。

「いますぐ答える必要はないさ。ただ、考えてくれないか。クラブで働いているのは気のいい連中だし、操縦を習いたがってやってくる若い連中もどっさりいる。来週は新しい飛行機を見に行く予定なんだ。美しいぞ」

アルフレッドが新しい飛行機の性能について語るのを羨ましく思いながら聞いていると、彼が突然言葉を切り、感嘆の声をあげた。

「これは驚いた！」

燕尾服《えんびふく》を着た小太りの小柄な中年男が、目が覚めるようなブロンドの若い女性を伴って入ってきて、ピアノの前に座った。女性は歌手らしく、ピアノの隣に立つ。

アルフレッドは片眼鏡を目にあて、女性をじっと見た。

ジョンはさきほどの怒りとみじめさが戻るのを感じた。あれはヘッティではないが、ヘッティもきっとこんなふうに男たちの視線にさらされることになる。ブロンド美人のスカートの裾はヘッティのドレスよりも短く、ふくらはぎがかなり露出している。これだけ離れていても、化粧が濃いのが見てとれた。カールした短い髪が顔に張りつくように波打っている。

「なかなか美人だな。しかも、見たところ積極的なタイプのようだ。ポリーがいなければ夕食に誘いたいところだね。まあ、ああいう娘には、すでに取り巻きがたっぷりいるだろうが」

ブロンドの娘はふたりのほうを見て歌いだし、こちらに何度も顔を向けた。

歌いおわってアルフレッドが熱心に拍手すると、にっこり笑ってお辞儀をした。どうやらアルフレッドとのあいだに、アダムとイヴのころから変わらない暗黙の了解が交わされたようだ。

これがヘッティの選んだ人生なのだ。ヘッティのことはよく知っているつもりだったが、どうやらとんでもない思い違いだったようだ。

6

ヘッティは部屋を見まわした。細長い屋根裏部屋に、小さな戸棚で仕切られて細いベッドがずらりと並んでいる。埃《ほこり》っぽい木の床にはみすぼらしい足敷きが置かれ、同じように擦り切れた上掛けがベッドを覆っていた。大家が通りから呼びこんだ汚い手と服のふたりの男が、大汗をかき、うなり声を発しながら屋根裏まで運びあげたトランクは、ドアと窓からいちばん遠い、奥のベッドのそばに置いてあった。日光が射《さ》しこんでいる天井の低い部屋は、むっとするほど暑い。そのよどんだ空気がヘッティの喉の奥をふさいだ。それとも涙だろうか？

ここは、ヘッティと母が案内され、見せられた、美しい家具のある部屋とはまるで違っていた。だが、それをブキャナン夫人の姉である大家に訴えると、鋭く言い返された。

「あの部屋はあなたが払う部屋代の三倍はするんですよ。だから、不満があればお母さまに言うのね」

ヘッティは、ブキャナン夫人が〝下宿代は歌の報酬から引かれる〟と母に言ったことを思い出し、食いさがろうとした。でも、それを口にすると、大家は軽蔑もあらわにこう言った。「お母さまは誤解されたようね。うちの最上の部屋を借りられるのは、一流の歌手だけですよ。あなたのような無名の娘にはとても無理」

ヘッティはかっとなって言い返そうとしたが、ヘッティを粗末な屋根裏の大部屋に残し、大家はさっさときびすを返して階下に行ってしまった。

階段を上がってくる足音がして、ドアが勢いよく開いた。五、六人ばかりの娘たちが談笑しながら入ってきて……ヘッティを見て足を止めた。

「あんた、誰？」いちばん背の高い、いちばん年長に見える娘が腰に手をあて、ヘッティをじろじろ見ながら尋ねた。

「わたしはヘッティ・ウォーカーよ」ヘッティはためらいがちに名乗った。

「やめなよ、リジー」誰かが言った。「ごらん、死ぬほど怯《おび》えてるじゃないか。リジーのことは気にしなくていいよ。月のものが始まるといつもこうなんだ」

「へえ、あんたは違うっての、スーキー・シモンズ？」リジーと呼ばれた娘がさっと向き直って、皮肉たっぷりに言い返す。「まったく、月曜日の昼の興行ときたら。客が入んないのに、どうしてやるんだろ？　こんなに景気が悪くちゃ、なおさら入りが悪いのにさ」

「お偉方に経営の仕方を教えてやれば、リジー？」べつの娘が笑いながら言った。

「そしてクビになれ、って？　冗談じゃない」リジーの口調は辛辣だったが、笑みを浮かべているのを見て、ヘッティは少し安心した。

「で、あんたはどの出し物に出てるのさ、ヘッティ?」リジーが尋ねた。「エンパイア劇場の出し物? たしか、ふたりばかり追加のコーラスを探してたっけ。あそこは出入りが激しいよね。まあ、無理ないか。ものすごくギャラが安いから。けど、コーラスガールにしちゃ、あんたは小柄すぎない?」

「わたしはアデルフィ・ホテルで歌うことになっているの」娘たちの言葉遣いにショックを受けながら、ヘッティはおずおずと答えた。「アフタヌーン・ティーの時間に。ブキャナン夫人のご主人が伴奏をしてくださるのよ」

「なんだって、あの雌狐《めぎつね》の――」

顔をしかめて言いかけたリジーを肘で小突き、スーキーが尋ねた。「ってことは、歌手なの?」

「ええ」

「いままではどこで歌ってたのさ」ばらばらになって、それぞれのベッドに向かう娘たちのひとりが尋ねた。寝転がる者、座って足をマッサージする者もいる。

「あの……人前で歌うのはこれが初めてなの」

「家から離れるのも初めて?」スーキーが優しい声で訊《き》く。

隣のベッドがリジーではなくスーキーのものだとわかって、少しほっとしながらヘッティはうなずいた。

「ブキャナン夫人に騙《だま》されるんじゃないよ」スーキーが警告した。「ここの大家と似てるとしたら、鴨《かも》のケツの穴みたいなしまり屋にちがいない。大家はそのベッドでいくら取ってるのさ？」

ヘッティは首を振った。「さあ。ブキャナン夫人は、わたしの報酬からかかった費用を全部引いて残りを払ってくれるそうなの。でも、少し誤解があったみたい。ひと部屋借りたつもりだったんだけれど……」

ふたりばかり笑い声をあげたが、いやな感じではなかった。

「みんなその手に引っかかるんだよね」リジーがくすくす笑う。「マーシャルのことだ、あんたの母さんにここでいちばんいい部屋を見せて、そこを借りられると思わせたんだろ？」

ヘッティはうなずいた。

「下宿代は自分で払うから報酬を全額渡してくれ、って言えばよかったのに。それに、ここには値のはるものを置いちゃだめだよ。マーシャルが持ってっちゃうから」

「でも、そういうときは抗議すれば――」ヘッティはショックを受け、言い返そうとした。

「抗議だって？　あの大家に？　そんなことをすれば、放りだされるだけさ。おまけにどの下宿にも行けないように、あることないこと言いふらされる。現に、そういう目に遭った娘がいたんだよ。結局、仕事まで失《な》くすはめになった！」

個室を貸すふりをした大家の詐欺行為もショックだったが、この糾弾を聞いてヘッティは気づいた。大家のマーシャル夫人に関する事実を両親に報告すれば、すぐさま家に戻ってこいと言われるにちがいない。大家の詐欺行為には腹がたつし、いま聞いた盗みの話も衝撃だが、何年も夢に見てきた仕事を棒に振るのはいやだ。

「金物屋の子がアギーに熱をあげてるから、アギーがうまく頼めば、その子がトランクの錠を作ってくれるよ」

足をまっすぐにして調べていた長身の金髪の娘が、顔をしかめた。「だけど、あんたも一緒に来てよ。あいつとふたりきりになるのはごめんだからね。やたらとべたべた触りたがるんだもの！」

「ふん、バッシャーほどじゃないよ。バッシャーときたら、自分じゃ興行主だなんて言ってるけど、いけすかない古だぬきさ。ブラックプールのレヴューーで、あいつがあたしたちにどんな衣装を着せたがったか覚えてる、リジー？」べつの娘が口をはさんだ。

「もちろんよ、バブス。まるで体がふたつに切れそうなほど食いこんだっけ」リジーの答えに、全員がどっと笑った。

「やんなっちゃう、足がぼろぼろ」バブスと呼ばれた娘がこぼした。「コーラスガールにはタコやマメがつきものだけど」

「みなさん同じコーラスにいるの?」ヘッティは遠慮がちに尋ねた。この人たちは話し方も自信たっぷりな様子も、プレストンで知っていた娘たちとは全然違う。でも、悪い人たちではなさそうだ。

「いまは、ロイヤルコートパレスで大掛かりなパントが始まるとこ。二百人の女の子をコーラスに使うの。そのほかに代役もいるんだよ。だから、この六週間はふだんどおり一週間六回ずつ昼夜興行をこなすほかに、そっちのリハーサルもしてるわけ。もうくたくたよ。あんたはどんな歌手、ヘッティ?」バブスが尋ねた。

「ソプラノなの」ヘッティは反射的にそう答えていた。

「へえ、〝ソプラノ〟ね」リジーが嘲るように気取った発音を誇張した。

「意地悪な言い方はやめなよ、リジー」バブスがたしなめ、人懐っこい笑みを浮かべた。「気にすることないよ。口は悪いけど、気はいい娘だから。あたしが訊いたのは、レパートリーのことさ」

「ええと……とくにないの」ヘッティは正直に答えた。

「だったら用意しといたほうがいいよ。それに黒髪はちょうど流行《はや》りだから、うまくするとちゃんとしたパートをもらえるかも。それはともかく、お腹がぺこぺこ」バブスはうめくように言って話題を変え、みんなの注意をヘッティからそらしてくれた。「一緒に食べに行く人、いる?」

「外に食べに行くの? でも、下宿代には食費も含まれていると聞いたけれど」

「みんな、いまの聞いた?」リジーがあきれたように首を振った。「ここでありつけるのは、かび臭いパンと水みたいなスープだけだよ」

コーラスガールたちの話し方にはまだあまり慣れないが、今度はヘッティもみんなと一緒に笑うようにした。

「いやなら一緒に来なくてもいいさ」バブスが言った。「よかったら、おいしいオムレツを持ってきてあげる。でも、フィッシュはだめ。ごうつくばりの大家がにおいを嗅ぎつけたら、もっと家賃をよこせ、って言うに決まってるもの。食べ物を持ちこむなら余分に払え、ってね。けど、ここは清潔だよ。そうじゃない下宿も多いんだ。このまえいた下宿なんか、そこを出てから一カ月経《た》ってもあちこち痒《かゆ》くてたまんなかった」

ヘッティがぶるっと体を震わせると、バブスは気のいい笑い声をあげた。

「あんたったら世間知らずなんだね。いいさ、あたしたちが面倒みてあげる。すぐ慣れるよ。とにかく、ブキャナン夫人の言いなりになんないこと。ダンスもできるの?」

「少しだけ」

「それはよかった」バブスはそう言って立ちあがった。

リジーが苛立《いらだ》たしげに急《せ》かした。「ちょっと、バブス、一緒に来るの、来ないの?」

「ちょっと待って」バブスは言い返し、ヘッティを誘った。「一緒に行こうよ。外の空気を吸うのは体にいいし」

　バブスたちと行動をともにしているのを両親やジョンが見たら、さぞショックを受けることだろう。そう思ったが、ヘッティもお腹がすいていた。それに、これからはこの娘たちと一緒に暮らすのだ。溶けこむ努力をしなくては。

　ヘッティはみんなと連れだって外に出た。静かな通りがすぐにおしゃべりと笑い声で騒がしくなる。足が痛むにもかかわらず、ふたりが出し抜けに仲間を抱えて踊りだし、脚を高く上げてステップを踏みはじめた。通りの向かいを歩いていたふたりの紳士が足を止め、目を丸くして見つめる。

「ちょっと、リジー！　あそこで大口を開けて見てるふたりに、いま見せてやったのは二シリング六ペンスのダンスだって、言ってやってよ」

「メアリー、あんたリズムがずれてるし、ステップをひとつ飛ばしたよ」

　メアリーと呼ばれた娘は、けなした相手にくってかかった。「自分はどうなのさ。耳のなかで音楽が鳴ってたってリズムをとれないくせに。だからあんたは後ろで、あたしは前の列なのよ」

「ずいぶん偉そうじゃん」べつの誰かがぼそりとつぶやく。「あのコーラスにいられるのは、老チャーリーにごまをすってるからなのに」

　十五分後、ヘッティは細い木製ベンチでバブスとリジーのあいだに座り、おいしそうな牛肉と団子入りスープを前にしていた。今朝までの自分とは、まるで違う人間になったような気がする。注文したワインをバブスたちがいかにもおいしそうに飲むのを見て、ヘッティは目を丸くした。

「試してごらん」バブスが勧める。

目つきの鋭いリジーにまた嘲笑されたくなくて、ヘッティはおとなしくバブスが注《つ》いでくれた液体を少しだけ飲んだ。とても酸っぱくてまずかったが、そう思ったのを必死に隠し、勇気をふるってグラスを空にした。

まもなくどっと疲れが押しよせ、まぶたが落ちてきて、バブスの肩に頭をもたせかけていた。

「ごらんよ、バブス」ひとりが囁《ささや》いた。「可哀想《かわいそう》に。よっぽど疲れたんだね」

バブスは寝ているヘッティの横顔を見て、ため息をついた。「帰ろうか、この子を下宿に運ばなきゃ」

「よしてよ、バブス。あたしらは子守じゃないよ」リジーはそう言い返したものの、口元を和らげ、なんの憂いもなさそうにすやすや眠っているヘッティを見下ろした。

7

　下宿で暮らしはじめてもうすぐ二週間になる。ヘッティは屋根裏部屋の仲間にすっかりなじんでいた。リジーはつっけんどんで辛辣だが、本当は優しい心の持ち主で、母親と病気の妹に仕送りをしているという。おおらかな性格のバブスは、争いが起きそうになると落ち着いて仲裁に入る。金髪のアギーは既婚の劇場支配人を好きになって失恋したばかり。メアリーは抜け目のない娘で、自分のためになると思えばどんな男でも平気で騙《だま》す。それに双子のジェニーとジェスはいたずら好きで、いつも誰かをからかい、いたずらを仕掛けていた。

　コーラスのダンスと歌もすっかり覚えた。それだけでなく、いつすてきな紳士に誘われてもいいようにと、バブスは新しいダンスのステップを――タンゴまで！――教えてくれた。

「誘われたのに踊れなかったら、恥をかくもんね」

「わたしを誘う人なんていないわ」ヘッティは笑いながら首を振った。アデルフィのフロアをくるくるまわりながら踊るなんて、ありえない。

「いいや、男の子たちはあんたが驚くほど大胆だよ」

でも、コニーの家でも、プレストンの両親に書く手紙でも、そういうことには触れなかった。ひとり部屋でなく大部屋にいることも、ひどい食事のことも、ブキャナン夫人が母に自慢したほどよい教師ではないことも、自分だけの胸に秘めておいた。実際、プレストンのブラウン先生よりはるかにひどい教師であるうえに、ほかの生徒を教えるためにしょっちゅうヘッティのレッスンを短く切りあげるが、それも黙っていた。

家族を騙したいわけじゃないわ、ただ心配させたくないだけ。ヘッティはそう自分に言い聞かせた。屋根裏部屋の娘たちの連帯意識や、みんなと一緒にいてどんなに楽しいかも知らせなかった。父も母も昔かたぎのところがある。どんなに気のいい娘たちでも、平気で汚い言葉を口にし、濃い化粧をして舞台で踊っているというだけで怖気《おぞけ》をふるうかもしれない。

「今日のレッスンはどうだった?」バブスが屋根裏では禁じられているお茶を淹《い》れ、〝リッチ・ティー〟という銘柄のビスケットをそのなかに落としながら尋ねた。「まだ音階の練習をさせられてるの?」

「ううん、今日は音階の練習はしなかったの。明日の朝はアデルフィに行って、ブキャナン氏と練習するように言われたわ。いま歌っている人が予定より早く辞めるんですって。

だから来週デビューすることになったの」ヘッティは興奮のあまり、小さく体を震わせた。

「父と母が聴きに来てくれるといいんだけれど」

「どうやって聴くのさ？」リジーが口をはさんだ。「あそこのウェイターは、あたしたちみたいな人間をなかに入れちゃくれないよ」

「父と母は入れるはず……」ヘッティは困って言いよどんだ。両親はとても立派な人たちだと言いたかったが、リジーを怒らせたくない。

「だめだとは言ってないよ。だけど、まっとうな市民と上流階級の人たちは違う。あそこはお茶一杯だってものすごく高いし」

「ヘッティを困らせるのはやめなよ」バブスがたしなめた。「大丈夫だよ、ヘッティ。あんたの両親が来られなければ、なんとかしてあたしたちの誰かが行くから。高慢ちきなウエイターを説得するぐらいなんでもないさ。ねえ、メアリー？」

　ヘッティは感謝の笑みを浮かべたものの、デビューの日に新しい友人たちがアデルフィに押しかけてくるのがよいことかどうかわからなかった。でも、みんなの気持ちを傷つけたくなくて、話題を変えた。「足のマメはどう、バブス？　少しはよくなった？」

「全然。いまいましい靴のせいさ。けど、もっと大きな靴が必要だなんてバッシャーに言おうもんなら、たちまちクビだからね」

「まさか」

「ほんとだよ。あいつは同じサイズの靴を大量に買って、安くしてもらうの。で、その靴が合うダンサーしか雇わない。だから、サイズが合うふりをしなきゃならないってわけ」

ヘッティには信じがたいことだったが、バブスの口ぶりからすると、よくあることらしい。

「そうだ、暇なら一緒に来て、リハーサルを見ない？　ここにひとりでいるより面白いよ」

「行ってもいいの？」ヘッティはぱっと顔を輝かせた。

「もちろん。みんなでこっそり入れてあげる」

仲間が踊るのを見られるばかりか、ちゃんとしたリハーサルを見られるなんて。いつかわたしも舞台で歌える日が来るかもしれない！

8

「明日は初めてアデルフィでちゃんとしたリハーサルをするの。木曜日の午後から歌うことになったのよ」日曜日、教会からの帰りに子どもたちと手を繋《つな》いで歩きながら、ヘッティは興奮に弾む声でコニーに報告した。

「まあ、よかったわね」コニーがにっこりする。

「母さんにも手紙で知らせたの。来られるといいんだけれど」ヘッティはかすかに顔を曇らせた。ジョンはきっと来てくれない。コニーの家で言い争って以来、手紙さえくれなかった。これまでのような親密な間柄には、もう戻れないのだろうか？

「来るに決まってるでしょ。わたしも楽しみにしてる。アデルフィは、いとこのセシリーに連れてってもらって以来よ。セシリーもきっと来たがるわね。義理のお母さんも連れてくるんじゃないかな。みんなであなたのデビューを応援するわね」

「なんだか、よけい緊張しそう」ヘッティは笑い、ためらいがちに付け加えた。「ジョンはまだ怒ってるのかしら？　わたしが人前で歌うのに反対なのはわかってるけれど、ジョンにも来てほしいの」

コニーはヘッティを抱きしめた。「来るわよ。わたしが一緒に連れていくわ。ジョンは急に大人っぽくなったあなたを見て、ショックを受けただけ。男ってときどき妙な態度をとることがあるの」

看護学校で仲間と一緒に楽しく過ごした経験のあるコニーは、ヘッティが新しい友達を作り、新しい人生を満喫しているのに気づいていた。一カ月もしないうちに子どもっぽいところが消え、見違えるように大人びてきたのがその証拠だ。

「母さんが元気になってくれますように。昨日電話したときジェニングス夫人に、具合が悪くて寝ていると言われたの」

「きっとこの暑さで体調を崩したのね」コニーは急いでそう言った。ヘッティには妊娠のことを知らせないでくれ、とエリーに念を押されているのだ。さいわい、エリーは自分の体のことも生まれてくる赤ん坊のことも、以前ほど心配はしていないようだ。

コニーは昼食のテーブルで、ヘッティががつがつ食べるのを見てほほ笑んだ。どうやら歌の練習はお腹がすくらしい。

コニーは知らなかったが、ブキャナン夫人から受けとる〝小遣い〟があまりに少なすぎて、ちゃんとした食事は一日一食がやっとだった。お腹いっぱい食べられるのは週に一度、この食事だけなのだ。

「そのマデイラケーキ、そんなにおいしい？　よかったら、お友達にも少し持っていく？」

「うん、そうしたい！」

その大部分は、おそらく自分が食べることになる。ヘッティはコニーが包んでくれるのを見ながら、マーシャル夫人の下宿で自分がどんな毎日を送っているか黙っていることに罪悪感を覚えた。

でも、バブスがこう言ったのだ。〝実家や親戚には話さないほうがいいこともあるよ。心配させたくないもんね〟と。

「主人がアデルフィで待っているわ、ミス・ウォーカー。ホテルの正面はお客さまが出入りする入り口ですから、裏にある従業員用の入り口を使うんですよ。なかに入ったら、メイド頭に言えば、主人が練習に使っている部屋に案内してくれるわ。音階練習をアデルフィのお客さまの前ですることはできませんからね」ブキャナン夫人はそう言った。「これから毎朝十時にホテルのその部屋に行き、主人が帰っていいと言うまで練習する。そしてあなたの歌に主人が満足したら、木曜日にきちんと支度をしてステージに立ち、お客さまの前で歌いはじめます。わかりましたか？」

「はい、ブキャナン先生」もうすぐ歌えるようになるんだわ！　ヘッティは信じられない気持ちでそう思った。

「ギデオン、あんたが街を離れるなんて珍しいね」ジョンは車から降りる義兄を温かく迎えた。

「誰かさんが街の外に住んでるからさ」ギデオンは笑いながら言い、生徒のひとりが危なっかしく翼を揺らしながら離陸するのを見て反射的に首を縮めた。「エリーに伝言を頼まれたんだ」

「エリー？　まさか……」ジョンはさっと顔を曇らせた。

「いや、エリーは元気だ」ギデオンは急いで安心させた。「今日はヘッティのことで来たのさ。今週の木曜日にアデルフィでデビューするんだが、そのときは特別おまえに来てもらいたがってる。あのドレスをけなされたのが、相当こたえているらしいぞ」

「あんな格好で人前で歌うのを見て、嬉《うれ》しそうな顔はできないよ」ジョンは言い返した。

「そうなった責任はおれにあるんだよ。だが、そのうち飽きて、家に戻ってくるさ。コニーが家出して何年も行方が知れなかったとき、エリーがどんなに胸を痛めていたか知っているだろう？　その二の舞いを避けたかったんだ。ヘッティはプライド家の女たちに負けないほど頑固なところがあるからな」

ジョンはしぶしぶ笑みを浮かべた。たしかにふたりの姉は、どちらもこうと思ったらてこでも聞かないところがある。そういう母親と叔母の影響を受けて育ったヘッティを責めるのは不公平かもしれない。

「まあね。だけど、ステージに立つなんて堅気の娘のすることじゃないよ」

「しかし、ヘッティは歌手で女優じゃない。あの子にもチャンスをやるべきだぞ、ジョン。頭ごなしに命令され、自分の意思で選ぶ権利を否定されたら、人は反抗的になるし、自暴自棄になるもんだ。若いうちはとくに」

ギデオンの苦い声にジョンは、母がエリーとギデオンの仲を無理やり引き裂いたせいで、ふたりがどれほどつらかったか思い出しているのだとわかった。

「仕事のほうはどうだい？」ギデオンは話題を変えた。

「あまり芳しくないよ」

「失業者がこれだけ増えたんじゃ、無理もないな。おれも職人の一部を一時的にしろ解雇しなきゃならないかもしれん。エリーはできるだけうちの家計を節約して、職人の家族を路頭に迷わせないようにしよう、と言ってるが。さいわい、多少は蓄えがあるからな。貸部屋の家賃が多少減ってもなんとかなる。だが、潰れるところが増えてるよ。リバプールの景気も相当悪いようだぞ。船の積み荷がなくなって、波止場が空っぽらしい。ほかの商売も同じようなものだって話だ。まったく、政治家は何をやってるんだか」

「せっかく戦争から生きて戻ったのに飢え死にさせるのか、ってみんな言ってるよ」

「ああ、なんとかならんかな」ギデオンはため息をつくと、ジョンのもとを訪れた本来の目的に戻った。「それじゃ、ヘッティのデビューには行ってくれるんだな？　姿を見せなかったら、エリーに絞られるぞ」

ジョンは笑った。「わかったよ。行くと言っといてくれ」人前で歌うのはいまでも反対だが、もうすぐヘッティに会えると思うと胸がときめいた。


ヘッティは緊張と興奮で頬を上気させながらライム通りを急いで渡り、アデルフィ・ホテルの裏口へとまわった。そこでは掃除をおえたばかりの客室係のメイドが、客にどんなにひどい態度をとられたか仲間にこぼしていた。

「ダイヤや毛皮で着飾ってるくせに、わずか数ペンスを出し惜しみするんだから」

「代わりに香水を使わせてもらったってわけね、ナンシー」

ヘッティがメイドたちのあいだを縫うように横切るときに、そんな言葉が聞こえた。

「おい、どこへ行くつもりだ？」ドアマンの制服を着ている太った男がヘッティを止めた。

「メイド頭のネヴィス夫人はいらっしゃいますか？　木曜日からここでアフタヌーン・ティーの時間に歌うんです。今日はその練習に来ました」ヘッティは説明した。

「この次はここに書きこめるように、行く部屋の番号をちゃんと覚えてくださいよ」ドアマンはそう言って、メイド頭の部屋があるほうを指さした。

ネヴィス夫人は忙しくて案内できないと言い、ブキャナン氏がいる部屋の番号を教えてくれた。

その部屋までの行き方があまりに複雑だったので、果てしなく続く階段を上がり、長い廊下を進む途中で、どこかで間違ったのではないかと不安にかられた。が、ようやく開いたドアからピアノの音が聞こえてきた。

ノックをしたが、返事はない。ためらいがちに部屋に入ると、ピアニストが即座に手を止めてヘッティを見た。

「ミスター・ブキャナン？」ヘッティはおずおずと尋ねた。

「そうだよ。きみはわたしが伴奏することになる、新しい歌手にちがいないな」

艶やかな黒髪にエナメル革の靴、はげた頭頂部に幾筋かの髪をとかしつけたブキャナン氏は、ヘッティの想像とはまるで違っていた。けれど、この小柄で肥えたピアニストは、少なくとも夫人より陽気で優しそうだ。

「うむ、妻はいつもよりうまく選んだようだな。きみは実に愛らしい。レディはこぞってきみを羨み、ご主人たちはきみをひそかに称賛するために、毎日午後のお茶の時間をここで過ごすよう夫人たちに勧めることだろう。その可愛《かわい》い顔を引き立てるような衣装を用意しているといいが」ブキャナン氏はそう言ってヘッティの頬を軽くつねった。「紳士は愛らしいくるぶしや華奢《きゃしゃ》な肩を見たがるものだ。いいかね、歌うときはレディに顔を向けるんだよ。しかし、きみが最も美しく見える角度から紳士方に見てもらうことも大事だ。メイジーもそれを心得ていたんだが、残念なことに自惚《うぬぼ》れが強くなりすぎてね。辞めてもらうしかなかった。さてと、音階の練習はしっかりしてきたかな？　今日はわたしのためにそれをやってもらおう」

ヘッティはジャケットを脱ぎ、ブキャナン氏に向き直った。

「いや、そうじゃない」ブキャナン氏はそう言いながら両手をヘッティの腕と腰に置き、服を通してその熱さが伝わるほど力をこめてつかんだ。

「ピアノのそばに、この角度で立つ。いいね？」ブキャナン氏はヘッティの体をまわし、ピアノに背を向けさせた。「きみが歌うのはレディたちのためだ、わたしに聴かせるためではない。もしも夜歌うように求められたら、わたしの肩のすぐそばに立つことになる。身を乗りだして譜めくりをしてもらうこともあるかもしれん。もっとも、夜の客は昼間の客とはまるで違う。ほとんどが紳士だがね。どれ、最初からやってみようか？」

ブキャナン氏がヘッティの進歩に満足し、今日はこれまで、と言ったときにはもう四時になっていた。昼休みなしだったので、そのころにはお腹がぺこぺこだった。

下宿に戻るよりロイヤルコートパレスの仲間と合流することに決め、ヘッティは通りの向かいにある劇場へと足を向けた。ちょうどマチネーと呼ばれる昼の興行が終わる時間だ。

すでに顔なじみのドアマン、フランキーが笑顔で迎え、楽屋口から入れてくれた。「たったいま終わったとこだよ」

彼の脇をすり抜け、ヘッティはコーラスが使っている広い楽屋に入った。いまでは半裸の娘たちを見ても、赤くなることもない。

「ヘッティ、こっちにおいでよ。今日はどうだった？」先に見つけてくれたリジーに呼ばれ、ヘッティは大勢の娘たちでごった返す部屋を横切った。

ひとつの壁の端から端まで鏡を取りつけた細長い部屋には、その下に長い化粧台が作りつけられている。おのおのがそこに狭い陣地と自分の椅子を持ち、反対側の壁にロッカーとコート掛けを持っている。でも、化粧台と鏡のスペースも、ロッカーの数も足りたためしがなく、誰の場所かでもめることもよくある、とバブスが話してくれた。

短いほうの壁にあるドアは、その向こうが衣装係の縄張りで、さまざまな衣装がごちゃごちゃに並び、積み重なっている。

楽屋のよどんだ空気は安物の化粧品や香水や汗のにおいがするが、ヘッティはここの興奮やあわただしさ、賑《にぎ》やかさ、ときにはぴんと張りつめた雰囲気が好きだった。

「この羽根をはずすの、手伝ってくれない？」頭につけた飾りを引っ張っているリジーに頼まれ、ヘッティは手を貸した。リジーがほっと息をつく。

「で、ヘッティ、どんな人だった？」バブスが尋ねた。

「ブキャナン氏？　夫人よりも——」

　そう言いかけたとき、楽屋のドアが勢いよく開き、まだ衣装も化粧もそのままの娘が入ってきた。

「あらら」スーキーがつぶやく。「ひと騒動始まるよ」

「誰なの？」急にみんながことさら忙しそうに手を動かしはじめたのを見て、ヘッティは好奇心にかられ、小声で尋ねた。

「売り出し中のスターさ。あたしらのひとりに、いちゃもんをつけに来たんだ」スーキーが答える。

「あの子はどこ？」尊大なアルトの声が、いまや静まり返った楽屋に響き渡る。「あんたたち、何を黙ってるのさ。音楽なんか聴いたことがないみたいにしか踊れないとしても、耳ぐらいは聞こえるんだろ。あたしの男に色目を使ったあの娘はどこよ？」

「モーリーンがさっさと帰ったあとでよかった。さもなきゃ、ガーティに八つ裂きにされてたよ」バブスが低い声で言った。

「ガーティ、ダーリン、ここで何をしている？」

　長身でハンサムな金髪の男が楽屋に入ってきたのを見て、ヘッティは目をみはった。その男はコーラスガールには見向きもせず、かっかしているアルトの娘に歩みよった。

「何をしてるか、ですって？　しらじらしい」アルトの娘が大声でわめく。「あんたが隠れて会ってるあばずれを捜しに来たに決まってるでしょ。よく覚えといて。もう二度とそんなことはさせないから」

ガーティはそう言うなり、後ろ姿を見るのにみんなが使う手鏡をつかんで、レディなら決して目を向けない紳士の体の一部に思いきり振りおろした。男が苦痛のうめきをもらして体をふたつに折る。

「驚いた、ガーティったら、あそこをぶっ叩《たた》いたよ」ショックを受けるどころか、感心したようにバブスが囁《ささや》く。「これであの男も浮気はやめるね」

「あのあばずれにまた手をだしたら、今度はちょんぎってやる」

ふたりが言い争いながら楽屋を出ていくと、ヘッティはバブスを見て尋ねた。「いまのはなんだったの？」

「ガーティはこのショーの主役なの。で、あの男は天使《エンジェル》のひとり」

「エンジェルって？」

このやりとりを聞いていたリジーが、ため息をもらし説明してくれた。「エンジェルは出し物の資金を出す人のこと。バーティは金持ちの奥さんをつかまえたおかげで、銀行がやれるくらい金を持ってるの」

「だけど、結婚しているなら……」

「まったく、あんたはなんにも知らないんだね。もちろん結婚してるよ。みんなそうさ。

けど、手近な娘に手をだすのをやめない。ガーティはバーティを見たとたんに、自分の男にすることにした。まあ、この世界じゃ昔から、気に入った男を選ぶのは主役の特権だし、その男にちょっかいをだしたらただじゃすまない。けど、ガーティはとっくに盛りを過ぎてる。バーティがこっそり若いモーリーンを抱きたくなるのも無理ないよ」

「そんな歳《とし》には見えなかったわ」赤い頬に真っ赤な唇をして、短いスカートから形のよい脚をのぞかせたガーティは、ヘッティの目にまるで大輪の花のように見えた。

「ドーランを塗ってるからだろ。近くで見たら深いしわが何本もある。バーティがエンジェルになったのは、二シーズンぐらいまえに『シンデレラ』をやってるときだったけど、ガーティは一目惚れ。バーティのほうもすぐに気づいて、めでたしめでたしってわけ。けど彼のほうはガーティに飽きがきて、少しばかりモーリーンにそそられてる。モーリーンは気をつけないと厄介なことになるね。ガーティがたったいまあの男の玉にしたことを見たろ？　モーリーンはもっとひどい目に遭わされる。バーティのまえにガーティのものだった男に色目を使った娘は、顔に酸をかけられたって聞いたよ」

ヘッティは思わず息をのんだ。

「怖がることはないさ」リジーが慰めた。「あんたは何もされやしない。で、ブキャナン夫人の旦那はどんな男だった？」

「親切で、とても陽気な人。予想していたのとは全然違っていたわ」

「それはよかった。けど、親切な男には気をつけなよ。たいていは、よからぬ目当てがあるんだから」リジーが厳しい顔で警告した。

三十分後、彼女たちは揃《そろ》って秋の陽射《ひざ》しのなかに出て、談笑しながら近くのレストランへ向かっていた。ここの店主は店が混むまえに来ることと、紳士に誘われたらこの店に連れてくることを条件に、安くしてくれるのだ。

空腹だったヘッティは炙《あぶ》られた肉のにおいを深々と吸いこみながら、壁際の長い椅子に腰をおろした。

「あんたのファンが来たよ」スーキーに小突かれて目を上げると、注文をとりに近づいてくる店主の息子が見えた。

髭《ひげ》を剃《そ》りはじめたばかりの、髪を香油でなでつけた若者だ。まだ学生で、ヘッティを見ると赤くなる。

「ステーキパイにしなよ。使ってるチョップにはしっかり味を染みこませてあるんだ」若者は小声でそう教えてくれた。

「あたしたちもそれにするよ、マックス。グレービーとポテトもたっぷりつけてよ」リジーが言った。「ぼーっとヘッティに見とれるのもやめな。さもないと横っ面をはられるよ」

みんなが笑い、ヘッティも笑った。仲間が自分を守ってくれるのが嬉しかった。もちろん、マックスから守ってもらう必要はないが、何もかも新しいこと、思いもかけないことばかりなのだ。この仲間がいなければきっと途方に暮れていただろう。

「あの赤毛が訓練を終了してここを出ていく日が待ちきれないね」滑走路を寄宿舎へと戻っていく若者たちを見ながら、ジムが厳しい顔で言った。「何を言っても聞きやしない。すべて知ってるつもりなんだ。ほかの生徒も、あいつに感化されて操縦を知り尽くしたつもりになりはじめてる。あいつは腕のいいパイロットにはとてもなれんな。無茶をしすぎる。今朝なんか、自分が乗るのは昼飯のあとだってのに、格納庫に入ろうとしてた」

ジョンは顔をしかめた。「何をする気だったんだ?」

「ヘルメットを忘れたとか言ってたよ。だが、おれはずっと格納庫で整備していたが、ヘルメットなんかひとつもなかった」

「残りの訓練はぼくが引き受けようか?」ジョンは申しでた。

「いや。厳しく目を光らせてることを本人に知らせてやったから大丈夫だろう。今日の午後は〝きみが宙返りをやれるのは、玩具《おもちゃ》の飛行機ぐらいだ〟と、ほかの生徒の前でこきおろしたし。ところで、欲しい写真は撮れたのか?」

今日は朝から、昔の生徒に操縦を頼み、政府機関に依頼された北西部の海岸線の航空写真を撮っていたのだった。気前がいいうえに写真を送れば即座に支払ってくれる政府は、貴重な収入源なのだ。

新聞には、上流階級の子息のあいだで操縦のレッスンを受けるのが流行《はや》り、需要に応えるため航空クラブが国のあちこちにできているとあった。資産家の息子たちは友人や令嬢を連れて高級車でクラブに乗りつけ、空に舞いあがって自分の腕前を見せびらかすのが好きらしい。アデルフィで会ったときにアルフレッドから聞いた新事業の話からすると、その記事に驚くべきではないのだろう。

飛行機に乗って浮かれている坊ちゃん連中は、ランカシャーに来て、一般市民がどんな生活をしているか見てみればいいのだ。とはいえ、記事に書かれていたような上流階級の子息は、この国の失業者がいまや二百万人に達するという問題で頭を悩ます必要はない。ジョンは自分が政治的な主義主張を持っていると思ったことはないが、貧困がどういうものかはこの目で見てきた。それに、母が死に、ふたりの姉と自分と生まれたばかりのフィリップがばらばらに母の姉たちに預けられて、辛酸を舐《な》めるというのがどういうことか身をもって経験してきた。

かつて賑わっていたリバプールの船溜《ふなだ》まりにたむろしている、港湾労働者のやつれきった顔を見れば、この国の真の状態がわかる。イギリスは未曽有の不景気に突入し、ジョンの事業もそれと同時に下降の一途をたどっていた。本当は明日も、エリーが送ってくれたギデオンのおさがりを着てヘッティが歌うのを見に出かけたりせずに、帳簿をつけ、さらなる収入を得る手段を考えるべきなのだ。二機ある飛行機はよく整備されているとはいえ、古くなりはじめている。クラブ用に新型飛行機を注文するというアルフレッドの言葉が、羨ましく思い出された。科学の進歩は日進月歩だ。飛行機もどんどん改良されている。わずか数週間まえには、アメリカ人が飛行機から爆弾を落としてドイツの船を捕獲したと発表され、世界を驚愕《きょうがく》させた。

もしもまた戦争が始まったら、自分の愛する飛行機は空から死の雨を降らすために使われることになるのだろうか？　それを目撃するようなはめにはなりたくないものだ。

9

〝デビューの日はうちで支度をしたら？　そのあと、わたしとハリーと一緒にアデルフィに行けばいいわ〟というコニーの勧めを、ありがたく受けておけばよかった。ヘッティは後悔しながら、ベッドに広げた赤いティードレスを下着姿で見下ろした。

「なんか顔色が悪いよ、ヘッティ。緊張のしすぎじゃない？」仲間のひとりが気遣うように訊《き》いてくる。

「ええ、少し緊張してるみたい」

「本番のまえは誰だって緊張するもんよ」バブスが慰めた。「けど、家族が来てくれるんだよね？」

「ええ、両親が来てくれるの。叔母と母のいとこも。ジョンも来てくれると言ってたわ」

「ジョンって誰よ？」バブスがからかった。

「母さんの弟」

「つまり、あんたの叔父さん？」

ヘッティは首を振った。「いいえ。いまの母はほんとの母さんじゃないの。わたしは養女なのよ。ジョンは親友で、大の仲良し。まあ、少しまえまではそうだったわ」

「ははん、あんた、そのジョンが好きなんだ」

「違うわ」ヘッティはあわてて否定したが、バブスに笑われ、赤くなった。

「好きだって顔に書いてある。ジョンのことをすっかり話してよ、ヘッティ。ハンサムなの？」メアリーが口をはさんだ。

「ええ」ヘッティは正直に答えた。「でも、好きとか、そういうのじゃなくて……」

「否定してもだめよ」メアリーは笑ってウインクした。「残念、昼間のショーがなければ、ジョンがどんな人か見に行けるのに」

みんながホテルに来られないことにほっとしている自分がうしろめたくて、ヘッティは唇を噛《か》んだ。バブスたちのことは大好きだし、一緒に過ごすのも楽しい。でも、母が自分と同じ目でみんなを見てくれるとは思えなかった。

「何言ってるのさ、メアリー。あたしたちみたいなのがアデルフィでアフタヌーン・ティーなんて、できるわけないだろ」リジーは例によって辛辣だ。

「どうしてよ。あたしのお金だって、ほかのみんなと同じでしょ」メアリーは反抗的に頭を振り、髪を払った。

「まあまあ」バブスが口をはさんだ。「そろそろヘッティの支度を始めようよ。顔が明るくなるように、頬に薄く紅をさしてやるね」

　ヘッティは息を止め、バブスたちに支度を任せた。

「とってもきれいだよ、ヘッティ」しばらくして、バブスが満足そうに言った。「ねえ、みんな?」

「ほんと。スケベじじいが喜ぶだろうな。紅茶を飲んでる奥さんの横でよだれを流すよ、きっと」誰かの言葉にみんなが笑う。

　ヘッティは狼狽《ろうばい》して赤くなった。仲間のこういう冗談は苦手だった。自分がネタになっている場合はとくに。でも、ロイヤルコートでならともかく、アデルフィの客にそういう男がいるとは思えない。

「上流階級の連中には気をつけなよ、ヘッティ。口でなんと言おうと、そういう紳士の狙いはひとつだけなんだから。ぼうっとしてるうちに腹ぼてになって、捨てられるはめになる」

「やめなよ、メイヴィス」リジーがたしなめた。「ヘッティはそんな娘じゃないよ」

「それはともかく、この子に喜ばないような男はエーテルにちがいないね」

　そう言うメイヴィスは、ヘッティがまだあまり話したことのない娘だった。

「エーテルって?」ヘッティは不安にかられてリジーに尋ねた。

「ほら、ヘッティが怯《おび》えてるじゃないか」リジーがたしなめる。

「この子が何も知らないのは、あたしのせいじゃないよ」メイヴィスは肩をすくめた。

「やれやれ」リジーはため息をついた。「エーテルっていうのは、適切じゃない男のこと」

「適切じゃない男？」ヘッティはまだよくわからなかった。

「男としかアレをしない男のことさ」まわりくどい表現ではだめだと思ったらしく、メイヴィスがずばりと言った。「アレを女に入れる代わりに、男のケツの穴に入れる男だよ」

ヘッティはショックを受け、真っ赤になった。結婚した男女がする行為は、はっきり説明されたことはないものの、漠然とわかっている。でも、メイヴィスの説明では――

「それくらいにしておきな、メイヴィス。この子にそんな知識は必要ない」バブスは仲間をたしなめ、こう付け加えた。「ヘッティ、髪をとかして花を飾ったげる」

コーラスラインの娘たちは、レディづきのメイドのように器用だった。バブスはヘッティの髪をとかし、きれいに巻いて赤いシルクの花を挿してくれた。

「あとは唇に紅をさせばいいだけ。まつ毛を黒くする必要もないし」

唇に紅をさしてもらうのは抵抗があったが、せっかくのバブスの申し出を断ることができなかった。

家族に会うまえに、こすり落とすとしよう。

ジョンはブリキの浴槽から出て、缶に入れたお湯に手を伸ばした。頭を浴槽の上に突きだして、そのお湯で石鹸《せっけん》を洗い流すと、ついでにぬるくなったお湯のなかに立って下半身も洗い流した。

小さな窓から射《さ》しこむ陽《ひ》に、固く引きしまり、小麦色に焼けた上半身がきらめく。陽に焼けているのは、羊が食べ残した草が伸びすぎて着陸するときの邪魔にならないように、シャツなしで草刈りをする時間が長いせいだ。

ジョンは自惚《うぬぼ》れの強い男ではなかった。そもそも心配事が多すぎて、浮ついた娘たちのことなど考えている時間はない。だがエリーには、ハンサムだった父さんにそっくり、と会うたびに言われる。それに若い女性たちが自分をどんな目で見るかも気づいていた。

彼はタオルをつかみ、体を拭きはじめた。外は雲ひとつない上天気、絶好の飛行日和だ。こんな日に窮屈なスーツを着て、かしこまって紅茶を飲んで過ごさねばならないと考えただけで気が滅入《めい》るが、ヘッティのたっての頼みとあれば仕方がない。

さいわい、今日はジムが整備について教える日で、飛行訓練の予定はひとつもなかった。ジョンは急いで服を着ると、髪をなでつけた。駅に着いたあと、何か口に入れる時間があるだろうか？　駅までは自転車で行くことにしよう。上着を脱がなくてはならないが、歩くよりははるかに早い。

時計を見ると、すでにジムの授業が始まっている時間だった。ひと言声をかけていきたかったが、講義の邪魔をしたくない。ジョンはそのまま飛行場をあとにした。

駅まであと一キロ弱というとき、聞きなれたエンジン音がした。誰も飛ぶ予定などないのに、どういうことだ？　首を傾《かし》げ、自転車を止めて空を見上げると、上空を飛んでいる飛行機が急にぎこちない動きになり、宙返りを始めようとした。

「ばか、それじゃ高度が低すぎる。上がれ、上がってやり直《なお》せ。上がれ！」

ジョンは空に向かって叫びながら、夢中で自転車を漕《こ》ぎ、飛行場へ引き返しはじめた。飛行機は腹を上に向けて浮かんでいる。咳《せ》きこむようなエンジン音とともに機体がゆっくり反転するあいだ、どんどん高度を失っていく。

無駄だということはわかっていたが、ジョンは必死に祈った。すでにコックピットのへルメットをかぶった四つの頭が見えるくらい高度がさがっている。

「ゆっくり操縦桿《そうじゅうかん》を引け。ゆっくりやるんだ。少し空気を入れて、それから上昇しろ。上がれ……頼む、上がれ、上がってくれ！」自分がそう叫ぶのが聞こえた。

エンジンが咳きこみ、それから機体はぐんと前に出た。またしてもエンジンが咳きこんで……止まる。急にエンジン音が途絶えた空に不気味な静寂が訪れ、それから轟音《ごうおん》とともに飛行機が墜落した。

噴きだした真っ黒な煙が機体を棺衣《たれぎぬ》のように包む。次いでふたたび恐ろしい爆発音が聞こえ、炎が空を焦がした。

飛行場の格納庫があった場所は、いまや炎と煙に包まれていた。

自転車を放りだし、ジョンは燃えさかる格納庫へと走った。あのなかにはジムがいるのだ。親友にして共同経営者のジムは、反抗的な生徒がそのうち何かしでかすのではないかと恐れていた。だが、ジョンはヘッティのことで頭がいっぱいで、うわの空で聞き流してしまった。そのせいでジムが生きながら焼かれている。

消防車が鐘を鳴らして疾走してきた。爆発を聞いた農民たちが畑から駆けてくる。村人も走ってきた。誰かがジョンをつかみ、その手を振りほどこうとするジョンを炎から遠ざけた。

ジムが死んだのはぼくのせいだ。ぼくはその罪を一生背負っていくことになる。流れる涙を拭おうともせず、ジョンは燃える機体と格納庫を見つめた。

こんな思いまでして、なぜアデルフィで歌いたいなんて思ったのかしら？　職員用の階段がある戸口を客から隠すついたての陰で、ヘッティは頭のてっぺんからつま先まで震えながらそう考えていた。

今朝初めて、ブキャナン氏に伴われてハイポスタイルホールへおりたヘッティは、四本の太いイオニア式円柱が天井を支えているホールの立派さにすっかり圧倒されながらも、すべてを本番と同じように行い、最後の仕上げをした。だからブキャナン氏が曲の導入部を弾きはじめたら、ヘッティはホールに入ってピアノのそばへ行き、ブキャナン氏の姿がお客から見えるように彼の横のほうに立つことも、ブキャナン氏がバッハを一曲弾いているあいだ、お客に横顔を見せ、うっとりとブキャナン氏を見つめて聴き入ることもわかっていた。

そのあとブキャナン氏が最初の歌の伴奏を始めるが、ホールのテーブルに紳士がいたら、決してそちらを見てはいけない。ヘッティのまえに歌っていた歌手をクビにしたのは、道徳的にだらしがなく、恥ずべき行為におよんだためだったと説明し、ブキャナン氏はしつこいくらいこの点を強調した。

ついたての向こうが見えればいいのに。母たちはもう着いただろうか？　ジョンも一緒に来たの？　コニーは絶対来ると請け合ってくれたけれど、途中で気が変わったかもしれない。

彼と言い争ったまま別れてしまったことが、ずっと心にわだかまっている。もう一度、以前のように親密な仲に戻りたかった。

ブキャナン氏が階段をおりてきた。履いているエナメル靴のように艶やかな髪がシャンデリアの光できらめいている。燕尾服《えんびふく》の長い裾が床にこすれそうだ。

「なんと、すっかり見違えたよ、ヘッティ」ブキャナン氏は赤いティードレスを着ているヘッティを見て口元をほころばせ、温かい声で付け加えた。「とてもきれいだ」

舐《な》めまわすような視線がほんの少し気になったが、思いすごしよ、と自分に言い聞かせた。ブキャナン氏がついたてをまわりこみ、その向こうのホールに入っていく。

礼儀正しい拍手が聞こえた。さあ、今度はわたしの番だ。そう考えたとたんに足がすくんだ。こんな状態では歌うどころか、あのついたての向こうにさえ行けそうもない。

そう思ったとき、ショーの始まりを告げるメロディが聞こえ、飛びあがりそうになった。バッハが始まる。ヘッティはまるで操り人形のようにぎくしゃくした足取りでついたての陰から出ると、ピアノの横を通り、ブキャナン氏の横に立った。そして屋根裏の仲間たちが教えてくれたように軽い会釈で拍手に応え、定位置についてブキャナン氏をひたと見つめた。

「見て、ヘッティよ。ああ、とってもきれい」コニーが涙声で言いながら、ハンカチに手を伸ばす。

セシリーとその義母がピアノのすぐ前のテーブルをふたつとってくれたおかげで、間近から見える。コニーは、下唇を噛んで震えを抑えようとしているエリーの手を取った。

「まあ、ずいぶんモダンなドレスだこと」セシリーが非難のにじむ声でつぶやく。「うちの娘たちには、くるぶしが見えるあんなドレスは着せたくないわ」

「セシリー、あなたって会うたびにどんどんお母さんに似てくるわね」コニーは嫌みを返し、いとこのきれいな顔が怒りで赤くなるのを無視した。

プレストンの一等地ウィンクリー広場に住む医者の妻として、妹たちの上に君臨していたセシリーの母、アメリア伯母のことは、四人の伯母たちの誰よりも嫌いだった。さいわい、いまではエリーがウィンクリー広場の、伯母の家よりずっと立派なギデオンの家に住むようになったおかげで、もうアメリア伯母の嫌みや非難に耐える必要はなくなった。

コニーたちの亡き母もセシリーの母も、プレストン一の美女揃《ぞろ》いと言われたバークレイ家の姉妹だった。けれど残念なことにセシリーの娘たちは、気立てはよいものの、その器量を受け継いでいるとはいえない。

うちのリディとは大違い。コニーは鼻高々でそう思った。リディは母やエリーにとてもよく似た美人だと、みんなに褒められる。

「ジョンが来ると言ってなかった?」セシリーがコニーに囁《ささや》いた。

「ええ、そのはずだったの。どうしていないのか、わたしにもわからないわ」

「ヘッティががっかりするでしょうね」

「エリー、ヘッティはずいぶん美しいお嬢さんに育ったこと」セシリーの義母が温かい笑みを浮かべた。「アイリスも来られればよかったわね」

「先週、手紙をもらいましたのよ」エリーはにっこり笑って応じた。「ドクター・マリ・ストープスが先週開業したばかりの診療所のお手伝いで、目がまわるほど忙しいそうですね」

「ええ、アイリスは猛烈に避妊を推奨しているの」セシリーの義母はずばり〝避妊〟という言葉を口にした。この年齢にしては珍しいほど進歩的な人なのだ。

エリーはため息をついた。エリー自身、若いころはアイリスの助言に従ったものだった。でも、最近は油断していたようだ。いまお腹にいる子は、これまでの妊娠と違ってちっとも動かない。しかもこれまで産んだふたりよりも重い気がする。まわりを心配させまいとして元気なふりをしているものの、本当はそのことが棘《とげ》のように心に居座っていた。

「とても豪華なホテルね」エリーはピアニストを見て、微動だにせずに立っているヘッティに目を向けたままギデオンに囁いた。

「ああ、きっと勘定も半端じゃない。リバプールのふつうの人々が気軽に立ちよれる場所とは違う」

「不景気のことを考えているの？」エリーはちらっと夫を見た。「長引かずに終わると思う？　もうすぐよくなるかしら？」

「だといいんだが。まだまだ悪くなりそうな気がする」ギデオンはエリーの手を優しく叩《たた》いた。「だが、そういう暗い話はやめて、ヘッティの歌を楽しもうじゃないか。そのためにこんな窮屈な格好をしてきたんだ」

エリーは低い声で笑った。「あら、そんなにいや？　市長の夕食会に行くときは、七面鳥の雄みたいに誇らしそうだったわよ」

「あのときは一月で、寒かったからな」

「しいっ。ヘッティが歌うわ」

ピアニストが一曲弾きおえ、拍手に応えてお辞儀をした。


ヘッティは緊張のあまり具合が悪くなりそうだったが、すぐそばのテーブルに家族がいるのが見えると、誇らしさが胸を満たした。母のエリーは、ここにいる誰よりもきれいだ。でも、ジョンはどこ？　来てくれなかったの？　誰よりもジョンに聴いてほしかったのに。

涙がにじみそうになったが、ブキャナン氏の伴奏が始まると、ヘッティは客と向き合い、深く息を吸いこんで歌いはじめた。


「隣のテーブルのお客が感心していたわ。あんな美しい声を聴いたのは初めてですって。あれはうちの娘です、って自慢したくてたまらなかった」エリーがそう言ってハンカチを目にあてた。

「ほんと。ウェイターの話だと、アンコールの声がかかるなんて初めてだそうよ」コニーがうなずく。

「すばらしかったぞ、ヘッティ」ギデオンも誇らしげに胸を張った。

「最初にエリーからあなたがホテルで歌うと聞いたときは、正直言ってどうかと思ったのよ、ヘッティ。うちの娘がそんなことを言ってきても、わたしは絶対に許さない。でもまあ、アデルフィは一流のホテルで、そのへんの劇場とは格が違うけど」上流意識に凝り固まっているセシリーですらそう言った。

ヘッティは喜びと興奮に頬を染め、腰に手をまわしている母の横で家族の称賛に耳を傾けていた。

歌いおわったあと、すぐにハイポスタイルホールにいる家族のテーブルへ行くことはできなかったが、全員がロビーで待っていてくれた。これからみんなでセシリーの義母のところに行き、ヘッティのデビューを祝ってくれるのだ。

「母さん、ジョンはどこ？　聴きに来てくれると言ったんでしょう？」

ヘッティが母の次に探したのはジョンだった。ジョンがいないとわかったとき、どれほどがっかりしたことか。

「実は……」

「ヘッティ、わがままを言わないの。ジョンは忙しいのよ」セシリーがさえぎった。「男の人は仕事を放りだして歌を聴きに来るわけにはいかないの。殿方がそんな無責任だったら、いまごろこの国はどうなっていることか」

セシリーの非難するような言葉を聞いて、ヘッティはつい言い返していた。「だって、来るって約束したんだもの」

ふいに涙がこみあげてきた。どうしてジョンは来ないの？　このドレスが気に入らないから？　でも、わたしの歌を聴いてくれさえしたら、きっとみんなと同じように拍手して、褒めてくれたはず。

「ほらほら、ヘッティ、落ち着いて。せっかくの特別な日を台無しにしたくないでしょう？」母が優しく言い、問いかけるように夫を見た。ヘッティは涙をこらえるのに精いっぱいで、父が小さく首を振ったことには気づかなかった。

「だって、ジョンに来てほしかったんだもの。約束を破るなんて、一生許さない」ヘッティは母のため息にも、母が父と交わしたつらそうな表情にも気づかず、怒ってそう宣言した。

　妻の気持ちを読んだギデオンは、ヘッティに腕をまわして自分のほうを向かせた。「ジョンは簡単に約束を破るようなやつじゃない。きっとよほどの理由があったんだよ」

　ギデオンとエリーは、恐ろしい事故のことを電話で知らせてきたジョンから、ヘッティには言わないでくれ、と口止めされていた。弟が悪者になるのはつらかったが、ヘッティのデビューを台無しにしたくないというジョンの気持ちをくんで、ふたりとも願いどおりにすることに決めたのだった。

10

「ブキャナンさん、ひとつ訊《き》いてもいいですか?」

「もちろんだとも、ヘッティ。もう言ったかな、きみはとても評判がいいんだよ。きみの声だけでなく、選曲を褒めるレディたちもいる」

ヘッティはこわばった笑みを浮かべた。

アデルフィでデビューしてから、すでに二週間以上経《た》ち、衣装も二着増えていた。大成功に終わったデビューのあと、遠慮するヘッティに、お祝いとクリスマスの贈り物を兼ねて、とコニーがジョージ・ヘンリー・リーの店で買ってくれたのだ。

ひとつは、シルクのような手触りの緑の生地に白い水玉が散った、胸元と背中がVに切れこんでいるローウエストの袖なしティードレス。縒《よ》り合わせた白い紐《ひも》で縁取りされ、サッシュも白だ。もう一着は大きな白い襟がついた濃い青のドレスで、前に裾までのピンタックが入っている。青いほうは値引きされていてお買い得だった。小さな黒い染みがあったが、これくらい簡単に落ちる、とコニーが請け合ってくれた。どちらもヘッティが持っている白いTバーシューズと、歌うときにつける白い長手袋を流用できる。

ジョンが意地悪をして、なぜデビューの日に来てくれなかったのか教えてくれる気がないなら、わたしのほうから訊いたりもしない。ヘッティはそう自分に言い聞かせた。でも、あの日はどんなにがっかりしたことか。いまだって……。

いきなりブキャナン氏が腕をなで、ヘッティは驚いて飛びのきそうになった。

「わたしの助手にして妻のブキャナン夫人にも、きみを選んだ慧眼《けいがん》を褒めたんだよ。恩知らずの前任者と違って、きみはとてもいい子だ。さて、何を訊きたいのかな？　べつの曲を付け加えたいのなら……」

「いいえ。そうじゃないんです」ヘッティは急いでさえぎると、この一週間何度も練習した言葉を思いきって口にした。「奥さまが母にしてくれた説明では、わたしがアデルフィで歌うようになったらレッスン代を払う必要はないので、少額の小遣いではなく、下宿代を引いた残額をすべて渡してもらえるというお話でした」

「それで？」

「でも、歌いはじめてからもう二週間になりますが、まだこれまでと同じだけしかもらっていないんです」ブキャナン氏がしだいに難しい顔になっていくのを見て、ヘッティは胃がかきまわされるような気がしながらも、どうにか言いおえた。

「なるほど。たしかにきみは報酬をもらう資格がある。そういう約束だからね。しかし、驚いたな、妻は報酬から差し引かねばならない費用のことを、きみやお母さんに言い忘れたようだ」

「費用、ですか？」

「そうとも。きみが使う楽譜に、ここの部屋代」ブキャナン氏はそう言って、練習に使っている部屋を示した。「きみが食べた軽食などもそれに含まれる」

ぼってりした唇から出るひと言ごとに、ヘッティの失望は大きくなっていった。いまもらっているお金では、食べるものさえろくに買えない。屋根裏の仲間たちの善意と気前のよさがなければ、一週間のほとんどを空っぽの胃を抱えて眠るはめになっていただろう。だからホテルで歌うようになり、少しは余裕ができて恩返しができる日を心待ちにしていたのだった。ところが、ブキャナン氏は収入が増える見込みはまったくないという。

「ほらほら、ヘッティ。そんな顔をしなさんな。きみは気立てのいい子だ。取り乱すところは見たくない。多少とも事態を改善できる方法があるかどうか、少し考えさせておくれ。こんなに愛らしくて素直なお嬢さんと一緒に仕事をするのは、わたしもとても楽しいし、何よりもきみは自分の美しさを紳士に観賞させるすべを心得ている。しかし、わたしが考えてみると言ったことは、ブキャナン夫人には内緒だぞ。きみを特別扱いしていると思われたくないからね」ブキャナン氏は愛想のよい笑みを浮かべると、背中に置いた手をヘッティのお尻へと滑らせ、ぎゅっとつかんだ。

思わずヘッティはきゃっと叫んで、身を引いた。

「おや、そういう態度は好ましくないぞ。寛大な処置を感謝するような反応を期待していたのだが」ブキャナン氏は鋭くたしなめた。「まあいい、いまの反応はなかったことにしよう。だが、特別扱いをするとしたら、そのお返しをしてもらいたいね。おや、すっかり動転させてしまったようだな。こっちにおいで、慰めてあげよう」

恐ろしいことに、ブキャナン氏はヘッティを引きよせ、自分の体を使ってピアノに押しつけた。湿った、荒い息を喉に吹きつけられ、ヘッティは太い腕を夢中で押しやろうとしたが、片手で胸をつかまれて強くひねられた。

こんな乱暴をされたことは一度もない。する人間がいると思ったこともなかった。柔肌に押しつけられる濡《ぬ》れた唇がおぞましく、ひどく気分が悪くなって意識が遠のきはじめた。

「この体には、さぞかし激しい情熱が隠れているにちがいない。きみたち東洋人には男を喜ばせる秘技があるそうじゃないか」

ブキャナン氏がかすれた声で囁《ささや》き、興奮に震える体をさらに強く押しつけてくる。ブラウスの上からつかまれた胸の痛みをこらえ、ヘッティは夢中で懇願した。

「やめてください。どうか放して」

だが、ブキャナン氏はうなるような声をもらし、いっそう強く体を押しつけてくる。ヘッティはパニックを起こしかけていた。体が冷たくなり、力が抜けていく。いま気を失ったら、何をされるか……そう思って必死に意識を保とうとしたが、頭はぼんやりする一方だ。と、そのとき、ドアの取っ手がまわる音がした。

ブキャナン氏はヘッティを放し、急いで一歩さがりながら額に落ちた髪をなでつけ、ドアに背を向けたまま言った。「わたしは賛成だよ、ヘッティ。新しい曲をレパートリーに加えれば……」

部屋に入ってきたメイド頭を見て、ブキャナン氏は顔にわざとらしい驚きを浮かべ、言葉を切った。ヘッティはその隙に部屋を逃げだした。

しばらくしてライム通りに立ったときも、まだ体が震えていた。母がここにいて、優しく抱きしめ、もう二度とあんなことは起こらない、と安心させてくれたらどんなにいいだろう。

そういえば、以前ブキャナン氏は赤いドレスのことを口にしていた。それにジョンもあの服を着たときにとても腹をたてて……。ブキャナン氏があんな振る舞いをしたのは、わたしのせいなの？

頭が痛みはじめ、吐き気がした。母が待つ家に帰れないとしても、せめて電話で声を聞きたい。ヘッティは公衆電話のある駅のほうに歩きだした。

重いドアを引き開け、電話ボックスに入ったあと、交換手に番号を尋ねられたが、ぶるぶる震えてろくに返事ができないほどだった。それでもどうにか番号を告げると、受話器を握りしめ、コインを用意して、母の声が聞こえてくるのを待った。

でも、ようやく聞こえたのは家政婦のジェニングス夫人の声だった。

「まあ、お嬢さま、せっかく電話をくださったのに。旦那さまと奥さまは湖水地方に行かれたんですよ」

ヘッティは涙ぐんで受話器を置き、とぼとぼとライム通りへ戻っていった。


ジョンは書きおえたばかりの手紙を読み直すと、小屋の戸口から飛行場を見渡した。広い敷地の向こう側、格納庫があった場所には、よじれた鉄と焦げた瓦礫《がれき》の山しかない。それが彼の夢と希望の名残だった。

ジョンは無茶な宙返りをしようとした若者と、同乗していた生徒たちの葬儀に出席し、家族の非難をこめた視線にじっと耐えた。全員の死に責任があるのは自分ではなく、死んだ若者たち自身の友人だと告げることもできた。だが、嘆き悲しんでいる家族にそれを言ったところで、なんになる？　死者がルールを破り、愛する息子に死をもたらしたことを指摘しても、家族の苦痛をいや増すだけだ。

何よりつらかったのはジムの葬儀だった。ジムにはまだ十代なかばだったころから可愛《かわい》がってもらった。ジムやその仲間や彼らの飛行機のそばをうろうろして、飛行機のことをあれこれ訊くジョンにジムはうるさがらずに答え、自分の知っていることをみな教えてくれた。ジムは自分が知る誰よりも善良な男、よい友人だった。そのジムを、配慮が足りなかったばかりに死なせてしまったのだ。そのことだけは決して自分を許せない。

ギデオンとエリーが湖水地方から戻ったら、プレストンを出ていくことを告げるとしよう。ふたりとも、ヘッティに事故のことを知らせたくないと思う理由をわかってくれてよかった。

いずれにしろいまのヘッティは、彼女を褒めたたえ、誘う男たちには事欠かないはずだ。自分がデビューの日にいなかったことなど、もう気にしていないだろう。ヘッティは若い。大好きな歌を思うぞんぶん歌い、楽しく幸せな毎日を送っているにちがいない。だが、いまのジョンはそんな気持ちからはほど遠かった。

それどころか、ひどい重荷を背負っているような気分だ。たとえ手元に資金があったとしても、ここを立て直してふたたび飛行訓練所を始める気にはとてもなれない。

そうとも、ここに留《とど》まることはできなかった。ヘッティに会いたくてリバプールに出かけることに同意しなければ、親友も四人の愚かな若者もまだ生きていた、焼け焦げた残骸を見るたび、この事実を突きつけられるのはつらすぎる。

ヘッティが悪いわけではない。仕事よりも望みを優先させた自分が悪いのだ。

たったいま書きおえたのは、勧めてくれた仕事の口がまだあるかどうかをアルフレッド

うがいい。

に問い合わせる手紙だった。この飛行場とつらい記憶をあとにするのは、一日でも早いほう

「どうしたのさ？　ずっと泣いてたみたいな顔して」屋根裏部屋のドアを開けたヘッティに、メイヴィスが尋ねた。

いつもならみんな出払っている時間だった。ヘッティはそれをあてにしていたのだが、ショーのプロデューサーとけんかして代役に落とされたメイヴィスは、どうやらふてくされてリハーサルをさぼったらしい。

「なんでもないわ」ヘッティは口のなかでもごもご答えた。

「なんでもない？　こっちにおいでよ。どうしたのさ？　ブキャナンじいさんがいやらしい真似《まね》をしたの？」

そう訊かれたとたんにヘッティはわっと泣きだし、五分と経たないうちにメイヴィスにすべてを話していた。

「なんていやな野郎だ、そんな真似するなんて。まあ、この仕事じゃよくあることだけど。金を払い渋っといて、それを餌にあんたを自分のものにしようだなんて……とんでもない下衆《げす》だよ。ヘッティ、まさか思いどおりにさせたんじゃないだろうね？」

「まさか！」ブキャナンのしたことを思い出すだけで、嫌悪のあまり体が震えた。

「だったら気にすることないよ。さあ、涙を拭いて。どうすればいいか教えてあげるからさ」

ヘッティが涙を拭いてベッドに座ると、メイヴィスはベッドに寝転がって、マーシャル夫人がこの部屋で吸うことを厳しく禁じている煙草《たばこ》に火をつけた。

「いい？　この次そいつが今日みたいなことをしそうになったら、こう言うんだよ。〝奥さまに話しますよ〟って」

ヘッティはぎょっとしてメイヴィスを見つめた。「そんなこと、怖くてできないわ」

「ばかだね、ほんとに告げ口しなくてもいいんだって」メイヴィスがにっこり笑う。「本気です、みたいな勢いで言えばいいだけ。そうすりゃ亭主はびびって手出ししなくなる」

「でも、わたしのお給金は？」ヘッティはみじめな顔でつぶやいた。

「あきらめるしかないね。かみさんは亭主に焼きを入れるかもしれない。けど、あんたに払う金は一ペニーだって増やしてくれやしないだろうよ。こすからくて、がめつい女だもん。そうだ、これも教えといてあげる。これからはピンを持ち歩くといいよ」

「ピンを？」ヘッティはけげんそうにメイヴィスを見た。

「うん。そいつがことにおよぼうとしたら、ピンを突き刺すのさ」メイヴィスが辛抱強く説明した。「この手はどんな男にも絶対うまくいく。とくに〝親友〟に突き刺せばね」

ヘッティはいっそう混乱した。「親友の人に？　でも、いやらしいことをしたのはブキャナン氏よ」

自分の言葉にメイヴィスが大笑いするのを見て、ヘッティは赤くなった。

「まったく。あんたときたら何も知らないんだから。親友ってのは、男の古なじみのことだよ」

古なじみ？　ヘッティがまだ混乱していると、メイヴィスは大きなため息をついた。

「ヘッティ、ここに来るまえ、あんたの母さんは鳥と蜂のことをちゃんと話してくれた？」

ヘッティは赤い顔でつんと顎を上げた。「赤ちゃんがどこから生まれてくるかは、ちゃんと知ってるわ」

メイヴィスはベッドの上で笑い転げ、しまいには涙を拭かなくてはならなかった。「あ、おかしい。けど、どうやって赤ん坊ができるかも知ってるの？」

ヘッティが真っ赤になると、メイヴィスは少し優しい声で言った。「〝親友〟とか、〝古なじみ〟ってのはね、男があんたの……口で言えない場所に入れるもの、男の股のあいだについてるもののことだよ。男にはそれと玉があって、あたしたちにはそれを突っこむ秘めやかな場所がある。そのふたつが誂《あつら》えたみたいにぴたっとはまるわけ。あたりまえだけどね、どっちもそのためにあるんだから」メイヴィスはお天気の話でもするような調子で言った。

「最初に男がそれを突っこむと、女の膜が破れる。男が荒っぽくしたら、かなり痛い目を見ることになるけど、そのあとは気持ちがよくなる。あんたが相手を好きなときはとくにね。ま、それはともかく、赤ん坊の種を仕込むのは、男の〝親友〟さ。だから男にやらせるときは、あんたのなかでいっちまわないように気をつけなきゃだめなんだよ」

ヘッティは熱心にうなずいたものの、メイヴィスの話にはよくついていけなかった。でも、これだけはわかる。どんな男の〝親友〟でもいやだが、とくにブキャナン氏の〝親友〟を自分の〝秘めやかな場所〟に突っこまれるなんて、考えただけで吐き気がする。

その日ほかの娘たちが戻ってくると、メイヴィスはみんなにヘッティがどんな目に遭ったか話して聞かせた。

「可哀想《かわいそう》に」リジーが同情のにじむ声で言った。「そいつはあんたの処女をちょうだいしようって腹だね。けど、給料が上がらないとしたら、どうするつもり？」

ヘッティは途方に暮れて、ただ首を振った。

ホテルを出た直後は母に何があったか訴え、慰めてほしかったが、考えてみるとこの一件を母に話すのはまずい。そんなことをしたら、家に戻ってこいと言われるに決まっているが、家に戻りたいわけではないのだ。それに、ほかの娘たちにさんざん笑われたいまは、最初の不安が薄れ、自分が置かれた状況を少し客観的な目で見られるようになっていた。メイヴィスの説明で新しい知識を得たおかげで、だいぶ大人になったような気さえする。

「余分なお金を稼ぎたいなら、ジャックがテーブルの後片付けと皿洗いをしてくれる娘を探してるよ」ジャックはみんなでいつも行くレストランの店主だ。「よかったら、話してあげようか？　たいしたお金にはならないし、重労働だけどね」ぱっと顔を輝かせたヘッティに、バブスはそう釘《くぎ》を刺した。

「かまわないわ」ヘッティは迷わず答えた。実際、少しでもお金が入れば、ブキャナン氏に〝親友〟を突っこまれる心配をしなくてもすむ。

「わかった、話をつけてあげる」バブスが言って、ヘッティだけにしか聞こえないように声を落とした。「メイヴィスがあんたに言ったことだけど、あとでみんなが少し静かになったら、ちゃんと説明してあげるからね」


「じゃあ、その仕事を受けることに決めたのか？」弟のために黙ってお茶を注《つ》いでいるエリーの横でギデオンが尋ねた。

アルフレッドに会いに行き、あと一カ月ほどで航空クラブの主任教官の地位を引き継ぐことになったジョンは、いくら待ってもプレストンに戻ってこないエリーたちにそれを告げるため、三十分ほどまえ湖水地方にあるギデオンの屋敷を訪れたのだった。

「うん」ジョンはうなずき、こう付け加えた。「ぼくと一緒に買ったあの土地をあんたが手放す気がないのはわかってるよ、ギデオン」

「おれがどうしたいかは考えなくてもいいさ。まあ、とりあえず農地にして貸しておくという手もある」

「残骸が片付いたら、追悼碑みたいなものを立てたいと思ってる。せめてそれくらいはジムのためにしてやりたいんだ。あいつがあんなふうに死んだのは、ぼくのせいだから」

　エリーがつらそうな声をもらし、弟の腕に手を置いた。「ジョン、そんなことを言わないで。あなたにできることはなかったのよ。アラン・シムズが、自分はもう操縦のことならなんでも知ってる、教官の言うことなんか聞く必要はないことを証明してやる、と豪語していたことは、ほかの生徒たちが証言してくれたんですもの」

「だが、ぼくがあの場にいたら、アランが飛行機に乗ることはなかった。出かける予定を入れてなければ、訓練で使っていたはず――」

　ギデオンは苦痛に満ちたジョンの言葉をさえぎった。「シムズが愚かな仲間を説き伏せて三人も道連れにしたあげく、格納庫に墜落してジムまで巻き添えにしたのは残念なことだったな。それに、あのときはおまえがいれば防げたかもしれない。だが、そういう愚かなやつは、何度も無断で乗ろうとしただろうし、いつかは自分の思いどおりにしていたさ」

「そうだ、ヘッティからあなたに宛てた手紙が届いているのよ」

「まさか……事故のことは言わなかっただろうね？　ジムのことも……」ジョンは心配そうに尋ねた。「歌手になるのは、ヘッティにとってはとても大事なことなんだ。そうじゃなくても感じやすい子なのに、こんな知らせを聞いたら――」

「ああ。おまえに頼まれたとおり、ヘッティには何も言ってないよ」

ジョンは姉が差しだす封筒を受けとり、封を切った。便箋に香りはついていなかったが、そこから甘い香りが立ちのぼるように思えた。

〝拝啓、親愛なるジョン。アデルフィのデビューに来てもらえなくてとても残念だったわ。母さんたちやコニーから、来ると約束したと聞いて楽しみにしていたのに。赤いドレスのことで、まだ怒っているんじゃないといいけど。だってわたしは歌いたいんだもの。敬具

――ヘッティ〟

「あなたが来なくて本当にがっかりしていたのよ」エリーは、手紙をたたんで封筒に戻すジョンに言った。

「ヘッティはとても若い」ジョンは真剣な顔で答えた。「あいつはいろんな意味でまだ子どもなんだ」罪悪感に押しつぶされそうないまの彼には、ヘッティと笑いや喜びを分かち合った日々がべつの人生――べつの男のものであるかのように思えた。「それより、姉さんの具合はどうなんだ？」

微妙な状態にある姉がこの事故の心痛で体調を崩したりしたら、とうてい自分を許せない。

エリーは愛情のこもった笑みを浮かべた。「わたしは元気よ。ギデオンたら、まるで初

めての子を産むみたいにあれこれ世話を焼きたがるの。分娩《ぶんべん》のときにはアイリスが来ると約束してくれたから、ひと安心。診療所のほうがとても忙しいみたいなのに、とてもありがたいわ。それより、アルフレッドというお友達と、その人の航空クラブのことをもっと聞かせてちょうだい」

「クラブが使っている土地はアルフレッドのものだが、クラブそのものは彼の所有じゃないんだ。クラブ自体はとてもよく組織されている」ジョンは姉に説明した。「それに、もうすぐ新機種の飛行機が二機届くことになってるんだよ。ぼくが住むのは、クラブに隣接した建物で、その建物の二階の半分を使わせてもらえる。残りの半分は、事務のほとんどを引き受けている男が使っている。その下にオフィスがあって、飛行クラブの上にはクラブルームがある。エンジニアと整備士は通いだが、開業中は常時どちらかがいるように、交代制になってる。すべてがきちんと組織されているよ」ジョンは繰り返した。

「新しいスタートね、ジョン。うまくいくことを祈っているわ。幸せになってほしいの」

ジョンはどうにかほほ笑んだものの、心のなかは絶望で真っ暗だった。自分には幸せになる権利などない。自分の怠慢で五人の男が死んだのだ。幸せを望む資格も、ヘッティの笑い声を聞きたいと願う資格もない。

11

ヘッティは機嫌よくハミングしながら、流しの脇に積みあげてあるお皿を洗っていた。バブスのおかげで、いまではメイヴィスが説明してくれたややこしい事実もきちんと理解できたばかりか、レストランのキッチンで働くことができるようになった。それだけではない。店主の妻で、ヘッティに気のある若者の母親サラ・ベイカーの好意により、夜の客で店が混みはじめるまえに、家族と一緒に食事までとれる。この数日くらいたくさん食べたのは初めてだ！

「店が劇場のすぐ近くでほんとによかった。さもなきゃ、不景気の影響をまともにくらってたわ。こんなに失業者が増えたんだもの」隣で一緒に皿を洗いながらサラが言った。

たしかにリバプールはどんどん活気がなくなっていく。働き口のないことが、街の男たちの魂を蝕《むしば》んでいくのだ。コニー夫婦もヘッティが訪れるたびに、状況がさらに悪くなりそうだと心配げに話している。サラは、少しでも困っている人たちの足しになれば、と店の外に大きなかごを置き、そこに残ったものを入れていた。

ブキャナン氏が自分に触れようとしたあと、ヘッティはホテルの練習室に行くのが怖かったが、次にブキャナン氏が腕をまわしてくると、思いきって〝奥さまに話しますよ〟と叫んだ。この脅しは魔法の呪文のような効き目を発揮し、ブキャナン氏はそれ以来二度と触れてこなくなった。

屋根裏部屋の仲間のうち、いちばん好きなのはバブス、その次がリジーだ。最近のリジーはまるで母親のように世話を焼いてくれる。お返しにヘッティは、リジーの語る母と妹の話に耳を傾けた。

「妹は可愛《かわい》い子なんだよ。けど、体が大きくなって力が強くなったことがわからないもんだから、握手のときも思いきり握ってくるの。本人に痛くする気は全然ないんだけど」

少しでも休みがとれると実家に帰るリジーだが、ある日ヘッティがホテルから戻ってくると、手紙を握りしめて涙をぽろぽろ流していた。

「リジー、どうしたの？　妹さんのこと？」

「うん。高いところから落ちて病院に運ばれたんだって。わあわあ泣いて、あたしのことを呼んでるの。来られるか、って母さんが書いてきたんだけど、休みはまだしばらくとれる状況じゃないんだ。風邪で三人も休んでるし、リハーサルもあるしね。一日でも抜けられれば、妹に会いに行けるんだけど」

「わたしに代わりができないかしら？　今週は土曜日が休みなの。でも、両親は湖水地方に行っているから、会いに行くには遠すぎて」

「あんたが？　無理だよ。背が足りないもの」リジーはそう言ったが、ひょっとして、と思っているのが見てとれた。

　これまでリジーにはとてもよくしてもらった。これは恩返しをするチャンスだ。ほかの仲間が戻ってくると、ヘッティは事情を話し、自分の提案も話してみた。

「あんたがリジーの代わりをするって？」メイヴィスが笑った。「背が低すぎるよ！」

「あたしもそう言ったんだよ」リジーがうなずく。

「そう？　いい考えだと思うけどな。誰かが前に出て、ヘッティを後ろの列にすれば大丈夫じゃない？」バブスはヘッティに賛成してくれた。「頭飾りをつけて、靴のなかに厚紙を何枚も入れれば、少しぐらいなら背も高く見えるし」

「けど、そんな靴でどうやって足を高く上げるのさ」メイヴィスが言い返す。

「それは練習でなんとかなるんじゃない？」双子のひとりが助け舟をだしてくれた。

「けど、リジーのソロは？」

「問題ないと思うな。あたしたちみんながリジーのソロを覚えればいいよ。で、ヘッティが間違えたら、あたしたちが大きな声で歌ってごまかす。ダンスのほうは心配ないでしょ。ヘッティはもうほとんどのステップを知ってるもの。ねえ、ヘッティ？　こっちに来て、よく見ててごらん」スーキーはそう言ってさっとポーズを決め、歌いだした。歌詞にはきわどい言葉もあったものの、気がつくとヘッティは足でリズムをとっていた。

「へたくそな歌。どうりでいつまで経《た》ってもコーラスしかやれないわけだ」メイヴィスが意地悪く批判した。「それで歌ってるつもり？　二匹の野良猫がけんかしてるみたいに聞こえるけど」

「それはあたしがアルトで、リジーみたいなソプラノじゃないからさ」スーキーが怒って言い返す。

リジーの顔にあきらめが浮かびかける。

「大丈夫よ、ちゃんとやるわ」ヘッティは必死に説得した。

「ほんとはその気になっちゃいけないんだろうけど、ロージーがあたしに会いたがって泣いてると思うと……」

「心配ないよ、リジー、みんなでヘッティを助けるからさ」バブスがうなずいた。

「だったら、さっそく練習させなきゃ」メイヴィスが言った。「あんたがいくつ言葉を覚えていられるか、見てみようじゃない」

ヘッティは喜んで歌いはじめた。きわどい言葉でつかえると、みんなが手拍子で歌い、励ましてくれた。

電話で土曜日にも仕事があると伝えると、コニーは額面どおりに受けとってヘッティをほっとさせた。それに、嘘をついたわけではない。仕事をするのだから。

ヘッティはみんなに稽古をつけられ、コーラスラインのダンスとソロの歌を指導してもらった。腕を組んで一列に並び、ダンスのステップを踏むのはかなりたいへんだが、リジーのソロを歌うのはずっと簡単そうだ。ヘッティは屋根裏部屋の真ん中に立って、リジーの衣装を自分に合わせて調整してもらいながら、そう思った。

けれど、長いピンクの羽根がついた頭飾りをつけたあとは、まともに踊るどころか、頭をまっすぐにして歩くだけでも難しくなった。

「見てよ、あの格好」双子のひとりがくすくす笑った。「頭飾りと背丈がほとんど変わらないね」

「ちょっと、ヘッティ、その靴で歩いてごらん。頭を上げて、背中をぴんと伸ばすんだよ」

電車に乗り遅れないように、リジーが早めに出ていってよかったわ、とヘッティは指示に従いながらそう思った。いまのわたしを見たら、心配して取りやめていたかもしれない。

「ジェニーとジェス、あんたたちはヘッティの両側につく。そしてこの子がステップを踏めるように支えるんだよ、いい？　一、二、三……もっと高く。高く蹴って。頭が前に傾いてるよ。しっかり。これがメアリー・ジェーンに見つかったら、全員クビなんだから」

「メアリー・ジェーンって誰なの？」ヘッティは小声でジェニーに尋ねた。

「ダンスの振り付け師」ジェニーが答える。「男だけど、間違いなくエーテルだから、みんなメアリー・ジェーンって呼んでるの」

「どれ、まっすぐ立ってごらん、ヘッティ」

ヘッティはコーラスラインの最古参だというヘレンの前に不動の姿勢で立った。ヘレンは不機嫌な顔でジェニーに警告した。「この子のせいでステップが乱れたら、あんたたちみんなが困ったことになるよ」

「バブス、ヘッティの頬にもう少し紅をつけたほうがいいんじゃない？　顔色が悪すぎるよ」ジェニーが言った。

それからバブスがこう言った。「いいこと、ヘッティ。前半はコーラスラインにいる。いったんみんなで舞台から引っこんだときに、あんたはソロの衣装に着替えて、後半の初めにソロで歌うんだよ」

赤いドレスにあれほどショックを受けたジョンがこの衣装を見たら、発作を起こして倒れてしまうかも。ヘッティはそう思いながら、スカートの短い、スパンコールをちりばめた衣装を見下ろした。

「さあ、そろそろ幕が上がるよ」

ダンサーたちのあいだに興奮がみなぎり、そして突然、全員が動きだした。みんなと一緒に動き、完璧なタイミングでステージに出ていったとたん、とどろくような拍手に迎えられ、ヘッティの不安は熱狂に変わった。

右、左、後ろに足を振りあげ、前に足を蹴りだす。それから二度蹴って……自分がみんなと一緒に踊っているのが夢のようだった。でも、夢中になりすぎてステップをひとつはずし、動きが止まった。ジェニーとジェスが両側から文字どおりヘッティを持ちあげ、一緒に運んでいってくれなければ、足をもつれさせて倒れていただろう。

「蹴って、ヘッティ」ジェスが口の横でつぶやく。「今度はこっち側」ジェニーが反対側で囁《ささや》く。

おかげでなんとかふたたびリズムに乗ることができた。パニックが過ぎると、ヘッティはみんなとひとつになって踊る喜びに浸った。

永遠に続くかに思えた前半がようやく終わり、舞台の袖へと入ったとたん、コーラスのリーダー、ヘレンがヘッティをにらんだ。

「最初のダンスで遅れたでしょ」ヘレンは鋭く指摘した。

「大げさよ、一回ステップをはずしただけじゃない」ジェスがかばってくれた。

「何を騒いでいるんだ？」

突然凍りついたコーラスの向こうから、中年のとてもお洒落《しゃれ》な男性が現れた。

「コメディアンが演技中だぞ。オウムみたいなキーキー声に、演技を台無しにされて喜ぶと思うか？」

男の人が金色に髪を染めているのを初めて見たヘッティは、目を丸くして彼を見つめた。

「ヘレン、誰かが最初のダンスで遅れたぞ」

ヘッティは恐怖にかられ、ヘレンが自分を指さすのを覚悟した。

でも、驚いたことにヘレンは肩をすくめ、さりげなく横に寄って振り付け師の目からヘッティを隠しながら、落ち着いた声で答えた。「この頭飾りをつけてステップを踏んでごらんなさいよ」

「もう一度同じことが起こったら、代わりを探すからな」

振り付け師が出ていくと、ヘレンはジェスとジェニーに警告した。「その子がもう一度でもステップをはずしたら、あんたたち全員クビよ」

「さあ、ヘッティ。この衣装に着替えなきゃ」バブスが言って、背中を向けたヘレンに舌を出した。

リジーのソロを歌うには、乳搾りの衣装で牛乳桶《おけ》を担がなくてはならない。仕事の愚痴をこぼし、金持ちの父親とハンサムな恋人がいるこのショーの主役を羨む歌だ。

さいわい、ヘッティがかぶるかつらは金髪の巻き毛だったから、バブスの助けで支度をおえるころには、たとえ観客のなかに母がいても気づかないほどふだんの自分とは変わって見えた。

「いい、あたしたちが先に出て、ダンスをする。それからあんたが出てきて、ヘレンの前に立ち――」

「桶をおろして、歌いだす」ヘッティはそう言ってうなずいた。

袖はたくさんの出演者でごった返していて、舞台を見るためには横向きに立たなくてはならなかった。でも、ようやく自分の出番がきて、半分踊り、半分スキップしながら舞台に出ていった瞬間から、ヘッティは、乳の入った桶がハンサムな恋人の腕だったら、と願う胸のおっきなボー《ボー・ザ・バクソム・ビューティ》になりきっていた。

大げさなため息をついて桶をおろすと、お辞儀をするように腰から体を折って、フリルのついた〝下着〟が観客にちらっと見えるようにスカートを大きく動かす。とたんに男性客から歓声があがった。ヘッティはくるりとひとまわりし、両手を腰にあてて悲しそうに首を振ると、ちょっぴりいかがわしいソロを歌いはじめた。

歌が終わり、ふたたび桶を担いだとき、突然、劇場全体に叫び声と歓声が爆発し、ショックで凍りつきそうになった。

「お辞儀よ、ヘッティ」いちばん近いコーラスガールがつぶやく。「ぼんやり突っ立ってないで、お客ににっこりして」

ヘッティは膝を折ってお辞儀をした。

「でもって、主役が出ていくまえに引っこむ。たいへんだ、あの娘、きっとものすごく怒るよ」

「でも、何がいけなかったの？」一時間後、楽屋から一歩も出るな、顔ものぞかせるなと助言されると、ヘッティはうろたえた。

「主役のエイミーよりもうまく歌っちゃったことが、さ」バブスが説明した。「あんたが歌えることは知ってたけど、あんなに声量があるなんて思わなかった……」

ヘッティにはわけがわからなかった。もちろん、わたしは自分の声が劇場の後ろまで聞こえるように歌った。だって……それがいけなかったの？

どうやら、そうらしい。

「ほら、メアリー・ジェーンが来た」

楽屋のドアが勢いよく開いて、振り付け師が入ってきた。

エーテルと呼ばれるのがどういう男の人か漠然と覚えていたが、じっくり記憶をたぐるまもなく、ヘッティは自分より背の高いふたりの後ろに隠れた。

「つまり、こういうことかな、レディたち。この小さな巣にツグミが飛びこんだ。そのツグミは歌えるが、荷車を曳《ひ》く馬みたいに踊る。そして自分が喜劇女優だと思っているようだ」

誰かが神経質な笑い声をもらした。

「この珍しいツグミがすぐに飛び立ってくれるといいが。さもないと、うちのヒバリがご機嫌をそこねる。実際、この巣を訪れているツグミには、明日までにはどこかに飛んでいってもらいたい。わかったか？」

　振り付け師は答えを待たずに出ていき、ヘッティは恥ずかしさに赤くなって、不安で吐き気を感じながら立っていた。

「さすがメアリー・ジェーンだね。あいつは何も見逃さない。耳も目もナイフみたいに鋭いんだ。さてと、あんたが女王さまの目に触れないようにしなきゃ。さもないと、髪をつかんで引きずりまわされちゃう」メイヴィスはヘッティにそう警告した。「エイミーよりうまく歌っちゃいけない、って最初に言っておくべきだったね。あの娘はものすごく嫉妬深いんだから。最初は代役で雇われたけど、主役が体調を崩して降りたから主役になったんだ。そうなるように、エイミーが一服盛ったって噂《うわさ》もある」恐ろしい可能性をさらっと口にしたあと、こう付け加えた。「けど、あんなに深くかがみこんで観客にお尻を見せたときは、吹きだしそうになっちゃった。どうしてあんなことをする気になったのさ？」

「その……あの歌に合ってる気がしたから」

　ジェニーが真顔でうなずいた。「うん、どんぴしゃだった。あんたは生まれながらの女優かもね、ヘッティ。どうすれば観客に受けるか体でわかってるみたい」

　生まれながらの女優。ヘッティは幸せな気持ちでうとうとしながらそう思った。今夜の拍手喝采の余韻がまだ耳のなかでこだましている。

メアリー・ジェーンは二回めのショーが終わると、また楽屋に来て、衣装を脱いだコーラスガールたちを鋭い目で見ていった。そして気のせいかもしれないが、薄いブルーの目をヘッティの前にいる娘で止め、ひと言も言わずにしばらくそのまま立っていたあと、きびすを返してドアへと向かい、そこでぱっと振り向いて冷たい声で言った。「さっき言ったのは本気だぞ」

「リジーが明日帰ってくることになっててよかった」ジェスが舞台化粧を拭きとりながらつぶやいた。「さもないと、あたしたち全員、メアリー・ジェーンにクビにされるとこだ」

「主役のエイミーよりヘッティのほうがうまく歌えるからって、なんでそんなにかっかするわけ?」誰かがつぶやく。

「エイミーがメアリー・ジェーンのいとこだからよ!」

「さあ、おねむさん、下宿に戻ってあんたをベッドに入れてあげなきゃ」バブスが優しい声で言うのが聞こえた。

戻ってきたリジーは、ヘッティに送られた歓声を、メアリー・ジェーンの指示も含めてすべて聞かされた。

「ああ、ヘッティ。ほんとに助かったよ」リジーは笑いながらヘッティを抱きしめ、妹の容態をみんなに報告した。

「ヘッティの声はほんとにすてきなんだよ、リジー。けど、ダンスはからっきし」ジェニーが言う。

「まあね。けど、それだけの声を持ってるのに、アデルフィで歌うだけじゃもったいないね」最初の日よりずっと優しくなっているリジーが言った。

ヘッティも同じことを考えていた。舞台で歌い、演じたとき、アデルフィで歌っているときには感じたことのない高揚感を覚えたのだ。あの興奮を知ったあとでは、上流階級のレディたちの前で歌うだけの毎日が、なんと味気なく思えることか。

また観客の注目を浴び、客席を沸かせたい。でも、一流ホテルのラウンジで歌わせてくれと両親を説得するだけでもたいへんだったのに、コーラスラインに加わることなど許してもらえるはずがない。それこそアメリア伯母さんになんと言われることか！

「右から三番めのテーブルにいる色男が、あんたにこれを渡してくれって」

ヘッティは頬を染め、折りたたまれたメモをウェイターから受けとった。アデルフィで歌いはじめてから一カ月で、歌を聴いていた紳士から、ぜひともお茶でも、軽食でも、という誘いを何度か受けてていた。

もちろん、そういう誘いはすべて断っている。屋根裏部屋の仲間たちにも、誘いをかけてくる男たちにはけしからぬ下心がある、とじゅうぶん言い含められていた。でも、このメモをくれた紳士は、一週間というもの毎日同じテーブルにつき、歌っているヘッティを食い入るように見つめていた。

ヘッティはブキャナン氏に言われたように、その紳士には直接目を向けず、彼の関心に気づかないふりをしていたが、もちろん、ちゃんと気づいていた。一週間も同じテーブルから見つめられて、気づかない娘がいるだろうか？　しかも相手は、かすかにオリーブ色がかった肌、豊かな黒髪、奇妙に鋭い黒い瞳の、とてもハンサムな紳士なのだ。裕福であることも、まず間違いない。

「このホテルでいちばん豪華なスイートに泊まってるアメリカの紳士だよ。どんな内容かは知らないが、ビジネスでこっちに来ているらしい」

ウェイターからそう言われたこともあって、ジェイ・ダルハウジーというその紳士はどこか謎めいた雰囲気に包まれているように見えた。

ヘッティは着替えるために階段を上がりながら、渡されたメモを読み、首を傾《かし》げた。

〝あなたにお話ししたいビジネスの提案があります〟これはどういう意味だろう？　どんな意味にしろ、夕食をともに、という誘いを受けるわけにはいかない。

メイド頭がヘッティの着替えに用意してくれた部屋は、数階上にあるメイド部屋の隣だった。ヘッティは急いで入り、鍵のついていないドアを閉めた。

ドレスを脱いだとき、ドアが開く音がした。脱いだばかりのドレスで体を隠しながら振り向くと、恐ろしいことに、入ってきたのはメイドではなくブキャナンだった。汗ばんだ赤い顔で、息を弾ませている。

「恋人に会いに行く用意をしているのか、このあばずれが。わたしが堪能するまでは誰にもやるものか。何が起きているか、わからないとでも思ったのか？　あの男のおまえを見る目つきときたら……」ブキャナン氏はそう言いながらヘッティに飛びかかった。

ヘッティは恐怖にかられて横によけ、ドアへ向かおうとした。

小柄で肥えた男にしては驚くほど敏捷《びんしょう》な動きで、ブキャナンはヘッティの動きを予測し、ドアの前に立ちふさがった。

「その慎み深そうな顔とみだらな体で、わたしをさんざん煽《あお》っておいて。もう我慢ができん。今日こそものにしてみせる……」

ブキャナンは鉤爪《かぎづめ》のように曲げた指をシルクのドレスに食いこませた。ドレスが裂ける音にヘッティは悲鳴をあげた。だが、この反応にいっそう劣情を刺激されたのか、ブキャナンは唾を飛ばし、みだらな言葉を吐きながら迫ってくる。

「これを見ろ、おまえがしたことを！」ブキャナンはしゃがれた声で叫ぶように言うと、ズボンのボタンを引きちぎった。

ヘッティはとっさに顔をそむけた。

「こっちを向け、あばずれが！　よく見るんだ。いますぐこれでおまえを征服し、しっかりと当然の教訓を与えてやる」

ドアにたどり着ければ……。ヘッティはじりじりそちらに向かい、指先がドアの縁に達すると、ほっとした。あとはドアを開けるだけでいい。

「あばずれめ……あの男には与えるのに、なぜわたしに与えようとしない？」

ブキャナン氏はヘッティが何をしようとしているか気づいて、体の重みでドアを閉めようとしながら、もうひとつの手でペチコートの細い紐《ひも》を引きちぎった。彼の爪が白い胸に赤い線を残す。ヘッティはまたしても悲鳴をあげた。

「どうか、落ち着いて。こんなことはやめてください」ヘッティは夢中で訴えた。「わたしは誰にも何も与えるつもりはありません」

「嘘をつくな！　あいつのおまえを見る目つき。メモを渡したのも見たぞ。おそらくいやらしい内容を書き連ねてあるにちがいない……」

「いいえ、違います。そんな内容ではありません」

すえたにおいの熱い息が顔と喉にかかった。太くて白い虫のようなものが、ズボンの前から見えている。

それが目に入ったとたん、吐き気がこみあげてきた。

「どうか出ていって、着替えさせてください。さもないと奥さまに言いますよ」

「言うがいい。どうあっても、おまえをものにしなければならん。おまえが欲しくて夜も眠れないほどだ」

彼は目をぎらつかせ、わめいた。と、外の階段に足音が聞こえ、ふたりのメイドの話し声がした。ブキャナンがはっとしたようにドアを見る。ヘッティはその隙をついてドアを開け、廊下に滑りでた。

階段をおりる途中だったメイドたちが、下着姿にドレスを押しつけたヘッティを見て目を丸くしたが、そんなことにかまってはいられなかった。着替えを取りに戻ることはできない。ヘッティは震えながら体に押しつけていたドレスをふたたび身につけ、急いで階段をおりた。ブキャナン氏が追ってきたらと思うと、怖くて後ろを見ることもできなかった。


「ギデオン、ここではとてものんびりできたわ」

「ああ。ウィンクリー広場に戻るのが残念なくらいだ」

エリーとギデオンは湖水地方の家の庭に座り、湖の景色を楽しんでいた。

「きみの叔父さんに雇われて家畜を追い立てていたときには、ここに自分の家を持つ日が来るなんて、夢にも思わなかったよ」

ギデオンに手を包まれ、エリーはにっこり笑った。「わたしたちはとても恵まれていたわね。幸運にも、コニーもわたしも幸せと愛を見つけることができた。ジョンも同じように幸せになってほしいわ。あの悲劇ですっかり打ちひしがれているのを見ると……」

「ああ。ジョンはあの事故で自分を責めているな」

「でも、どうして？　あの子のせいじゃなかったのに」

　ギデオンはため息をついた。「男というのはそういうものなんだよ、エリー。自分の責任や義務を重く考えるんだ。ジョンはいまや一人前の男だってことさ」

「だけど、わたしの可愛い弟でもあるわ。オックスフォードシャーに行かないでくれればいいのに。あまりにも遠すぎるもの」

「きみはあいつの母親代わりだったからな」

　エリーは笑った。「母が死んだあと、コニーやジョンがどれほどつらい目に遭ったか忘れられないの。あっ……」突然エリーは激痛に襲われ、思わず声をもらした。

「エリー、どうした？」ギデオンが腰を浮かせた。エリーは真っ青になり、額には玉のような汗が噴きだしている。

「わか――らない」またしても激痛に襲われ、叫び声をあげながら腰を浮かす。ギデオンは急いで手を差し伸べた。「陣痛のようだわ。まだ早すぎるのに……」

　薄いサマードレスの下で、ゆるやかにふくれたお腹が突然、ねじれるように動く。エリーはあえぐように息をつき、うめき声をもらしてぐったりと夫にもたれた。

「しっかり。家のなかに戻ろう……」

　赤い歯のある黒い波のように、すさまじい痛みが容赦なく襲いかかり、体を内側から引き裂き、灼熱《しゃくねつ》の炎で焼いていく。エリーは悲鳴をあげ苦痛から逃れようとしたが、逃れることはできなかった。立ちこめる血のにおいが古い記憶を掘り起こし、激しい恐怖をもたらす。エリーはアイリスの名を呼び、母の名を呼んだ。世界が自分の子宮から命を剥ぎとり、それを奪おうとしているのだ。

「ああ、ヘッティ、気の毒に、ドレスのことは心配いらないよ。衣装係のシシーに頼めば、どこが裂けたかわからないほどうまく繕ってくれる。けど、これからは歌うときの衣装をここで着ていくんだね」

ほとんどヒステリー状態で下宿に着いたヘッティは、自分の話を聞いてくれた屋根裏部屋の仲間に慰められ、ようやく泣きやみはじめた。

「でも、練習には行かなくちゃならない。そのときはあの部屋にふたりだけになるわ」ヘッティは傷薬に浸した綿を胸の引っかかれた傷にあてながら、震える声でつぶやいた。

「あたしならメイド頭と話すな。ドアを閉めたまま練習すると息が詰まって気を失いそうになる、だからドアを開けたままにしておくために木のストッパーを貸してもらえないか、って。少しでも頭の働くメイド頭なら、あんたがドアを開けたままにしておきたい理由には察しがつくさ」

「おや、新しい下宿人が来たみたいだ」

ヘッティを含め、全員が小さな窓に近づき、玄関の段を上がってくる女性を見下ろした。

「ブキャナン夫人だわ」ヘッティが息をのんだ。

「つまり、伴奏者のおかみさん？」

「たしか大家の妹だよね。姉さんに会いに来ただけかもしれないよ」バブスが慰めるように言った。「それに、悪いのは旦那のほうだ。あんたじゃないよ、ヘッティ」

五分後、屋根裏部屋のドアが開き、下働きのメイドが鼻をすすりながら告げた。「ヘッティ・ウォーカー、いますぐ下に来とくれ。ブキャナン夫人があんたに会いに来てる」

ヘッティは不安にかられて仲間を見まわし、震える声で言った。「行きたくないわ」

「いや、なんの用か訊《き》いたほうがいいよ、ヘッティ」バブスがきっぱりそう言った。「旦那が何をしたか言ってやりな」

メイドに従い、階段をおりて廊下を客間に向かうころには、ヘッティはぶるぶる震えていた。そこでは冷たい怒りを浮かべたブキャナン夫人が、立ったまま待っていた。

「それで、今日の不名誉な行為をなんと説明するつもり、ミス・ウォーカー？」ブキャナン夫人はヘッティを部屋に引きずりこみ、ドアを閉めた。

「わたしは……」

「主人から聞いたときは、耳を疑いましたよ。あなたはお客さまの注目を誘っているそうね。実際、誘っている以上のことをしていたそうじゃありませんか。きちんとした道徳観念を持った礼儀正しい女性だとお母さまはおっしゃっていたのに、とんでもないあばずれだったのね。立派な音楽家の評判を台無しにするような行為におよぶなんて、いったいどういうつもり？　夫は、自分が目撃した行為のあまりの卑しさに、それを説明するのをためらったのよ。こっそりメモを渡してきた紳士とホテルの部屋で密会するなんて。言語道断です」

ブキャナン夫人は突き刺すような目でヘッティをにらみつけ、大きな胸を波打たせてぶるっと体を震わせた。

「わたしは密会などしていません！」ヘッティはかっとなって叫んだ。

「なんですって！　夫の非難が間違っているというの？　着衣を乱して紳士に抱かれているのを主人に目撃されたというのに。夫はウェイターに問いただし、その紳士があなたにメモを渡したことを確認したんですよ」

「たしかにメモは受けとりました。でも、わたしは……」

「それだけ聞けばじゅうぶんです！　これ以上嘘を聞く気はありません。夫は、あなたのみだらな行為を説明して、わたしの耳を汚すことをためらったくらいよ。あなたをクビにしたいそうです。わたしたちの名を汚されないため、誘惑にさらされるほかの紳士たちを守るための当然の処置ね。あなたは以前にもブキャナンの前でこれみよがしに振る舞って、口にするのも汚らわしい親密な行為と引き換えに、報酬を上げてくれとほのめかしたそうじゃありませんか」

「違います！　そんなことはしていません！」いわれのない非難に、ショックと屈辱でヘッティはたちまち涙ぐんだ。

「お黙りなさい！　わたしがいいと言うまで、口を開くんじゃありません。あなたの行為は、あらゆる立派な人々を辱めるものです。できることなら、ブキャナンの望みどおりいますぐクビにして、ご両親に娘さんはきちんとした家にもうふさわしくないと手紙を差しあげたいくらいです」

こんなばかげたことが実際に起きているなんて。ブキャナン夫妻の糾弾はすべて嘘だと、どうやって両親を納得させればいいの？

「ですが、夫にも説明したように、わたしたちにはアデルフィ・ホテルに対する責任があります。ですから代わりの歌手が見つかるまでは、どんなに不快でも我慢しなくてはなりません。ただし恥ずべき行為の罰として、これからは一ペニーも支払いませんからそのつもりで」

「わたしは何ひとつ悪いことなどしていません」ヘッティは口走った。「嘘をついているのはご主人のほうです。いやらしいことをしたのは……痛っ！」

いきなりよろめくほど強く頬を叩《たた》かれ、ヘッティはひりひりする頬に片手をあてた。

「よくも夫の評判を汚すようなことを！　自分を誰だと思っているんです？　ブキャナン

は既婚者で、立派なイギリス人ですよ。あなたは誰でもない、汚らわしい行為から生まれた混血じゃありませんか。自殺した父親と、外国の売春婦のあいだにできた娘だそうね。同窓にあたるファザッカリー夫人からすっかり聞きましたよ」

「ファザッカリー夫人？　そんな人は知りません」

「あたりまえです。あなたのような娘よりもずっと上流の方ですからね。ご主人は、自殺して家名を汚したあなたの父親のおいとこにあたる方よ。あなたのような私生児には、波止場の売春宿が似合いだわ」ブキャナン夫人は悪意に満ちた声で決めつけた。

　ヘッティは毒の滴る言葉の洪水からあとずさった。両親に守られ、世間の風にあたらずに育ってきたヘッティは、これまでは一度として生い立ちのせいで敵意にさらされたことも、それを恥じるべきだと言われたこともなかった。

　自分がほかの人たちと違うことは、もちろんわかっていた。母のエリーがブキャナン夫人と面接したときに訊かれたヘッティの生まれに関する質問の答えも、すぐ横で聞いていた。だが、エリーが言ったのは、ヘッティが養女で、最初の夫の子どもだということだけだった。

　ほかの人たちも、心のなかではわたしのことをブキャナン夫人と同じように考えているの？　わたしはよそ者なの？　この国のはみだし者なの？　疑問と不安が渦巻き、それにのみこまれそうになる。

「いいですか、たったいまほのめかした卑劣な嘘を口にすれば、あなた自身がもっとひどい立場に追いこまれるだけですよ」

ヘッティは言葉もなく相手を見返した。日本人の実母が娘を連れて愛する人を捜しにイギリスに来たこと、父が悲しみと絶望からみずからの命を断ったことは母から聞かされた。でも、母はヘッティの実母のことを尊敬のこもった優しい声で話してくれた。〝あなたは愛し合っていたご両親の愛の結晶なのよ。それを忘れないで〟と。

しかし、母が〝あなたが生まれたときの状況はもう過去のもの、公の場では口にしないほうがいい〟とも口にしていたことを、ヘッティはその瞬間思い返していた。

12

「ここんとこずいぶん静かだけど、どっか具合が悪いの？」バブスが尋ねた。

ヘッティは首を振った。ほかの娘たちには、ブキャナン夫人に言われたことをすべて話したわけではなかった。仲間に打ち明けたのは、ブキャナン氏がいやらしい行為をヘッティのせいにしたことと、これからは一ペニーも払わない、と言われたことだけだ。

「あのかみさんは十中八九、旦那がしたことを知ってるね。さもなきゃ、あんたをさっさと放りだしてるはずだ」バブスはそう言い、ほかの娘たちもうなずいた。

ヘッティはみんなの助言に従い、メイド頭からドアストッパーを借りた。ブキャナン夫人が最後通牒《つうちょう》を突きつけに来てから、ブキャナン氏とはひと言も口をきいていなかった。これまでと同じように歌を練習し、お客の前でそれを歌ったが、断固としてピアニストを無視した。

最悪なのは、ブキャナン夫人に投げつけられた罵詈雑言《ばりぞうごん》を、両親に手紙で告げることが、なぜかできないことだった。まるで、これまで無邪気にも自分の家族だと思ってきた人たちとのあいだに突然楔《くさび》が打ちこまれ、自分が実際は家族の一員ではないことを無理やり認めさせられたかのようだった。

「このまえ話したオペレッタのオーディションが、明日あるんだよ。あんたも一緒に来て、参加してみたら？」バブスが励ますように言った。

そうしてみようか？　たとえ落ちても、いまより悪くなりようがないのだから。

「だけど、コーラスには背が低すぎるわ」

「ほかの役もあるさ。あんたはとってもいい声で歌えるんだもの。これから双子と一緒に髪を切りに行くんだ。オーディションに備えて流行のボブにしようと思って。あんたも一緒に切らない？　きっと似合うよ。ずっとモダンに見えると思うな」

髪を切る？　ヘッティは目を丸くした。

「そしたら、きっと役をもらえるよ。いまはボブが流行《はや》ってるんだもの。ねえ、行こうよ」

ヘッティはためらったが、ほかの娘たちにも勧められ、やがてこう叫んでいた。「いいわ。わたしも切る！」

「ロード通りのマダム・フランセが、お弟子さんたちの練習台になれば通常料金よりも安く切るって。この広告に書いてある」バブスがそう言った一時間後、四人は急ぎ足でライム通りを渡っていた。ロー通りを下り、ロードとチャーチ、ホワイトチャペルとパラダイス通りが交差するホーリー・コーナーに向かう。前を行く双子に、バブスと腕を組んだヘッティが従った。

鋭く曲がった角を折れたとたん、強い風が薄い夏物の服に吹きつけ、スカートがふわっと持ちあがる。四人は大げさに悲鳴をあげ、道行く人々の目を引いた。

「ねえ、あの人たちにサービスしてあげよっか?」ジェニーがジェスと一緒に、舞台でするように足を蹴りあげる。

バブスが鋭い声でたしなめた。「いいかげんにしなよ、ふたりとも。あたしとヘッティは見世物になるのはごめんよ」

「ふん、お堅いんだから」ジェスが笑いながら言い、ロード通りに曲がろうとして大きな声をあげた。「見て、〈バニー〉だ!」双子はひと声叫んで店に駆けよった。

「何よあれ」バブスがため息をつく。「ショーウインドーに顔を押しつけて、まるで子どもみたい」

バニーは世界じゅうから輸入した、エキゾチックな東洋風の品物を扱っているリバプールの有名な店だ。

店の外には、オウムを肩に留まらせた足が片方しかない水夫が立っていた。オウムがかん高い声で汚い言葉をしゃべったり、口笛のような音を発したり、取り囲む子どもたちを喜ばせている。通りのもっと先にはオルガン弾きがいた。小さな猿がキッキッと鳴きながら、帽子を手にして通行人が小銭を入れてくれるのを待っている。

いつもなら、珍しいものが並んだ店のショーウインドーに一緒になって顔を押しつけるヘッティも、今日はなぜか自分の〝東洋〟の血が意識され、気後れがした。小さいときから母にずっと愛らしいと言われてきたが、いまは自分の愛らしさがイギリス娘の愛らしさとは違うことが意識される。わたしは骨が細く、丸顔で、髪も瞳も黒い。大きな瞳はかすかにアーモンドの形をしている。

「行くよ、ふたりとも」バブスが双子に声をかけた。「急がないと列ができちゃう」

マダム・フランセの店はロード通りのなかほどにあり、窓にはエレガントな金文字で、〝パーマ&カット　フランスで流行中のヘアスタイルにいたします〟とある。

店に入ると、ヘッティはためらいがちに店内を見まわした。母もコニーも髪を長くして結いあげている。知人でボブカットにしているのは、母の友人のアイリスだけだ。

とても痩せて背の高い、尖《とが》った長い鼻と真っ赤な唇の女性が近づいてきた。くっきりウエーブをつけた短い髪が顔を縁取っている。

「いらっしゃいませ」

「あの、新聞の広告を見て来たんです」バブスが言った。「半額でカットしてくれるんですか？」

マダム・フランセは冷ややかな顔でバブスを見た。「広告をよく読まなかったようね。あれには、〝じっくり観察したうえ、適切と判断したお客さまにかぎり〟という但し書きがついていたはずよ」

バブスが赤くなった。「なんだ。すみません、お邪魔しました」口ごもりながらドアへと向きを変える。

だが、残りの三人もそれに従おうとすると、マダムがヘッティの肩に手を置いた。「待って、あなたの髪は半額で結構よ」

「ヘッティはあたしたちと一緒じゃなければ切りません」ジェニーが抜け目なく言った。

「ねえ、ヘッティ？」

ヘッティはうなずいた。実際、ひとりでここに残るなんてごめんだ。

マダムの薄い唇がさらに薄く引き結ばれた。「いいでしょう。それじゃ四人とも半額にします。ここで待っていてちょうだい。マリーが二階に案内して、準備をしますから」

ジェニーがヘッティの脇を小突き、してやったりと笑う。マダムはすぐさまピンクの制服を着た娘に指示をだしはじめた。

十分後、四人は下のサロンほどエレガントでもお洒落《しゃれ》でもない、隙間風が入る二階の部屋に座っていた。マリーとふたりの娘が四人の髪からピンをはずしはじめる。

「急いで。すぐマダムが来るわよ。ぐずぐずしてると叱られちゃう」

髪を留めていたピンがすっかりはずれると、マリー、ジョセフィン、ポーリンと名乗った三人が、髪をあちらやこちらに引っ張って留めはじめた。自分の番がくるとヘッティは顔をしかめた。

突然、引っ張る手がせわしなく動きだした直後、マダムの頭が階段のてっぺんに現れ、まるで線路のように細い体がそれに続いた。

「あなたはここにいらっしゃい」マダムはヘッティに鏡の前を示し、付け加えた。「ほかの三人も鏡の前に座って。ポーリン、マリー、ジョセフィン、あなたたちはよく見て、わたしがやるとおりにするのよ」

ヘッティはためらいがちにマダムが押しやった椅子に腰をおろした。

「絶対に動かないでね」マダムはそう言って、長いはさみを忙しく使いはじめた。

動くどころか、ほとんど息もせずに、ヘッティは長い髪が床に落ちるのを目の隅で見守った。そしてうなじに風があたるのを感じるころには、髪を切ったことを悔やみはじめていた。

「さあ、三人とも、まったく同じように切ってごらんなさい」マダムの命令で、三人の娘たちがマダムと同じように切りはじめる。

「ああ、やだ。どうしよう」自分たちの髪で覆われた床を見て、ジェニーが声をあげた。

「バブス、あんたのせいよ」ジェスが声をあげて泣きだし、すぐにジェニーも加わった。

「ジョセフィン、下から水差しを持ってきなさい」マダムが冷ややかに命じる。「ヒステリーには水をかけるのがいちばん」

マダムの言葉が魔法の呪文のように効き、双子がぴたりと泣きやむ。マダムが弟子の仕事をじっくり見ていくあいだ、双子とバブスは肘掛け椅子をぎゅっとつかんでいた。

「ジョセフィン、ここが少し残っているわ」マダムは指さした。「はさみはちゃんと研いでおきなさいと、何度言ったらわかるの。この人の髪は切れないナイフとフォークでぶったぎられたように見えるわよ」

愕然《がくぜん》としているバブスにはかまわず、マダムはヘッティのところに戻り、顎が胸につくほどヘッティの頭を前に倒した。

「第二段階では、髪を新しいスタイルにしていきます。わたしの手元をよく見てらっしゃい」

三人の見習いがヘッティのまわりに集まり、マダムが丁寧に切っていくのを見守る。

これがいつまでも続いたら、丸坊主になってしまう。ヘッティはせわしなく交差するはさみの音と見習いたちの息遣いを聞きながら、不安にかられた。

「後ろをちゃんと切らないと、髪が正しい場所に落ち着かないのよ。さて、あなたたちがどれほどよく見て、覚えたか見てみましょう」

ヘッティは好奇心にかられ、見習いの娘たちが仲間たちの後頭部をカットしていくのを見守った。チョキチョキ、チョキチョキ、ほんの少しずつ切っていく。プディングの器のような醜い形が、しだいにエレガントなボブへと変わっていった。

　マダムはまたしても見習いの仕事をじっくり検分してからヘッティのところに戻り、今度は前と両横を切った。それが終わると、ポケットから取りだした櫛《くし》を頭の形に沿って全体に入れ、髪形を整えて一歩さがり、芝居がかった調子で宣言した。「はい、フランス風カットのできあがり」

「ああ、ヘッティ……」バブスがため息のようにつぶやく。「なんて愛らしいの」

「ほんと、見違えちゃう」ジェニーが畏敬の念をこめて囁《ささや》き、双子のかたわれもうなずいた。

　ポーリンがくれた鏡に目をやると、シルクの羽根のような髪に縁取られた、繊細な造作の小さな顔が映っていた。頬に張りつくような黒い髪で、大きな目がいっそう大きく見える。

「驚いた、本物のフラッパーみたい」ジェスがため息まじりに言う。フラッパーというのは、伝統的な価値観を嫌って短いスカートをはき、髪を切る若い女性たちのことだ。

「三人とも仕上げをしなさい」マダムはそう言い残して階段に向かった。

　新しいヘアスタイルが自分の外見に与える変化に驚きながら、ヘッティは見習いたちが仲間に同じ魔法をかけるのを黙って見守った。

やがてマダムがふたたび上がってきた。「あなた、ヘッティだったかしら？　すぐに写真家が来るから、写真を撮らせてちょうだいね。わたしの新しいヘアスタイルがどんなにエレガントか、お客さまに知ってもらわなくては」

せっかくの新しいヘアスタイルを、見せびらかさない手はない。ヘッティは渋ったが、劇場の人たちがよく訪れるまっとうな店だから、とバブスになだめられ、四人はアデルフィの隣、ライム通りとコッペラス・ヒル通りの角にあるパブ、ヴァインズに繰りだした。

バロック朝の店内はとても賑《にぎ》やかだった。

「見て、あそこ」ジェニーがバブスの脇を小突いた。「お偉方とあたしたちのショーの主役が、ずいぶん親しそうに話してる」

「こっちよ、ジェニー。あのふたりに見られないようにしなきゃ」ジェスが心配そうに言い、主役とロイヤルコートの支配人が座っている、半分個室のようなブースを足早に迂回《うかい》した。

「ミスター・ジョンソンは結婚しているんじゃなかったの？」ヘッティは小声で尋ねた。

「もちろん、してるよ。けど、エイミーは既婚者が好きなんだ。ほかの女の男を奪うと興奮するのかも。ねえ、バブス？」

ウェイターが注文を取りに来ると、ジェニーはポーター・ビールを頼みながら、切ったばかりの髪を自慢するようになでた。「これで、四人とも新しいオペレッタに出られるね」

「うん、流行の先端を行くヘアスタイルにしたんだもの、きっとそうなるよ」

「エリーの容態は？」ウィンクリー広場の家で書斎に案内されたジョンは、義兄の顔を見るなりそう尋ねた。

「とても弱ってる」ギデオンは重い声で言った。「もう少し体力が戻るまで、湖水地方に留《とど》まったほうがいいと思ったんだが……エリーがあんまり必死にここに戻りたいと言い張るもんだから、ぶり返すのを心配したアイリスが戻ったほうがいいって判断したんだ。アイリスが駆けつけてくれて、ほんとに助かった。さもなきゃ、いったいどうなっていたことか」

ジョンはすっかりやつれた義兄を痛ましそうに見た。

「気持ちが落ち着く薬をアイリスが処方してくれたんだが、赤ん坊が流れてしまったあとで薬をのんでも仕方がない、と最初のうちは頑としてのもうとしなかった。それから、今度はもっと早くアイリスに相談しなかった自分を責めはじめた。エリーはこの赤ん坊が生まれるのを待ち望んでいたから、すっかり打ちひしがれているんだ」

「何か方法はないの？」

ジョンの問いにギデオンは首を振った。「アイリスは、エリーが悲しむのをそっと見守るしかないと言ってる。くそっ、ジョン、エリーを失うかもしれないと思ったときは……。エリーはおれのすべてだ。エリーのいない人生なんか考えられない。それなのに、おれを見ようとさえしないんだ。部屋に入るたびに顔をそむけて……」

ギデオンは鉛のように暗い絶望に包まれているようだった。

「ぼくから姉さんに話してみようか」ジョンはぎこちなく言った。

ギデオンは即座に首を振った。「いや。いまはひとりでそっとしておくのがいちばんだ、とアイリスに言われてる。赤ん坊を失って心のバランスが崩れているから、相手がどんなに親しい人間でも取り乱しかねない、と……」

ジョンは慰めの言葉もなくギデオンを見つめた。「今月の終わりには新しい仕事でオックスフォードに行くことになっているんだけど、出発を遅らせようか？」

「いや、ジョン。ありがたい申し出だが、遅らせても意味がない。いまおれたちにできるのは、エリーが自分のペースで回復するのをじっと待つことだけだ。さいわい、アイリスがしばらく付き添ってくれることになってる。彼女なら安心してエリーを任せられるからな。心配せずにオックスフォードシャーへ行くといい。発《た》つまえに、コニーにも会いに行くつもりか？」

「うん。この週末に行こうと思ってる。そこからロンドンに出て、オックスフォードシャーへ向かうつもりなんだ」

リバプールにいるあいだに、ヘッティに会う機会があるだろうか？　もしも顔を合わせたら、どんな気持ちになるだろう？　ヘッティがまだ歌っていること、歌う道を選んだことにやはり怒りと反発を感じるのだろうか？　そしてその選択がもたらすあらゆる危険を思い、ヘッティを守れない歯がゆさに気をもむことになるのか？　それとも、ぼく自身も変わり、もうヘッティにはそれほど惹《ひ》かれていないことがわかるだろうか？

13

「よりによって祭日にオーディションをやるなんて、最低」ヘッティの後ろに並んでいる娘が不機嫌な声で言った。

「恋人とブラックプールに行く予定だったのに、ここで並んでなきゃならないなんて」

「いやなら受けなきゃいいじゃない、メアリー」べつの娘が言い返す。

オーディションが行われている小さな劇場の、袖のはずれにある狭い場所は、暑くて息が詰まりそうだった。本当ならいまごろはアデルフィで練習をしていなければならないのだが、ヘッティはこのオーディションに受かりたいと願っていた。ブキャナン氏にも、彼が自分を見るときの勝ち誇ったような目にも、もううんざりだ。

「で、これはどんなオペレッタだって?」誰かが尋ねた。

「知るもんか」ヘッティの後ろの娘がつぶやく。

「曲を書いてるのは、ロンドンから来た洒落者《しゃれもの》の作曲家らしいよ」

「コーラスに三百人使うって聞いた。主役はいずれ映画にも出るだろうって話だから、よっぽどおいしい役みたいだ」

「ガーティ・ローレンスみたいに有名になるのかなあ」誰かが羨ましそうにつぶやく。

「ああ、ヘッティ、すごく緊張しちゃう」バブスが囁《ささや》いた。

「わたしも」

呼ばれたら舞台に出ていき、二分ずつ自分の得意な技を披露するのだ。コーラスには小柄すぎることから、ヘッティは〝ものがオペレッタだから、歌だけじゃなく踊れるとこを見せておかなきゃ〟というバブスの助言を取り入れ、少しタップダンスをしてから歌うつもりだった。

ヘッティの前にいるのはもうバブスだけだ。〝次〟と姿の見えない男の声がかかり、ヘッティは息を止めた。バブスが急ぎ足で舞台に出ていく。ヘッティに彼女の姿は見えなかったが、ピアノの音で踊りはじめたのがわかった。やがて踊りから歌へ切り替わる。

「次」

「あんたの番よ」後ろの娘がいらいらして急《せ》かす。「それとも、やめるの？」

舞台に出ていったが、まばゆいライトのせいで客席の人たちはひとりも見えなかった。でも、暗がりに恋人や家族がいるつもりで演技すればいい。バブスの助言を嚙《か》みしめ、ヘッティはピアニストに楽譜を渡して、音楽が始まるのを待った。

タップダンスが終わり、歌いはじめると、すぐにいらいらした声にさえぎられた。「ごくろうさん。それでじゅうぶんだ。次……」

「あんまり気にするんじゃないよ、ヘッティ」劇場を出ると、バブスが慰めようとした。

「終わりまで歌わせてもくれなかったのよ」ヘッティが訴えると、バブスはぎゅっと手を握ってくれた。

自分と違って、バブスは二度めのオーディションに招かれている。ヘッティは精いっぱい失望を隠し、友人の成功を祝った。

「今週の日曜は叔母さんのとこに行くの？」バブスが尋ねた。

ヘッティはうなずいた。コニーに会い、身内の愛情に包まれたかった。最後にエリーの手紙が届いたのはもう二週間もまえだ。最初のうちは、両親が湖水地方で手紙を書く暇がないほど忙しくしているにちがいない、とほっとしていた。手紙が来なければ返事を書かずにすむ――ブキャナン夫妻のことで嘘をつかなくてもすむからだ。でも、ブキャナン夫人に罵られ、世間の目に自分がどう見えるかを知らされてからというもの、心の奥に疑いが生まれていた。父と母にとって、自分は家族というより面倒をみなければならない可哀《かわい》想《そう》な子どもだったのではないか？　ふたりとも、本当は自分が家を出たことをひそかに喜んでいるのでは……？

二回めのオーディションに招かれた娘たちが、興奮ぎみに新しいオペレッタのことを話していた。

「資金はそのアメリカ人が出してるんだってさ。リバプールで当たったら、ロンドンに行くらしいよ。その結果によっちゃ、ブロードウェイにも進出するんだって」

「ブロードウェイより、あたしはパリに行きたいな。いとこにフォリーで働いてる友人がいるの。そこのコーラスはほとんどが金持ちの旦那をつかまえる、って話だよ」

フォリー・ベルジェールはパリの有名なミュージックホールだ。

わたし以外、みんなすてきな計画があるみたい。日曜日の朝、コニーの家へ行く途中でブルーコート・スクールを通りすぎながら、ヘッティは悲しい気持ちでそう思った。

ブキャナン夫妻にクビにされ、今度は実家に戻っていやな顔をされたら、わたしはどうすればいいの？

宿舎に着くと、コニーが元気のない声で迎えた。なんだかうわの空のようだ。いつもの笑顔はなし、ヘッティの新しい髪形にも〝とてもモダンね〟と言っただけだった。

それから、お茶の時間の少しまえ、子どもたちを相手に新しく覚えたダンスのステップを披露していると、居間のドアが開き、ジョンが入ってきた。

「ジョン！」ヘッティは急いで立ちあがり、満面の笑みを浮かべた。「久しぶりね。会えて嬉《うれ》しい！」

「その髪、どうしたんだ？」ジョンはショックを隠せずにくってかかった。美しい長い髪がばっさり切られ、ショートボブになっている。

ヘッティはおずおずと髪に触れた。「いまの流行なの。新しいオペレッタのオーディションに参加できるように短くしたのよ。それより、どうしてアデルフィに来てくれなかったの。来るって約……」ジョンの表情を見て、ヘッティの声はしりすぼみになった。

「まだそんなことを言ってるのか?」

ジムがあんな死に方をしてからまだいくらも経《た》たないのに、今度はエリーが流産で弱り、鬱状態に陥っているとあって、ジョンはすっかり参っていた。母を出産で失ったことが心に重くのしかかっている。もちろん、ヘッティは事故のことを知らないし、それを話すつもりもないが……。

「エリーの具合がひどく悪いのに、オペレッタの話で浮かれているなんて」気づいたときには、ついそう言っていた。

「母さん、具合が悪いの?」ヘッティは呆然《ぼうぜん》と訊《き》き返した。「いつから? どれくらいひどいの? ちっとも知らなくて……」

「自分のことしか考えていないからさ」

ジョンは自分が八つ当たりしているのに気づいて、うしろめたい思いにかられた。本当なら、取り乱しているヘッティを慰めるべきなのに。

「違うわ! そんなことない。母さんはどうしたの?」

「赤ん坊を流産したんだ」ジョンはぶっきらぼうに言った。「そのせいで、すっかり打ちひしがれてる」

流産？　母さんは妊娠していたの？

「ジョン、よく来てくれたわね……」部屋に入ってきたコニーがはっとしたように足を止め、ジョンのこわばった顔とヘッティの青ざめた顔を見比べた。

「家に帰らなきゃ」ヘッティは即座に言った。

「だめよ、ヘッティ」コニーが首を振る。「みんなに騒がれるのが、いまのエリーにはいちばんよくないの。アイリスは見舞客を片っ端から断っているのよ」

ヘッティはたじろいだ。「でも、わたしはお客じゃないわ。わたしは……」家族よ、と言いたかった。でも、わたしは母さんの何？　血の繋《つな》がった本当の娘じゃないことはたしかだ。そう思うと涙がこみあげてきた。「どうして赤ちゃんのことを教えてもらえなかったのかしら？」

コニーがため息をついた。「ヘッティ、そんなふうに取り乱して会いに行っても、エリーの負担になるだけよ。こんなことにならなければ、エリーはそのうち話していたわ。エリーに会いに行くのはやめなさい。昔、看護婦をしていたわたしでさえ会わせてもらえないのよ。さあ、涙を拭いて、聞き分けてちょうだい。ハリーにあなたが来たことを知らせてくるわね、ジョン」

コニーが出ていくと、まだショックで震えているヘッティにジョンは近づいた。「さっきは……あんな言い方してごめん」

「ちっとも知らなかった。リバプールに来るべきじゃなかったんだわ。プレストンの、母さんのそばにいるべきだったの。そうしていたら……」

「しいっ。そんなことを言っちゃだめだ」ジョンはヘッティを慰めようとした。さっきはひどい態度をとってしまったが、決してヘッティに落ち度があると思っているわけではないのだ。

だが、ヘッティは慰められるのを拒否し、立ちあがって部屋のなかを歩きはじめた。

「最初にリバプールに来たとき、母さんはアイリスに会うつもりだったの。でも、わたしが子どもみたいに駄々をこねたから、約束を取りやめて買い物に付き合ってくれた」ヘッティは泣きながら苦渋に満ちた声で訴えた。「きっと何か心配なことがあって、アイリスに相談したかったんだわ。それなのに……」

「ヘッティ、きみのせいじゃないよ」小さなヘッティが悩みを打ち明けようと駆けよってくるたびにしてきたように、ジョンは彼女を抱きよせた。

だが、ヘッティはもう子どもではなかった。そして涙に濡《ぬ》れた顔で自分を見上げたヘッティを見た瞬間、ジョンは衝動的にうつむき、かすかに開いた唇に唇を重ねていた。

つかのま、ヘッティは腕のなかで溶けてしまったように思えた。だが、ヘッティのにおいに酔い、情熱をかき立てられ抱いている腕に力をこめたとき、彼女は小さな声をあげ、体を離した。

ジョンは心のなかで自分を罵りながらヘッティを放し、一歩さがった。なんてことを。泣いているヘッティにキスをするなんて。きっともう二度と信頼してもらえないだろう。

ジョンがわたしにキスをした！――ヘッティのほうは混乱しながらも、いまのキスが本当に起きたのか確かめ、その名残を感じたくて指先で唇に触れた。ジョンのことは物心ついたときから大好きで、ずっと背中を追いかけてきた。けれど最近のジョンは怒ってばかり。二度と口をきいてもらえないかもしれないと思っていたのに、いきなりキスをするなんて。

「ジョン……」

だが、ジョンは首を振り、こわばった声で言った。「いまのは忘れてくれ。きみはもう子どもじゃないのに……」そして戸惑っているヘッティを残し、急ぎ足に部屋を出ていった。

「コニー、そろそろ行くよ。電車に乗り遅れると困る」ジョンはハリーと握手を交わし、コニーと子どもたちにキスした。

ヘッティは少し離れ、黙って立っていた。どうしてジョンは会うたびにあんなに怒るの？　つい最近までのわたしはジョンを心のありったけで愛し、ジョンにも愛されていると信じていた。でも、いまは怒りと軽蔑しか向けてくれない……。

「ヘッティもライム通りの先まで歩くのよ、ジョン。一緒に行ったら？」

きっといやがるわ。ヘッティはそう思ったが、少したねらったあとジョンはうなずいた。

「いいよ。行くぞ、ヘッティ」

ふたりは黙ってブルーコート・スクールを通りすぎた。以前とはまるで違うとげとげしい沈黙に、遅れまいと早足になりながら、ヘッティは涙がにじみそうなのをこらえた。

「これから行くところはどんな場所なの？」ヘッティは沈黙に耐えられなくなって、尋ねた。「着いたら写真を送ってくれる？」

「写真を撮る暇なんかあるもんか。それに飛行場はどこも同じさ」

あまりのそっけなさにショックを受け、ヘッティの頬を涙が伝い落ちた。

ジョンは足を止め、鋭くたしなめた。「何を泣いてる？　たまには自分以外の人間のことを考えたらどうだ？　エリーの気持ちも、エリーがきみにしてくれたことも、まったく考えていないじゃないか」

「いいえ……母さんにどれだけ恩があるかぐらい、ちゃんとわかってる。これまではほんとの母さんみたいに甘えてきたけれど、本当は身寄りのないわたしを気の毒に思って面倒をみてくれただけだってことは……」

思いがけない言葉にジョンは眉をひそめた。「何を誤解してるんだ、そんなことは言ってないだろ。ただ、最近はコニーたちと過ごすよりも、新しい友人たちと遊ぶのが楽しいらしいと聞いたから……」

「コニーがそんなことを言ったの？」ヘッティはかっとなって問いただした。

ジョンは目をそらした。コニーは、新しい友人ができたせいか、ヘッティが見違えるように成長したことが嬉しい、と言っただけだった。

「とにかく、エリーが示してきたお手本にならうより、劇場関係の友人たちの真似《まね》がしたいんだろう？　その髪がいい証拠だ」

ヘッティの新しい髪形になぜこんなに腹がたつのか、ジョンは自分でもよくわからなかった。不可解な自分の気持ちを分析するよりも、ヘッティを責めるほうが簡単だ。いまは考えなくてはならないことが山ほどある。ジムや若い生徒たちを見舞った悲劇に抱いている罪悪感が悪夢となって自身を苛《さいな》み、心の休まるときがないうえに、オックスフォードシャーでは新たな生活に新たな仕事が待っている……。

「こういうときこそ、エリーのそばにいてやるべきなのに」

ジョンはそう言うと、ヘッティが小走りにならなければ追いつけないほどの速さで歩きだした。そのあとはどちらも押し黙ったまま、ライム通りの駅へと歩きつづけた。

「ジョン、お願いよ、こんなふうにけんかしたまま別れたくない」駅に着くと、ヘッティは勇気をだしてそう訴えた。

涙に濡れたその顔を見たジョンの胸はずきんと痛み、次いで激しく高鳴りはじめた。「ヘッティ……」彼は手を伸ばしてヘッティの髪に触れ……その短さにふたたびショックを受けた。差しだされた仲直りのきっかけをつかみたかったが、どうしても素直になれない。それにいまとなっては、ただの親友には戻れなかった。さっきから必死に忘れようとしているあのキスのあとでは。これからは、できるだけ関わらないほうがお互いのためだ。「どんな別れ方をしても関係ないさ」ジョンは鋭く言い返した。「きみは自分の人生を選んだ。ぼくも自分の人生を選んだ。お互いに、まったくべつの方向に進むんだから」

ヘッティが何も言えずにいるうちに、ジョンの姿は駅の人込みにのみこまれてしまった。

その夜、友人たちの寝息を聞きながら屋根裏の暗がりに横たわり、ヘッティはジョンの唇が重なったときのことを思い出していた。あの瞬間のすばらしかったこと。ブキャナン氏の濡れた唇が肌に触れたときのおぞましさとはまるで違う。

ただ、別れるときのジョンの態度、ジョンの非難を思い出すと、どうしようもなく心が重くなった。わたしはジョンが思っているほど恩知らずじゃない、それを証明してみせる。気持ちはすでに決まっていた。コニーには止められたが母のところに戻ろう。これからはずっとそばにいよう。歌は大切だけれど、それよりもはるかに重要なこともあるのだ。

14

「だけど、アデルフィの仕事はどうするのさ？」わが家に戻る切符を買うお金を数えているヘッティに、バブスが尋ねた。

「そのことはもういいの」ヘッティは力をこめて言い返した。「家に戻ると言うつもりよ」

「だけど、ヘッティ、あんなに歌うのが好きなのに！」

「好きだと思ったけれど、母さんのほうが大事だもの」ヘッティは言い張った。

母の妊娠も流産も知らずに、歌うことしか考えていなかったことがうしろめたかった。なんとかしてそれを償い、愚かで利己的な娘ではなく、責任感のある大人だと証明しなくてはならない。

「いつ戻ってくるの？」バブスが尋ねた。

「さあ。今夜は向こうに泊まるから……明日かしら？」

「あんたが仕事に穴を空けたら、ブキャナンのかみさんが卒倒するほど怒るよ」

ヘッティは肩をすくめた。「覚悟してるわ。だいたい、あんなにひどい扱いをされたのに、どうしてブキャナン夫妻の心配をする必要があるの?」

「それはそうだ。強くなったね、ヘッティ。その意気だよ」バブスが元気づけてくれた。

列車がプレストンの駅に停《と》まり、プラットホームを歩いていくと、〝イタリアのテノール歌手エンリコ・カルーソーの葬儀に五万人を超える人々が参加〟という新聞の見出しが目に留まった。五万人! そんなに有名になり、多くの人々に称《たた》えられたら、どんな気持ちがするだろう?

でも、この問いの答えは永久にわからない。これから自分が歌うのは、ウィンクリー広場の家のなかだけなのだから。

でも、かまわないわ。そのほうが嬉《うれ》しいくらい!

服に合わせてリボンの色を変えた釣り鐘型のクローシェ帽をかぶり、薄物のコートの下にお洒落《しやれ》な服をまとい、少しずつ貯《た》めた〝困ったときの備え〟をほとんど費やして買ったシルクストッキングをはいたヘッティは、洗練された女性そのものだった。が、足早にフィッシャーゲートのほうへ、次いでウィンクリー広場へ向かう道へと曲がったときには、流行の先端を行く自分の服装のことなどこれっぽっちも頭になかった。

プレストンはなんだか記憶にあるより狭く感じる。ここの空気も、リバプールのかすかな潮の香りのする空気とは違っていた。実の両親はどちらもプレストンの出ではないが、人生のほとんどをこの街で過ごしたヘッティにとってはここが故郷、エリーとギデオンが両親だった。少なくとも、少しまえまではそうだった。

　ウィンクリー広場に続く道に入ると、父のギデオンが母親から相続したエレガントな家の前に、見たことのないすてきな車が停まっているのが見えた。

　ウォーカー家の子どもたちは、家の出入りにキッチンにある勝手口を使う。そこには常に牛乳と、焼いたばかりのビスケットやほかのおいしいおやつが待っているからだ。でも、この日ヘッティが勝手口のドアを開けると、下働きのメイドがまるで見知らぬ人間を見るような目でヘッティを凝視し、手にしていた石炭バケツを落としそうになった。

「ミス・ヘッティ！　すっかり見違えたです。ほんとに、たまげましたよ」

　ミス・ヘッティ？　わたしはいつから〝ミス・ヘッティ〟になったの？

「母さんに会いに来たの」ヘッティは説明した。

「けど、ミス・ヘッティ、奥さまはずっとお加減が悪くて」メイドはため息をついた。「お可哀想《かわいそう》に、旦那さまさえ……」メイドは言いすぎたのを恐れるように、急いで付け加えた。「旦那さまは書斎にいらっしゃいます。奥さまには、アイリス先生が付き添ってて……」

「外に停まっているのはアイリスの車なの？」

「そうです」

ヘッティはキッチンをあとにして書斎のドアをノックし、返事を待たずに開けた。

「ヘッティ、いったい……」

「父さん」ヘッティは泣きながら父の腕に飛びこんだ。「ジョンとコニー叔母さんから、母さんと赤ちゃんのことを聞いたの」

どうにかそう言ったとき、書斎のドアが開いてアイリスが入ってきた。アイリスはヘッティがそこにいることに、父と同じくらい驚いた顔をした。

「母さんのところに行ってもいい？」ヘッティは即座に尋ねた。

「ヘッティ、エリーは眠っているのよ。少し休ませてあげましょう」アイリスは優しいとはいえ、きっぱりした口調でそう言った。

「でも、もう歌うのはやめる、家に戻ってくる、って話したいの」

「それはだめよ、ヘッティ！　エリーの助けになるどころか、心の負担をいっそう重くするだけ」

ヘッティは驚いてアイリスを見つめた。「でも、どうして？　わたしが戻ってくることが、どうして母さんの負担になるの？」

アイリスは父と目を合わせてから、落ち着いた声で言った。「座ってちょうだい、説明するわ」

ヘッティはおとなしくアイリスの勧めに従った。

「体のほうは、もう流産で受けたダメージから回復しているのよ。でも、人間は体だけでできているわけではない」アイリスは慎重に言葉を選びながら説明しはじめた。「エリーはこの流産を自分のせいだと思っているの。早いうちにわたしに相談していれば、打つ手があったかもしれない、とね。もちろんわたしは、流産したのはエリーのせいではないと説明したわ。わたしが診察したとしても結果は変わらなかったでしょう。でも、エリーは自分を責めつづけている。流れた赤ん坊が長いこと欲しかった女の子だっただけに、いっそうつらいのね。健康な赤ん坊を産んでもひどい鬱状態になる女性がいるけど、いまのエリーもそういう状態なの」

アイリスの説明に、ヘッティは体をこわばらせた。胸の底から苦い思いがこみあげてくる。わたしという娘がいるのに、なぜ母さんはもうひとり娘を欲しがっていたの？　母さんはわたしを愛しているふりをしていただけなの？

「エリーのそばにいたいというあなたの決心は、とても立派よ。エリーの助けになりたい気持ちもよくわかる。でも、しばらくは静かに失った赤ん坊のことを悲しむ時間をあげないとね。いまのエリーは失った赤ん坊のことで頭がいっぱいなの。つらいかもしれないけど、どうかわかってちょうだい。エリーがあなたに会いたがるとは思えない。伯母さんやいとこたち、妹のコニーにすら会いたがらないんですもの」

でも、わたしは家族よ。そう言いたいのをこらえ、ヘッティは唇を噛《か》みしめた。

父がそばに来て、手を取った。「ヘッティ、エリーはおれにすら心を開こうとしないんだ」

ヘッティは泣きだしたいのを必死にこらえた。「でも……よくなるのよね？」

「よくなることを願っているわ、ヘッティ」アイリスが静かに言った。「でも、心の病が癒えるには時間がかかるの」そこで視線を父に移す。「あなたのお父さんには、このままあまり状態がよくならなければ転地したほうがいいと勧めたのよ。気分転換のために、また湖水地方に行くとか。あそこは空気がきれいだし。さてと、エリーの様子を見に行かなくちゃ。目を覚ましてわたしがいないと不安がるの。それに眠りがとても浅くて……。またね、ヘッティ」

「わたしが来たことを――」

「あなたがエリーのことを思っている、愛している、と伝えるわ」アイリスはさえぎった。「失礼するわね」

ドアが閉まると、父が言った。「アイリスはとてもよくしてくれる。彼女がいなかったら、どうなっていたか」

「父さん、お願い。わたしをそばにいさせて」ヘッティは訴えた。

だが、父は悲しそうに首を振った。「アイリスが言ったことを聞いただろう、ヘッティ。そうだ、小遣いは足りてるのか？　送る手配をしようと思っていたんだ。ハリーに話すよ」

「心配しないで。帰りの切符はもう買ってあるわ」

ギデオンはほほ笑んだ。「いい子だ。ほら、五ポンドしかないが、これを持っていきなさい。母さんを湖水地方へ連れていくことになったら、いろいろ準備しないと……」

いまの父は母のことしか頭にないのだ。ヘッティはもの悲しい気持ちでそう思いながら、早く帰れと言わんばかりに父が押しつけてきた五ポンド紙幣を握りしめた。

「やれやれ、最後のお客がやっと帰った。こんなに忙しい夜は初めてだわ」サラが息を切らしながらキッチンに入ってきて、汚れた皿を流しの横に置いた。「残ってるお皿を頼める？　上に行って祖父《じい》ちゃんの様子を見てこないと」

ヘッティはうなずいて、目に入る髪を濡《ぬ》れた手でかきあげ、キッチンを出てテーブルの上を片付けはじめた。

明日になれば、今日の午後アデルフィの仕事をすっぽかした理由をブキャナン氏に説明しなくてはならない。どっちにしろ、代わりが見つかればこの仕事はおしまい。夫妻はすでに募集広告をだしていたから、そうなるのは時間の問題だ。ヘッティは汚れた皿をトレイにのせながら歌を口ずさみはじめた。悲しいことは、考えるよりも歌にのせるほうがいい。

通りに面したドアはまだ開いていた。キッチンの蒸し暑さのあとでは、涼しい夜気がありがたい。ヘッティは小声で歌いながらテーブルを拭いた。恋人を失った娘の嘆きを歌うこの曲は、お気に入りのひとつだ。

「ブラボー。すばらしい声だ」

突然、陰のなかにあるベンチから声がかかり、ヘッティは危うく皿を落としそうになった。

「悪かった」その紳士は謝った。「驚かすつもりはなかったんだ。これを飲みおえたら、帰ろうと思っていたところだ。きみはプロの歌手らしいな。どのオペレッタに出ているんだい？」

「たしかに歌手ですが、オペレッタには出てません。アデルフィでアフタヌーン・ティーのお客さまのために歌っていたんです。これまでは……」

「アデルフィ？　そうか、たしかにきみだ」紳士はそう言って近づいてきた。

ヘッティは目を見開いた。「あなたはアデルフィの……」

「ああ。ウェイターに頼んだメモの返事をくれなかったね」

「お客さまからのお誘いは、すべてお断りしているんです」

紳士は顔をしかめた。たぶん機嫌をそこねたのだろう。さいわい、サラが階段をおりてきた。まだ客が残っていたことに驚いたらしく、目を見開いたサラに紳士を任せ、ヘッティは汚れた食器を持ってキッチンへ逃げこむと、境のドアを閉めた。

今夜あのハンサムなアメリカ人に出くわしたのは、不吉な前兆だろうか？　ブキャナン氏に襲われたのは、あの人のメモが原因だったのだ。またいやなことが起こるの？　これ以上悪いことが続いたら、どうしていいかわからない。

いまのヘッティは、家族に見放されたような寂しさを感じていた。コニーが新しい友人たちをどう思っているかジョンから聞いたあとでは、叔母の家を訪ねる気にもなれない。

深い孤独と疲れを感じながら、ヘッティは最後の皿を洗いはじめた。ウィンクリー広場の家は、もうわが家ではなくなってしまった。アイリスの説明からすると、母が自分を本当の娘だと思っていないのは明らかだ。それを知ったあとでは、もうすぐホテルの仕事をクビになることを父に話すこともできなくなった。

もうウィンクリー広場の家にわたしがいる場所はない。あそこには帰れない。

どうすればいいんだろう？　ブキャナン夫妻にクビにされたあと、あの下宿を追いださ れずにすんだとしても、この店の皿洗いでもらうお金だけでは下宿代すら払えない。これからのことを考えると不安でたまらなかった。

その夜、肩を落としベッドに座っていると、バブスが声をかけてきた。

「どうかしたの、ヘッティ？　ずいぶん元気がないけど」

「元気がないに決まってるじゃない」メアリーが代わりに応えた。「クビになるんだもの」

「大丈夫よ、ヘッティ。あんたほどきれいなら、あっというまに次の仕事が見つかるって」スーキーが慰めてくれた。「あたしたちは違うってわかってるけど、あんたの中国っぽい顔立ちを見たら、たいていの男はすぐものにできると思うからね」

「中国人じゃないわ。母は日本人だったの」ヘッティはすばやく言い返し、仲間が意味ありげに目を見交わすのを見て涙ぐんだ。

ここでも自分はよそ者だ。認めるのはいやだが、たしかに自分はほかの娘たちとは違う。男の人たちも、ほかの娘たちを見る目とは違う目でこちらを見る。

今夜レストランにいた紳士もそうだ。いったいどうすればいいの？　わたしはどうなるの？

第二部

15

「このまえのオーディションでとった娘の何人かが役に合わなかったらしくて、またオーディションがあるんだよ。もう一度受けてみたら？」

ヘッティは小さなため息をついて首を振った。「何度受けたって、だめに決まってるわ」

「ヘッティ・ウォーカー、あんたはそんな意気地なしだったの？」

「いいこと、バブス・チータム、わたしは意気地なしなんかじゃないわ」

「よかった。みんなにはもうあんたがオーディションに来るって言っちゃったんだ」

バブスが自分を助けようとしているだけなのはわかっている。でも、母に拒否されたことがヘッティの心に深い傷を残していた。この世で誰よりも愛している母とジョンのふたりに拒否されるなんて。それを思うと、あんなに好きな歌でさえ、どうでもいいような気がしてくる。

でもバブスは、残った三つの役に抜擢《ばってき》されるチャンスは、ほかの娘と同じくらいあんたにもある、と励まし、なんとかヘッティにオーディションを受けさせようとした。

「ううん、ほかの子よりもっとあるよ。だって、あんたみたいに歌える娘なんていないもの」

ヘッティはため息をついた。「だけど、わたしはコーラスには背が低すぎるわ」

「あたしの言うことを聞いてなかったの？　残ってるのはコーラスじゃないの。何曲かソロを歌う娘たち三人の役。準主役が降りちゃって、その代わりも務めなきゃいけないらしいんだ」

オーディションには三十人以上の娘が招かれていた。舞台の袖に立ってほかの娘たちが歌うのを聴きながら、ヘッティの気分はだんだん暗くなっていった。声だけを比べれば、勝っているとは言わないまでも引けはとらないと思う。でも、ほかのみんなはベテランの歌手で、ほとんどがコーラスラインで舞台に立った経験があった。

やがて、残った娘は四人だけになった。名前を呼ばれたヘッティはパニックに襲われて凍りついてしまい、後ろにいる娘に背中を押されて、むきだしの床板につまずきそうになりながら舞台に出ていくはめになった。

オーディション用の曲の楽譜は、前もって伴奏者に渡してある。それなのに、足元から自分を照らすまぶしい光を無視し、落ち着こうとしていると、自分が渡した楽譜とはべつの曲の導入部が聞こえてきた。これは一連の下品なポーズをとりながら歌わねばならない、いま流行《はや》りの卑猥《ひわい》な出し物だ。

知っている曲ではあるが、こんなものを歌うことはできない。だが、ピアニストは彼女が歌いだすのを待っていた。ヘッティは泣きそうになりながら、ピアニストを見て首を振った。「それはわたしの曲じゃ……」

「どうした、さっさと歌わないか？」鋭い声が客席から飛んできた。

ピアニストがうんざりしたように肩をすくめる。ヘッティは唇を噛《か》んだ。

安全な袖はすぐそこにある。でも、ここで逃げこんだら、〝わたしは意気地なしじゃない〟とバブスに誇らしげに宣言した言葉が嘘になる。

ヘッティは深く息を吸いこみ、暗がりに向かって言った。「伴奏者がわたしの楽譜を持っていないようなので、伴奏なしで歌います」

見えない観客が苛立《いらだ》たしげな衣擦《きぬず》れの音をたてた。

勇気をなくすまえに、ヘッティは息を吸いこんで歌いはじめた。ブラウン先生がいつも褒めてくれた完璧な音階で。家ではよく伴奏なしに歌ったものだ。

ヘッティは見えない審判に向かって歌っているのを忘れ、ウィンクリー広場のわが家で歌っていると思うことにした。

歌ううちに緊張が解け、歌う喜びがそれに取って代わった。澄んだ声が上がっては下がり、流れるように歌を紡いでいく。ヘッティを心配してこっそり袖に入りこんだバブスは、両手を握りしめ、感嘆の声をもらした。

歌が終わりに近づいたとき、観客席から誰かが叫んだ。「もういい、じゅうぶんだ。次」

わが家にいるつもりになっていたヘッティは、つかのま立ち尽くした。が、すぐにオーディションが終わったこと、またしても落ちたことに気づいた。

観客席の誰かが怒った声で何か言っているようだ。でも、次の娘がすでに袖から出てきて、軽蔑するように鼻を鳴らし、すぐ横を通りすぎた。ピアニストがその娘の曲を弾きはじめる。

受け直したりするんじゃなかった。ヘッティはみじめな気持ちで悔やんだ。落ちるのはわかっていたのに。

袖で待っていたバブスが慰めるようにヘッティの手を握り、舞台のほうに顎をしゃくった。「あれを聴いてごらんよ、ヘッティ。あのキーキー声」

「あの娘はいくらへたでも関係ないのよ」バブスの声が聞こえたとみえて、誰かが小声で言った。「いとこが監督の知り合いらしくて、役をもらえるのはもう決まってるんだってさ」

「あんたが選ばれなかったのは、あんたのせいじゃないよ、ヘッティ」バブスが慰めた。「この商売じゃ、コネがものを言うこともあるんだ。だけど、悔しいね、こんなにいい声をしてるのに。ロンドンに行くことになってあんたがいなかったら、寂しくなっちゃうよ。

おっと、こんな時間？　もう行かなきゃ。リハーサルすることになってるんだ。〝エンジェル〟が観《み》るんだって。監督は初夜の処女みたいにぴりぴりしてる。自分の金を何に使ってるか、このアメリカ人が知りたがるのを心配してるんだろうね」

バブスは早口にまくし立てると行ってしまった。ヘッティは、ドーランのにおいをさせて楽屋から出てきた賑《にぎ》やかなコーラスガールたちとすれ違い、オーディションに受かっていたら、と羨まずにはいられなかった。

楽屋口から外に出ようとすると、ハンサムな金髪の若者が叫びながら走ってきた。「待てよ、ヘッティ・ウォーカー。いますぐぼくと一緒に来てくれ」

「どうして？　わたしは……」

若者は首を振って渋面を作った。「急がなきゃ。見つけるのに、ずいぶん手間取っちゃったんだ。それに上機嫌とはとても言えないから、きみが彼の目を引くほど幸運だったとしても、ぐずぐずしてたらどうなるかわからないよ」

「何を言っているのか、さっぱり……」

「いいから黙ってついてきて。何も考える必要はない。音楽の女神に仕えるぼくらの務めには、考えることなんか含まれていないんだ」

物憂い仕草としゃべり方は、本気なのか冗談なのかわからない。

若者は迷っているヘッティの手をつかんで引っ張った。「さあ、早く。いますぐオフィスにきみを連れてこい、って言われたんだ」

「でも……」

「この階段から行こう。オフィスはこの上だから。きみはお偉いさんにすっかり気に入られたんだよ、ヘッティ・ウォーカー」

若者がドアをノックし、それを開けて、ヘッティをなかに押しやった。

後ろでドアが閉まる音がして、ヘッティは部屋のほとんどを占領している大きなマホガニーの机の端にお尻をのせている紳士とふたりきりになった。

「あなたは……」ヘッティはあえぐように言って目を丸くした。目の前にいるのは、アデルフィでメモをくれた紳士、レストランで自分の歌を褒めてくれた紳士だった。

「三度めの正直ということわざが、本当だといいが。今度こそ消えないでほしいな」

「あなたはどなたですか？　わたしはどうしてここに連れてこられたんでしょう？」ヘッティは不安を抑えつけ、紳士の顔と閉まったドアを見比べた。

「わたしはジェイ・ダルハウジー」紳士はにこやかに名乗った。「怖がることは何もないよ、ヘッティ・ウォーカー。そんな顔でドアを見る必要もない。きみはいつでも好きなときにここを出ていける。わたしとしては出ていってほしくないが」

「怖くなんか……」ヘッティは嘘をつき、それから勇気をだして言った。「ずいぶん珍しい名前ですね」

紳士は笑い声をあげた。「珍しいか。まあ、親父《おやじ》にもらった名前だから文句は言えない」

「アメリカの方なんですか?」ヘッティはそう言って、いっそう赤くなった。

「クレオールだ」ダルハウジー氏は訂正し、ヘッティが混乱しているのを見て簡単に説明してくれた。「ずっと昔、父の家族はフランスからアメリカ大陸に渡り、ニューオーリンズに落ち着いた。われわれクレオールはちょっとしたおまけを持つアメリカ人なんだよ。われわれのケイジャン料理と同じように、ホットでスパイシーなおまけをね」

ヘッティは自分を見つめるダルハウジーの眼差《まなざ》しに警戒心を抱きながらも、かすかな興奮を覚えた。とても魅力的な人だ。こんなふうに見つめられたら、危険を承知で近づきたくなる。直感的にそう思い、戸惑ったせいではなく頬が熱くなった。

「お母さんはどちらの方?」ヘッティは礼儀正しい会話をしようとした。

ダルハウジーは机の上にある箱から葉巻を一本取りだし、靴底でマッチをすって火をつけた。「これは最高の葉巻だな。ハバナの葉巻がこれほど香《かぐわ》しいのは、女性が腿のあいだで煙草《たばこ》の葉を巻くからだそうだ」

ダルハウジーの言葉に、今度こそヘッティは真っ赤になった。

「母の祖母はミシシッピー州にある大農園で育った」ジェイは無垢《むく》なヘッティの反応に気をよくして言った。「ベル・ヴィザージュ――つまり、美しい顔、と呼ばれていたそうだ。母の話では、母親からよく話を聞いたそうだよ。フランスで作られたドレスを着て、すばらしく高価な宝石を身につけていた曾祖母《そうそぼ》のことを」

「その人は奴隷がいる農園の愛人だった、ということですか?」学校で、奴隷売買を終わらせようとするウィリアム・ウィルバーフォースの決意を学んだことを思い出し、ヘッティはつい非難するような声になった。

ダルハウジーは物憂い声で否定した。「正確には、農園の持ち主の愛人だった。曾祖母はオクトルーン。八分の一だけ黒人の血が混じっていた。奴隷の血がね。ニューオーリンズには、黒い血の濃さ、あるいは薄さに応じて呼び名があるんだよ」

ダルハウジー氏の肌は、リバプールの波止場でよく見るアフリカ人の青みがかった暗褐色とは違って、イタリア系移民のような温かいオリーブ色だった。

「わたしの母は日本人だったんです」なぜだかわからないが、気づけばヘッティはダルハウジー氏にそう言っていた。

「すると、われわれには共通点があるわけだな。実際、われわれはとてもうまくやっていけると思うね、ヘッティ」

彼が机を離れて近づいてくると、ヘッティはぎょっとしてあとずさった。「そういう関係には興味はありません」きっぱりと言う。「わたしはそういう人間じゃないんです。ちゃんとした育ちの……」

ジェイ・ダルハウジーは見とれるほど広い胸で腕を組み、笑い声をあげた。白い歯が閃《ひらめ》き、褐色の瞳がおかしそうにきらめく。

「ああ、そうだろう」ようやく笑いがおさまり、真面目な顔に戻る。「どうやら、きみは誤解しているようだな。わたしがきみに望んでいるのは、愛人になることではなく、『プリンセス・ゲイシャ』の準主役を演じてもらうことだ。アデルフィできみが歌うのを聞いたときに、きみはこの役にぴったりだと思った。声だけではなく、容姿もね。だが、メモの返事がもらえなかったので、監督の願いを聞き入れ、彼が知り合いの娘を選ぶのを許すしかなかった」ダルハウジー氏はそう言ってほほ笑んだ。「わたしは金を出すだけで、オペレッタを作りあげるための細々とした手順はほとんど知らないが、自分がどんな顔を見たいか、どんな歌を聴きたいかはわかっている。あのレストランできみが歌っているのを聴いて、主役とプリンス・ハイハンドとの秘密の恋を取り持つプリンセス・ミミの役にぴったりだ、とまたしても思ったんだ。だが、ミミ役はすでに決まっていた。ひそかに嘆いていたら、ミミ役の娘が降りたいと言いだしてね。今日のオーディションをきみが受けてくれたのは、神の思《おぼ》し召しとしか思えない」

「でも、わたしがオーディションを受けたのはべつの役で、それさえ落ちてしまったんですよ。あなたがおっしゃった役は、準主役の代役の方が……」

「ああ、監督のルシアス・カーライルは代役にやらせたがっている。だが、今日あらためてきみの歌を聴いて、わたしはきみにミミ役をやらせるべきだと主張したんだ」

まるで夢を見ているようだった。とても現実とは思えない。屋根裏の友人たちが話していた豪華なオペレッタで、準主役をやらせてもらえるなんて。

「どうだい、ヘッティ、ミミ役をやるかい？」

ヘッティはちゃんとした返事ができる自信がなくて、ただ力をこめてうなずいた。

「すばらしい。ただし、リハーサルはもう始まっているから、追いつくにはかなりの努力が必要だぞ。報酬は一週間七シリング六ペンスだ」

ヘッティは目を丸くし、心配そうに囁《ささや》いた。「そんなにもらっていいんですか？」

ダルハウジー氏はまた笑った。「きみは実に変わった娘だな。払いすぎではないかと訊《き》かれたのはこれが初めてだ！　リハーサルの残りを見ていくといい。きみをここに連れてきたエディ・オーモンドが監督に引き合わせてくれる。役の説明は監督から聞いてくれ。残りのキャストに追いつくために必要な指導の手配も、彼がしてくれるはずだ」

ヘッティは擦り切れた絨毯《じゅうたん》ではなく雲の上を歩いているような気持ちで、ジェイ・ダルハウジーのオフィスをあとにした。


ウェイターに頼んだメモには〝ビジネスの提案がある〟とはっきり書いたのに、よからぬ下心を抱いていると誤解されたとは。オフィスに残ったジェイは、思い出して笑みを浮かべた。たしかに魅力的な娘だが、少し若すぎるしうぶすぎる。もう四、五歳上で、もっと世慣れていたら、ベッドに連れこみたいという誘惑を拒む努力をせず、ビジネスとお楽しみを同時に味わうことにしてもよかったのだが。

彼がヘッティ・ウォーカーに関心を抱いたのは、純粋にミス・ウォーカーがプリンセス・ミミ役にぴったりだと思ったからだった。だが、このオペレッタを作るために雇った、頑固で気難しいがきわめて経験豊かな監督ルシアス・カーライルが、使う役者や歌手はすべて自分が決めると言い張った。

さきほどジェイがルシアスと激しく言い争ったのはそのせいだった。監督の決定を却下し、ヘッティにミミの役を与えるよう主張したのだ。しかし、ジェイは自分の直感を信頼していた。それにリスクをおかし、勝利をつかむのも好きだった。

ルシアスは自分の決断に疑いをはさまれ、それをくつがえされたことに激怒して、くってかかった。「あの娘は無名だ。演技ができるかどうかさえわからんのだぞ」

「しかし、歌えることはわかっている」ジェイは即座に言い返し、監督の怒りを無視した。後援者は金をだすが、製作サイドには口をはさまないのがこの世界の決まりだ、とルシアスは言い張った。ジェイも同じようにはっきりと、自分は通常の〝エンジェル〟とは違う、と言ってのけた。

実際、そのとおりなのだ。

このオペレッタの曲を作詞作曲する若者、アーチー・レオナードは、ジェイが見つけてきた逸材だ。事の始まりは、ニューヨークにいたときにたまたま立ちよったパーティで、ブロードウェイで仕事をしているこのイギリス人の若者と話をしたことだった。アーチーは、ジェイの父がニューオーリンズで蒸気船を何隻も所有し幅広くビジネスを営んでいる実業家であり、ジェイもその父と同じように非常に成功している投機家だと知ると、自分が作詞作曲をするオペレッタに金をだしてくれないかと持ちかけてきたのだ。

これを聞いたとき、ジェイは笑い飛ばした。だが、愛人との関係に飽きがきたところだったし、父を喜ばせるために結婚した、裕福ではあるが病気がちで、自分の顔を見れば不満をぶつけてくる妻とニューオーリンズで暮らすのもごめんだった。妻とのあいだにはすでにふたりの息子がいる。夫、後継ぎとしての義務は果たしたのだ。

それにヨーロッパを見たいという気持ちもあった。言葉の通じるイングランドなら、始まりとしては申し分ない。しかもビジネスのためとくれば、願ってもない口実になる。アーチーの言うオペレッタが当たれば、賭けに伴うスリルだけではなく、あの厳格な父親さえほほ笑むほどの報酬もついてくるのだ。もちろん、おまけも期待できる。

ヘッティの怒りを思い出し、ジェイは腹の底から笑った。こちらを拒むのではなく、抱いてほしいと懇願するようにあの娘を調教するのはさぞ楽しいことだろう。彼女はまだ男を知らないのだろうか？　そう思ったとたんに体が反応し、黒い瞳が欲望に翳《かげ》った。妻の氷のような反応を思うとどんな欲望もなえるが、ヘッティのような娘は男の熱い血をかき立ててくれる。

「ミミ役をくれると言われたんだろう？」

ヘッティは息をのみ、胸に手をあてた。「ああ、びっくりした」オフィスに連れていってくれた若者エディ・オーモンドが、突然、陰のなかから現れたのだ。

「可哀想《かわいそう》に、ぼくに驚いているようじゃ、あの監督の下で一日ももたないぞ。監督はきみを食っちまう。エンジェルが口をはさんだことに猛烈に腹をたててるんだから」

「どういう意味？」

「べつに。ただ、われらが監督ルシアスは、エンジェルがきみをミミ役にしろと主張したのが気に入らない、ってこと。すでにお気に入りの娘をミミに決めていたからね。ついでに言うと、その娘もきみの目玉を爪でかきだしかねないほど怒ってる。とにかく、ルシアスもきみに会いたいとさ。待たされるのは嫌いな人なんだ」

ヘッティは胃をかきまわす不安を無視しようと努めながら、急いで階段をおり、暗い廊下に姿を消したエディのあとを追った。

ようやく追いついたときには、エディはいくつも並んだドアのひとつをノックしていた。

ヘッティは目を見開き、問いかけるようにエディを見た。

「ルシアスのオフィスだよ」エディが囁く。「外で待ってる。このあと、振り付け師のマダム・セシルにも引き合わせるから」

「どうぞ」

ヘッティは、エディが開けてくれたドアから部屋に入った。

眉間にしわを寄せ、手にしたものを読んでいる男は、黒々とした髪、深くくぼんだ黒い目、大きな鷲鼻《わしばな》――何もかもジェイ・ダルハウジーとは正反対だった。小柄で細身だが、全身から権威を放っている。

何を読んでいるにしろ、よほど重要なものらしく、ヘッティが入っても声もかけず、椅子も勧めず、目を上げようとすらせずにペンに手を伸ばし、走り書きしている。ヘッティは背筋をぴんと伸ばし、息もできないほど緊張して立っていた。

やがて監督はペンを置き、顔を上げてヘッティにほほ笑んだ。

ヘッティは安堵《あんど》の息をつき、笑みを返した。

「われわれのささやかな家族に歓迎するよ。名前は？」

「ヘッティ、ヘッティ・ウォーカーです、監督」ヘッティは膝を折ってお辞儀をしたい衝動にかられながら口ごもった。

「よろしく。もう知っているだろうが、わたしはルシアス・カーライルだ」監督は立ちあがった。「このオペレッタのプロデューサー兼監督でね。本来はリバプールのような地方都市よりも、ロンドンの劇場街で仕事をすることが多い。しかし、まあ……」監督は言葉を濁し、ややあって続けた。「きみには女性の準主役であるプリンセス・ミミを演じてもらう。主人公のいとこの役だ。少なくとも、きみの外見と小柄な点はこの役に合っている。歌いにくい曲があれば、作曲家にカットしてもらうこともできるだろう。しかしリハーサルはすでに始まっているから、追いつくのに全力をあげてもらいたい。台本のコピーはステージ・マネージャーのトミー・ハーディングからもらってくれ。ほかに必要なものがあれば、それもトミーに頼むといい。トミーはこの仕事に必要なものも説明してくれる」

エディ・オーモンドが意地悪く描写したような恐ろしい人でなくてよかった！　すっかり畏敬の念に打たれ、ヘッティはうなずくことしかできなかった。

これは順調な滑りだしに思える。もしかしたら、ダルハウジーは自分にとって本物の天《エン》使《ジェル》となるかもしれない。

ヘッティは仲間に――とくにバブスにこのすばらしいニュースを報告したくて、窓から身を乗りだすようにしてみんなが帰ってくるのを待っていた。部屋に入ってきたバブスは、ヘッティを見たとたん慰めようとした。

「ヘッティ、今日は残念だったね」

ヘッティはもどかしげに首を振った。「いいえ、オーディションには落ちなかったの」

「どういうこと？」

「受かったのよ！　いえ、オーディションの役には落ちたけれど、プリンセス・ミミの役をもらえたの！」

「まさか！」バブスが驚いて叫ぶ。

　ほかの娘たちもヘッティを見つめた。

「ありえないよ。ミミ役はフェイ・ライトだもの。その理由はみんなが知ってる」バブスが険しい声で言った。「フェイとルシアス・カーライルはこれまでも一緒に仕事をしてるんだ。可哀想なフロー・バーデスリーにさんざんいやがらせをして、フローが自分から役を降りるように仕向け、フェイがその役につけるようにしたのに、ルシアスがあんたをミミ役に抜擢するはずがない」バブスがきっぱり首を振った。

「でも、されたのよ」バブスが自分を信じてくれないのが不満で、ヘッティはつんと顎を上げた。「あのオペレッタの資金をだしているジェイ・ダルハウジー氏からそう言われたわ」

　六つの頭がさっと動き、六組の目が信じられないという表情でヘッティを見た。

「あんた、エンジェルに会ったの？」メアリーが羨ましそうに言った。「いったいどんな手を使ったのさ」

「たいへん、あんたメアリーのご機嫌をそこねちゃったよ、ヘッティ」ジェニーがくすくす笑った。「メアリーははなからあの人に近づくチャンスを狙ってたんだから」

　メアリーは怒ってジェニーをにらみつけた。「ばかにしないでよ。あたしをどういう娘だと思ってるの。あのエンジェルが結婚してることは、みんなが知ってるのよ……」

「あら、これまでは既婚者だって平気だったじゃない」誰かが小声で言ったが、さいわい、メアリーには聞こえなかったようだ。

「気をつけるのね、ヘッティ」メアリーは鋭い声で言った。「エンジェルがミミの役をくれたのは、あんたの歌を聴く喜びのためじゃない……」

　みんなにこの知らせを告げるのをあんなに楽しみにしていたのに、こんなことを言われるなんて。

　ヘッティは悔しいのと腹がたつのとで、メアリーに言い返した。「そんなんじゃないわ。ダルハウジー氏はアデルフィでわたしが歌うのを聴いたときから、ミミ役にぴったりだと思ったのよ」

「ぴったりなのはベッドのお相手のほうだろ」メアリーがつぶやく。

　バブスが強い調子でメアリーをたしなめた。「そういう勘繰りはやめなよ。よく考えてみれば、ダルハウジー氏がヘッティを準主役に抜擢したのは意外でもなんでもないさ。実際、ヘッティはミミにぴったりだもの。みんなも知ってるように歌は抜群にうまいし、見た目だって……」

「まあ……中国人っぽいとこはあるけど」メアリーがしぶしぶ同意する。

「わたしは――」ヘッティは怒って訂正しようとしたが、隣にいたバブスに鋭く肘で突かれ、黙っていろとにらまれた。

「だけど、この子は全然踊れないよ。リハーサルだって、もう半分終わってるし。あたしに言わせれば――」

「誰もあんたの意見なんか訊いてないよ、メアリー」バブスがぴしゃりと言い放ち、この場はおさまった。


バブスとふたりだけで話せるようになると、ヘッティはメアリーの反応に自分がどれほどがっかりし、怒っているか打ち明けた。

「気にしなさんな、あの子はあんたに妬《や》いてるのよ。何年もコーラスガールから抜けだそうとしてきたけど、声量が足りなくてうまくいかない。そこにもってきて、舞台に立ったこともないあんたがエンジェルのひと言で準主役をつかんだら、頭にきて当然だろ？　けど、心配はいらないよ。意地の悪い子じゃないんだから、そのうちもとに戻るさ」バブスはそう言うと、まだ気持ちのおさまらないヘッティを抱きしめた。「ほらほら、元気をだしなよ。メアリーがあんたの幸運を妬んで噛みついたくらいでそんなに取り乱してたら、ルーシーに味わわされる地獄に耐えられやしない」

「ルーシーって？」

「監督のルシアス・カーライルさ。それにマダム・セシルもいる。あのマダムはドラゴンみたいなんだよ。脚がもぎとれそうになるほどしごいたあげく、なんてみっともない、それで踊ってるつもり、と鼻で笑ってくる」バブスはため息をついた。「そんな劇場の事情を何ひとつ知らずに、エンジェルがロンドンの連中と地元のダンサーを雇うとそういうことになるんだ。ロンドンの連中はこのビジネスを知り尽くしてると思ってるし、自分たちのお気に入りがいる。あたしに言わせれば、リバプールの劇場でこのオペレッタが当たって、ロンドンで上演できたらまさに奇跡だね」

「みんなに喜んでもらえると思ったのに」ヘッティはみじめな気持ちでつぶやいた。

バブスは深いため息をついた。「あんたは世間てものが、ちっともわかってない。ほかの子からどんなに好かれてても、舞台を踏んだことさえないあんたがいきなりいい役にありついたら、妬むし腹もたつさ。ほら、元気をだして」バブスはふたたびヘッティを抱きしめた。「メアリーの機嫌はそのうち直る。家族にはもう話したの？　母さんと父さんはきっと喜んでくれるよ」

「まだよ」母が流産のあと鬱状態だということは、誰よりも親しいバブスにさえ話していなかった。「バブス、正直に聞かせて。わたしにミミ役ができると思う？」

バブスは唇を引き結び、頭を傾けてヘッティを見た。「そうだね、あんたはすてきな声だし、オーケストラの音に負けないだけの声量もある。それにとてもきれいだ。だけど、それだけじゃじゅうぶんとは言えない」バブスは真剣な顔で付け加えた。「この世界じゃ、コネが幅をきかせる。自分が欲しがってた役をあんたにとられて、フェイはきっと大騒ぎするよ。でも、心配はいらない」バブスは励ますようにヘッティの腕をぎゅっとつかんだ。「あたしたちが守ってあげるからね。さてと、今夜はルドルフ・ヴァレンティノの映画を見に行くんだよ。忘れてるみたいだけど」

ヘッティは急いで首を振った。もちろん、忘れてなどいない。新しく封切られた恋愛映画と、主役を演じているハンサムなイタリアの男優は、この国のあらゆる女性を虜《とりこ》にしていた。

「まだリハーサル中でよかった。さもないと、この映画を見られなかったもの」

ヴァレンティノの魅力は、スクリーンどころか写真を見ただけで気絶した娘たちがいる、と言われるほどだった。新聞はこうした女性たちの熱狂ぶりを評して、〝ヴァレンティノの暗褐色の瞳に見つめられ、胸のときめかない女性はひとりもいない〟と報道していた。

実際にそのとおりで、映画館は女性で満員だった。ヴァレンティノが相手役のアグネス・エアーズを見るたびに、観客のすべてが甘いため息をもらした。

「次の夜明けへと、ぼくとともに飛んでほしい」整った顔に謎めいた危険な雰囲気を添えるアラブの族長の衣装で、ヴァレンティノが命じる。

観客のなかの数少ない男のひとりが怒って叫んだ。「モード、いますぐ目をつぶり、耳をふさぎなさい！」

映画の女主人公は禁じられた歓《よろこ》びの行為をほのめかされて気を失い、女性客はくすくす笑いながら、興奮に目をきらめかせて小突き合った。

「ねえ、アギー、あのせりふは、つまり……」

「うるさいね、メイヴィス。どんな意味かわかってるくせに。ああ、ヴァレンティノにそう言ってもらえたら、死んでもいいよ！」アギーはスクリーンに目を戻した。「もうたまんないわ」

「あたしも」ジェニーがうっとりとつぶやく。

「ほんと、たまんない」誰かが同意する。

でも、ヘッティは何も言わなかった。言えなかったのだ。感極まって、身じろぎすらできなかった。クレジットがせりあがり、バブスに小突かれて、ようやくわれに返った。

「ほら、帰るよ、ヘッティ」

ルドルフ・ヴァレンティノは、映画の女主人公と愛を交わすつもりなのだ。結婚してもいないのに。ヘッティの体によじれるような奇妙な興奮が走り、うずきをもたらす。ちょうどジョンにキスされたときのように。

ジョンのことを思い出すと、鼓動が速くなった。いまごろどうしているのだろう？　ときどきは、わたしのことを思い出してくれるかしら？　父や母、コニーたちも……？　そう思うと涙が目の奥を刺した。

今日はとても嬉《うれ》しいことが起こったけれど、胸のなかには鋭い痛みがある。決して消えない、悲しみがもたらす痛みが。

「またせりふを読んでるの？」バブスが気のいい調子で言い、ヘッティの肩越しにのぞきこんだ。「叔母さんのところへ、日曜日の食事に行くんじゃなかった？」

「もうすぐ行くところ。でもそのまえに、ミミが出るシーンをもう一度読んでおきたかったの」

もう何度も読み返し、歌はもちろん、せりふもすっかり暗記している。ミミが歌う歌はどれも大好きだ。ルシアス・カーライルのために歌うのが待ちきれないくらいだ。すっかり感心し、声を褒め、きみのために書かれたような歌だね、と監督が上機嫌で言うところが目に浮かぶ。ミミの歌もせりふも、まるで自分のために書かれたようにしっくりくる。プリンセス・ミミは主役ではなく、ミミ自身の恋が描かれているわけではないが、これはとてもすてきな役だった。いたずらが好きで、ときどき大事なことを忘れてしまうけれど、主役の男女の恋を実らせてあげたいと願う気のいい若いとこ、それがミミだ。

ヘッティがいちばん気に入っているのは、誤解と堅苦しい決まりに縛られ、本当の気持ちを口にできない恋人たちへのもどかしさを表す、コミカルで味わい深い歌だった。

「ああ、バブス、とっても興奮するわ」ヘッティはうっとりとつぶやいた。「想像してみて。ロンドンの舞台で準主役として歌うなんて！」

「あまり期待しないほうがいいよ」バブスが釘《くぎ》を刺した。

「どういう意味？」

「まだリハーサルの段階だもの。エンジェルが投資してる金が途中で底をつけば、この街で上演することすらできないかもしれない。そういう例もたくさんあるんだ。それに上演に漕《こ》ぎつけたとしても、批評が悪ければそれでおしまい。一週間と続かず打ち止めになる。このビジネスじゃ楽観的な期待は禁物なんだよ。なにさ、そんな顔をしなさんな。来年のいまごろはルドルフ・ヴァレンティノの相手役をしてる可能性だってあるんだから」バブスはそう言ってからかった。「そうだ、フェイには気をつけたほうがいいよ。あんたにミミ役をとられて、かんかんになってるにちがいない。いい、あいつはもうひとり追いだしてるんだからね。それに、ルーシーはフェイに肩入れしてる。象みたいに不器用で満足に歌えない娘の、どこがそんなに気に入ってるのか見当もつかないけど」

「そんな言い方はやめて」ヘッティは監督をかばった。「エディはとっても怖がっていたけど、わたしにはとても親切だった」

「エディって、セット・デザイナーのエディ・オーモンドのこと？」

「あの人、セット・デザイナーなの？」

「巻き毛の背の高い、若い子……」

「ええ、その人。ダルハウジー氏に言われて、帰ろうとしていたわたしを呼びに来てくれたの。そのあともオフィスの外で待っていて、監督のところへ連れていってくれたのよ」

「まあ、オーモンドはよさそうな男に見えるけど、あたしに言わせると少し気取りすぎだね」バブスは腕時計にちらっと目をやった。「やだ、もうこんな時間？　そろそろ行かなきゃ。十一時に待ち合わせがあるんだ」

「誰と？　男の人？」ヘッティは好奇心にかられて尋ねた。

バブスは赤くなってつんと顔を上げ、そっけなく言った。「だったらなんなのさ？　法律に反するわけじゃないだろ？」

「ああ、バブス、誰なの？　どうしてこれまで黙っていたの？」

バブスは照れくさそうに笑った。「とくに言うことなんてないんだもの。いまのところはね。去年、同じパントに出演してるときに知り合ったの。スタン・フィッシャーって人。相棒とコメディ・パントをやってて、夏のあいだはブラックプールで仕事をしていたんだけど、この冬はまたここでパントをやるんだって。ついこのまえひょっこり出くわして、すぐ近くの下宿にいることがわかってさ。誘ってくれたときは、ちょっと気落ちしてたんだ。さもなきゃ、すぐ承知したりしなかったよ。彼にもそう言ったけどね」

「ふたりでどこへ行くの？」ヘッティは羨ましくなって尋ねた。ほかの娘たちがする恋人の話や、彼らが盗もうとしたキスの話はいやになるほど聞いてきたが、バブスが誰かと出かけるのは初めてのことだ。

「どこかで食事をして、散歩する。それだけ。スタンは四時にリハーサルがあるし、暗くなってからあんたみたいな男と出かけるのはごめんだ、って言ってある」バブスが意味ありげに言い、ヘッティの笑いを誘った。


十一月のリバプールは寒くて雨が多く、街全体が灰色に染まっているようだった。ヘッティはコートの襟に顔をうずめ、少し早足になった。もうじきコニーの家の暖かい居間で冷たくなった手と足を温められる。そこで待っている日曜日のご馳走《ちそう》を思うと、お腹が鳴った。コニーに母のことを聞いたあと、ここを訪れるのは今日が初めてになる。歓迎してもらえるだろうか？　ジョンから聞いた、コニーの自分に対する言葉を考えると、父や母と同じように拒絶されるかもしれない。

玄関のドアを開け、居間に入ったとたん、ヘッティに気づいた子どもたちが歓声をあげて飛びついてきた。その声を聞いたコニーがキッチンから顔をだす。

「まあ、ヘッティ！　ずいぶん久しぶりね。元気だった？」

「ええ」ヘッティはコニーにすばらしいニュースを告げたくてたまらなかったが、そのまえに訊きたいことがある。

「母さんの具合はどう？　何度も電話しているんだけれど、父さんはそのたびに、休んでいて電話に出られない、としか言わないの」

「エリーは……流産したショックからまだ立ち直れないの。わたしにも会ってくれないのよ。血を分けた妹なのに」

この言葉はヘッティをナイフのように切り裂いたが、コニーはまるで気づかずに続けた。

「でも、アイリスの話だと、多少は気力を取り戻したらしいわ。それにギデオンが湖水地方に連れていって、なんとかエリーの気持ちを前に向かせようとしてる。徐々に回復してくれることを願うしかないわね。ちょうど昨日の朝、ジョンからもエリーの様子を尋ねる手紙を受けとったばかり」

ジョンはコニーに手紙を書いたのに、わたしには書いてくれなかった。そう思うと、ヘッティは鋭い痛みに胸を衝《つ》かれた。ほんの何カ月かまえまでは、笑わずにはいられないような冗談まじりの手紙をしょっちゅうくれたのに。

「お友達のところの仕事はうまくいってるの？」ヘッティはどうにかそう尋ねた。

「たぶんね。でも、エリーのことをとても心配しているわ。クリスマスはうちで過ごしたら、って勧めたら、もうハウスパーティの招待を受けてしまったんですって。貴族のお友達の。どうやらジョンは上流階級の人たちとすっかり仲良くなったようね」コニーは誇らしげに言った。「あなたはどうしてるの、ヘッティ？　アデルフィで歌うのを楽しんでる？」

「いいえ。もう……アデルフィでは歌っていないの。実は、わたしも少し出世したのよ」

「すごいじゃない」

「そうなの」

なによ、家族より新しい友達を優先しているとわたしを責めたくせに、自分こそ友達のほうを優先しているじゃない。ヘッティは心のなかでジョンを責めながら、彼の新しい人生をコニーから聞かされたショックを隠してうなずいた。

「新しいオペレッタで準主役を演じることになったのよ」

「オペレッタ？　つまり、舞台に立つってこと？　ミュージックホールのショーみたいに？　まあ、ヘッティ、それはあまり……」

「ううん。ミュージックホールじゃなく、ちゃんとした劇場で上演されるオペレッタ」

「オペラってこと？」コニーが驚いて目を丸くした。

オペレッタとオペラは違う。叔母の誤解を訂正しようとすると、なぜか貴族の館で催されるハウスパーティで、ひらひらしたドレスを着た美しい娘たちと盛装して踊っているジョンの姿が目に浮かんだ。ジョンが新しい上流階級のお友達とハウスパーティを楽しめるなら、わたしが〝オペラ〟に出たっていいはず。

「エンリコ・カルーソーが亡くなって残念ね。一緒に歌えたかもしれないのに」

ヘッティは口の裏を噛み、もれそうになった笑いをこらえた。わたしにカルーソーと歌えるほど実力があると思ってくれるなんて、コニーに感謝しなくては。

「月曜日からリハーサルが始まるの。リバプールで当たれば、来年の春にはロンドンの舞台に立つのよ」

「ロンドン！　すごいじゃないの、ヘッティ」

ヘッティは叔母の感激ぶりにすっかり気をよくして、昼食をとりながら熱心な質問に答え、ジェイ・ダルハウジーというアメリカの資本家がこの声にすっかり惚《ほ》れこんだのだと話した。

「でも、ヘッティ」コニーが心配そうな顔で言った。「そのダルハウジー氏は、ひょっとして……」

「大丈夫よ。彼には奥さんがいるんですもの。アデルフィでわたしが歌っているのを聴いて、ミミそのものだと思ったんですって」ヘッティは少しばかり誇張してそう言った。理由はわからないが、自分がこのうえない成功をおさめようとしていることを、ジョンへの手紙に書いてもらいたかった。

灰色の午後が黄昏《たそがれ》に変わりはじめるころ、ヘッティはようやく立ちあがった。「母さんによろしく伝えてね。わたしが心配していたって……」

「もちろん伝えるわ、ヘッティ」

屋根裏部屋には誰もいなかった。みんな仕事か、まだ外出から戻っていないのだ。お風呂に入って疲れをほぐしたあと、ヘッティはジョンが新しい生活を楽しんでいる光景を頭から追い払おうとしながら、ベッドで丸くなり台本を読みはじめた。

でも、静かな時間はそれほど長くは続かなかった。

三十分もすると、屋根裏のドアが勢いよく開いて、双子とメアリーとバブスの四人が笑いながら入ってきた。

「仲睦《なかむつ》まじく歩いてるあんたとスタンにばったり出くわすなんて、めったにない偶然よね、バブス。男の子たちはなんてったって楽しむコツを心得てるわ」

「けど、ビリー・ウェインライトの運転はちょっと怖かったな」双子のジェスが言った。

「スピードをだしすぎるんだもん。あんたも来ればよかったのに、ヘッティ。すっごく楽しかったんだよ。ねえ、みんな？」

「ふん、いくら教えてもちゃんと踊れない不器用な男に足を踏まれるのの、どこが楽しいのさ」メアリーがこぼす。

「あら、帰るとき後ろの席で彼と仲良くしてるときは、ずいぶん楽しそうだったけど」バブスが容赦なく突っこみ、みんなが笑った。

どうやら、バブスがスタンと歩いているときに残りの三人と出くわしたらしい。スタンの提案で彼の下宿に行き、友達を誘って、スタンたちがどうにか都合した二台の車でブラックプールに繰りだしたのだという。

「そのあとビリーとイアンから隠れて、ビリーたちが必死に捜してるところに、わっと飛びだしたの！」ジェスが叫ぶ。

「楽しい午後を過ごせてよかったわね」ヘッティは少し羨ましく思いながら言った。

「うん。バブス、あの人は掘り出しものよ」

「まあね。けど、あたしたちを部屋に入れたことが大家にばれたら、宿無しの掘り出しものになる。それもこれも、あんたがココアを飲みたいなんて言いだしたからよ、ジェニー」

「あれはあたしじゃなくて、メアリーよ」ジェニーが憤然と訂正する。

「だけど、ココアの粉をこぼして、ビリーたちの顔に塗りたくったのはあんた……」

「そしたらスタンが冗談を飛ばして、パントマイムを始めるもんだから、笑いすぎてお腹が痛くなっちゃった」ジェスが引きとって、そう結んだ。

笑顔で四人の話に耳を傾けながら、ヘッティは思った。オペレッタが始まったら、わたしも少しは楽しむゆとりができるといいけれど。

「やめて！　違うでしょ！」

ヘッティはマダム・セシルの声に怒りを聞きとり、みぞおちが固くなるのを感じた。朝早くからずっと、ソロのダンスの複雑なステップを練習していたのだ。それはダンスというよりもバレエだった。でも、台本のどこにもミミがバレエを踊るなんて書かれていない。そう言おうとするとマダム・セシルは激怒して、ヘッティを出来損ない呼ばわりした。

体じゅう——とくにつま先が痛み、みじめで、わっと泣きだしたいくらいだった。おまけにマダムが叫ぶバレエ用語のほとんどがちんぷんかんぷんで、何をどうすればいいかさっぱりわからない。

マダムの鋭い声が冷ややかになった。「アラベスク、姿勢《アティテユード》！」それから、もっと冷たい、軽蔑を含んだ声になる。「違う！　何度言ったらわかるの、こうやって立つのよ」マダムはつま先で立って信じられないくらいすばやく、複雑にくるくるまわった。

必死に真似《まね》したが、バレエなど踊ったことがないヘッティが何をしても、マダムの怒りはどんどんふくれあがるばかり。

またしてもマダムがうんざりした声をもらすのを聞いて、つま先立ってふらふらしていたヘッティは、完全にバランスを崩して床に倒れこんだ。

その日の出来事を聞いて苦笑するバブスに、ヘッティはくってかかった。「ひどいわ、笑いごとじゃないんだから」

「ごめん、ヘッティ。あのマダムはものすごく短気なの。あたしたちはみんな経験ずみだよ。バレリーナになりたかったのに、倒れたときに腰を打って断念しなきゃならなかったんだって。足を引きずってるのはそのせいなんだ」

「でも、台本にはソロでバレエを踊るなんて、どこにも書いてないのよ」

「台本の内容が途中で変わるのはよくあることとさ。フェイはバレエを少し踊れるしね。ブロードウェイの『サリー』でマリリン・ミラーがバレエのソロを踊って大当たりしたから、それにあやかって入れることにしたんじゃない？　ミミはあんたが演《や》るわけだから、バレエ・ソロはやめになるかもしれないけど」バブスは付け加えたが、確信はなさそうだ。

「それより、これからどっか行くの？　スタンたちと落ち合って、みんなで食事に行くことになってるの。一緒にどう？」

　ヘッティは首を振った。「カーライル監督と会わなきゃならないの。プリンセス・ミミのソロが聴きたいんですって」

「まあ、歌のほうは大丈夫だよね」バブスが慰めるように言った。

「やれやれ」ルシアス・カーライルは首を振りながら、忍耐強い同情に満ちた声でつぶやき、ピアノの前から立ちあがった。

「きみはすてきな声を持っているよ、ヘッティ。ふさわしい場所なら、その声を活《い》かせるにちがいない」そう言いながら舞台を横切ってくると、ヘッティの肩に手を置いた。「だが、舞台と観客には、たんにすてきな声以上のものが必要なんだ。まあ、そうは言っても、われわれの後援者はきみがミミを演じるべきだと主張している。彼を怒らせることはできないからな。問題を迂回《うかい》する方法を見つけなくては。そうだろう？　よし、もう一度やってみよう。調を変えてみようか。きみは若い娘ならではの、甘い高音を持っているから」

監督の疲れたようなため息を聞くと、屈辱と無力感がいっそう募った。バレエを踊れないせいでマダム・セシルに軽蔑されるのもつらいが、歌には自信があっただけに、これはもっとつらかった。

「この曲が中音域の豊かなソプラノ・スーブレットの歌手用に書かれているせいで、よけいうまくいかないんだな」

「わたしの台本には、プリンセス・ミミは軽やかな高音域をだせるソプラノ・リリコがぴったり、という作家のメモがついていますが……」

「なんだって、それを見せてくれ」監督は引ったくるように台本をつかみ、難しい顔でメモを読むなり、台本を引き裂いた。「これは明らかに間違いだ。オペラを知っている人間なら、この役にはスーブレットが適切だということがわかる」

ヘッティはため息をついた。成功の夢はどんどんしぼんでいく。

「マダム・セシルは全然ステップを踏めないと嘆いてるし、ルーシーは歌さえ満足に歌えないとこぼしてる。すぐに放りだされるわね。いいきみだわ」

「聞いた話じゃ、舞台に立ったこともないんだってよ。ミミ役にありついたのは、後援者が彼女の声に惚れたからだって」

「惚れたのが声だってことはたしか?」

半分開いている楽屋のドアから自分をネタにしたやりとりが聞こえ、ヘッティは屈辱で赤くなった。本当は聞かなかったふりをしてこのまま立ち去りたい。でも、深く息を吸いこんでドアを押し、即座に落ちた沈黙のなかをコートラックに向かった。この沈黙のほうが、さきほどの嘲りよりもっとこたえる。

と、ぼろぼろのバレエシューズが一対飛んできて、耳元をかすめて少し先の床に落ちた。ヘッティが耳の先まで真っ赤になりながらそれを無視すると、誰かがくぐもった声で笑った。

「あら、ごめーん」意地の悪い声がして、尖《とが》った顔の娘がシューズを拾いに来た。「けど、あんたの踊りはとても見られたもんじゃないわ」

「歌もひどいみたいよ」べつの声が加わる。

ヘッティはコートをつかんだ。手が震えていたが、それを見られてこの娘たちを満足させるつもりはない。

「ミミ役があんたに戻る日もそう遠くないみたいね、フェイ」ドアへ向かうヘッティの後ろで誰かが言った。

「うん、あたしもそう思う。あんな新米がしゃしゃり出るなんて絶対許せない。ほんとに厚かましいったら」

16

「すばらしい訓練だったぞ、プライド。宙返りに成功したのは初めてでね。実にいい気分だ。今週もう一度どこかで参加できないか？」

「予定を見てみましょう、閣下」

七十一歳のサルターン公爵は、クラブで最年長の生徒だった。無類の狩猟好きだと聞いている。おそらくどんな障害に出くわしても、全身全霊で馬とともにそれを克服してきたのだろう。この公爵と飛ぶときは、無事に着陸するたびに思わず安堵《あんど》のため息がもれる。

「金曜日の午後二時からではいかがですか、閣下？」ジョンは金色の文字が入った革表紙の手帳を見てから尋ねた。航空クラブで働きはじめる日の前夜にアルフレッドから贈られたこの手帳の右隅には、ジョンの頭文字が箔押《はくお》しされている。クラブに優秀な教官が加わったという噂《うわさ》が広まって以来、手帳のページは急速に埋まりつつあった。

「ああ、頼む」公爵は鷹揚《おうよう》にうなずき、従者と当番兵に伴われ、待っているロールスロイスへと向かった。

次の生徒は、友人にこのクラブを勧められ、十二回ひと綴《つづ》りの訓練を今日から開始する若者だ。

日照時間が短く曇り空の多い十一月は、飛ぶ者にはあまり魅力的とは言えない。だが、胸をふさぐわびしさにはぴったりだった。ジョンはオフィスを出て格納庫を横切り、腕のいい整備士のチームが準備している初心者用の頑丈な小型機へと向かった。

午前中の配達で届いたコニーの手紙では、ギデオンとエリーは予定よりも一週間早く湖水地方に発《た》ったと書いてあった。ギデオンが必死に願っているように、ジョンも転地が姉の悲しみを癒やしてくれることを祈っていたが、悲しみも罪悪感もそれほど早く和らいでくれないことは経験からわかっている。

コニーの手紙にあったヘッティの近況を思い出し、ジョンは顔をしかめた。新作オペレッタの準主役に抜擢《ばってき》され、まもなく舞台に立つという。最後にヘッティと会ったときのことが頭に浮かぶと、舌の先で虫歯に触ったときのように胸がうずいた。ただ、この痛みには怒りも混じっている。泣いているヘッティにキスをしてはいけなかった。それは認めよう。だが、少しまえまでふたりが共有していた友情がすっかり壊れてしまったのは、ヘッティのせいでもある――ジョンは頑《かたく》なにそう自分に言い聞かせた。変わったのは彼女のほうなのだから。プレストンの生活に満足できず、プロの歌手になるなどという愚かな夢を抱いたのはヘッティのほう……。

そしていま、最も恐れていたことが現実になった。ヘッティはもうすぐ舞台に立ち、よだれをたらす男たちのいやらしい視線に自身をさらすのだ。ヘッティのことはよく知っていると思っていたが、とんでもない思い違いだった。

コニーはどうやら、オペレッタがオペラとはまるで違うものだということがわかっていないらしく、手放しで喜んでいる。実際、ジョンも一週間まえまでは知らなかった。ロンドンに引っ張っていかれ、ひどいオペラを観劇させられるのはごめんだ、と抗議するアルフレッドに、レディ・ポリーがこう言うのを聞くまでは。「ばかなことを言わないで、アルフィー。オペラではなく、ギルバート&サリバン作の笑えるオペレッタを観《み》に行くの。絶対に楽しめると約束するわ」

そのあとロンドンから戻ったアルフレッドは、オペレッタを観るくらいなら、よくできたレヴューのほうがはるかにましだ、と妹のいないところでこっそりジョンにこぼした。「レヴューのほうが、きれいな娘たちがたくさんでる。だが、ポリーにそんなことを言おうものなら、あいつのことだ、自分も連れていけと言いかねない。モダンな考えや行動もたいがいにしろ、保守的な連中をあまり驚かすな、と常々注意しているんだが、あいつはまったく聞かないんだ」アルフレッドは憂鬱そうに言った。

アルフレッドは口にはださないが、妹がニューヨークから思いがけず早く戻ったことに失望しているようだ。ジョンにはその理由がわかる気がした。

現に、今週の初めにもモートンプレイスに呼ばれ、妹を持て余しているアルフレッドに愚痴を聞かされたばかりだ。操縦を習いたがって困るのだと。

「まったく、次はどんな奇抜なことを言いだすことか。もちろん、操縦を習うなどもってのほかだ、と言って聞かせたんだが……」

そうアルフレッドが嘆いたとき、ポリーが部屋に駆けこんできてくってかかった。「どうしていけないの、お兄さま？　ジョン、時代遅れな考えだって兄に言ってくださらない？　女性が操縦を習ってはいけない理由などあるもんですか。お父さまは何も言わずに車の運転を習わせてくれたわ」

「車を運転するのと飛行機を飛ばすのを一緒にするな」アルフレッドは唾を飛ばして言い返した。

「わたくしに操縦を教えてくださるわね、ジョン？」ポリーはくるりと背を向け、兄を無視した。

「申し訳ありません、レディ・ポリー。伯爵に雇われている以上、ぼくには――」

「なんて頭の固い人たちなの」ポリーはジョンの言葉を鋭くさえぎり、地団太を踏んだ。

「ポリー、いいかげんにしろ。これ以上続けることは許さない」

「あなたは兄で、保護者ではないのよ、アルフレッド。言っておきますけど、わたくしは操縦を学びますからね」

ポリーはそう言い渡し、アルフレッドの答えを待たずに部屋を出ていった。

整備士が特別な改良を施した訓練用の小型機は、整備士たちの手ですでに格納庫の外に出ていた。その機体が目に入ったとたん、ふさいでいた気持ちが少し明るくなり、足取りも軽くなる。数カ月前の悲劇にもかかわらず、空を飛ぶ興奮と喜びと、それがもたらす驚異は少しも色褪《いろあ》せていない。機体が飛ぶ原理はもちろん知り尽くしている。それでも、こんな鉄のかたまりが空を飛べることが、ジョンには魔法のように思えた。

ジョンは小型機に近づき、ずんぐりした機体を片手でなでた。ここで使われている飛行機は現代科学の奇跡と言うほかない。ほとんど自動で飛ぶことができるのだ。

車のエンジン音がして、ジョンはそちらに目をやった。ぴかぴかのロードスターがこちらに向かってきて急停止し、小柄でほっそりした若者が降り立った。すでに飛行服を着て、ゴーグルもつけ、急ぎ足で近づいてくる。

「ポール・メインウェアリングです。遅くなってすみません。よろしく」若者はぶっきらぼうにそう言い、手袋をした手で握手すると、さっさと飛行機に乗りこんだ。

メインウェアリングは今日が初めてだから、実際の操縦はジョンが行う。彼は注意深く自分がこれからすること、その理由を説明しはじめた。整備士たちが退くと、小型機はジョンの操作で滑走路を疾走し、従順に灰色の空へと舞いあがった。蜂の羽音のように楽しげなエンジン音を響かせながら、収穫をおえた晩秋の茶色い畑の上を堂々と飛んでいく。

突然、手袋をした手がジョンの腕をつかみ、聞き覚えのある女性の声が興奮して叫んだ。

「ああ、ジョン。なんてすてきなの！」

「ポリー！　いえ、レディ・ポリー」ジョンは愕然《がくぜん》として叫び、ショックと闘いながら訂正した。

「ジョン、あなたの顔ったら」ゴーグルの向こうからポリーがくすくす笑う。「言ったはずよ、わたくしは操縦を習う、とね。どう、すっかり騙《だま》されたでしょう？　ああ、なんてすばらしいの。車の運転よりもいい気持ち。もっと速く飛べる？　わたくしはスピード狂なの。フルスピードで走る車や飛ぶ飛行機は、恋に落ちるよりもすばらしい快感を与えてくれるわ。それにずっと安全」

耳を聾《ろう》するエンジン音も、最後の言葉を口にするポリーの声の震えを隠すことはできなかった。

「あなたは恋に落ちたことがある？」ポリーが叫んだ。「聞こえないふりをしてもだめよ。わたくしが率直に話しすぎると思っているのね？　そうでしょう？　若い女性が男性に訊《き》くことではない、と」

ゴーグルと飛行帽の下でポリーが顔をしかめるのが見えるようだった。

「常識なんて大嫌い。自分が女だということもときどきいやになるわ。わたくしは恋をした。そしてそのせいでとても傷ついた。だから、もう二度としたくないの」エンジンの音に負けないように、ポリーは大きな声でそう言った。

レディ・ポリーが、こんなふうに教官を欺いて空を飛ぶことはもちろん、こういう打ち明け話を自分にするのも間違っている。とはいえ、ジョンはそれを指摘するほど冷酷にはなれなかった。

「このままいつまでも飛びつづけて、二度と地上に戻らずにすめばいいのに」

「それは無理です」ジョンはきっぱり告げた。「これから飛行場に戻ります」

「どうして？　規定の料金を払ったのよ！　どうして女だというだけで操縦を教えてもらえないの？　どうかまだ地上に戻らないで。ずっと飛ぶことに憧れていたの。ああ、あそこを見て。あの川、なんて美しく見えるの！　子どものころ、鳥になって飛ぶのをよく想像したものよ。自由に空を飛ぶのを。こうしてその夢がかなったいまは、もう二度と地上にはおりたくない……」

次々に質問して、その合間に空を飛ぶ楽しさを口にするレディ・ポリーの感激ぶりは、ジョンにも感染した。

そして結局、ジョンはほぼ一時間小型機を飛ばしつづけた。この時間の料金を払った以上、ポリーにはそれに見合うものを得る資格がある。それに、ポリーに教えるのはとても楽しかった。飛ぶことに関するポリーの熱狂と興奮がジョン自身のそれとまったく同じだったからだ。しかし、アルフレッドが禁じているとあっては、このあとの訓練はできない。

ジョンが着陸準備を始めたのに気づくと、ポリーは抗議した。「嘘でしょう？　こんなに早くおりるなんて」

「もう一時間以上飛んでいますよ。いいですね、あなたは男です。着陸後もそれを忘れないでください」

「もちろん」

だが、十分後、飛行機から降りたとたん、ジョンの警告は完全に忘れ去られた。

ポリーはジョンに駆けより、あろうことか整備士たちの前でジョンに抱きついて頬にキスし、夢中でこう叫んだ。「ああ、とても幸せ！　今度はいつ飛べるの、ジョン？　そのときはちゃんと操縦方法を……」

「次はありません」ジョンは首に巻きついた腕をはずしながら、きっぱりと言った。

「どうして？」

「わかっているはずですよ、レディ・ポリー。お兄さんが、操縦を習わせることはできないと言っているからです」

「なんて頭の固い人！　それに何度言ったらわかるの？　その呼び方はやめてちょうだい」ポリーは口を尖《とが》らせて言い返した。「兄の親友なら、わたくしのお友達でもあるんですもの」

ジョンは頬が赤くなるのを感じた。「ぼくはお兄さんの雇い人です。決して――」

「あなたはアルフィーが知っている誰よりも優れたパイロット。それにアルフィーの友人でもある。アルフィーはあなたをとても尊敬しているのよ。どれほどすばらしい人か、いつも言っているわ。どうして階級などというばかげたものがまだあるのかしら。良識のある人にとっては、戦争ですべてが変わったというのに。あなたはモダンな考え方をする人で、〝自分の立場をわきまえた行動〟なんていうナンセンスに左右されない人だと思ったわ」

「〝自分の立場〟をわきまえずに行動すれば、それをたくさんの人に思い知らされるはめになりますよ。喜んでそうする人たちにね」

「まあ、どうしてそんなことを言うの？」

「とくに理由は……」ジョンは心のなかで毒づきながら急いで言った。

アルフレッドの友人や航空クラブのメンバーには、尊大で恩着せがましい態度をとる人々が多い。それに対する反発が、つい口に出たのだった。

「アルフィーに告げ口しないでくださるわね、ジョン？」

ジョンはうなずいた。「しかし、もう二度と乗せられませんよ」

だが、告げ口されないとわかっただけでじゅうぶんだったらしく、ポリーは嬉《うれ》しそうに笑った。「クリスマスの招待を受けてくださって、とても喜んでいるのよ。きっと楽しめるわ。あなたはジェスチャーゲームがお好き？　わたしは好き。それに、アンチョビも、ダンスもあるのよ。いいこと、次の回もちゃんと教えてくださらなくてはだめよ」

話題も気分も四月の天気のようにころころ変わる人だ。ジョンはなかばあきれてそう思いながら、ポリーがロードスターで走り去るのを見送った。とはいえ、この一時間の楽しさを思うと、ポリーにもっと教えることができないのが残念だ。

「帰るとこ？」

「エディ！」ヘッティはうなずきながら顔にかかる髪を押しやり、彼を見上げた。

「そのまえに、お茶でもどう？」

ヘッティはためらい、それからまたうなずいた。

「……そうしたらマダム・セシルに出来損ないと罵られたの」

喫茶店でヘッティはそのときの屈辱を思い出し、涙ぐんだ。

「プリンセス・ミミがバレエのソロを踊るシーンがあるなんて知らなかった。わたしがもらった台本には、そんなこと書いてなかったのよ」

「可哀想《かわいそう》に」エディが思いやりのにじむ声で言った。「まあ、フェイはかなりいい線いってるバレリーナだからな」

「わざわざ教えてくれなくてもいいわ」ヘッティはみじめな声で訴えた。エディのことはほとんど知らないが、とても話しやすいし、いつもこうして同情してくれる。いまのヘッティは、自分の嘆きに耳を傾けてくれる相手が必要だった。

「明日からは、毎日二時間余分にバレエの練習をするんですって」ヘッティはぶるっと震えた。「マダムがダルハウジー氏に苦情を申し立てたら、この役を降ろされるかもしれない」

「いま苦情を持ちこむのは無理だな。このオペレッタのために借りた劇場に関して何か問題があるとかで、ダルハウジーはロンドンに行ってるからね。本当は、恋人に会いに行ったんだけど」

「恋人？　でも、彼は結婚しているんじゃや……」

エディは肩をすくめた。「してるよ。ロンドンに行ったのは、そこに囲っている愛人に会うため、と言うべきだったかな」エディは自分の言葉を訂正し、ヘッティが驚くのを見てあきれたように首を振った。「あの人はうなるほど金を持っているんだよ、ヘッティ。金持ちの男というのは、ぼくらとは違うルールで生きてるのさ」

「だったら、わたしはお金持ちでなくてよかったわ」ヘッティは即座に言い返した。

ヘッティが育ったのはほぼ一般的な労働者家庭だ。父と母はお互いに愛し合って幸せな家庭を築いているし、コニーとハリーもそうだ。ジェイ・ダルハウジーのような結婚は、ヘッティに言わせれば結婚と呼べるようなものではない。

「金持ちが結婚するのは富を受け継ぐ息子をもうけるため。お楽しみは結婚生活の外で求める。きみもうすぐそれを知ることになるよ」エディがそっけなく言い、ヘッティに警告した。「このオペレッタをロンドンで上演することになれば、きみを食事に連れだしたがる金持ちがわんさか押しかける」

「結婚している人の誘いはお断りするもの」エディがあくびを噛《か》み殺そうとしているのを見て、ヘッティは眉をひそめた。「疲れているみたい」

「ああ、疲れてる。ステージ・マネージャーのトミー・ハーディングが今朝、第一幕一場に新しいセットをデザインしろと言ってきたんだ。だから一日じゅう景色の絵を描くはめになった」

「いつもこうなの？　間違いが生じたり、土壇場で変更があったり……」

エディは笑った。「こんなの変更のうちに入らないよ。去年パリで新作オペラの仕事をしたときなんか、監督の命令で、八シーンのうち半分を開演の二日まえに変更するはめになった」

「まあ、パリで！」ヘッティは思わず叫んでいた。

「うん」

「なんてすてきなの。パリにいたときは――」

「その話はしたくない」エディは突然冷たくさえぎり、ウェイトレスに合図して勘定書きを持ってくるように告げた。

「ヘッティ、あんたにファンができたみたいよ」スーキーは、自分が淹《い》れたお茶をみんなで飲みながら言った。「今日出かけた男の子たちのひとりが、あんたを劇場で見たらしくて、あんたのことを根掘り葉掘り訊いてきた。ねえ、メアリー？」

「うん」メアリーがうなずく。

ヘッティが赤くなるのを見て、みんなが笑った。ジェニーはヘッティの〝いい人〟はきっとオーケストラでトランペットを吹いてるんだ、とからかった。

「彼の唇ったら。きっとうっとりするようなキスをしてくれるよ」

「そのへんにしときなよ」ヘッティが真っ赤になるのを見て、バブスがたしなめた。「気にしなさんな、ヘッティ。スーキーもジェニーもからかってるだけ。その子は、あんたがとてもきれいだと思った、って言っただけなんだから」

「次の半日休みに、みんなで自転車に乗って遠出しようって誘われてるけど、どうする？」ジェシーがみんなに尋ねた。

「あたしは行かない。そうじゃなくても高いキックで脚が痛いのに、ペダルを漕《こ》ぐ元気なんかないもの」アギーが口を尖らせた。

「もうすぐジェニーとジェスの誕生日でしょ。男の子たちを呼んでパーティをしない？」

メアリーが提案した。

「パーティ？　どこでやるのさ？」バブスが言い返した。「ここには呼べないよ。大家が聞きつけたら、みんな放りだされちゃう。そんで、あたしが向こうの下宿に行くと思ってるなら、とんでもない間違い。評判ってものがあるんだから」

「お高くとまっちゃって。今日の午後スタンといちゃいちゃしてたときは、評判を心配してるようには見えなかったけど？」

「サラとジャックに頼めば、小部屋を貸してくれるんじゃないかな？」険悪な雰囲気を察したアギーが急いで口をはさんだ。「あそこはパーティ用に貸すつもりだ、ってサラが言ってたから」

「いいね！」スーキーが興奮してうなずいた。「軽食を用意してもらおう。音楽があればダンスもできるし。新しい服を買おうかな。いま流行《はや》りのスカートが短いやつ……パントの仕事でクリスマスに家に帰れないんで、がっかりしてたんだ。でも、スタンたちとなら、みんなで楽しく過ごせるかも」

「人の分まで決めつけないで」リジーが首を振った。「みんながみんな、男の子に狂ってるわけじゃないんだから」

　リジーが音をたててカップを置き、部屋の向こう端に行ってしまうと、スーキーがつぶやいた。「リジーったら、どうしたのかな？」

「家に帰れないのがつらいんだよ」こちらに背を向け、窓の外に目をやっているリジーを見ながら、バブスが言った。

「そうか」スーキーはうなずいた。「ねえ、リジー、怒らないでよ。言い方が悪かったんなら謝るからさ。機嫌を直して、こっちにおいでよ」

17

「うまく行きっこないわ」

「何言ってんの。マダムに負けちゃだめだよ」バブスが励ます。

「どっちみちだめよ。バレエのソロが踊れないんだもの」ヘッティはみじめな気持ちでつぶやいた。

ふたりは楽屋で最初の本稽古の支度をしているところだった。

「コーラス、あと五分」ステージ・マネージャーのトミーがドアを叩《たた》いて告げる。

「バレエのことは考えないで、まず歌に集中するのよ」

「それすらちゃんとできないの。監督がわたしの歌を全部違う調に変えてから……」

「コーラス、出番だ」

「とにかく、がんばって」バブスはヘッティを抱きしめ、ほかの娘たちと急いで楽屋を出ていった。

少なくともフェイは風邪をひいて休んでいるから、ライバルにみじめな結果を見られずにすむ。マネージャーがまた楽屋のドアを叩いた。

「プリンセス・ミミ、あと五分」

ついに最悪のときがきた。みんなをがっかりさせると思うとつらかったが、複雑なバレエのステップをどんなに必死に覚えようとしても、踊るたびにマダム・セシルは、ここが違う、あれを忘れた、と意地悪く指摘してヘッティを混乱させる。

「――才能のない人にいくら教えても無駄ね。そんなのはとてもバレエとは言えないわ」

「でも、わたしはバレリーナじゃありません」疲れ果て、絶望して、ヘッティはそう口にする。

するとマダム・セシルは小さな黒い目に軽蔑を浮かべ、ぴしゃりと決めつけるのだ。

「ええ、それは火を見るよりも明らかね。まるで石炭袋みたいな動きだもの。そんなのを観《み》たら、お客はうんざりして席を立ってしまうにちがいないわ――」

「プリンセス・ミミ、出番だ」

ヘッティは楽屋のドアを開け、舞台の袖で合図を待つために急いで階段を上がった。

主役の男性を演じるのは有名な歌手だった。噂《うわさ》ではダルハウジーはそのためにひと財産払ったという。昨日のリハーサルまでは代役が務めていたが、今日の本稽古には本人が参加している。

合図を聞いて舞台に出たヘッティは、観客には見えるが、主役の男性には見えない位置に着こうと急いだ。主役はミミがいることに気づかずに、富や地位のためではなく自分自身を心から愛してくれる娘を見つけたいと歌う。そしてこのソロを歌いおえたあとで、陰のなかから出てきたヘッティとデュエットするのだ。

ヘッティは急いで舞台を横切ろうとして、主役が指定された位置とは違う場所に立っていることに気づいた。このまま進めば主役と顔を合わせてしまう。あわてて向きを変えようとして、長すぎるスカートの裾を踏みそうになった。

ふたりのデュエットは問いと答えの形をとる。自分のパートの出だしの音が聞こえると、ヘッティの心臓がびくんと跳ねた。

歌いだしたとたん、自分の声が曲とずれていることに気づいた。テンポがこれまでよりずっと速いのだ。主役が顔をしかめるのを見て、ヘッティはためらい、完全に一音はずしてしまった。

どうにかデュエットが終わるころには、恥ずかしさで顔が真っ赤になっていた。それだけではじゅうぶんではないかのように、急いで舞台を退こうとしたせいで衣装の裾に足をとられ、もう少しで転びそうになった。

舞台の袖に引っこむとすぐに、主役の男性が監督に〝話がある〟と大声で言うのが聞こえた。ヘッティの歌いぶりに不満を言うつもりにちがいない。

バレエのソロは第二幕めだった。へたながら精いっぱい踊ったものの、またしても音楽のテンポがいつもとは違っていたために、曲と踊りが完全にずれ、袖で見ているコーラスたちの囁《ささや》きが聞こえてきた。

「いったいどうなっているんだ?」

突然、ロンドンにいるはずのジェイ・ダルハウジーの声が観客席の暗がりから聞こえ、マダム・セシルを含め全員が凍りついた。

「全員、その位置を動くな」彼はオーケストラを通り越して歩いてくると、機敏な身のこなしで舞台に上がった。その後ろに気まずい表情の若い男が従ってくる。

エディの話では、ダルハウジーがリバプールに戻ってくるのはクリスマスのあとだという話だった。監督もマダムも彼を見て、明らかにショックを受けている。

「ミス・ウォーカーは、まだよく役をつかんでいないようだな」カーライルがなめらかに説明した。「残念ながら、バレエの経験がないために……」

「どうしてそんな経験が必要なのかな?」ダルハウジーがそう言い返すと、緊張をはらんだ沈黙が落ちた。

「彼女が演じる役には、バレエのソロが含まれている」監督はまたしてもなめらかに答えた。

「いつからだ?　わたしはソロ・バレエのシーンなど覚えがないぞ」

マダムと監督がちらっと目を合わせた。

「ああ、最初はなかった。しかし、ブロードウェイのヒットを真似《まね》たいと思って……」

「わたしの生徒のフェイは才能豊かなバレリーナです」マダムが熱心に言った。「ですが、この子はちっとも踊れない」

「ふたりともオフィスに来てもらいたい。いますぐだ」ダルハウジーは鋭く言い、すぐ横の若い男が何か言うのを聞いたあと、少し離れたところに立っているエディに命じた。

「指揮者をここに呼んでくれ」

オーケストラの指揮者は癇癪《かんしゃく》持ちのイタリア人だ。指揮棒を手にしたまま、その指揮者が急いで舞台に上がってくるのを見て、ヘッティは少しあとずさった。

「なぜきみが曲を台無しにしたのか、作曲家が知りたがっているんだが?」ダルハウジーはそう言って横にいる若者を示した。

「わたしが調とテンポを変えたのは、監督にそう指示されたからです」指揮者は即答した。

「ミミ役の娘は楽譜どおりに歌える、完璧な声を持っています。だからそんなことをしたら曲が台無しになると言ったんですが、監督はどうしてもやれと言う。作曲家からテンポと調を変えろと言われたとかで……」

「そうなのか、アーチー?」ダルハウジーは作曲家に尋ねた。

若い男は喉仏を動かし、神経質に唾をのんだ。「いや、そんな指示はしてない」

本稽古が中断したあと、劇場全体が大騒ぎになった。こんな事態は誰ひとり見たことも聞いたこともなかったのだ。

「本稽古中に監督が自分の変更を説明するために呼ばれるなんて、前代未聞だな」しばらくして、エディがあきれたように首を振った。

客席で本稽古を観ていたスタンとその仲間が、結末を待つあいだ一緒にお茶でも飲まないか、とバブスやほかの娘たちを誘った。

リジーが重々しく断言した。「監督はマダムと手を組んで、あんたが能無しに見えるように仕組んだんだよ、ヘッティ。あんたから役を取りあげ、フェイに返せるように」

「うん、あたしもそう思う」アギーが大きくうなずく。

ヘッティは半信半疑だった。

「そのとおりさ」バブスがきっぱり言いきった。「なんて卑怯《ひきょう》なやり口だろう。しっぺ返しをくらうといいんだ」

「けど、そうなると振り付け師と監督がいなくなるわよ」メアリーが指摘する。

「そしてこのオペレッタも消滅する」エディが付け加える。

娘たちは心配そうに顔を見合わせ、誰かが言った。「クリスマスのあとでロンドンへ行くことになってるのに」

これまでの活発な推測と断言が、たちまち不安と暗い見通しに変わった。あと何時間かで全員が仕事を失うかもしれないのだ。

「仕事中なのに、呼びだしてすまない。だが、ポリーのことできみと話がしたくてね。個人的なことだから、ここで話すほうがいいと思ったんだ」

ポリーを乗せて飛んだことをアルフレッドに話すべきだと思いながらもためらっていたジョンは、うしろめたい思いでうなずいた。この件に関してはずいぶん頭を悩ませたのだが、どう切りだせばポリーを、そして自分を、面倒な事態に追いこまずにすむかわからなかったのだ。

ふたりがいるのは伯爵邸、モートンプレイスの書斎だった。古い本とツイードと煙草《たばこ》のにおいがするこの部屋は、ジョンが緊張せずにすむ程度にくだけている。要するに、男の部屋だ。

「ポリーの話だと、男装してきみを騙《だま》し、訓練を受けようとしたそうだな。きみを困った立場に置いたことを、妹の代わりに謝る」

「話そうと思っていたんだが、その機会がなくて……」

「頑固で衝動的で、まったくあれには手を焼かされるよ。父が溺愛して甘やかしたものだから、あんな跳ね返りになってしまった。まあ、ぼくも同罪だが。あいつを甘やかさずにいるのはとても難しいんだ」アルフレッドは悲しそうに打ち明けた。「少々無鉄砲なこともするが、とても優しい子で、これっぽっちも悪気はない。あれほどモダンかぶれでなければよかったんだが……」何を言おうとしているのか、アルフレッドは表情も声も気まずそうになった。「飛行機を降りたあと、きみに対してきわめて不適切な行動をとったそうだね」

アルフレッドが何を言いたいか気づくのに、ジョンは少し手間取った。〝不適切な行動〟というのは、ポリーが衝動的に抱きついたことだろう。だが、なぜそれをわざわざこうして指摘するのか？　ぼくがあらぬ誤解をして、自分の立場をわきまえぬ考えを抱くのを恐れているからか？　どうやらアルフレッドは、妹の行為を誤解するな、と警告しておくべきだと感じたらしい。だが、ジョンはすでに彼らの〝ルール〟を知っていた。自分よりはるかに社会的地位の低いジョンをアルフレッドが友人扱いするのは問題ない。だが、ジョンがアルフレッドの妹と仲良くなるのは許されない。煎じつめればそういうことだ。

「しばらく飛んだあとで興奮していたんだ。それだけのことさ」

「きみはいいやつだな、プライド」アルフレッドはすまなそうに言った。「ポリーから何をしたか聞いたときは、正直言って少しばかりショックを受けた。まったく良識のないやつだ。あいつにもそう言ったよ。きみともちゃんと話しておいたほうがいいと思ってね。まあ、きみが状況を把握していることはわかっている。ポリーにはそろそろ似合いの相手と落ち着いてもらいたいんだが、オリヴァー以外の誰とも結婚するつもりはない、の一点張りなんだ。オリヴァーがあんなふうに戦争の終わりに死んでしまったのが残念でならない。妹は明るく振る舞っているが、その死から立ち直れずにいる……それを思うとどうしても甘くなってしまって。とにかく、この件に関してこれ以上言う必要はないな？」

ジョンは黙ってうなずいた。ポリーに深入りするなとほのめかされて彼が感じたのは、安堵《あんど》だけだった。

「ブラボー、ヘッティ！　とてもすばらしかった！」

ヘッティは急いで袖に退きながら作曲家のアーチーに安堵の笑みを投げ、もう少しでジェイ・ダルハウジーにぶつかりそうになった。

「万事順調かな？」ダルハウジーは転ばないように腕をつかみ、優しい声で尋ねた。

ヘッティはうっとりと見つめないようにしながらうなずいた。ジェイはルドルフ・ヴァレンティノよりもハンサムだ。

「来年の一月じゃなくて、クリスマスのすぐあとでロンドンに行くって本当ですか？」ヘッティはいきなり早口でそう言うと、ジェイがけげんそうな顔になり、笑いだすのを見て赤くなった。

「もう耳に入ったのか？　ああ、そのとおりだよ」ダルハウジーはヘッティの腕を放し、蓋を開け、ツイードのジャケットからモノグラムの入った銀のシガレットケースを取りだすと、ヘッティに差しだした。

ヘッティはためらいがちに一本取った。ふだんは吸わないが、屋根裏の仲間はほとんどが吸う。吸えないと思われて子ども扱いされるのはいやだ。

自分でも一本取ると、ダルハウジーはライターを取りだし、ヘッティのほうにかがみこんで炎が消えないように手を添えた。ちょうど映画で俳優がやるように。

どきどきしながらその火に煙草の先を近づけると、コロンの爽やかな香りが鼻孔をくすぐった。

「向こうの劇場が空いたから、使ったほうがいいと思ってね」

ジェイ・ダルハウジーは〝恋人〟に会いたくて、ロンドンに一日も早く行きたがっているの？　ヘッティはちらっと頭をかすめた思いをあわてて振り払った。

「ロンドンに行きしだい稽古ができるように、新しい監督と振り付け師を雇ってある。きみをひどい目に遭わせて悪かったね」

誰かとすれ違うわけでもないのに、ジェイは身を寄せてくる。ヘッティはいっそうどきどきしながら、消え入りそうな声で言った。「ミミ役を降ろされるんじゃないかと、心配でたまりませんでした」

「ああ、あのふたりの目的はまさしくそれだったんだ。あれから何人かに尋ねてみたんだが、楽譜や台本を自分たちの都合に合わせて変えたのは初めてではなかったようだ。わたしを騙すのは簡単だと思ったんだろう。オペレッタに投資する人間がシャープとフラットの違いをわからないはずなどないのに」

階段をおりてくる足音に目を上げると、ジェイは腕時計を見た。「そろそろ行かないと。きみはよくやっていると言いたくてね。アーチーもきみの声はプリンセス・ミミにぴったりだと言ってる」

お礼を言うまえにジェイは行ってしまい、ヘッティはコーラスガールたちに囲まれて楽屋に向かった。


ジョンは買ったばかりのモーリスを表玄関から見えない場所に停《と》めながら、落ち着けと自分に言い聞かせた。モートンプレイスを訪れるのはこれが初めてではない。しかし、純粋に社交的な目的で訪れるのは初めてだった。自分よりはるかに上流の人々と交わるのも、この館の〝客〟になるのも初めてのことだ。

貴族のあいだで自分が浮いてしまうのではないか？　ちょっとした言葉や仕草に出自が表れ、笑いものになるのではないか？　そんな不安が胸をかき乱す。金と地位のある人間が自分よりましだと思っているわけではないが、この招待を断る方法があれば間違いなくそうしていただろう。戦争中に多くの貴族や金持ちと過ごしてきたジョンはよく知っているが、彼らはエチケットや適切な振る舞いを愚かしいほど重んじる。

とはいえ、ジョンにも男としてのプライドがあった。たしかに彼は〝上流階級のように〝話さない。それに、この招待に応じるために紳士服の専門店を訪れ、適切な衣装一式を新調しなくてはならなかった。だが、そのせいで侮辱されるのを怖がっているとは認めたくない。

さきほど降りはじめた雪の大きなかけらが鉛色の空から落ちてくるなかで、ジョンは車のトランクを開け、角の擦り切れた革のスーツケースを取りだした。

「いらっしゃいませ、プライドさま」

「やあ、ベイツ」ジョンは執事に温かい笑みを向けた。苗字《みようじ》を呼び捨てにするのが気になり、自分とベイツが対等であることを示すために名前で呼ぼうとしたことがあるのだが、そのほうが執事には気づまりなのだとアルフレッドに忠告されたのだ。

ジョンは黙ってコートを脱ぐのに執事の手を借りた。ベイツがそのコートを後ろに控えている召し使いに渡す。

「ジェームズがお部屋にご案内いたします。用意ができましたら、伯爵さまが書斎にいらしていただきたいそうです」

スーツケースはすでにジェームズが手にしていたから、ジョンはおとなしく彼に従って広い大理石の階段を上がり、長い廊下を歩いていった。やがてジェームズはドアのひとつを開け、一歩さがってジョンが部屋に入るのを待った。

プレストンの一等地で夫が実母から相続した美しい家に住むエリーが、ここにある古めかしいトルコ絨毯《じゅうたん》と家具を見たらなんと言うだろう。ジョンは、ジェームズがまるで最高級の素材で作られているかのように、傷だらけのスーツケースをうやうやしく棚に置くのを見ながらそう思った。

「ご自身の従者をお連れではないようですので、伯爵さまの従者であるピーブルズが喜んで支度をお手伝いするとお伝えするよう、ミスター・ベイツに申しつかっております。それと、書斎に行くまえに着替えられる必要はございません」

ぼくの従者だって？　やはり、この招きを受けたのは間違いだった。ほかの客から完全に浮いてしまうのは目に見えている。スーツケースを開け、ジョンは顔をしかめた。なかには糊《のり》で固めた襟と同じくらいごわごわのシャツにディナー・ジャケット、そのほかモス・ブラザーズの店員が欠かせないと主張した付属品一式が入っていた。

これを身につけなくてはならないと思うと、それだけで気が重くなる。ジョンは着心地のいいハリスツイードのジャケットを見下ろした。これは市場で見つけた中古品で、以前の持ち主がかなり着こんでいたものだ。履いている靴もよく磨かれているとはいえ、新品にはほど遠い。シャツもズボンも同じく着古したものだが、どれも気に入っていたし、はき心地も着心地も申し分なかった。

突然ドアが開き、ポリーが足早に入ってきてドアを閉めるなり叫んだ。「ジョン、あなたが着くのが見えたの。それで……何をしてるの？　荷ほどきをする必要はないのよ。メイドがやってくれるわ」

「レディ・ポリー。あなたはここにいるべきではありませんよ」

「堅苦しい言い方はやめて。わたくしはただ、あなたを騙して飛行機に乗ったことをアルフィーに全部話した、と言いに来ただけ。でも操縦は習うつもりよ。自分の飛行機を買わなくてはならないとしてもね！　それはそうとして、ライターを持っていらっしゃる？」

ポリーは手にしたバッグから、宝石をちりばめたシガレットケースを取りだした。

煙草を吸わないジョンは首を振った。煙草は金がかかる。若いころはそんな余裕などなかったのだ。

「どうしたの？」ポリーが挑むように尋ねた。「女性が煙草を吸うのはおいや？」

どうやらポリーは煙草を吸うだけではなく、酒も飲むらしい。ジョンはポリーの吐く息にジンのにおいを嗅ぎとった。近づいてくると、ふだんより目が光っている。思わず眉をひそめた。

「どうしてあなたたち男は、そんなに意地悪で人を非難ばかりするのかしら？」ポリーはくってかかった。「自分は何をしても、どんな振る舞いにおよんでもかまわない。でも、女が同じ自由を味わうのは否定するのね！」

挑むように言うポリーの顔が、なぜかヘッティの面影と重なった。

「でも、オリヴァーはわたくしのことをわかってくれた。だから彼が大好きだったの」ポリーはそう言って涙ぐんだ。「アルフィーはわたくしがオリヴァーを忘れ、ほかの人と結婚すると思っているけど、誰とも結婚などしない。できないわ。クリスマスはオリヴァーの誕生日なのよ。生きていたら、今日で二十六歳だった」涙が頬を流れ、床に落ちた。

ポリーが部屋に入ってきたときに感じた居心地の悪さは、いつのまにか深い同情に変わっていた。

「死は本当に残酷なものね、ジョン。こう言えばよかった、ああすればよかったと思っても、二度とかなわない。もう二度とオリヴァーに抱いてもらえないなんて、神さまは残酷だわ。神さまを信じる？　わたくしは信じない……もう信じられないわ」

「あなたはここにいてはいけない」ジョンはわざとぶっきらぼうに言った。「適切なことではありませんよ」

「どういう意味？」

「わかっているはずです。あなたはレディだし、ぼくはお兄さんの雇い人です」

ポリーは大きな目でジョンを見つめ、首を振った。「ばかなことを言わないで。あなたはアルフィーのお友達よ。どうか、わたくしのお友達にもなって。なると言ってちょうだい、お願い」ポリーはベッドに近づき、そこに腰をおろした。「言ってくれるまで、ここを動かないわ」

駄々っ子のようなポリーの振る舞いにジョンは首を振ったものの、ついほほ笑んでいた。

「お兄さんに書斎に呼ばれているんです」

「ええ、そしてわたくしは居間でベアトリス大伯母さまにお茶を淹《い》れなくてはいけないの。猫のにおいをぷんぷんさせた、モダンな若い女性が大嫌いな伯母さまに。伯母さまの娘で、わたくしのいとこにあたるフローレンスは、気の毒にいつもびくびくしているわ。居間には、べつのいとこのトマシーナもいるのよ。わたくしの顔を見るたびになぜまだ結婚しないのかと訊《き》いてくるいとこがね。そして、自分がどうやって望みどおり公爵と結婚したかを自慢する。クリスマスはいつも同じ。大嫌いだわ。何もかも、みんな大嫌い。オリヴァーが死んでしまったのに、こうして生きている自分がいちばん嫌い」

ジョンは途方に暮れて立ち尽くしていた。ふたりの姉は酒を飲まないし、ポリーのような振る舞いをしたことは一度もない。しかし、貴族のルールは庶民のルールと違う。彼らは自分たちが法なのだ。

「誰かを愛したことがあって、ジョン？　その人なしには生きられないと思うほど愛したことが」

ジョンは体をこわばらせた。少しまえまではヘッティを愛していると思っていたが、いまのヘッティは甘く優しい少女ではなく、こちらとは違う世界に住み、わが道を行く〝大人〟になってしまった。それに、自分はヘッティなしでもこうして生きている。

「そろそろ行かなくては。大伯母さまたちに捜索隊をだされてしまうわ」まるでジョンが引き留めてでもいるように、ポリーが言った。

「そのまえに顔を拭いたほうがいい」ジョンは反射的に言って、ハンカチを差しだした。

ポリーはかすかな笑みを浮かべてそれを受けとった。

「親愛なるジョン、あなたは優しい人ね」


「コニー叔母さん、ジョンから便りはあった？」

ジョンのことを思っただけで速くなる鼓動に鎮まれと言い聞かせながら、ヘッティは興奮した子どもたちの声に負けないように、少し大きな声でさりげなく尋ねた。

クリスマスの日、友人たちは家族のもとに帰るか、ジャックとサラの店で楽しんでいたが、ヘッティは叔母の家を訪ねたのだった。

「ええ、カードと手紙が来たわ。話したかしら、このクリスマスは貴族のお友達とその妹さんと一緒に過ごしているのよ」

「あら、そうなの」ヘッティは子どもたちの玩具《おもちゃ》を見るふりをしてかがみこみ、急に赤くなった顔を隠した。

ジョンが誰とクリスマスを過ごしていようと関係ない。いまごろ大勢の貴族とその姉妹に囲まれて楽しんでいるかもしれないけれど、友人ならわたしにもいる。明日の夜は、このオペレッタでロンドンに行く者と、パントでリバプールに残る者が、盛大なお別れ会を催すことになっている。

わたしだって、その気になれば毎日べつの男の子と出かけることもできるのだ。ついこのあいだも、ティー・ダンスに行こうとふたりの若者から誘われたばかり。ブラックプールまでのカーレースに参加するというべつのふたりからは、マスコットガールになってくれと頼まれた。わくわくするような毎日を送っているんだもの、ジョンの新しい人生を羨む理由なんてない。

「もうすぐロンドンへ行ってしまうのね。寂しくなるわ、ヘッティ」コニーが言った。「落ち着いたらすぐに住所を知らせてね。それと、忘れずにエリーにも知らせるのよ」

「わたしに会おうともしない人に、どうして知らせる必要があるの?」ヘッティはついそう口走っていた。

「ヘッティ! なんてことを」コニーが鋭くたしなめた。「エリーはあなたの母親じゃないの」

ヘッティは青ざめて、ふいにこみあげた涙を隠すためにうつむいた。ヘッティが着いたときから珍しくコニーはずっと暗い顔で、インフルエンザで学校が休校になるのを心配していた。保健室にはすでに何人も隔離されているという。

なんてひどいクリスマスなの。ウィンクリー広場の家で祝ってきた幸せなクリスマスとは大違い。何もかも変わってしまった。去年まではとても幸せで、母に愛されていると信じていたのに、いまは……。

　適当な口実を作って早めに叔母の家を出ると、ヘッティはバスを待たずに歩きだした。リバプールの街はいつもと違って静かで、がらんとしている。ヘッティは寒さに震えながら、楽しいことを考えようとした。来週のいまごろはロンドンにいるなんて、信じられない。

　ロンドン！　そこでは新しい人生が待っている。一人前の歌手としての人生が。そう思うと気分が上向きはじめた。みんなはまだレストランでパーティの最中、それに今日はコーラスガールのいとこの隣人から買った、おろしたての服を着ている。売主は勤め先の縫製工場で作っている洒落《しやれ》たデザインを真似て仕立て、人づてに聞いてきた特別なお客だけに安く分けているのだ。

　ヘッティが着ているのは最新流行の短いスカートにローウエストのワンピースだった。屋根裏でみんなと練習し、笑いながら若者たちに教えたダンスにぴったりのデザインだ。レストランに着き、ドアを開けたとたん、賑《にぎ》やかな声と、ガチョウのにおいがする暖かい空気がヘッティを包み、バブスが名前を呼ぶのが聞こえた。

　みじめさと怒りが薄れ、温かさと安堵に変わる。

　ここがわたしの居場所――ウィンクリー広場でも、プライド家でもなく、友達のいるこの場所が。

18

「リジーがいないと、なんだかとても変な感じ」

「だけど、本人が言ったように、ロンドンからじゃ遠すぎて家に帰れないもの。仕方がないよ、ヘッティ。だからリジーはこのオペレッタじゃなく、パントのオーディションを受けたのよ」バブスは明るい声で付け加えた。「それよりお腹がすいちゃった。そろそろサンドイッチを食べない？　スーキー、男の子たちを見つけといでよ。急がないと食べるもんがなくなっちゃうよ、って」

この列車には、コーラスガールたちと親しくなったオーケストラの若者たちも乗っていた。みんながロンドンに行く期待と興奮に胸を弾ませている。パントの仕事があるスタンと離れ離れになったバブスも例外ではなかった。

「あたしたちが一緒にロンドンに行くって言ったときの、切符売りの顔を見た？」スーキーが笑った。「ずいぶん年寄りだったから、男と女はべつの車両で旅をすべきだと思ったんだね、きっと。男の許可がなきゃ女は何もできない、ってさ。ふん、男にあれこれ指示されるようになっちゃおしまいだよね」

この国では、若い女性が新しい自由を楽しみはじめていた。彼女たちは戦争と失われた多くの若者たちの暗い影から逃れ、独立して、人生を楽しみたいと願い、そうしようと決意している。

昔と違って、いまは若い女性が働く場所もたくさんあった。貴族の令嬢だけでなく、ふつうの若い女性も煙草《たばこ》を吸い、自分たちの親の世代が眉をひそめるような話題を平気で口にする。さまざまな店や工場で働きながら、その代わりに楽しむことも当然の権利として要求し、人前でほがらかに笑い、ダンスし、真夜中過ぎまで外で過ごすのだ。映画館は若い女性でいっぱい、休みの午後はティー・ダンスで若者たちと楽しむ。母親はショックを受けるが、戦時中の苦難を乗り越えてきた娘たちは何を言われても自分の意思を通す。

「このまえメアリー・ピックフォードの新しい映画を観《み》たけど、ものすごくスカートが短かった。膝が見えそうなくらい」ジェニーが言った。

「だから何よ？　オペレッタが始まったら、あたしたちだってみんなに膝を見せるのよ」メアリーが言った。「ジェイ・ダルハウジーは、もっとスカート丈を短くしたいってアーチーに言ってるそうよ。ブロードウェイのオペレッタみたいに」

「その件についちゃ、ハリスじいさんの影響が大きいんじゃないかな。若いレディたちが出てるミスター・コクランの出し物で昔衣装を担当したことがあるらしくて、衣装のことならなんでも知ってるって顔をしてる。そうだ、ヘッティ。ジェイ・ダルハウジーはあんたの歌がすっかり気に入って、アーチーにあんたの曲をもう一曲増やすように頼んだんだって?」

ヘッティはみんなの注目を浴びて頬を染めた。

「そんなことは何も言わなかったじゃないか」

バブスのなじるような言い方に、ヘッティは自然と言い訳するような口調になった。

「まだはっきり決まったわけじゃないの」

「ダルハウジー氏はあんたにはずいぶん甘いみたいだね」ひとりが意味ありげな言い方をした。

「そういう言い方はやめな、サリー＝アン」バブスがかばってくれた。「ヘッティは特別扱いしてもらいたくて男にすりよるような娘じゃないよ。結婚してる男にはとくに……」

「どうかしたの、バブス?」一時間後、珍しく黙りこんでいる友人を心配してヘッティは尋ねた。

「ロンドンの舞台には立ったことがないんだ。誰かが言ってたみたいに、一週間と経《た》たずにぽしゃったりしないといいけど」

「やっかんでる連中の言うことなんか、気にしちゃだめよ」スーキーが口をはさんだ。

でも、ふだんは楽観的なバブスが不安を感じるくらいだから、みんな同じ気持ちなのだろう。さきほどまでの陽気な笑いはどこへやら、みんな暗い顔になった。

「新しい監督が誰かもわからないしな」エディがそう言って、みんなの不安をいっそう煽《あお》る。

「一流の監督に交渉しているらしいわ」ヘッティはジェイからそう聞いていた。「でも、確約をとるまでは言いたくないんですって」

「そんなことまでよく知ってるね」スーキーがなかば責めるような言い方をした。

「わたしの曲のことを教えてくれたときに、その話もしていたの」ヘッティは弁解するように言った。「わたしだけじゃなく、マーヴィンもいたのよ」

マーヴィン・ロジャースは男性の主役を演じる歌手で、彼と主役の女優はヘッティたちとはべつにロンドンに向かっていた。

「ほかにも何か言ってた？」エディが尋ねる。

「とくに何も。新しい監督は振り付け師も兼ねている、ってことぐらい」

「誰でもいいけど、あたしらの振り付けをこれ以上変えないでほしいわ」スーキーがこぼした。「あんたたちはどうだか知らないけど、パントを続けてたほうがよかったかも、って思いはじめてるとこ。振り付けはくるくる変わるし、土壇場で劇場まで変わったあげくに、開演が一週間も早くなるし。こっちの身にもなってほしいわ」

列車が速度を落としはじめた。

「ロンドンだ」ジェニーが興奮してジェスの手を引っ張って立たせた。「見て、着いたよ！」

「リバプールの下宿もひどいとこだったけど、ここは……キャベツのにおいが染みついてる。それにバスルームを見た？」アギーがそう言って顔をしかめた。

大家に案内された狭い部屋をバブスと見まわしながら、ヘッティも暗い顔で言った。

「ほかの下宿を探す？」

「どこも似たり寄ったりだよ」スーキーが首を振る。「ロンドンの下宿はこんなものさ。狭い部屋にできるだけ大勢押しこんで、儲《もう》けようって魂胆なんだから。まあ、人から聞いた話だけどね。少なくともみんなで一緒にいられるだけましよ」

「でも、こんなに汚いなんて」ヘッティはつぶやいた。

「ごしごしこすってたっぷり漂白剤を振りかければ、なんとかなるって。それより、お腹がぺこぺこ。たしかこの通りの角に食堂があったよね」

「そのまえに洗濯しないと。せめてシーツぐらい洗いたてだってことをこの目で確かめなきゃ、寝る気になれやしない」バブスがきっぱりそう言った。

ロンドンの最初の夜を、シーツを洗濯して過ごすことになるとは思いもしなかった――

ヘッティはひそかにそう思った。ここに来るまでは、しばらく住むことになるこの薄汚れた部屋とはまるで違う、魅力と興奮に満ちた世界を夢見ていたのに。

「おまえは客間に行くことになっているんじゃないか、ポリー？」ビリヤード室のドアを勢いよく開けて入ってきた妹に、アルフレッドが言った。

「客間で何をするの？　ベアトリス大伯母さまが、わたくしのすることなすことに文句をつけるのを聞くの？」ポリーが顔をしかめて言い返す。「それより、お兄さまたちとここにいるほうがずっと楽しいわ。どうしてあんな退屈な人たちを招待したの？」

「家族だから、それがぼくの義務だからさ。おい、ぼくの番だぞ」ポリーがキューをつかみ、たくみに球をコーナーに入れるのを見てアルフレッドが抗議した。

「お兄さまには無理よ。ものすごくへたなくせに。さあ、ジョン、わたくしが相手になるわ。負けたほうが、勝ったほうの言うことをなんでも聞くの」

アルフレッドの顔にあきらめが浮かぶのを見て、ジョンは笑みを噛《か》み殺した。

「アルフィー、ベイツを呼んで飲み物を作らせてよ。わたくしにはマティーニをお願い。強いやつにして。にらんでもだめよ。この国の政府は三十歳未満の女性に投票を禁じているけれど、お酒と煙草はそのかぎりではないんですもの。まあ、ふたりとも」ポリーはキューを脇に置いて吹きだした。「なんて顔をしてるの。どうして男だというだけで投票権も何もかも与えられ、女にあれはだめだ、これをしろと指図できるの？　あなたたちもちっともわかっていないのね……」ポリーは涙ぐんだ。「ああ、オリヴァー、どうして死んでしまったの？　あなたならわかってくれたでしょうに」

　ポリーが部屋を走りでていき、勢いよくドアが閉まった。

　アルフレッドがすまなそうにジョンを見る。「すまない、クリスマスはつらい時期なんだ。今夜のダンスで少しは気が晴れるといいんだが……」

　アルフレッドと話したあと、ジョンは部屋に引きとり、ほっとしながらドアを閉めた。ようやくひとりになれる。そう思って顔を上げると、ベッドに横になっているポリーが目に入った。

「ここで何をしているんです？」つい詰問するような口調になった。

「怒らないで。さっきのことを謝りたかったの」ポリーはまた涙ぐんだ。「オリヴァーに二度と会えないと思うとつらすぎて。とても耐えられないのよ、ジョン」ポリーはしゃくりあげながら体を起こした。「ひどい恥さらしね。自分の妹でなくてよかったと思っているんでしょう？　女でいるのはつらいことなのよ。何もかも男に頼らなくてはならないんですもの。それがいやでたまらないの」

　ポリーは立ちあがり、部屋を行ったり来たりしはじめた。

「今夜のパーティでは、わたくしと踊ってくださる？　お願い。そして明日は新車でドライブしましょうよ。ブライトンに行ってもいいわ。わたくしは風のように走るのよ」そう言うとベッド脇のテーブルに置いてあったマティーニのグラスを取り、半分残っていた中身を一気に飲みほして、酔いのまわった目でジョンを見た。「あなたは一生悔やむようなことをしたことがあって？　その後の人生がまるで変わってしまうようなことを」

即座にジムを失った事故のことが頭に浮かんだ。それから別れぎわにヘッティに言ったことを思い出し、絶望が胸を満たした。

「わたくしはあるわ。そのせいで自分がいやで仕方がないの。最初はオリヴァーを責めたわ。でも、彼のせいじゃない、わたくしのせいなの。その事実に耐えられなくて、彼を責めたのよ」

ふいに頭をよぎった考えに、ジョンは言葉もなく立ち尽くしていた。自分もヘッティに同じことをしたのだ。愛していると告げる勇気が持てなかったばかりに、大人になって新しい人生を歩みだしたヘッティを責めた。まるで指図する権利があるかのように振る舞ったのだ……。

「スーキー、あんた、どこにいたのよ？」メアリーが咎《とが》めた。

「よけいなお世話」スーキーは急いで楽屋に入ってくると、小さな包みをコートのポケットに突っこみ、手早く稽古着に着替えはじめた。

「リハーサルに遅れたのは、これで三度めよ」

「だから?」スーキーがくってかかる。

ヘッティとバブスは目を見交わした。バブスが顔をしかめる。スーキーはロンドンに来てから驚くほど気が短くなり、秘密主義になっていた。

「新しい監督がスーキーに体重を落とせって言ったせいよ」ジェニーがとりなすように言った。「スーキーはずいぶん痩せたよね。このごろはほとんど食べないんだもん。なかには男の子みたいな体の女を見たがる男もいるけど……」

ロシア・バレエ団で働いていたが、ロシア革命のさなかにフランスへ逃げてきたという新しい監督兼振り付け師は、炎のような気性の男だった。黒い髪ときらめく瞳、ヴァレンティノのようにハンサムだが、女性ではなく若い男に興味があるのは一目瞭然だった。


ヘッティはジェイ・ダルハウジーが舞台の袖で手を叩《たた》くのを見て、感謝の笑みを返した。彼はとても親切にしてくれる。

「よかったよ」ジェイはヘッティの腕に手を置き、軽く握りながら出し抜けに言った。

「もうすぐ一緒に食事をしてほしいな」

ヘッティは戸惑いを顔に浮かべた。「ミミの演技のことで何か?　気に入ってもらえているんだとばかり――」

「いや、オペレッタのことじゃない」ジェイはやんわりさえぎった。「きみとゆっくり話がしたいだけだ」

ヘッティは胸をときめかせながらも、不安を感じた。「でも……」

「なんだい？　わたしが紳士として振る舞うかどうか心配なのかな？」

「いえ、そんな……」ヘッティは頬を染め、急いで否定した。

なんとうぶな娘だ。けがれを知らない、無垢《むく》な乙女。ジェイは欲望をかき立てられ、その場でヘッティを抱きしめそうになった。いまやジェイは、ヘッティに夢中になりかけていた。ロンドンに囲っていた愛人との関係を終わらせる気になったのもそのためだ。

「つまりデートだよ」ジェイはからかうように言ってヘッティの手を取った。「初演の夜、舞台が跳ねたあとに食事をしよう。いいね？」

ヘッティは言葉もなくうなずいた。

楽屋に入ると、ヘッティはスツールに崩れるように座り、鏡を見つめた。さいわい、コーラスのみんなは最後の曲のリハーサル中で、楽屋には自分だけだ。ジェイに握られた手がまだ熱い。彼の言葉、眼差《まなざ》しを思い出すと、興奮の震えが背筋を走った。

けれど、正しいことと間違っていることの区別はよくわかっている。この興奮と甘いときめきは、結婚している相手に感じてはいけないものだ。

自分の胸に秘めておくだけならかまわないはずよ。ヘッティは心のなかで弁解した。それにジェイの誘いはたんなる気まぐれで、いまごろはもう忘れているかもしれない。

　楽屋のドアが開いてスーキーが心配そうな顔でなかをのぞき、コートラックへと向かおうとしてびくっと足を止めた。

「ああ、驚いた。いるならいると言ってよ、ヘッティ」

　スーキーは痩せただけでなく、具合もよくなさそうだ。頬が不自然なほど赤いし、頬がこけたせいか目玉がふくれて飛びだしそうに見える。

「リハーサル中じゃなかったの？」ヘッティは、コートをつかみ、ポケットのなかに手を入れるスーキーに声をかけた。

「そうよ。けど、気分が悪くて……だから薬をのみに来たの」スーキーは説明しながらポケットを探っている。「ここにあるはずなんだけど……あれが必要なのに」真っ赤な顔で言いながら、夢中であちこちのポケットに手を入れる。

　ヘッティは一緒に捜してあげようと立ちあがった。「具合が悪いなんて知らなかった」

「みんなには言わないでよ。約束して」ヘッティがうなずくのも目に入らない様子で、スーキーはつぶやいた。「バッグに入れたのかもしれない。うん、きっとそうだ……」そして自分の荷物へと走り、服を押しやってバッグを見つけた。「ねえ、水を持ってきてくれる？」

　ヘッティは急いで狭いキッチンへ走り、グラスに水を満たしてこぼさないように楽屋に戻った。

「早くちょうだい」スーキーは小さな白い錠剤をいく粒も口に放りこんだ。両手で持っているのに、水がこぼれるほどコップが揺れている。

ヘッティはじっとそれを見守った。

「いないのがばれるまえに戻らなきゃ」

「でも、具合が悪いのに……」

「言ったでしょ、みんなには知られたくないの」スーキーは怒って言い返した。「誰にも言わないでよ。わかった？」

オペレッタは一月一日に幕を開けることになっていた。最悪の初演日だ、と断言するキャストもいる。ジェイが早めに劇場を借りられたのは、誰も一月の第一週に興行したくないからだと言う者もいた。

「ジェイは国じゅうの批評家をロンドンに集められるかもしれない。だが、それだけこきおろす連中も増えるってことだ」王宮のコミカルな執事を演じる役者はそう言った。

リハーサルが終わり、引きあげようとヘッティが楽屋を出ると、言い争う声が聞こえた。エディと新しい監督の声だ。ふたりがいる小部屋のドアは開いているから、その前を通りすぎれば姿を見られ、気まずい思いをさせることになる。でも、通らなければ劇場を出られない。それに盗み聞きをするのもいやだった。

ためらっていると、エディが出てきてくるっと振り返り、怒りをこめて吐き捨てた。

「あんたがこんなことをしてる理由に気づかないと本気で思ってるの？　ぼくがあの蛆虫《うじむし》みたいなクズに嫉妬すると思ってるなら……」

ドアがものすごい勢いで閉まり、ヘッティは思わず息をのんだ。エディが一歩さがっていなければ、顔面を直撃していたにちがいない。

エディがくるりと振り向き、ヘッティを見て凍りついた。

「ごめんなさい。聞くつもりはなかったの。ちょうど……」

「一杯やらなきゃいられない。付き合ってくれよ。頼むから……」

彼はヘッティの腕をつかみ、引きずるようにして劇場を出るとドルリー・レーンを歩きだした。外は雨が降っていた。濡《ぬ》れて光る通りを、劇場の関係者だけでなく、店の売り子やオフィス勤めの人々が冷たい空気に頬を赤くして歩いている。詰まった雨どいと濡れたウールのにおいが通りに漂い、ヘッティは顔をしかめた。

エディはヘッティを急がせて紫煙にかすむこぢんまりしたパブに入り、ふたりで座れる片隅のテーブルを見つけて、ウェイターに言った。「アブサンを頼む。急いでくれ。きみはなんにする、ヘッティ」

「コーヒーをお願い」

ウェイターが立ち去ると、エディはテーブルに肘をついて頭を抱えた。

「エディ、どうしたの？　何があったの？」

「説明する必要があるかい？　みんながゴシップの種にしてるじゃないか」彼は苦痛に満ちた声で言った。「アイヴァンがここにいるだけでも最悪なのに、あの生意気な小僧をうっとりと見つめるのを眺めてなきゃならないなんて。アイヴァンはぼくを愛してると思っていた。愛していると言ったんだよ」

ヘッティは唇を噛んだ。エディと新しい監督のあいだにある敵意は、実際、みんなが噂《うわさ》にしていた。でも、エディ自身があからさまにこんなことを口にするのは……。

ウェイターがアブサンとコーヒーを運んできた。エディのグラスには濁った緑色の、見るからにまずそうな飲み物が入っている。

「それはなんなの？」ヘッティは顔をしかめて尋ねた。

「アブサン？　悪魔の飲み物さ」エディは苦い声で言った。「パリじゃ、みんながこれを飲む。男を狂わせるそうだ。ときどきもう自分がイカれていると思うことがあるよ。こんなに屈辱的な状況に甘んじているのは……きっとそのせいだ。アイヴァンはいまやぼくをあざ笑ってる。苦しむのを見て笑っているんだ」エディはぶるっと体を震わせた。「とても耐えられない。この苦しみ、拷問……だが、アイヴァンはこれっぽっちも気にしちゃいない。頭にあるのは自分の快楽のことだけ。愛してくれとぼくに懇願したときは、永遠に一緒だと言ったのに」

エディが泣いているのに気づいてヘッティはショックを受け、途方に暮れた。大人の男の人が泣くなんて……。

「母の胸を引き裂き、家族に恥をもたらしたうえに、父に絶縁されて、おまえなど死んだほうがましだと言われたのは、こんなことのためだったのか？」

苦痛に満ちた声がヘッティの胸をかきむしり、衝撃を忘れさせた。「エディ……」

「きみにこんな話をすべきじゃないのはわかってる。明日になったらぼくが言ったことは忘れて、アブサンのせいだと思ってくれ」エディは絶望のにじむ声で言った。

「ああ、エディ……」ヘッティはかける言葉もなく、彼の手に自分の手を重ねた。

「きみは優しい子だね。まだぼくやぼくみたいな男を軽蔑することも、笑うことも知らない。ぼくみたいな倒錯した性癖が男にどんな絶望をもたらすか、きみにはとてもわからないよ。パリへ行くまで、ぼくはひとりでそれに耐えていたんだ。でも、パリで自分と同じ男たちと触れ合い、崇高な愛を見つけたと信じた。その美酒を味わい、すべてを捧《ささ》げたあとで……粉々に砕かれてしまうなんて」エディはまたしてもぶるっと震えた。「あのひと口でぼくの魂は永遠に毒されてしまった。もう二度ともとには戻れない。アブサンは毒消し――ぼくがまだ生きていられるのはアブサンのおかげさ。だけど、生きていてどうなる？　ぼくなんか生まれなきゃよかったんだ。すべてを終わらせる勇気があれば、あいつに思い知らせてやれるのに」

この打ち明け話に、ヘッティは言葉もなくエディを見つめた。法律で禁じられている関係をおおっぴらに話すのはとても危険なことだ。リバプールで歌いはじめたころは世間知らずだったヘッティも、ようやくそれくらいはわかるようになっていた。

「エディ、そんなことを言っちゃだめ。わたしにそういう話をしてもいけないわ」ヘッティは低い声でたしなめた。

エディはグラスをつかみ、一気に飲みほした。「気の毒なヘッティ。きみにこの気持ちが理解できるはずがないよね」彼はウェイターを呼んでもう一杯頼むと、ウェイターが立ち去るのを待って苦い声で続けた。「どうしてわかる？　ぼくとは違う世界に生きてるのに」

「わたしだって、人を愛するのがどんなものか知ってるわ」ヘッティは勇気をだしてそう言った。これは本当のことだ。父と母、ふたりの弟やジョンのことを愛しているのだから。

エディは口をゆがめた。「だけど、ぼくを苛《さいな》んでいる愛は残酷なんだよ。甘くも優しくもない。残酷でつらい、禁じられた愛だ。それでも、彼の唇を味わうためなら悪魔にだって魂を売る。彼の手でもう一度触れてもらうためなら」エディはまた泣きだした。「ぼくは呪われた、どうしようもない男だ。どこにも救いがない」

可哀想《かわいそう》なエディ。どうすれば彼を慰められるのか、ヘッティにはわからなかった。男どうしの愛のことはよくわからない。ただ、愛しているのにその愛に報いてもらえないのがどれほどつらいことかはわかっていた。

「スーキーったら、いったいどうしたんだろ。いま敵意をむきだしにしてきたと思ったら、三十分後にはあっけらかんとして笑って冗談を言ってるんだから」

「うん、ものすごい早口でしゃべりまくるよね」ジェスの言葉に、ジェニーが顔にクリームをすりこみながら相槌《あいづち》を打った。「もう少しそっちに寄ってくれる、ヘッティ？　鏡から顔がはみだしちゃってるんだ」

ヘッティとバブスの部屋にみんなが集まり、寝る用意をしているところだった。これはロンドンに着いて以来の夜ごとの儀式になっていた。双子はスーキーがまだ戻ってこないのをこれさいわいとばかり、愚痴をこぼしているのだ。

「スーキーはよくないみたいよ」ヘッティはかばった。

「ひどいのはみんな知ってる」アギーが言って、顔をしかめた。

「いいえ、体の具合のことよ。今日の午後、楽屋に戻ってきたときはすごく震えていて、お医者さんにもらった薬をコートのポケットから出すこともできなかったの」

「薬？　お医者？」アギーが半信半疑で尋ねた。「医者にかかってるなんて誰も聞いてないのに、どうしてあんたには言ったの？」

「大騒ぎされたくなかったんじゃないかしら？　誰にも言わないで、って念を押されたから」ヘッティは気まずくなりながらも認めた。「でも、絶対にどこか悪いのよ。あんなに痩せて――」

「痩せたのは、あのいんちき医者からダイエットに効く錠剤をもらってるせいだと思うな」

「なんだって？」バブスが心配そうな声で尋ねた。「それって、マージが言ってた錠剤のこと、メアリー？　さなだ虫が入ってるとかいう？」

「さなだ虫？　ばか言わないでよ」アギーが鼻を鳴らした。「あの錠剤に入ってるのはコカインよ。スーキーがのんでるのがそれだとしたら、様子がおかしいのも不思議じゃない。頭がどうかなる薬だそうだから。気をつけないと、スーキーは死ぬはめになるよ」

「けど、痩せたのはその薬のおかげだよね」ジェニーが小さなため息をついた。「あたしも少しのんだほうがいいのかな。貴族の令嬢もやってるらしいよ。シャネルのドレスを着られるように。貴族の子息もね。鼻から吸いこむんだって。みんなイカれてるよね」

「あんたはいいわね、ヘッティ。太る心配をしなくてもいいんだもん」ジェスが羨ましそうに言った。

たしかにヘッティはほっそりしていた。もともと骨格が華奢《きゃしゃ》なうえに、あと数日で初演とあって、食べ物があまり喉を通らなくなり、いつもより細いくらいだ。

「楽屋に戻ったらもういなかったけど、どこかに行ってたの、ヘッティ？」アギーが尋ねた。

「エディに誘われて飲みに行ったの」

「エディにお熱じゃないといいけど」アギーが眉をひそめた。

「まさか」メアリーが顔をしかめた。「いくらヘッティでも、エーテルぐらい見ただけでわかるよ。ねえ?」

ヘッティは少し赤くなってうなずいた。「エディが気の毒なだけよ」

エディのことも、自分のことも、だ。ロンドンの通りがきらめく金でできていると思っていたわけではないが、この街に着いたときの興奮はとうに消え、初演を間近に控えたいまは不安でいっぱい。おまけに自分でも説明のつかない悲しみが澱《おり》のように胸をふさいでいた。両親とのあいだにできた溝のせいだ。それと、ジョンがクリスマスを友人やその妹と過ごしたせい。少しまえまでは家族と暮らし、日々のささやかな出来事で満たされていた心が、いまは空っぽだった。たしかに友達はいるが、友達は家族とは違う。

ロンドンはリバプールと同じように寒くて、じめじめしていた。通りで見かける子どもたちのみすぼらしさも同じなら、肉の薄い、飢えた顔も同じ。しかもここには、ひもじい人々のために大きなバスケットにパンやじゃがいもを入れてやるサラ・ベイカーのような優しい人はひとりもいない。準主役を演じているおかげで給料が増え、いまでは一ペニーずつ注意深く数えて使わずにすむようになったヘッティは、一ペニーや半ペニー硬貨をためておき、ピカデリー・サーカスにたむろしている子どもたちが差しだす汚れた手に落としてやることにしていた。

「けど、夕食を残したってエディの助けにはならないよ。しっかり食べなきゃ。この仕事は体力がいるんだから。一月一日はすぐそこだよ」

ヘッティは笑った。バブスったら、まるで母さんみたい。

母のことを思うと胸が痛んだ。母さんは、たまにはわたしを思い出してくれるかしら？ジョンは？　近況を知らせ、母の具合を教えてくれと頼む手紙を父宛てに書いたが、返事はまだ来ない。湖水地方に手紙が届くのにどれくらいかかるの？　ヘッティはもの悲しい気持ちでそう思った。

19

今年最後の日を身内から遠く離れた場所で過ごしながら、ジョンはアルフレッドの従者の助けを断り、自分でネクタイを結ぼうと悪戦苦闘していた。だが、どうしてもうまくいかない。彼はしわができたネクタイをはずしながらため息をついた。気の重い夜になりそうだ。アルフレッドの話では、大晦日《おおみそか》のダンスをしなくてはならない、と主張したのはポリーらしいが、昼間の様子からすると、当の本人はパーティを楽しむ気分ではなさそうだった。

このクリスマス休暇は、ジョンがこれまで過ごしたクリスマス休暇とはまるで違っていた。なんの不安もない、幸せな時代に、父の店の上にある居心地のいい居間で家族揃《そろ》って祝ったクリスマスのことが思い出された。母が死んだあとは、父や姉たちや生まれたばかりの弟と引き離され、何年もつらい日々が続いた。それから、未亡人となってプレストンに戻り、夫が愛人とのあいだにもうけた娘を育てているエリーと再会して……。

幼いヘッティが、まるで王女のように尊大な調子で小さな手を自分に差しだしたときのことを思い出し、ジョンはほほ笑んだ。ヘッティは三歳、ジョン自身も十歳しか違わない少年だった。

それ以来ヘッティはジョンの心の琴線に触れつづけた。が、愛と信頼に満ちた目でジョンを見つめ、どこにでもついてきた少女はやがて成長し、ジョンのなかで親友から愛する女性へと変わっていった。

去年のクリスマスに一人前の女性らしい服装で教会に現れたヘッティを見て、ジョンはどれほどショックを受け、混乱したことか。

いつものようにヤドリギの下でキスしようとしてジョンに拒まれたので、ヘッティは腹をたてて口を尖《とが》らせた。ジョンはそんなヘッティをさっと抱きあげ、ふたりだけになれる場所に連れだして、サクランボ色の唇にキスしたくてたまらなくなった。その夜はヘッティの細い指に自分の指輪を滑らせる未来を夢見ながら、飛行場の小屋に戻ったのだった。

だが、ヘッティには自分の夢があった。こちらとはなんの関係もない夢が……。

夕食を告げるベルの音にわれに返り、ジョンは鏡へ目を戻した。ネクタイはまだ少し曲がっているが、これ以上遅くなってはまずい。彼はジャケットに袖を通し、ドアを開けて踊り場に出た。

「まあ、ジョン、そのネクタイはベイツが結んだの？」ポリーがそう言いながら足早に近づいてきた。「アルフィー、ベイツはそろそろ引退させるべきよ。相当目が悪く――」

「これはぼくが自分で結んだんです」ジョンが気まずそうに言うと、ポリーは当惑するどころか笑いだした。

「そうだったの？　それじゃ仕方がないわね。お父さまはよくこう言ってらしたわ。紳士はネクタイをきちんと結べなくてよろしい。従者はそのためにいるのだ、とね」

「ぼくがちゃんと結べないのは、ふだんはネクタイを結ぶ必要がないからです」

彼はすでに、アルフレッドの大伯母にあたる女性が自分の娘に、なぜアルフレッドが〝ひと目で下層階級とわかる男〟を友人と呼ぶのか理解できない、とこぼすのを聞いていた。それに北部の勤労者階級の訛《なま》りが、貴族たちのなかでいやでも目立つことに気づいていた。だが、誰がなんと言おうと、自分の育ちを恥じるつもりはない。

「どうか怒らないで。あなたがここにいるから、わたくしもどうにか我慢できるのよ」

ポリーはいきなり手を伸ばし、ジョンのネクタイを解きはじめた。

そして反射的にあとずさったジョンに首を振り、言い渡した。「じっとしてて。さもないとちゃんと結べないわ」低い声でこう付け加える。「オリヴァーが結び方を教えてくれたの」

「アルフィー、どうして蓄音機《グラモフオン》を止めてしまったの？　まだダンスをしたいのに」

「もうすぐ真夜中だぞ。ベイツが新年の挨拶をするのを待っている。それに、ひと晩にこれ以上のショックは必要ないと思っている客もいるだろう。ラジオをつけて、ビッグベンが新年の訪れを告げるのに耳を傾けようじゃないか」

「あら、何にショックを受けたのかしら？」ポリーはふくれっ面で言った。「わたくしのダンスの仕方に？　頭の固い老人たちはこれだからいやだわ。ジョン、新年の最初のパートナーになってくださるわね」ポリーはくるりと振り向き、ジョンに片手を差し伸べた。

酔って赤くなった顔、光りすぎている目。妹に警告する気になったアルフレッドの気持ちが、ジョンにはよくわかった。しかし、愛していた男の死を深く悲しんでいる不幸なポリーにも同情せずにはいられなかった。

「それに、ヤドリギの下で――」

ラジオが雑音を発し、それからまるですぐそこにあるように、新年の訪れを告げるビッグベンの鐘が鳴り響いた。

全員が新年の挨拶を口にし、ポリーを先頭にレディたちが紳士たちにキスしはじめる。

「あなたは最後にとっておいたのよ、ジョン」ポリーは囁《ささや》き、つま先立って大胆にも彼の唇にキスした。

恥ずかしいことに、ジョンの体はポリーの柔らかい体に反応した。もっと恥ずかしいことに、ポリーの顔に浮かんだ表情からそれを気づかれてしまったこともわかった。

アルフレッドに率いられた客が廊下に出ていき、ベイツと新年の挨拶を交わす。

「乾杯しよう」誰かが言い、シャンパン入りのグラスが手から手へと渡った。

「新年と来《きた》るべき未来に……」

「わたくしも乾杯したい」

その声に、全員がポリーを振り向いた。廊下に置いてある大きなほうのテーブルの上でかすかに体を揺らし、シャンパンのグラスを手にしている。ビーズのきらめく裾の短いドレスが、体の細さを強調していた。

「何をしているんだ、ポリー。そこからおりなさい」アルフレッドが心配そうに言ったが、ポリーは首を振った。

「いいえ、まだいや。どうぞみなさん、わたくしと一緒にグラスを上げて、もう一緒に乾杯できない人たちのために乾杯しましょう。二度とシャンパンを味わえない、ダンスもキスもできない、勇敢に死んだ若者たち――この国の最良の人たちのために。わたくしたちは不幸な世代だわ。彼らは死に、わたくしたちは彼らなしで生きなくてはならない……」

ほかの客が交わす気づまりな囁きが聞こえた。女性のひとりが目に涙を浮かべ、ジョンの近くで誰かがつぶやいた。「やれやれ、なんて行儀の悪い娘なんだ」

「グラスを上げて、みなさん！」

ポリーが自分のグラスを上げ、それを口元に持っていく代わりに暖炉に投げつけると、周囲はいっせいに息をのんだ。そしてポリーはそのままテーブルに泣きふした。

「座席は全部ふさがってるよ！」

「バブス、やめてよ。よけい緊張するわ」ヘッティはほてる頰をおしろいで押さえながら訴えた。

「どうせ半分はタダ券で、ジェイ・ダルハウジーがそのへんからかき集めてきた連中よ」メアリーが知ったふうに口をはさんだ。「ロンドンの批評家は口を揃えて言ってるわ。アメリカ人がロンドンでまともなオペレッタをやれるもんか、って」

「誰が席に座ってようと関係ないよ」ジェニーが言い返した。「そいつらが黙って観《み》ててさえくれればね。ほら、あのパントを覚えてる？　一幕めが終わらないうちに観客の半分が出てって、二幕めの途中で残りもあらかた出てっちゃったやつ」

「でもって、残ったのは腐ったトマトを投げてきたガキだけだった」ジェスがうなずく。

批評家や観客が愛想をつかして出ていき、残りが腐ったものを投げつける……ヘッティは恐ろしさに震え、昨夜の悪夢を思い出した。頭のなかが真っ白になり、歌詞どころかせりふも思い出せずに立ち尽くしていると、マダム・セシルがいきなり現れ、バレエを踊れとわめきだしたのだ。

「あと五分」若い雑用係がそう叫んで楽屋のドアを叩《たた》いた。

「少なくとも、衣装はまともよ」

「これがまともだって、メアリー？　あたしにはとんでもなく不適切に思えるけど」バブスが逆らった。「ミスター・コクランが自分の〝乙女たち〟にこういうデザインの衣装を着せてるとしてもね！」

「でもさ、批評家は気に入るんじゃない？」ジェニーがそう言って片目をつぶる。

「しっかりね、ヘッティ」バブスが羽根飾りをつけ、スパンコールをきらめかせて、ハイヒールの踵《かかと》を鳴らすみんなと一緒にドアに向かいながら励ましの声をかける。「心配しないで。あんたはちゃんとできるよ」

コーラスが最初の曲をおえ、男性の主役とコミカルな執事が最初の曲を歌いはじめた。もうすぐ出番だ。

ヘッティは深く息を吸いこんだ。わたしはもうヘッティじゃない、日本の若きプリンセス、ミミよ……。


「行っといで、ヘッティ。全員あんたを呼んでるんだよ」

みんなに背中を押され、ヘッティは舞台に戻った。

観客は総立ちでプリンセス・ミミの名を呼んでいた。その声が劇場を満たし、壁に跳ね返って舞台を震わせる。もしかすると、興奮した観客の口笛や拍手、歓呼の声で、ヘッテイ自身が震えているのかもしれない。

キャストはすでに十回以上も舞台に出ていた。そしていまや観客はミミを呼んでいる。ヘッティはどうにか日本式のお辞儀をして、袖に戻った。

そこで待っていたジェイが、満面の笑みを浮かべてヘッティを称《たた》えた。「ヘッティ、きみは最高だったぞ。観客の心もこのオペレッタも盗んでいってしまった。批評家はきみの歌に酔いしれている」

ジェイがヘッティを抱きしめ、くるくるまわりだす。きつく抱かれ、すっかり興奮した男のにおいに包まれて、ヘッティはあえぐように息をのんだ。頬に、唇にキスされて、頭がくらくらする。うっとりと彼を見上げると、ジェイがうめくように名前を呼び、もう一度唇を重ねて驚くほど情熱的なキスをしてきた。心臓が早鐘のように打ちはじめ、ヘッティはまるで魔法にかかったように彼の目を見つめることしかできなかった。

「もう行かないと」ジェイが囁いた。「新聞記者がリッツで待っているんだ。だが、ふたりで食事をする約束は忘れてはいないよ……」

「メアリーはどこ?」

ジェイが立ち去ったあと、ジェイのおごりでキャスト全員を有名レストランに連れていく、という監督の言葉に、ヘッティたちは急いでドーランを落とし、着替えをすませてその店に向かった。初日を無事に終えたいま、お腹がぺこぺこで、ひとり残らず成功がもたらした興奮と喜びに酔いしれていた。

賑《にぎ》やかにしゃべり、笑いながらレストランへ向かう道々、みんながヘッティに、これからあんたは幸運のシンボルだよ、と告げ、店に着くと今度はオーナーや周囲の客に、この娘はロンドンの新しいスターになる、と宣言した。

そこでオペレッタを観た客が立ちあがり、ひとしきり拍手と歓声があがる。キャストのテーブルには飲み物が次々に届き、客がグラスを上げてヘッティたちを称えた。

メアリーがその場にいないことに気づいたのは、ようやくそうした興奮がおさまったあとだった。

「メアリー？　楽屋口に言づけをよこした紳士と食事をしてるんじゃないかな」ジェニーが言った。

「うん、育ちのよさそうなしゃべり方だったね。カードを届けてきたんだよ。〝ただの貴族〟だって」

「どうしてあの子が貴族と食事をするのさ」スーキーが不機嫌な顔で言い、皿を押しやった。

「ちょっとスーキー、何を怒ってるのよ」バブスが少しきつい声で言い返す。

ジェニーがバブスを小突いた。「ほっときなよ。あの錠剤のせいなんだから」

ヘッティはぼうっとしてまわりの会話に耳を傾けていた。本当にプリンセス・ミミが観客の心をつかんだことが、まだ信じられない。バブスによれば、もっと重要なことに、批評家たちの頑《かたく》なな心もつかんだという。

誰かがシャンパンを頼み、監督が立ちあがって、〝ヘッティに乾杯〟とグラスを上げた。

しかし、全員がヘッティの成功を喜んでいるわけではなかった。

「ふん、いつまでも続きやしないわよ」主役の女優がじろりとヘッティを見ながら言うのが聞こえた。「あの子みたいなのは決して長続きしないの。演じられる役がかぎられるから。あの子がミミ役を手に入れた理由は、ひと目見ればわかるでしょ」

「気にしなさんな、ヘッティ」バブスが言った。「あんたに妬《や》いてるだけよ」

「ねえ、シャンパンをもうひと瓶持ってきて」ジェニーが、通りすぎようとするウェイターをつかまえて頼んだ。「でもこれ、鼻につんとくるね。気取った人たちはなんだってこんなのを飲みたがるんだろ」

「シャンパンは二日酔いにならないらしいよ」アギーが得意そうにどこかで仕入れた知識を披露する。

みなすっかりいい気分で、仲間にそそのかされたコーラスが何人か即興でカンカンを踊りだし、ウェイターや男性客を喜ばせた。

「下品な娘たちね、まったく」主役の女優がうんざりして鼻を鳴らす。

「何言ってんだ、自分も最初はコーラスにいたくせに」アギーが意地悪く言って片目をつぶる。

テーブルの上座には監督と男優たちが見えたが、エディの姿はそこにはなかった。みんなが楽しんでいた。オペレッタも自分もこれほどまでに受け入れられたことは、もちろんヘッティも嬉《うれ》しかった。嬉しくないはずがない。でも、まだ胸のなかには空っぽで冷たい場所がある。その場所は母の温かい声と愛を求めていた。家族がここにいて自分の成功を祝ってくれていたら……そう思うと目の奥を涙が刺した。

〝この雨では狩りをすることもできない〟とアルフレッドが朝食のときにこぼしていたが、じめじめした陰気な一日はありがたいことにまもなく終わろうとしていた。実は、昨夜もそれとなく、仕事に戻らなくてはならない、とアルフレッドにほのめかしたのだが、引き留められてもうひと晩泊まることになったのだ。

ポリーは朝食におりてこなかった。親戚の面々の非難がましい顔を見るかぎり、これは賢い判断だったようだ。前夜の出来事には誰もひと言も触れなかったが、年配の女性たちは全身からあからさまな非難を放っていた。アルフレッドも妹の振る舞いに明らかに閉口しているようだ。

昨夜の出来事を目撃した客の多くは、ポリーの常軌を逸した行動を酒のせいにした。アルフレッドの妹に関する懸念に耳を傾けながら、ジョンの気持ちは暗くなるばかりだった。どんなにポリーを気の毒に思っても、自分には何もできない。

　昼間はポリーの姿を見なかったが、夜の食事にはおりてきた。珍しくもの静かで、周囲の会話に加わろうとはせず、料理にもほとんど手をつけなかった。面やつれした彼女の姿を見てジョンは胸を衝《つ》かれた。両手でグラスを持たなくては水も飲めないほど手が震えている。

「みなさん、わたくしがゆうべのことを謝るのを、待っているんでしょう？」食事が終わるころ、ポリーはようやく口を開いた。「でも、謝るつもりはありません。最良の人たちが永遠に失われてしまったのは本当ですもの。ただ、お兄さまの面目を潰したとしたら申し訳なかったわ。アルフィー、あなたはすばらしいお兄さまよ。こんな妹でごめんなさい」ポリーは涙を浮かべてアルフレッドにほほ笑み、立ちあがって部屋を出ていった。

「まったく！」大伯母が怒りもあらわにポリーを非難した。「いまどきの若い者は礼儀知らずだと聞いていたけれど、それをこの目で見るはめになるとは。しかも自分の身内に。アルフレッド、あなたのお父さまは決してああいう態度をお許しにはならなかったでしょう。わたくしに言わせれば、あの子のショッキングな振る舞いは、あなたの母親のせいですよ」

「大伯母さま、母はポリーがまだ子ども部屋にいるうちに死んだんですよ」

「そのとおり！　ちゃんと生きていれば、はるかに厳しく育てたでしょうに。娘に社会で果たす役割を教えるのは、父親ではなく母親の役目です。あなたの父親だったわたくしの甥《おい》には、これっぽっちも責任はないわ」

この恐るべきレディたちがそれぞれの部屋に引きあげてから一時間後、ジョンも自分の部屋へと階段を上がっていった。明日はふだんの生活に戻れると思うと、心からほっとする。

だが、寝室に入ってドアを静かに閉めたあと、驚いて息をのんだ。腕枕をしたポリーが、ベッドの真ん中に横たわっているではないか。

「ようやく戻ったのね！　ずっと待っていたのよ」ポリーが叱るように言い、悲しそうな口調で付け加えた。「待ちくたびれて、ジンをひと瓶空けてしまったわ」

「ポリー、いや、レディ・ポリー、こんなところにいては……」

「ジョン、お願いだから追いださないで。今夜はひとりになりたくないの」ポリーの目から涙があふれた。「オリヴァーにプロポーズされたのが、一月一日の夜だったのよ」

ポリーが気の毒で、ジョンの胸は引きつれるように痛んだ。「気持ちはわかるが、あなたはここにいてはいけない」優しくそう言いながらベッドに近づくと、ジンのにおいがした。ベッドのそばに空瓶が転がっている。本当に全部飲んだのか？

「わたくしはただ、誰かといたいだけ……抱きしめられて、闇から守ってもらいたいだけなの。その闇がどれほどこの身を苛《さいな》んでいるか、きっとあなたには想像もつかないでしょうね」

ポリーがぶるっと体を震わせた拍子に、上掛けが滑った。ありがたいことにシルクのパジャマを着ている。

「そんなにたいへんなお願いかしら？　お願い、わたくしをここにいさせて。今夜だけでいいの」

この頼みを聞くことなどとうてい考えられない。だが、どう説得すれば出ていってもらえる？

ジョンの葛藤を見てとったのか、ポリーは訴えるように見上げた。「お願い、どうか追いださないで。わたくしが望むのは、兄のように、友達のように慰めてもらうことだけ。信じてくれるでしょう？　信じてくれると言って」

「もちろん、信じるとも」ジョンはなだめるように言った。

ポリーは起きあがり、膝を抱きしめて顎をうずめた。そうしているとまるで小さな女の子みたいに見える。だが、ポリーがこの部屋にいることが誰かに知られれば、ふたりのあいだには何もないと言っても信じてもらえないだろう。

「ただ眠りたいの。そして二度と目を覚ましたくない」ポリーは哀れみを誘うような声で言い、それから耳障りな笑い声をあげた。「でも、神さまはそれほど親切じゃない。まだわたくしを罰し足りないんだわ」

　ポリーが突然泣きだし、体を震わせて泣きじゃくるのを見て、ジョンは反射的に近づいた。

「隣に横になって、抱きしめて。お願いよ、この痛みを取りのぞいて」ポリーはろれつのまわらない舌でそう言った。

「ここに座っているよ」

「だったら手を握っていてくれる？」

「いいとも。あなたが静かに横になればね」

　ポリーはおとなしく言われたとおりに横になり、ジョンの手を握りしめた。「恋をしたことがある、ジョン？」

　このまえと同じ質問だ。

「あるのね」ジョンの表情がこわばるのを見て、ポリーは言った。「その人はどうしているの？」

「舞台に立って歌うことにしたんだ」

「それに腹をたてているの？　いいえ、嘘をついてもだめ。あなたの言い方でわかるわ。その人の選択に怒って、自分をとるか、歌をとるかと迫ったんでしょう？　男の人はみんなそうだわ」

ポリーは眠りかけていた。ジョンはしばらく息を止めるようにして見守り、やがて安らかな寝息が聞こえると、力の抜けた指からそっと手を引き抜いた。

そしてもうしばらく待ち、完全に眠ったのを確認してからそばを離れ、部屋の反対側にある椅子に腰をおろした。どうやら今夜の残りはここで過ごすしかなさそうだ。

20

「ほら、目についたのを全部買ってきた」

アギーがそう言って抱えていた新聞を置くと、みんながヘッティのベッドを取り囲み、飛びつくようにそれを手にしてオペレッタの批評を読みはじめた。

「聞いてよ、こう書いてある」ジェニーが言った。「〝昨夜のリットン劇場では観客が総立ちになり、若い新進作曲家の才能に惜しみない拍手を送るのを目撃した。このオペレッタはまさにその熱狂ぶりに値する作品だと言えよう。リットン劇場に足を運んだときには、日本を題材にしたおとぎ話はもうじゅうぶん見たつもりでいたが、その思いこみが間違いだったことを知らされた。ジェローム・ハーディ、セシリー・フラワーといった才能ある役者の出演だけでも、楽しい一夜を約束するにはじゅうぶんだったろうが、若く無垢《むく》なプリンセス・ミミを演じたミス・ヘッティ・ウォーカーの快挙を特別に称《たた》えたい〟――ああ、ヘッティ」ジェニーは興奮して叫んだ。「ミス・ヘッティ・ウォーカーって、あんたのことだよ！　バブス、そっちの新聞をちょうだい」

「だめよ。まだ読んでる途中だもの。《タイムズ》を見たら？　ええと、これには〝アメリカの資本とヨーロッパの才能がたぐいまれなる傑作を生みだし、新しい年の訪れを祝った〟って書いてある。あんたの名前はないけど、プリンセス・ミミはすばらしかった、とても愛らしい声だった、と褒めてるよ。もっと難しい役を演じるのを期待している、って。わお、ヘッティ――」バブスが目を丸くした。「あんたは主役をやるべきだ、とも言ってる！」

「こっちには〝このオペレッタはイースターまで続くことになるだろう〟だって」アギーが言った。「だといいな。あら、メアリー」ちょうど入ってきたメアリーに声をかける。「昨日は何時に帰ってきたの？」

「あんたには関係ないでしょ」メアリーはつんと顎を上げて答えた。

「で、あの貴族の坊ちゃんに、どこに連れてってもらったの？」ジェスが尋ねる。

「サヴォイよ。今夜も会いたいって言われた」メアリーはそう自慢した。

「へえ、あんたが気に入ったんだね」

スーキーが辛辣に言ってのける。「ああ、ベッドに連れこもうって算段だろ」

「よけいなお世話よ、スーキー・シモンズ」

「それ以外に何があるって言うのさ」

「彼はあたしに恋をしてるのよ」メアリーはほほ笑んだ。「舞台で踊ってた娘が貴族と結婚した例は、いくらでもあるんだから」

「けど、結婚できなかった例もたっぷりあるよ」アギーがそっけなく言い返す。

ジェスが心配そうに尋ねた。「まさか、自分がそういう幸運に恵まれると思ってるわけじゃないよね、メアリー？」

「それのどこが悪いの？　ああ、アギー、彼はとってもハンサムなの」メアリーは幸せそうに目を輝かせ、胸に手をあてた。「軽薄なお調子者だと思いこんで、あのカードを突き返さなくてほんとによかった。彼といると、まるで本物のプリンセスになったみたいな気がする」

「けど、あんたはプリンセスじゃない。それを覚えといたほうがいいよ」

アギーの警告に、メアリーは舌を出した。

ゆうべは興奮しすぎて眠れなかったヘッティがあくびを噛《か》み殺したとき、スーキーが言った。「ちょっと煙草《たばこ》を一本ちょうだいよ、アギー」

そこへドアを叩《たた》く音がして、メイドが鋭く言った。「ヘッティ・ウォーカーに花が届いてるよ」

「贔屓《ひいき》がいるのは、どうやらあんただけじゃないようね、メアリー」バブスが皮肉たっぷりに言う。

ヘッティはベッドをおりてドアへ急いだ。大きな花束を抱きしめてベッドに戻ると、バブスが尋ねた。

「誰からなの？」

「さあ。まだカードを見てないの。ええと、ジェイ……いえ、ダルハウジー氏からだわ」

ヘッティは赤くなりながら訂正し、小さな箱がついているのを見ていっそう赤くなった。

「開けてみなよ、ヘッティ」メアリーが促す。

ヘッティはかすかに震える指で包みを開けた。箱のなかにはダイヤモンドをちりばめたHの形の小さなブローチが入っていた。ヘッティのイニシャルだ。

「わあ、きれい」アギーが言った。「けど、これくらい奮発しても当然だよね！」

「ずいぶん高そう」メアリーがのぞきこんだ。「あんたにこれを贈ってきたってことは、主役の子には何を贈ったんだろ」

「明日からお客が聴きに来るのはヘッティの歌で、あの子の歌じゃないよ」バブスがそう言って誇らしげにヘッティを見た。

「それはわからないけれど、ミミ役をもらえたのはとっても幸運だったわ」ヘッティはそう言ったが、ほかの娘たちはこの慎《つつ》ましさを無視して、初演のスターはヘッティだった、と言い張った。

「ねえ、もうずいぶん遅い時間だよ」ジェニーがさえぎった。「それとも、今日はリハーサルがないんだっけ？」

学校が休みとあって、ハイドパークは子どもたちで賑《にぎ》わっている。ヘッティはサーペンタイン池のほとりで足を止め、プレストンのアヴェナム公園の丸々とした金魚がいる池を思い浮かべた。空気の新鮮な、広々とした公園にいると、プレストンをなつかしく思う胸の痛みが多少とも和らぐ。

コニーと両親には、新聞に載ったオペレッタの批評を入れて初演の模様を書き送った。両親から来たクリスマスカードも、もう百回以上読んでいた。父の筆跡で〝愛する両親より〟と書いてあるのは、母の具合がまだ悪いからだろうか？　それとも、母さんがわたしに何も書きたくなかっただけ？

湖のように大きな池の向こうで模型飛行機を飛ばしている男の子が目に入ったとたん、ジョンのことが思い出され、胸がずきんと痛んだ。ジョンとは何度も一緒にアヴェナム公園に行ったものだった。ジョンはそこで飛行機が飛ぶ理由を講義し、芝生を走りながら模型を飛ばしてみせた。あのころはなんて幸せだったことか。何ひとつ心配することも、悲しいこともなかった。

いいえ、いまだって幸せよ。ヘッティはそう自分に言い聞かせた。『プリンセス・ゲイシャ』は連日大入り満員で、席をとれない客が続出するほどの人気を博し、批評家はこぞってヘッティが演じているプリンセス・ミミを褒めちぎっている。それ以上、何を望むことがあるの？

「それでね。今週どころか来週のチケットも完売で、マネージャーが言うには、イースターのあとまで延ばすという話が出てるんだって。ちょっと、メアリー」アギーは話の途中でメアリーにくってかかった。「その服は、あたしが着る番よ」

コーラスのみんなは、よくお金を出し合ってすてきな服、とりわけお出かけ服を買う。そして順番に着て出かけるのだ。でもメアリーはアギーににらまれても脱ぐどころか、こう言い返した。「あんたは土曜日に着てよ。あたしはその日、着ないから」

「バブス、ずいぶん静かだけど、大丈夫？」しばらくして楽屋を出ると、ヘッティは尋ねた。

「ちょっと落ちこんでるんだ。スタンが恋しくて。彼はパントの仕事でリバプール、あたしはロンドン。しかも、かなり長くこっちにいることになりそうだし」

ジェイ・ダルハウジーがどこからか現れ、ふたりの前に立った。「少しいいかな、ヘッティ。オフィスに来てくれないか。話があるんだ」

バブスが腕をつかんで囁《ささや》いた。「そんな心配そうな顔をしなくても大丈夫だよ、ヘッティ。あれだけ褒めちぎられてるんだもの、あんたをクビにしたりするもんか。またあとでね」

ヘッティは迷路のような舞台裏の通路をバブスが足早に歩み去るのを見送ってから、ジェイのこぢんまりしたオフィスに向かった。

ノックをすると、すぐさまジェイがドアを開け、ヘッティをなかに入れてぴたりと閉めた。「わたしが贈った花は受けとってくれたかい？」

ヘッティはうなずいた。「はい、ありがとうございました。それにブローチも……」

「気に入った？　特別にきみのために選んだんだよ」

「ええ、とても嬉《うれ》しかったです」

「嬉しいのはわたしのほうだ。きみはすばらしい働きをしてくれた。どんなに感謝しているか、とても言葉では言い表せない。食事の約束も決して忘れたわけではないんだが、この数日はビジネスのほうが忙しくてね。ロンドンのあらゆる人々がわたしと握手し、ショービジネスのセンスと『プリンセス・ゲイシャ』の成功を称えたがっているらしくて。すべてきみのおかげ――きみの甘い歌声と容姿が批評家の心をつかんだからだ。これはきみとふたりで達成する成功の、ほんの始まりにすぎない」ジェイは興奮ぎみに言った。

ふたりで達成する成功……。その言葉を聞いて、ヘッティの心臓が激しく打ちはじめた。

「だが、きみに関するわたしの計画を話すのに、ここはふさわしい場所とは言えないな。おいで」ジェイはそう言ってヘッティの手を取った。

彼の手の熱さに快感の震えが腕を走ったものの、ジェイがそのままドアへ向かうとヘッティはためらった。「あの、どこへ行くんでしょう？　いったい……」

「約束した食事をしよう。リッツで」ジェイはさりげなく付け加えた。「誰にも邪魔されずに楽しめるように、リッツ・ホテルのわたしのスイートで、ふたりだけでね。ああ、ヘッティ、きみはわたしをとても幸せにしてくれた。『プリンセス・ゲイシャ』がわたしのポケットに大きな穴を空けると主張していた連中の鼻を明かすことができて、こんな嬉しいことはない。わたしはいつも自分の勘に従ってきた。それがはずれたことは一度もないが、今回ほど大当たりしたのは初めてだ。すべてきみと、きみのすばらしい歌声のおかげだよ」

　ヘッティはジェイに急《せ》かされてオフィスを出ると、彼に伴われて見慣れぬ廊下を歩きだした。

「この先にわたし専用の出入り口がある。一緒に出るところを仲間に見られるのはいやだろう？　きみのことはよくわかっているんだよ」ジェイは握っている手に優しく力をこめた。「きちんとした声楽のレッスンが受けられるように、急いで一流の教師を見つけよう。実はもう探しはじめているんだ」小さなドアを開けると、表の通りに待っているぴかぴかの大型車が見えた。

「声楽のレッスン？」ヘッティは驚いて尋ねた。「でも……」

「たしかに、いまのままでもプリンセス・ミミの役には申し分ない。しかし、きみははるかに多くの役をこなせるはずだ。アーチーには、きみを主役にしたオペレッタを作曲してくれるようにすでに頼んである。それをロンドンだけでなく、ブロードウェイでも上演するつもりでいるんだよ。どう思う？」

声楽のレッスンに、ブロードウェイ。ヘッティには夢のような話だった。まもなく車はリッツに着いたが、運転手が開けたドアから見えたのは、ホテルの正面玄関ではなかった。

「ハドソンには横の入り口にまわってもらったんだ」

そこにも制服を着たドアマンがいて、扉を開けてくれた。なかに入ると、そこで待機していたボーイが先に立ち、金縁入りの鏡と壁かけ照明のあるエレガントな廊下をエレベーターへと導いた。

絨毯《じゅうたん》は足が沈むほど厚く、ヒールを履いたヘッティの足音もほとんどしない。やがてボーイが両開きの扉の前で足を止めた。ジェイが慣れた手つきでボーイの手のひらに紙幣を滑りこませるのを見て、ヘッティは目をみはった。何もかも初めて尽くしだ。

スイートのなかに入ったあとは、あたりをただ見つめることしかできず、思わずため息がでた。「こんなに美しい部屋があるなんて」

「ここの内装は、フランスの大邸宅と同じルイ十六世王朝様式を模しているんだそうだ」

ジェイは機嫌よく説明した。「スイート全体を見せてあげよう。まず、こちらが居間だ」

くすんだ緑色の板壁に金縁入りのどっしりした鏡がある、控えの間の両開き扉を開けると、そこがジェイの言った〝居間〟だった。ヘッティはおずおずとそこに入り、美しく飾られた部屋を見まわした。天井には薔薇《ばら》の花綱を手にほほ笑む天使たちが描かれている。足元の絨毯も同じ模様だった。淡い色合いの板壁は金箔《きんぱく》をふんだんに使った漆喰《しっくい》細工の花綱に飾られ、椅子とソファには座るのがもったいないほど上等な布地が使われている。

どっしりした鏡の下の優美な大理石の暖炉には、赤々と火が燃えていた。マホガニーの机の向こうには、天井まで届く厚いブロード生地のカーテンが一対の窓を覆っている。

「何もかも夢のようにきれい」ヘッティはほとんど畏敬の念に打たれてつぶやいた。

ジェイがほがらかな笑い声をあげる。「ああ。だが、きみのほうがはるかにきれいだ」

頬に血がのぼるのを感じて、ヘッティはうつむいた。暖かい部屋のせいだと思ってくれるといいけれど。

「そして、ここが食堂だ」

ジェイがべつの両開き扉を開け放つ。そこは居間と同じ装飾が施されたこぢんまりした楕円形《だえんけい》の部屋で、マホガニーのテーブルが置かれていた。

「その先にある短い廊下を行くと、寝室とバスルームがある」

ヘッティはあえぐような声をもらして反射的にあとずさり、居間を振り向いた。

この娘は間違いなくまだ処女だな。ジェイはこの先に待つ快楽への期待で体が硬くなるのを感じながら思った。『プリンセス・ゲイシャ』が予想をはるかに超えた大成功をおさめたいま、アーチーとヘッティの才能と自分の財力を組み合わせれば、ブロードウェイ史上最高の成功を手にできるとジェイは確信していた。ヘッティの潔癖な性格そのままの澄んだ甘い声は、何物にも代えがたい。一流の教師につけば、間違いなく真に優れた歌手として開花するだろう。ヘッティはその声で観客を熱狂させ、その甘美な体でひとりの男、ひとりの恋人に歓《よろこ》びを与えることになる。言うまでもなく、その恋人とはこのジェイ・ダルハウジーだ。が、それはもう少し先のこと……。

「あなたひとりのために、こんなにたくさんのお部屋があるなんて」ヘッティは戸惑いを隠そうと明るい声で言った。「きっと奥さまがロンドンに来るのを待っていらっしゃるのね」

ジェイは顔をこわばらせ、吐き捨てるように言った。「わたしの妻がニューオーリンズを離れることなどありえない」せっかく妻から遠く離れ、自由を満喫しているというのに。常に不機嫌で要求の多い妻がロンドンにやってくるなど、考えただけでぞっとする。

ヴェロニクは子を持つことをあきらめていた年配の夫婦に授かったひとり娘だった。思いがけない幸運に有頂天になった両親は、思うぞんぶん甘やかして育てた。かゆいところに手が届くように大切に世話をされ、崇《あが》められてきたヴェロニクは、夫にも当然のように同じことを期待し、要求した。

だが、ジェイは最初から妻に仕える気などなかった。そしてふたり目の男児を産んだあと体調を崩した妻が自分のベッドに留《とど》まることを望むと、ジェイは肩をすくめただけでそれを黙認した。汗が出るほど暖めた部屋の、香水を振りかけた女体と愛玩犬のにおいがぷんぷんするよどんだ空気のなかで妻が過ごしたいなら、好きにすればいい。体の不調を嘆き、夫の冷たさをなじるヴェロニクの際限ない愚痴に耳を傾けて、人生を無駄にするのはごめんだ。

カトリック教徒であるジェイは、たとえ望んだとしても離婚することはできない。とはいえ妻の存在は、結婚を望む愛人への都合のよい言い訳となった。

故郷に置いてきた妻のことなどまったく忘れ、自分を独身と思いこみ、そのように振舞っているジェイにとって妻の話題はタブーなのだ。しかし、なぜ相手が急に不機嫌になったのかわからず、おろおろしているヘッティのために、彼はとっさに悲しそうな表情を作った。

「妻は体の具合が悪くて、ほとんどベッドで過ごしている。旅行などとても無理なんだよ」

「まあ……ごめんなさい。ちっとも知らなかったわ」ヘッティは急いで謝り、自分の失言を悔やんだ。さぞかしジェイは気持ちをかき乱されたにちがいない。

「謝ることはない」とっさの演技がもたらした結果にゆるむ口元を引きしめ、ジェイは温かく言った。「知らなかったんだから。わたしが妻のことはあまり話さないのは……」

「つらすぎるからね」ヘッティは同情をこめて囁いた。「お気の毒な奥さま。元気になって一緒にいたいでしょうに」

妻に対する同情をあまりかき立ててはまずいと気づき、ジェイは話題を変えた。「きみは優しいね、ヘッティ。しかし、妻のヴェロニクはわたしのことなどほとんど忘れている。実際、わたしが夫だということさえ、妻にとってはどうでもいいことなんだ」そこで秘密を打ち明けるように声を落とした。「ヴェロニクは……わたしたちは、もう実質的に夫婦ではないんだよ」

これは嘘ではない。ジェイは口元をゆがめ、そう思った。ヴェロニクには妻の義務など関係ないのだ。実際、次男が産まれたあとジェイが夫の権利を行使しようとすると、もう二度と自分に触れてもらいたくないと金切り声で叫んだくらいだ。

「もちろん、妻は手厚い看護を受けている。医者の話では、静かに暮らすのがいちばんだそうだ」

ジェイの話にヘッティは目を潤ませた。具合の悪いせいで妻としての役目を果たせないなんて、お可哀想《かわいそう》な奥さま。それでもこんなに愛情を注いでいるジェイは、なんて立派な人だろう。ジェイに対する尊敬と称賛でヘッティは胸がいっぱいになった。

廊下に面したドアを誰かがノックした。

「食事の用意ができたようだ」

「でも、この格好では……」断ろうとすると扉が開き、料理をのせた大きなワゴンと数人のウェイターが見えた。

「ここで食事をするんだから、どんな格好でも関係ないさ」ジェイは明るい声で言った。「まあ、心配はいらない。近々このホテルでも堂々と食事ができるような服を買うとしよう」

たくみに話題を切り替え、ジェイは機嫌を直した。洒落《しゃれ》た装身具や一点もののドレスを贈られて喜ばない愛人は、これまでひとりもいなかった。ヘッティをパリへ伴い、ベッドに誘いこんで性の歓びを教えるときが待ちきれないが、それと同じくらい、シャルル・フレデリック・ウォルトやシャネルの店で服を買ってやるのが楽しみだ。

新しいオペレッタの主役としてブロードウェイの舞台に立つころには、もう純情な娘役ではなく、堂々と演じられる女性になっていることだろう。

ウェイターたちが食堂の蝋燭《ろうそく》に明かりを灯《とも》し、いつでも給仕できるようにワゴンとテーブルのそばに立った。

ジェイは腕を差しだし、にっこり笑った。「食堂までエスコートさせてもらえるかな、ミス・ウォーカー?」

ジェイの言葉に、ドレスを着て宝石で飾り立てた公爵夫人になったような気持ちでヘッティは彼の腕を取り、食堂へ入った。

席に着くと、ジェイはウェイターに言った。「ありがとう。きみたちはもうさがるといい。あとはふたりでやる」ふたりきりになると、ジェイはこう説明した。「個人的な会話を聞かれて、ロンドンのあらゆる調理場で噂《うわさ》をされるのはごめんだからね。きみのために雇う教師候補はすでに何人か挙がっているんだ。わたしとしては、ミラノのスカラ座で教えていた教師がいいと思うんだが」

「スカラ座？　でも、あそこはオペラハウスだわ。わたしの声は……」

「ソプラノ・リリコだそうだね」ジェイはそう言いながら立ちあがり、料理を並べたテーブルに歩みよった。「牛肉はどうだい？」

「ええ、お願いします」

ジェイが肉を切るのを見ていると、ウィンクリー広場の両親の家で過ごした幸せな日曜日のことがふとよみがえった。

「きみの以前の教師に確認したんだよ。ミス・ブラウンは、わたしが思っていたとおりの答えをくれた。適切な教師につけば、きみはたんなる脇役ではなく主役をやれるようになる、とね」ジェイはおいしそうな薄切りの肉を盛った皿を渡し、そばに来てヘッティの手を握ると、蝋燭の炎で魅惑的な褐色の目を金色にきらめかせながら自分の夢を語った。

「ヘッティ、きみにはブロードウェイを足元にひざまずかせることができるだけの才能がある。ブロードウェイ一有名な女性歌手になる可能性すらある」

しばらくして食事が終わると、ヘッティはおずおずと尋ねた。「でも、どうしてわたしのためにそこまでしてくださるんですか？　いい声の歌手はいくらでも……」

「だが、きみはひとりしかいない」

ジェイがそう言ったとき、誰かがドアを叩きはじめた。「ジェイ、わたしだ、ハーヴェイだ。入れてくれないか。きみがいるのはわかっているんだ。返事をしないと、いつまでも呼びつづけるぞ」

「すまない、邪魔が入ったようだ」ジェイはヘッティに謝り、立ちあがった。

廊下に面した扉を開けると、小柄でがっしりした男が大きな声で笑いながら入ってきた。

「やっぱりな！　いると思ったよ。融通のきかないフロントの連中はいないと言ったがね。誰と一緒なんだ、ジェイ？　可愛《かわい》い子か？」食堂に目を向けた男は、ヘッティを見てまた笑った。「うむ、たしかに可愛い。いままでどこに隠していたんだ、ジェイ？」

「ヘッティとはプライベートなビジネスの話をしていただけさ、ハーヴェイ」

「プライベートなビジネスね……なるほど。なんだよ、紹介してくれないつもりか？」

ジェイは少しばかり浮かぬ顔でヘッティに声をかけた。「ヘッティ、この男はミスター・ハーヴェイ・メイヤーブロック。ハーヴェイ、ミス・ヘッティ・ウォーカーだ」

「お目にかかれてたいへん光栄だ」ハーヴェイはそう言いながら近づいてきた。

ヘッティは思わずあとずさった。理由は説明はできないが、この男にはどこか胡散臭《うさんくさ》いところがある。尻込みしたくなったのは、ジェイほど魅力がないからではなく、自分を見るいやらしい目つきのせいだった。ハーヴェイが赤すぎる唇を濡《ぬ》れた舌の先で舐《な》めるのを見て、ヘッティはぶるっと体を震わせた。

「いいかげんにしないか、ハーヴェイ」ジェイが鋭く言った。「ヘッティはわたしが投資しているオペレッタの準主役なんだ。彼女が持っている才能をもっと磨けるように、声楽のレッスンを受けさせる件を話していただけだ」

「ふん。わたしはきみという男を知っているんだぞ、ジェイ。見るからに感度のよさそうな娘じゃないか。きみが堪能したら……」ハーヴェイはそう言いながらも、目をそらしたら飛びかかりそうな目でヘッティを見ている。

ヘッティはすっかり怯《おび》え、震える声でジェイに言った。「そろそろ失礼します」

「ボーイを呼ぶよ。ロビーを出たらタクシーに乗せてもらいなさい」ジェイは穏やかな声でそう言ったものの、内心は舌打ちしていた。

ハーヴェイのやつ、間の悪いときに来たものだ。とはいえ、この男に〝失《う》せろ〟とほのめかしても無駄なことは経験ずみだった。むしろ嬉々《きき》として居座り、邪魔をするのは目に見えている。ハーヴェイはジェイ自身と同じようにアメリカ人の投機家で、本人の話ではサイレント映画を作る企画に関わっているという。ふたりは大西洋を渡る客船で知り合ったのだった。

ジェイに腕を取られ、ドアへと向かうあいだも、ヘッティはハーヴェイのぎらつく目が自分の体を舐めるように見ているのを感じた。ブキャナン氏にそっくりの目だ。いや、ハーヴェイのほうが百倍も危険かもしれない。

「悪かったね、ヘッティ」ジェイは廊下に出ると、あからさまなハーヴェイの視線からヘッティを隠すように、そしてふたりのやりとりが聞こえないように、扉を半分閉めて囁いた。

「いいえ、もうすぐ失礼するところでした。朝のリハーサルに遅れたくありませんもの」

エレベーターの扉が開き、乗ってきたボーイがヘッティを乗せる。ジェイは扉が閉まるのを待って部屋に戻った。

部屋ではハーヴェイがにやにやと笑っていた。「実に可愛い娘だな、ジェイ。わたしと分かち合う気はないか？」

「ミス・ウォーカーはプロの歌手だ」ジェイは相手のウインクを無視し、冷ややかに告げた。「それに、さっきも言ったが、彼女とは厳密にビジネスの関係しかない」

「よしてくれ！　それが本当なら、何もふたりだけでこっそり食事をすることはないだろうが」ハーヴェイは耳障りな笑い声をあげ、肩をすくめた。「いいとも、そうしたけりゃ、自分だけのものにしておけよ」

「で、なんの用かな、ハーヴェイ？」ジェイは不機嫌な声で尋ねた。

ハーヴェイはまた肩をすくめた。「でかい勝負のことを小耳にはさんでね。きみが知っているかどうか訊《き》きに来た」

ジェイはため息をついた。ここに来てすぐに知ったことだが、ロンドンの大きな勝負は会員制のクラブでひそかに行われる。そしてそういうクラブに出入りできるのは、何世代もまえから貴族である由緒正しい家柄の者だけだった。

「あいにく、いまはこのオペレッタのことで頭がいっぱいでね」ジェイはきっぱりとそう言った。

ヘッティがふたりで使っている部屋に入るとすぐに、バブスが不機嫌な声で訊いてきた。

「ヘッティ、やっと帰ってきたね。心配でどうにかなりそうだったんだよ。どこへ行ってたのさ?」

「ジェイ・ダルハウジー氏と話していたの」

「けど、呼ばれたのは何時間もまえじゃないか。まさかずっと一緒だったわけじゃないよね」バブスは疑わしげに言った。「もう真夜中だよ」

「ジェイが……ミスター・ダルハウジーが食事に誘ってくれたのよ」うしろめたいことは何もないが、なぜか顔が赤くなり、言葉がつかえた。

「なんだって?　どこへ連れていかれたのさ?」

この問いに不意を衝《つ》かれ、狼狽《ろうばい》しながらも、ヘッティはバブスが取り乱すのを恐れて、できるだけさりげなく答えようとした。「リッツ・ホテル」

「なんだって？　まさか部屋へついてったりしなかっただろうね？」バブスは母鳥のように鋭く尋ね、ヘッティの表情を見てあえぐように言った。「ああ、ヘッティ、あんたには常識ってもんがないの？」

「寝室に入ったわけじゃないわ。ダルハウジー氏はスイートに泊まっているの。食堂で食べながら話をしただけよ」ヘッティは急いで言い訳をした。

バブスがあきれ顔でヘッティを見た。「あたしたちがメアリーの話をしてるときに、ちゃんと聞いてなかったの？　で、彼はなんだって？」バブスは尋ね、心配そうに付け加えた。「まさか、いいようにされたんじゃないんだろうね？」

「まさか！」ヘッティは真っ赤な顔で言い返した。「そのために呼ばれたんじゃないもの」

「あんたときたら」バブスは責めるような声で言った。「エンジェルがあたしたちみたいな娘を相手にする理由はそのためだけさ」

「ミスター・ダルハウジーはビジネスの話をしたかっただけよ」バブスの言葉に取り乱しているのを知らせまいとして、ヘッティは頑固に言い張った。「わたしの歌のことで。声楽の先生をつけると言ってくれたの」

「で、信じたわけ？　だいたい、どうして声楽の先生が必要なのさ？　あんたには驚いたよ、ちゃんとした娘だと思ってたのに」

「わたしはちゃんとした娘よ」ヘッティは言い返したが、バブスはすでに背を向け、上掛けを耳まで引っ張りあげていた。

21

「ヘッティ、手紙が届いてるよ」

ヘッティは急いで階段を上がり、アギーが振っている封筒をつかんだ。「ありがとう」父の筆跡だと気づいたとたん、心臓が早鐘のように打ちはじめた。母に何かあったのだろうか？「父さんからだわ」そう言って封を切る。

「急いだほうがいいよ。リハーサルが始まるから」

「今朝は行かなくていいの」ヘッティはうわの空で答え、便箋を取りだした。「ジェイが見つけてくれた声楽の先生に会うことになっていて」

手紙を封筒から取りだすのに忙しくてヘッティは気づかなかったが、アギーはバブスに向かって目玉をくるっとまわし、きつい声であてこすった。「あらそ、リハーサルは免除だわ、個人レッスンは受けるわ、そのうち、運転手つきの車でリハーサルに来るようになるかもね。それじゃ、個人レッスンを受けるほど才能がないあたしたちは、そろそろ行こうか」

「ちょっと待って」バブスはアギーに断って、下宿の玄関のドアを開けながらヘッティに声をかけた。「今夜サムの店でスーキーの誕生日会をやるの、忘れてないよね？」

「もちろん」吹きこんできた二月の冷たい風に震えながら答えたときには、ドアが閉まるところだった。

みんなが出払った部屋でゆっくり手紙を読める――ヘッティは階段を上がりながら、それを喜んでいることに少し罪悪感を覚えた。

父は〝同封されていた批評を読んだ。オペレッタが成功して、自分もエリーもとても喜んでいる。おまえのことがとても誇らしい〟と書いていた。〝嬉《うれ》しい知らせがあるんだ。お母さんは体のほうだけじゃなく、気持ちのほうもかなり上向いてきた。まもなくプレストンに帰るつもりだ〟

二枚めは母の筆跡で書かれている。ヘッティは涙ぐみ、震える手でその便箋を広げて夢中で読んだ。

〝ヘッティ、心配させて本当にごめんなさいね。でも、ギデオンが書いたように、すっかり気分がよくなって、以前のわたしに戻ったのよ。とてもあなたに会いたいわ。イースターには帰ってこられる？　無理ならあきらめるけれど……。新聞の批評からすると、いまのあなたは有名人ですもの。わたしたちはとてもあなたを誇りに思っているわ。あなたの成功にふたりともすっかり興奮しているの。――愛する母より〟

ヘッティは泣き笑いをしながら、もう一度読み、さらにもう一度読んだ。そして部屋をひとり占めできたことを喜んだのと同じくらい、バブスがここにいて、この幸せを分かち合えたらと思わずにはいられなかった。母が書いてくれた言葉を読んで初めて、このまま母を失うことを、母が流産した悲しみから回復しないことをどれほど恐れていたかに気づいた。

ヘッティは急いで便箋を取りだした。両親はまだ湖水地方にいるが、プレストンに帰ったときに、母の回復をどんなに喜んでいるか知らせ、再会を楽しみにしていると伝える手紙で迎えたかった。

三十分後ヘッティは、ジェイが選んだ声楽教師と会うために劇場に向かう途中で、手紙を投函《とうかん》した。

劇場の外には、午後の回に来る観客を待って、寒さに背中をこごめたマッチ売りがすでに列を作っていた。極貧に身を落としたかつての勇敢な兵士たちの姿には胸が痛む。そういえば、父と母はこういう人たちにとても気前がよかった。ヘッティは財布を取りだして最初の男性の手に数ペニー落とし、硬貨がなくなるまでそれを繰り返していった。

「神さまがあんたの親切な心を祝福してくださるように」最後の男性が目を潤ませてつぶやいた。

ジェイのオフィスに着くと、彼はすでに来ていて、スカラ座で教えていたという女性と話していた。その人は大きな体で狭いオフィスを占領し、ヘッティの入る場所もないほどだった。

「やあヘッティ。来たか。マダム・ベアトリス、わたしのスター候補を紹介させてください。ミス・ヘッティ・ウォーカーです」

巨大な体がうねってヘッティに向き合い、葡萄《ぶどう》色の鋭い小さな目がヘッティを頭のてっぺんからつま先まで見まわした。

「この娘には迫力のある声をだせる胸がないわ」マダム・ベアトリスはそっけなく言った。

「この娘は、あなたの優れた歌唱法の恩恵にあずかったこともありません」ジェイがなめらかに言い返した。「胸のほうはどうにもできないが、優れた歌唱法のほうは……」

「お世辞を言って、この娘を教えろと説得なさるつもり、ムッシュ？　言っておきますが、わたしはそう簡単にはおだてに乗りませんよ。たとえ相手があなたのようなハンサムな紳士でもね」

つまり、教えてほしければそれなりの金をだせ、ということか。ジェイはマダムが要求している授業料を思い出した。

マダムはヘッティのあばらを人差し指で乱暴につつきながら言った。「あなた、音階を聞かせてちょうだい」

ヘッティはためらったものの、ジェイが小さくうなずくのを見て深く息を吸いこみ、ドレミ……と音階を歌いだした。

「この娘は歌えると言わなかったかしら？」マダムは途中で片手を振ってヘッティを黙らせ、軽蔑のこもった声でジェイに言った。「これは歌なんてものじゃないわ」

「そうかもしれませんが、訓練されていないにしては、驚くほど澄んだソプラノ・リリコの声だと思いませんか？」ジェイは落ち着いて応じた。

マダムは肩をすくめた。「まあ、ソプラノの声ではあるわね。でも、だからなんなの？真に偉大な歌姫になるためには、迫力のある声が必要です」

「ですが、わたしは歌姫になりたいわけじゃありません」ヘッティはつい言い返していた。

マダムはまたしても鋭い目でじろりと見た。「そう？　だったらどうしてわたしの時間を無駄にしているの？」

「オペラの歌姫になりたいわけではない、という意味ですよ」目顔でヘッティを制しながら、ジェイが取りなす。

ジェイとマダムに揃《そろ》って見つめられ、ヘッティは赤くなってうつむいた。

「わたしが教えても、ものになるかどうかわからないわ」マダム・ベアトリスは軽蔑の滴る声で率直に意見を述べた。

「ありがとう、ヘッティ。きみはもういいよ」ジェイが出し抜けにそう言ってオフィスのドアを開けた。

　マダム・ベアトリスは残ったままだ。ヘッティは自分のなかに怒りが湧くのを感じた。おそらく自分が出ていったあと、あのマダムはジェイに〝あの娘にレッスンを受けさせるのはお金の無駄よ〟と言うにちがいない。


　ジェイがふたたびヘッティをオフィスに呼んだのは、それから一時間以上もあとだった。

「わたしのために無駄なお金を使わないでください。マダム・ベアトリスは、わたしには教える価値がないとはっきりおっしゃったわ」

「それについては今夜、食事をしながら話し合おう」ジェイはにこやかに言った。「ショーが終わる時間にハドソンを待たせておく。リッツに連れてきてもらいなさい」

「でも、ジェイ、今夜は予定が……」

　ジェイの笑みが消えた。「予定だって？」

「スーキーの誕生日なんです。それでお祝いを……」急に不機嫌になったジェイに、ヘッティはおずおずと説明した。

「スーキーというのが誰だか知らないが、自分のキャリアのほうが重要ではないのかな？」

「スーキーは仲良くしているコーラスで――」

「なんだ、コーラスガールか」ジェイはそっけなく肩をすくめた。「どうして彼女の誕生日がそんなに重要なんだ？」

「友達ですもの」ジェイの口ぶりにショックを受けながら、ヘッティは説明しようとした。

「もし行かなければ――」

「行かなければ、なんだというんだ？」ジェイは鋭くさえぎった。「きみをブロードウェイで成功させるというわれわれの野心はすべてに優先する、と理解し合っているつもりだったが、違うのかな？　高い金を払ってきみにレッスンを受けさせるのも、きみの魅力を引きだすような曲をアーチーに書いてもらっているのもそのためだぞ」

　そんなふうに言われると、自分がひどい恩知らずに思えてくる。

「それに、そのスーキーが本当の友達なら、わかってくれるさ」ジェイは小さく肩をすくめた。「彼女とはほかの夜に食事をすればいい」


　ジョンはジャケットのポケットからギデオンの手紙を取りだし、自分の部屋のドアを開けた。配達されたのは何時間もまえだが、今朝は飛行訓練がふたクラス入っていて、休憩がとれなかったのだ。

　きちんと片付いたキッチンに入り、ヤカンに水を入れ、火にかけた。お湯が沸くのを待ちながら、封を切る。手紙を広げると、新聞の切り抜きが何枚か落ちた。なんだろう？

ジョンはかがみこんで拾いあげた。

〝ミス・ヘッティ・ウォーカーはプリンセス・ミミそのものだ〟

いきなり鉈《なた》で打たれたような痛みを感じて、ジョンは息が止まりそうになった。

彼は新聞の切り抜きをテーブルに置き、注意深くしわを伸ばした。お湯が沸騰し、ヤカンが口笛のような音をたてはじめる。ほとんどうわの空でガスを止め、煮立ったお湯をティーポットに注《つ》ぎながら、ヘッティを称《たた》える批評家の言葉に何度も目を通した。ヤカンをコンロの上に戻すと、今度はそのどれかにヘッティの写真が載っていないかと、切り抜きと手紙と封筒をかきまわした。

カップに注いだお茶を飲みながら、ギデオンの手紙を読むためにキッチンの小さなテーブルに腰をおろす。エリーがだいぶよくなったという知らせはありがたかった。自分もそうだが、ギデオンもずいぶんほっとしたにちがいない。

切り抜きを見ていると、誰かがドアをノックした。クラブで働いている者や生徒がここまでジョンを捜しに来ることはほとんどない。何かあったのだろうか？　ジョンは椅子を押しやって立ちあがり、キッチンと殺風景で狭い居間を横切って、以前ここを使っていた男が残していった、立派な角まである牡鹿《おじか》の頭をよけて細い廊下に出た。

「ジョン！　あんまり待たされるので、入れてもらえないのかと思ったわ」

「レディ・ポリー！」

　ポリーは激しく首を振った。「何度言ったらわかるの？　その呼び方はやめて」彼女は運転用の手袋をした手に息を吹きかけながら足早に入ってくると、毛皮に裏打ちされたコートを脱ぎ、ジョンに差しだした。

　ジョンは仕方なくドアを閉めた。

「二月は大嫌い。一年で最悪の月だわ。少なくともこの国では最悪よ。スキーに連れていって、とアルフィーに頼んだんだけれど、忙しくてそれどころではないんですって。あなたはスキーをする？　冬のスポーツはとても楽しいのよ」

「いや、ぼくは滑りません」

　だが、そりで雪の積もった斜面を滑ったことはある。昔は冬になるとヘッティのために作ったそりに、ヘッティを抱くようにして乗りこみ、アヴェナム公園の坂を滑りおりたものだった。喜びに輝く薔薇《ばら》色に染まった顔が目に浮かび、鋭い痛みが胸を刺した。

「ジョン、わたくしの話を聞いてるの？」ポリーが不満をもらすのが聞こえた。

「すみません」ジョンはわれに返って謝った。

　ポリーは笑って片手をジョンの腕に置いた。「ああ、ジョン。あなたってほんとに可愛《かわい》い人。物事が違っていて、まだオリヴァーをこんなに愛していなかったら、あなたと恋に落ちていたかもしれないわ。それで？　あなたもとても忙しいとわたくしを追い払うつもり？」

ポリーは明るい声でしゃべりつづけていたが、その目に暗い絶望が浮かんでいるのに気づいて、ジョンは落ち着かない気持ちになった。この人は寂しいのだ。そして自分の胸に、人生に開いた穴を満たしたがっている。だが、自分とポリーのあいだには、越えられないほど大きな溝がある。現に、ポリーが頻繁に飛行クラブを訪れることが、口さがない人々の噂《うわさ》の種になりはじめていた。

「そうですよ、ぼくらは忙しいんです。そろそろオフィスに戻らないと」

「わたくしから逃げたいだけでしょう？」ジョンがジャケットを取りにキッチンに戻ろうとすると、ポリーが言った。「わたくしにここにいてほしくないのね」

「ぼくがあなたに不適切な行為をしているという噂が立っては困りますから」ジョンは静かに訂正した。

「またそれ？　わたくしたちが友達になることが、どうして不適切な行為なの？」

ジョンはキッチンに戻り、椅子の背にかけたジャケットに袖を通しながら、あとからついてくるポリーに言った。「その理由はわかっているはずですよ」

「あなたが男でわたくしが女だから？　それとも、わたくしがレディで、あなたは貴族ではないから？」

「その両方だからです」

ポリーはテーブルに目をやって叫んだ。「あら！　あなたがオペレッタに関心があるとは知らなかったわ」

「関心なんかありませんよ」

「でも、これは全部ミス・ヘッティ・ウォーカーに関する切り抜きよ。彼女には関心があるんでしょう？」ポリーは目をきらめかせて尋ねた。

「ヘッティは姉の養女です」

「そうだったの、ごめんなさい。だったら、彼女のことをとても誇りに思っているでしょうね？」ジョンがこれに答えないと、ポリーは彼を見つめた。「どうしたの、ジョン？何かいけないことでも言った？」

「もう行かないと。あと十五分で次の訓練が始まる」

「彼女のことは話したくないの？　どうして？　たんにお姉さまの養女というだけではないから？　わかったわ、この人がそうなのね？　この人を愛しているんでしょう？　そしてわたしがオリヴァー以外の人を愛せないように、あなたも彼女以外の人を愛せないのね……」

「まだ支度できないの？　ほかのみんなはもうスーキーとレストランに出かけたよ。ま、スーキーはほとんど食べないだろうけど」舞台化粧を落としているヘッティに、バブスが言った。

「バブス、わたしは一緒に行けないの」

「なんだって？　どうしてよ？」

「あの、実は……」ヘッティはためらいがちに言った。「ジェイが……」

バブスの笑みが消え、怒りがそれに代わった。「やっぱりそうなんだね。ジェイに少しばかり気に入られたのを鼻にかけて、あたしたちの付き合いなんかもうどうでもいいんだ。けど、よく覚えておいで、ヘッティ・ウォーカー。あの男の言いなりになるのはばかがすることだよ。まえにも言ったけど、ジェイ・ダルハウジーは既婚者だし、そもそもあいつみたいな男があたしたちに関心を持つ目的は、たったひとつなんだから」

「バブス、違うの」ヘッティは赤くなって自分を弁護した。「このまえも言ったでしょう？　ジェイはわたしと仕事の話がしたいだけ」

「ふん。そんな話を信じるほどあたしは世間知らずじゃないよ。仕事の話なら、いくらだってオフィスでできる。メアリーの貴族の坊ちゃんと同じで、あの男の狙いはあんたの体」バブスはヘッティの手をつかんだ。「ダルハウジーの誘いにのっちゃだめだよ」

「ジェイはわたしを誘惑しているわけじゃないわ。ほんとに仕事の話をするだけなのよ。これにはわたしの未来がかかってるの。だから……」

「なるほど。で、その〝未来〟はスーキーの誕生日よりも大事だってわけ」さきほどまでの心配の代わりに、バブスの声には敵意がこもっていた。

「そうじゃないわ」

最初はスーキーの誕生日の話でジェイに腹をたてられ、今度はジェイの話をしてバブスを怒らせてしまった。ひどくみじめな気持ちだ。

「あたしたちはもういらない、そういうことだね」バブスは吐き捨てるように言って楽屋を出ていき、大きな音をたててドアを閉めた。

ヘッティは涙がこぼれそうになった。バブスはリバプールの下宿で最初によくしてくれた大切な友達だった。年上のいとこのように慕ってきたのに、まさかあんな反応を示すなんて。あとを追いかけて、気が変わったと謝りたかった。でも、今夜は予定があると言ったときのジェイの怒った顔を思い出すと、彼をすっぽかすことなどとてもできない。ジェイは立派な声楽の教師を見つけ、その授業料を払ってくれるのだ。それを考えれば……友人たちとの楽しいひと時をあきらめ、今後の計画を語る彼と食事をとるのが自分の義務だ。

楽屋のドアが開く音が聞こえた。ヘッティは安堵《あんど》の笑みを浮かべたものの、入ってきたのはバブスではなく、メアリーだった。

「みんなもう行ったのね。よかった、またアギーのお説教を聞くのはごめんだもの」メアリーが顔をしかめた。「みんな、やきもちを妬《や》いてるのよ。けど、あんたはどうしてまだここにいるの?」

「今夜はジェイと食事をするの。わたしの歌のことで話があるんですって」

「あたしたち、共通点があるみたいね」メアリーは言った。「仲良くしようよ。ほかの娘たちに意地悪されても、仲間がいれば心強いもの。そうだ、余分な靴下を一足持ってない？　あたしのは伝線しちゃって」

「持ってるわ。どうぞ」ヘッティは予備の靴下を差しだした。

「助かった。香水もちょっと借りていい？」

「もちろん」

ヘッティが着替えをするために立つと、メアリーは代わりに腰をおろし、煙草《たばこ》に火をつけて、鏡に映った自分の顔を点検しはじめた。


朝から降っていた雨は、いつのまにかみぞれに変わっていた。劇場の角を曲がったとたん吹きつけてきた風の冷たさときたら、まるで皮膚を骨から剥がされるようだ。ヘッティは肩をすぼめて歩道で待っている車へと急いだ。

ハドソンがドアを開けてくれると、黒い革張りの車のなかからジェイの声がした。

「ヘッティ、可哀想《かわいそう》に。凍えそうな顔をしているじゃないか。ハドソン、急いでリッツへやってくれ」ジェイはヘッティにほほ笑みかけた。「あれからまたマダムと話したんだが……」

「どうかもう心配しないで。あのマダムは、わたしを教えがいのない娘だと思っているんですもの。きっとべつの先生のほうがいいわ。とても怖そうだし。きっと畏縮して満足に声がでないと思うの」

「それが本当なら、困ったな」ジェイは軽い調子で言った。「マダム・ベアトリスは気が変わって、喜んできみを生徒にすると言ってくれたんだ。きみも喜んでくれると思ったんだが」

せっかくジェイが骨を折って説得してくれたのに、その努力を無駄にしては申し訳ない。ヘッティは勇気をふるいおこした。

「マダムが教えてくださると言うなら……わたしも精いっぱいがんばります」

「それでこそ、わたしのヘッティだ」暗い車内でヘッティの手を取り、軽く握りながら、ジェイが満足そうにそう言った。

〝わたしのヘッティ〟——この親密な呼び方で、背筋に細かい震えが走った。それを感じたのか、ジェイの手に力がこもる。

ジェイはとてもすてきな手をしているわ。男の人の大きな温かい手に手を包まれていると、心が落ち着き、安心できる。子どものころジョンに手を握られたときのように……。

「もちろん、相当がんばってもらわなくてはならないだろうが、きみなら大丈夫。きっと成果を上げられる」

車がこのまえと同じ横の出入り口で停《と》まり、制服を着たドアマンがヘッティの横のドアを開けて、降りるのに手を貸してくれた。もうひとりがホテルのドアを開けて押さえている。

「着るものを買う必要があるな」ジェイはエレベーターへとヘッティを導きながらつぶやいた。

「レッスン用に、ですか？　その必要はありません。服はたくさんありますもの」

「だったら、なぜこのまえと同じ服を着ているのかな？」ジェイが優しく尋ねた。

ふたりは黙ってエレベーターに乗り、スイートに入ってから話を続けた。

「これはいちばんのよそゆきなんです。レッスンには着ていきません。どうして今夜もこのまえと同じ服じゃいけないんですか？」

「いけなくはないが、きみは少し自分勝手だぞ、ヘッティ」

「自分勝手？」ヘッティは混乱した。

「少しどころか、大いに自分勝手だ。すてきな服を着たきみを見たいというわたしの願いを取りあげるなんて」ヘッティが赤くなるのを見て、ジェイは言葉を続けた。「それに、きみのためにそれを買う楽しみを否定するなんて」

ヘッティは表情を硬くした。世間知らずかもしれないが、この言葉が何を意味するかわからないほどうぶではない。

「お気持ちはありがたいと思います。でも、買ってもらうわけにはいきません」ヘッティはきっぱりと断った。

「おや、怒らせてしまったかな？　悪かった。そんなつもりはまったくなかったんだ。こんなことを言うとずいぶん浅はかな男だと思うかもしれないが、きみがまもなく演じる新しい役割にふさわしい服装をするのは、非常に重要なことだとわたしは思う。たとえば、セシル・コートリーも、準主役だったときはよそゆきが一枚しかなかったかもしれないが、ずっとその服だけ着ていたら、観客が熱狂するセシル・コートリーにはなっていないはずだ」

セシル・コートリーはロンドンの一流女優であり歌手だ。そのコートリーにジェイが自分をなぞらえたことに、ヘッティは自尊心をくすぐられた。ジェイの言うことにも一理ある。でも……。

「セシル・コートリーは人に買ってもらうのではなく、自分の服は自分で買っていると思います。だって……」

「言いたいことはわかるよ」ジェイはうなずいた。「わたしがきみの服を買っていることを知れば、世間はわたしがきみ自身のことも買ったと思うだろう。それを心配しているんだね」

ヘッティは真っ赤になった。

「動揺させてしまったようだな」ジェイは残念そうに言った。「そんなつもりはないのに。

実際、わたしは何よりも――」ジェイは低い声で続けながら、ヘッティが引っこめるまもなく両手を包みこんだ。「きみに喜んでほしい。そうしてくれるかい、愛らしいヘッティ？　わたしの愚かさを大目に見て、わたしのためにほほ笑んでくれるかい？」

下宿に戻るころには、みぞれは雪に変わっていた。遅い時間にもかかわらず、仲間はまだ誰も戻っていない。バブスと共有している部屋は寒くて、がらんとしていた。ヘッティは急いで手と顔を洗い、服を脱いでベッドに入った。

今夜のジェイは、まるでわたしを口説こうとしていたみたいだった。でも経験がないから、自分の受けた印象が正しいのかどうかわからない。バブスがここにいたら、すべてを打ち明けて、助言をもらえるのに。

でも、バブスは相談にのってくれるだろうか？　それとも何時間かまえにあんな怒り方をしたのは、ふたりの友情が壊れてしまったせい？

22

声楽のレッスンは一時間まえに終わったが、生徒がレッスンを待つ暖かい小部屋にヘッティはまだ座り、練習室から聞こえてくる声に耳を傾けていた。マダムがいま教えている生徒が歌う、美しいアリアの最後の音が消えていく。

やがてすっかり消えてしまうと、そのアリアがもたらした悲しみの涙を拭い、ゆっくり息を吸いこみながら立ちあがった。

オペラ歌手志望の生徒たちの歌を聴くのは、マダムがレッスン室に使っている下宿に通いはじめたときから特別な楽しみになっていた。母国語以外を知らないヘッティには何を歌っているのか見当もつかないが、どの歌にも心を揺さぶられる。

小部屋を出て帰ろうとすると、マダム自身が入ってきた。床まで届くたっぷりしたスカート姿は、まるでリバプールの港に入ってくる客船のようだ。マダムはいま流行《はや》りの体の線がでる短めのスカートが嫌いらしく、いつも百年まえに流行ったような服を着ている。

「あら、ヘッティ。どうしてまだここにいるの？　どうかしたの？」

ヘッティはあわてて首を振った。「いいえ。ただ、いまのアリアを……すばらしい声ですね」

マダムはにっこりしてうなずいた。レッスンを受けるようになって気づいたのだが、マダムは生徒に多大な努力を要求するものの、最初に思ったような恐ろしい人ではなかった。

「ええ。とても心を打つアリアだったわね。あなたがもっと早く適切な訓練を受けなかったのは、本当に残念なことだわ。もしも受けていたら……。でも、いまさらそれを言っても仕方がない。それにオペラ歌手の人生は万人向きというわけでもないの。オペラの世界はとても過酷なのよ。これまでどれほど多くの歌手が、志なかばで挫折したことか。歌いつづけるのは、女性にとってはとくに厳しいことなの。あなたはとてもよい生徒よ、ヘッティ」マダムは優しく言った。「ミスター・ダルハウジーのオペレッタでは、きっと成功をおさめるわ」

ヘッティはこの褒め言葉を抱きしめ、劇場へと向かった。

最近、歌のレッスンがある日はリハーサルを免除されている。けれどそのせいで友人たちとの溝は広がるばかり、ヘッティが受けている〝特別待遇〟に対する仲間の反発もきつくなるばかりだった。慢心し、みんなを見下している、という陰口を耳にするたびに、そうではないことを証明しようと決意を新たにした。

少なくともバブスとは仲直りができたわ。そう思って自分を慰めながら、三月の強い陽《ひ》射《ざ》しから目をかばいピカデリー・サーカスを渡ると、シャフツベリー大通りを劇場へと急いだ。

リハーサルはもう始まっているから、楽屋には誰もいないはずだ。ところが楽屋は満員で、コーラスガールたちは稽古着のまま、煙草《たばこ》を吸ったりおしゃべりをしていた。その煙とみんなの声のなかに、ようやくメアリーとスーキーの顔を見つけ、みんなのあいだを縫うようにしてふたりに近づいた。

「どうしたの？　リハーサルをしてると思ったのに」

「その予定だったんだけど、セットのひとつに問題があってさ、それが片付くまでリハーサルはおあずけ。今朝はセット・デザイナーがまだ来てないみたい。このまま出てこないと、厄介をしょいこむことになるわね」メアリーが低い声で言った。

「エディのこと？」ヘッティは不安にかられて尋ねた。

「そう。この仕事を続けたいなら、あの子はお酒をやめなきゃ」メアリーは付け加えた。

ヘッティのような世間知らずにも、エディが飲みすぎていることは見てとれた。このところ、ひどい二日酔いで劇場にやってくる日が続いている。そして特定の名前こそ口にしないものの、絶望にかられ、自分が受けた残酷な仕打ちを所かまわずわめきちらすため、エディについてはすでに多くの噂《うわさ》が飛び交っていた。

ヘッティが急いで出ていこうとすると、メアリーが尋ねた。「どこへ行くの？」

「エディの下宿に行って、仕事に出てくるように言ってみる」ヘッティは肩越しに答えた。たまたま彼から聞いたことがあって、エディの下宿がどこにあるかは知っていた。賑《にぎ》やかなロンドンの通りに飛びだしたヘッティは、このときばかりは小銭を乞う傷痍《しょうい》軍人も、痩せこけた体にぼろをまとい、財布をすろうと懐具合のよさそうなかもを探す子どもたちも目に入らなかった。よく自分たちに小銭をくれるヘッティの姿を見て、子どもたちが小銭をねだりながらしばらくついてきた。

エディの下宿は、ヘイマーケットのはずれにある迷路のような路地裏だった。うらぶれた古い建物の前に立ち、しばしためらったあと、開いているドアからみすぼらしい廊下に入った。

自分が仲間と借りている下宿と違い、大家が目を光らせている様子はない。すり足で廊下を歩いていた年配の男が足を止め、ヘッティをじっと見てくる。春の陽射しが男のげっそりこけた赤い頬と赤い唇を容赦なく照らしだした。

「あんたの好みはここにはいないよ、嬢ちゃん」男は作り物だとわかるかん高い声で言い、神経質な笑い声をもらしながらつんと顎を上げ、値踏みするような鋭い目で見た。

「エディ・オーモンドを呼びに来たんです」ヘッティは相手の無作法を無視して言った。

「劇場に来てもらう必要があって」

それを聞いたとたん、男の表情が一変した。「エディの部屋は二階の左側の三番め。よっぽど強く叩《たた》かないと目を覚まさないよ」

　感謝を告げて階段を上がり、ヘッティは言われた部屋のドアを叩いた。

　すぐに反応がないと、もう一度ノックし、ドアに耳を押しつけてなかの様子をうかがった。

「おい、何をしてるんだ。盗み聞きか？」鋭い声がヘッティをあざ笑った。

　体を起こし振り向くと、お洒落《しゃれ》な服に身を包み、ぴかぴかの靴を履いた粋な中年男がヘッティを見ていた。

「この娘は劇場から来たのよ、チャーリー」赤い唇の男が下から説明する。

「へえ、そうかい？」

「エディの友達なんです」ヘッティはふたりの男に告げた。「セットのひとつに問題があって、みんながエディを待っているから」

「あいつを起こせたら運がいいね。死ぬほど酔っ払ってた」粋な男が皮肉たっぷりに言い、ヘッティを不安にさせた。

「この部屋の鍵を持っている人はいないでしょうか？　仕事に出ないと、エディはとても困ったことになると思うの」

「ニリー、この部屋の予備の鍵はどこにある？」粋な男が下にいる男に尋ねた。「隠してもだめだぞ、持ってるだろ？」

階下の赤い唇の男がどこからか大きな鍵束を取りだし、はあはあ言いながら階段を上がってきた。

「このニリーは予備の鍵なんかないふりをするのが好きなんだ。でもって、おれたちが出かけてるときに部屋のなかを物色する。そうだろ、ニリー？」

「いいから、その大口を閉じといで、梅毒病みさん」ニリーはそう言ってじれったいほどのろのろと鍵を選び、エディの部屋のドアに差しこんだ。

ドアが開いたとたん、部屋に充満している酒のにおいが押しよせてきた。が、ヘッティは勇気をふるってなかに入った。室内は意外なほどきちんとしている。ドアの取っ手や椅子にストッキングや服がかかり、化粧台の上がごちゃごちゃしている友人たちの部屋よりも、はるかに片付いていた。

エディ自身はまだぐっすり眠っていた。

ヘッティはためらった。部屋のあるじがベッドにいるときはもちろん、男の人の寝室に入ったことなど一度もないのだ。でも、リバプールの屋根裏やロンドンの下宿で仲間と暮らすあいだにだいぶ世慣れてきたらしく、自分でも驚くほど大胆にベッドへ近づいた。

大きな声で名前を呼んでも返事がないと、ヘッティはむきだしの肩に手を置いた。そして仲間どうしでするように、柔らかい肩を揺さぶった。

エディがしぶしぶ動く。もう一度揺さぶると、彼は目を開けた。「ヘッティ……？」

「起きてよ、エディ、劇場に行かなきゃ」ヘッティは早口に言った。「セットのひとつに問題があるんですって」

「ええ?」

エディはとても具合が悪そうだった。目が血走り、肌も黄色がかっている。

「劇場に行くのよ、エディ」ヘッティはきっぱり言った。

ようやく完全に目が覚めたらしく、怒ってくってかかった。「どうして? あいつに笑われ、辱められるだけなのに? あいつにぼくをいじめさせて、この胸を引き裂かせたい? 昨日あいつが何をしたか知ってるの?」なだめようとするヘッティの言葉に耳を貸さず、エディはわめき立てた。「わざわざぼくをオフィスに呼んで、自分が寝てるあの小僧と、目の前でいちゃついたんだ」

「エディ、お願いだから興奮しないで」ヘッティは必死に懇願した。取り乱したエディを見ると、彼の悲しみで自分の心も重くなる。「服を着て、一緒に来て。さもないと……」

「さもないと、なんだよ?」

「クビになるのよ。ねえ、チャーリー? それだけは避けなきゃ」赤い唇の男が言った。

ふたりの男たちのことはすっかり忘れていたが、どうやら話を聞いていたらしい。けれどエディは当惑するどころか、ふたりの姿を見て落ち着いたようだった。

「こいつのことはおれたちに任せときな」粋なチャーリーが言った。「こうやって目を覚ましたからには、おれたちが服を着せて仕事に送りだしてやる」

ヘッティはためらった。

「うん、きみは劇場に戻れよ、ヘッティ」エディがつぶやいた。

「必ず起きて、仕事に来てね」

「もちろんそうするさ。おれたちが請け合う。ここで働いて稼いでるのはこいつだけなんだから。なあ、エディ？　おまえが働かなきゃ、みんなが食えなくなる」

「あれはどこ？　このなかの誰かが盗《と》ったのはわかってるんだ。いますぐ返してよ」

「スーキー、落ち着きなって。誰もあんたの錠剤を盗ってなんかないよ」アギーが抗議した。

「盗ったさ。先週数えたときは今週いっぱい持つだけの数があったのに、もうひと粒もない。来週まで買うお金がないんだよ！」

「数えたときにはちゃんとあったかもしれないけど、あんた、二錠いっぺんにのんでるじゃない。そのあとは自分の名前も満足に言えないほど興奮して……」

「嘘！　あたしがいつ二錠一度にのんだのよ。でたらめ言わないで！」スーキーは金切り声をあげ、頬を真っ赤にしてぶるぶる震えながらアギーにくってかかった。

「いやだ、スーキー、鏡を見てごらんよ。いまにも発作を起こしそうな顔をしてる」ジェニーが辛辣に指摘した。

　メアリーがこぼす。「スーキー、静かにしてよ。眠ろうとしてるんだから！」

　驚いたことに、突然スーキーはメアリーに突進し、髪をわしづかみにしてわめきだした。

「あんたが盗ったんだね、そうだろ？　嘘をついてもだめだよ。ちゃんとわかってるんだから」

　スーキーに鋭く髪を引っ張られ、頬を引っかかれて、メアリー自身も金切り声でわめきはじめた。

「何やってんのさ、スーキー、やめなよ」おそらくメアリーから引き離そうと、アギーが急いで部屋を横切ったが、そこに達しないうちにスーキーが突然体を痙攣《けいれん》させた。

　ジェニーが泣き声をあげる。「たいへんだ、スーキーが死んじゃう」

　メアリーがどうにかスーキーから離れた。

「死にやしないわ。あんたが言ったように発作を起こしただけよ」誰かが言った。

　スーキーはどすんと床に倒れ、激しく体をひくつかせている。

「たいへんだ、どうしよう？」バブスがおろおろと尋ねた。

　まもなく痙攣が止まり、スーキーはぴくりとも動かなくなった。

「ほら、死んじゃった」ジェニーが泣きわめく。

「死んでやしないったら」アギーが頑固に言い張った。「このまま床に置いといちゃ可哀《かわい》想《そう》だ。とにかくベッドに寝かせようよ」

十分後、運ばれたベッドの上でスーキーがうめき、泣きはじめると、メアリーが言った。

「あの錠剤のせいだね。あんなものをのむのはやめな、って言ったのに」

「お医者さまを呼んだほうがいいんじゃない?」ヘッティはおずおずと口をはさんだ。

「なんのために?」アギーが険しい声で訊《き》き返し、首を振った。「医者を呼んだりしたら、スーキーが怒るよ。少し眠ればよくなるかもしれない。明日の朝まで様子をみてみよう。これに懲りて、あの錠剤をやめるといいけど」アギーはスーキーのベッドから離れながら、そう付け加えた。


ジョンは難しい顔で収支を記した帳簿を閉じ、もとの場所に戻すと、引き出しに鍵をかけた。本来なら、顔をしかめるのではなく微笑しているべきだった。つい三日まえ、アルフレッドが職員全員を前にして、ジョンのおかげで新しいメンバーが大幅に増えたため教官をひとり増やし、今後ジョンには主任教官に加えてクラブ自体の総合的な管理も任せたい、と発表したばかりなのだから。アルフレッドはジョンの昇給も約束し、現在受け持っている経理を手伝う助手もつけてくれるという。

「すべてきみのおかげだ」アルフレッドは熱心にそう言った。「評判を聞いた空軍が、若いパイロットをここで訓練してもらえないかと打診してきたくらいだ。空軍も教官不足らしい。それにここは彼らの基地にかなり近いからな」

そうとも、しかめ面をしなくてはならない理由などひとつもない。だが、ジョンが困っている原因は仕事ではなかった。

ポリーだ。ポリーは今日の午前中、いつものようにロードスターを飛ばしてきて、クラブハウスの外で急停止させ、大事な話がある、とジョンのオフィスに駆けこんできたのだ。

「レディ・ポリー、お手をわずらわせて申し訳ありませんでした。閣下から、あなたに書類を託した、という連絡をもらってます」若い生徒たちのにやけ笑いを痛いほど意識しながら、ジョンはみんなに聞こえるようにそう言ってポリーを外に連れだした。

「何を言ってるの、ジョン?」ポリーは外に出るとすぐに尋ねた。「それになぜアルフィーを〝閣下〟なんて呼ぶの?」

「ぼくにこんなに親しく接するのは不適切ですよ。噂の種になります」ジョンは低い声でたしなめた。

ポリーの気持ちを考えるとはっきり拒絶することはできなかったが、ポリーがこの調子で馴《な》れ馴《な》れしく振る舞いつづければ、そのうちアルフレッドはジョンをクビにせざるをえなくなる。

「噂?　誰がそんなものを気にするの?」ポリーは肩をすくめてあっさり言い捨てたあと、目を輝かせて付け加えた。「すばらしい計画を思いついたの。ねえ、イースターの休日に南フランスに飛びましょうよ。あそこにはいいホテルがあるのよ。あなたもきっと気に入るわ。思いきり……」

話を聞きながら、ジョンの心は沈んだ。ポリーは絶えず突拍子もない計画や思いつきを持ちこんでくるが、これほど実行不可能なものも珍しい。

彼が首を振りはじめると、ポリーはすぐに言葉を切り、こう言い渡した。「いやだとは言わせないわよ。もうホテルを予約したんですもの」

「でも、その計画を実行するのは不可能ですよ」ジョンは穏やかに告げた。

ついさっきまで喜びできらめいていた瞳に涙があふれた。「どうして？　ばかげた階級制度の――」

「イースターは姉と過ごす約束なんです」ジョンはきっぱりと言った。

「お姉さまと……でも……」

「姉はずっと具合が悪かったんです。元気な顔を見られるのをどれほど楽しみにしているか……」ジョンはそう言いながら、ポリーの目に浮かぶにちがいない失望に心のなかで身構えた。

「でも、すっかり計画してしまったの。あなたが……必要なのよ」

「お兄さんにもイースターをはさんで何日か休みをもらいました」ジョンはポリーの懇願に耳をふさぎ、こう付け加えた。「腕のいいパイロットならほかにもいます。よかったらぼくから頼んで――」

「いえ、結構よ」ポリーは鋭くさえぎり、きびすを返して車に駆けていった。

ポリーがなんとかこちらと親しくなろうとしているのは明らかだ。もちろん、愛しているわけではない。ただ、なんでも話せる相手、そばにいてくれる相手が欲しいのだ。ふたりの階級にこれほど大きな隔たりがなければ、自分もポリーの力になってやりたいと思ったことだろう。そして友情を……もっと親密な関係に変えたいという気持ちになっただろうか？

そんなことを考えるのは不謹慎だ。ジョンは鋭く自分をたしなめ、オフィスを出てドアを閉めた。

クラブのスタッフはすでに全員帰宅していた。六時を過ぎたいま、外は暗くなりはじめている。何通か手紙を書き、読みたかった記事に目を通すとしよう。

クラブハウスはがらんとしていた。アルフレッドの話では、クラブハウスにバーを設置し、バーテンダーを置いて夜の社交場にしてほしいという要請がメンバーの一部から出ているという。

〝そうなると、飛ぶまえに一杯、という人々も出てくるかもしれない。それは容認できませんよ〟と、ジョンは警告した。

車が一台、クラブハウスに向かってくるのが目に入ると、不吉な予感が胸をかすめた。

ポリーのロードスターを見るのは、今日はこれで二度めだ。

　ロードスターが土煙を立ててすぐ前で急停止し、ジョンはそれを避けてあとずさった。建物の明かりで、ふだんは艶やかな赤のボンネットが埃《ほこり》に覆われているのが見えた。ポリーは泣きながら車を降り、まっすぐ彼に駆けよってきた。

「ああ、ジョン、あなたがまだいてくれてよかったわ。昼間はごめんなさい。許してくださる？」

「許すことなど何もありませんよ」ジョンは仕方なく両手を広げて抱きとめながら応じた。

「ああ、ジョン」ポリーの声がくぐもり、シャツを通して温かい息が胸に染みとおってくる。「戻ってこずにはいられなかったの。何もかも話してしまいたくて……あなたのお部屋に行けるかしら？」

　ポリーをなだめ、このままモートンプレイスに帰すべきなのはわかっていた。だが、顔を上げたポリーの息はジンのにおいがするし、体も細かく震えている。

「それはかまわないが、イースターの件は無理ですよ。姉はとても具合が悪かったんです」ただの言い訳だと思われたくなくて、ジョンは低い声で付け加えた。「流産したのを苦にして……」驚いたことに、突然ポリーが片手を口にあてて泣きだした。「レディ・ポリー、どうしたんです？」

「ジョン、ジョン、あなたは自分を憎むようなことをしたことがある？　とても恐ろしい、間違ったことを？　生きているのが耐えられなくなるほどひどいことを？」

　ポリーを自分の住まいへ行くドアへと導きながら、新年のパーティでも同じことを訊かれたのを思い出した。「二階に行きましょう。熱いお茶を飲めば……」

「お茶？　ジンはないの？　こういう気分のときは、体のなかが凍るように冷たくなるの。その冷たさを焼き尽くして温めてくれるのはジンしかないのよ」

「残念ながらジンは置いてないんです」ジョンは連れだって階段を上がりながら告げた。「ここはまるで僧侶の部屋みたい。あなたは僧侶になりたいの？　だから、こんな生活をしているの？　自分の人生にもベッドにも女性を寄せつけずに？」ポリーは小さな居間を見てそう言うと、血の気のない顔で椅子のひとつに沈みこむように座った。

　ポリーは見るたびに痩せていく。膝をついてガスストーブをつけながらジョンはそう思った。まるで内側から何かに焼き尽くされていくようだ。

「お茶を淹《い》れてきます」

「だめ！」ポリーはジョンの手をつかんだ。「ここにいて、お願いよ。話したいことがあるの。気が変になってしまうまえに誰かに話さなくては。頭がどうにかなりそう……夜も昼も、それがわたくしを苦しめるの。何をしていても、どんなに努力しても、頭から追い払えないのよ。オリヴァーが死んだのはわたくしのせいなの。わたくしがあんな恐ろしいことをしたから、神さまがオリヴァーを奪っていったんだわ……」

ジョンは心配になり、隣の椅子に腰をおろした。

「何を聞いても、わたくしを憎まないと約束してくれる？」ポリーは懇願した。

「もちろんです」ジョンはうなずいてポリーの両手を握った。

ポリーはジョンから目をそらして話しはじめた。「オリヴァーのことは心から愛していたのよ。そして彼もわたくしをとても愛していた……」

ジョンにはポリーが何を打ち明けようとしているのか、見当もつかなかった。ふたたび誰かを愛したいと思いはじめたのか？　だが、オリヴァーを裏切るようでうしろめたいと？

「ふたりともとても若くて、とても幸せだった。だから……お願い、ショックを受けないでね、ジョン」ポリーは顔を上げ、ジョンを見た。「オリヴァーにすべてを捧《ささ》げたわ。わたくしの考えだったの。わたくしが望んだのよ。オリヴァーは止めようとしたわ」涙のきらめく目に笑みが浮かんだ。「でも、わたくしは頑固だし、彼もとてもわたくしを愛していたから、最後は……。禁断の木の実を味わいたかった。自分がそれを知らないことに耐えられなかったの。最初のときは苦痛を感じるというお友達もいたけれど、わたくしたちは違った。すばらしかったわ。完璧だった。まるで天に昇ったような心地で……」

ポリーの声が震え、言葉が止まった。

「本当は、そのあとすぐに結婚したかったのよ。でも、軍に志願したとオリヴァーに言われて……すっかり取り乱し、彼にくってかかったの。それに彼が死んだら、と思うと怖くて仕方がなかった。でも、オリヴァーは戦うのが自分の義務だと言い張って……結局、結婚式の手配をする時間がないまま入隊してしまった。戦争はまもなく終わる、そうしたら結婚しよう、オリヴァーはそう言ったの。でも、彼が訓練キャンプにいるときに……」

またポリーはためらい、震えはじめた。

「身ごもっていることに気づいたの。最初は信じられなかった。信じたくなかった。訓練を終了したあと、一日だけ休暇を与えられたオリヴァーに妊娠のことを話すと、彼もひどいショックを受けたわ。そして、わたくしに……。ええ、自分自身でもそうするしかないと思ったのよ。彼のご両親はとても厳格で旧式な考えの人たちだし、戦争が終わるのはいつになるかわからない。未婚のまま赤ん坊を産むことなど考えられなかった。だから、オリヴァーの提案に動転したけれど、子どもはまたできる、と言われて……。パーティで会ったある女性が、そういう話をしていたのを思い出したわ。オリヴァーもわたくしもそれが最善の策だと思って、オリヴァーにお金をもらい、その女性に会いに行ったの。彼女は最初のうちなんの話かわからないふりをしていたけれど、最後には医者の名前を教えてくれた。ひとりでその医者のところに向かったわ。とても怖かった。恐ろしかった。殺風景な寒い部屋で、氷のような目と冷たい手をした医者にクロロホルムを臭がせられ、胸がむかむかして吐きそうになった。まだ忘れないわ……。

目を覚ましたときには、すべてが終わっていた。わたくしは帰宅し、医者の指示どおり三日間横になっていた。すると三日めに、オリヴァーが死んだという電報が届いたのよ。わたくしが赤ちゃんを殺したから、神さまがその罪を罰するためにオリヴァーを殺したの。そしてわたくしは両方とも失ってしまった。最愛の人と、産んでいたらきっとわたくしの慰めになってくれたにちがいないその人の子どもを」

ジョンは衝撃を隠し、泣きじゃくるポリーを慰めようとした。そういうことが起こるのはジョンも知っていた。だが、ポリーのような貴族の令嬢に起こるとは。子だくさんの貧しい女性が、望まぬ子どもを始末するために裏通りのいかがわしい堕胎医を訪れるという話は耳にしたことがある。ときには未婚の若い女性も訪れるという。だが、故意に堕胎するのは神の法だけでなく人の法にも反する行為で、見つかれば女性も堕胎医も殺人罪で裁かれるのだ。ポリーのような上流階級の女性、まともな育ちの女性が、そういう方法を求めるとは思ったこともなかった。

ポリーが酒を浴びるように飲み、無鉄砲に振る舞う理由はこれだったのだ。恐ろしい秘密に押しつぶされそうなのだろう。ポリーの恋人の立場に身を置き、愛する女性にわが子の命を断ってくれと頼む自分を想像しようとしたが、できなかった。とはいえ、ふたりをそういう手段へと追いやった状況はよく理解できる。

「わたくしは呪われているの。永遠に呪われているのよ。失った子どもの泣き声につきまとわれ、その子を産んでいれば、という思いを捨てられない。もう遅すぎる……遅すぎるのに」

「アイヴァンから、あなたがわたしを呼んでいると言われたわ、ジェイ」

最近のヘッティは、少しも違和感を覚えずに監督を名前で呼ぶようになっていた。自分では気づいていないが、ロンドンに着いたばかりのころに比べるとはるかに世慣れてきたのだ。

「ああ」ジェイは机から立ちあがり、にっこり笑った。「新しいオペレッタのアイディアがいくつか浮かんだとアーチーが言ってきた」

ブロードウェイの出し物をじっくり検討し、最高の興行成績を上げられるようなオペレッタを書いてくれ。ジェイはそう言ってアーチーをニューヨークに送りだしたのだった。

「おそらく来年のいまごろは、きみのためのオペレッタで主役を演じることになるぞ」ジェイは上機嫌で言った。

ヘッティは息をのみ、目を輝かせた。「そんなに早く？　まだずっと先の話だと思っていたわ」

「わたしは悠長にかまえて、みすみす好機を逃すタイプじゃないんだ」

それに、こんなに魅力的な娘をほかの男に横取りされる危険をおかすタイプでもない。

ジェイは心のなかで付け加えた。そうとも、ヘッティは実に魅力的だ。ものにするときが待ちきれない。

「このままパートナーとして協力しつづけることをきみも望んでいる、と考えていいのかな？」ジェイはそうからかいながらヘッティに近づき腰に腕をまわして、すばやくうつむくと唇を重ねた。

ジェイがわたしにキスをするのは、これが初めてではない――この親密な行為は夢のような幸せを与えてくれるが、ひどい罪悪感ももたらす。ジェイには奥さんがいるのだ。次にジェイと会ったらきちんと話そうといつも決心するのだが、そういうときにかぎってジェイは寛大な後援者の態度を崩さない。おかげでヘッティは、自分の反応が過剰すぎるのかもしれないと思うはめになった。

もちろん、ジェイのキスに嫌悪を感じるどころか自分でも驚くほどの快感を覚えるのも、強く拒否できない原因のひとつだ。

「ビジネスの相手として協力し合えるのは、とても喜ばしいわ」ヘッティはきっぱりと答えた。

ジェイは大声で笑い、黒い瞳をきらめかせて低い声で問いかけた。「なるほど。だが、そのパートナーシップが、〝ビジネス〟だけではなかったらどうする、愛らしいヘッティ？」

「からかっているのは、ちゃんとわかってるわ」

「いや、冗談ではなく、本気できみに惚《ほ》れかけているとしたら？」

ヘッティは体をこわばらせ、ジェイを見上げた。彼の黒い瞳はもう笑っていなかった。

「そんなことはありえない……あってはいけないことよ。あなたには奥さまが――」

「たしかに妻はいる。だが、わたしは妻を愛していないし、妻もわたしを愛していない。われわれの結婚には、わたしときみが味わえるあらゆる歓《よろこ》びが欠けているんだ」

「そんなことを言ってはいけないわ」ヘッティは抗議した。「そんな――」

「〝そんな〟、なんだい？　不適切なことを？」ジェイは嘲るように言った。

「不当なことを、よ」自分を見つめるジェイの眼差《まなざ》しに胸が痛むのを感じながらも、ヘッティははっきりと言った。

「誠実な答えだな。ああ、きみはとても誠実な女性だ。わたしがきみに恋をするのも当然だろう？　きみを愛しながら、きみなしで生きなくてはならないのは不当なことではないのか？　わたしときみが間違いなく分かち合える歓びと幸せを拒むのはどうなんだ？」

　ジェイの声は真剣そのものだった。いつものからかうような軽い調子は影をひそめ、自分の心をさらけだしている。ともすれば、そんな彼と言葉にほだされそうになってしまうけれど……エリーとギデオンはヘッティに、自分の義務を果たし、人の道をはずれてはいけないという、しっかりした道徳観念を植えつけていた。

「ヘッティ、ヘッティ、どうしてきみはこの気持ちを否定するんだ?」ジェイはすばやく彼女をつかんで訴えた。

ヘッティは拒もうとしたが、髪にキスされ、耳元で名前を囁《ささや》かれると、体の力が抜けていき、むさぼるようなキスにも抗《あらが》えなかった。

「ほら、ごらん」ジェイはヘッティを離しながら言った。「わたしたちはとても相性がいい。運命が与えてくれた贈り物を拒むのは愚かなことだ。わたしたちは結ばれる運命なんだよ。きみもその運命を受け入れたいと思うようにしてみせる」きっぱり宣言すると、それから口調を変えた。「実は、きみのために用意した計画があるんだ。マダムの話だと、きみはずいぶんがんばったようだな。きみの進歩をたいへん喜んでいたよ。だからそのご褒美をあげようと思ってね」

話が仕事のことに戻ると、ヘッティはほっとして言った。「プリンセス・ミミの役をくださっただけでじゅうぶんよ」

「いや、プリンセス・ミミは始まりにすぎない」ジェイは自信たっぷりに言いきった。「まあ、見ていたまえ。それはともかく、イースターに一緒にパリに行こうじゃないか。オペラや人気のショーを観《み》て、シャネルでマダム・ココの服を買い、洒落たレストランで食事をする。どうだい?」

ジェイはまるで学生のように興奮していたが、ヘッティはひと言聞くたびに心が重くなっていった。「でも……わたしは行けません」

「なんだって？　ばかなことを言うんじゃない！　いったい全体、何がいけないんだ？　パリにもちろん、きみはわたしと一緒に行くとも。それ以外の返事は受け入れられない。パリにいるあいだ、わたしとベッドをともにするかどうか……それを心配しているなら、大丈夫、きみにはちゃんとべつのスイートを予約してある。だから、意に染まなければ――」

「そうじゃないの」ヘッティは沈んだ声でさえぎった。

　正直に言えば、イースターをジェイと過ごしたかった。しかも憧れのパリで彼と過ごせるなんて、どんなに楽しいことだろう。パリにはこちらの行動に目を光らせ、いちいち警告してくる知り合いはひとりもいない。パリは世界一すてきな街、どんな奇跡も起こりうる街だとみんなが言う。パリでなら、ジェイが既婚者であることを忘れ、何も考えずに彼のキスがもたらすときめきに酔うことができるだろう。パリでなら……。

　でも、パリに行くことも、ジェイと一緒に過ごすこともできない。プレストンに戻り、家族と過ごすのだから。そしてそのときを何よりも待ち焦がれているのだから。

「違う？　だったら何が理由なんだ？」ジェイは怒って問いただした。

「イースターには実家に帰ると、もう家族に約束してしまったから」

「家族だって？　だが、きみのご両親は亡くなって――」

「わたしを養女にしてくれた家族よ。育ての母さんはずっと具合が悪くて……」

ジェイは首を振ってヘッティを黙らせ、彼女の手を取って小さく振った。「ヘッティ、お母さんに対するきみの忠誠心は見上げたものだ。だが、自分自身に対する忠誠心はどうなる？　きみの歌に対する忠誠心は？　わたしに対する忠誠心は？　実家に帰るよりもわたしとパリに行きたい、正直にそう認めたらどうだ？」

「あなたと一緒にパリに行けたら、どんなにいいか」ヘッティは即座に答えた。しかし、ジェイが握っている手に力をこめ、引きよせようとすると、身を引いた。「そうしたいと思うわ、ジェイ。でも、できないの。もう手紙を書いて、帰ると約束してしまったんですもの」

家族から見放されていると感じていたあいだはどんなに不幸せだったかを――また拒まれるかもしれないという恐れを抱きながらも、母の手紙に応えたいと思うこの気持ちを、ジェイに説明したところでわかってはもらえないだろう。

「だったら気が変わったと手紙を書けばいい」ジェイはあっさりそう言った。「そうしたければ、きみを酷使する雇い主がイースターのあいだも働けと言っている、と書いてもかまわない」

「家族に嘘をつけと？」ヘッティは震える声で言い返した。

ふいに、胸が締めつけられるほどはっきりと現実が見えた。もしもジェイと男女の仲になれば、ふたりともたくさんの嘘をつき、周囲を欺かなくてはならなくなる……。

「嘘をつくのは、きみだけじゃない。わたしもきみと過ごすためにたくさん嘘をつかなくてはならないんだぞ」ヘッティがふたりの未来の行く先に気づいたとは知らずに、ジェイは言いつのった。「だが、きみと違ってわたしは、ふたりで過ごす時間にはそうする価値があると思っている。いますぐ決める必要はないよ。わたしが言ったことを考えてくれ。いいね？」

訴えるようなジェイの眼差しに、涙がこみあげた。彼の望みどおり、パリに一緒に行くと答えられたらどんなにいいだろう。わたしも本当はそれを望んでいるのだから。

いまの自分はこれまでの自分とは違う。育ってきた世界とは違うルールを持つ世界に身を置いているのだ。

アイヴァンへの情熱に身を滅ぼそうとしているエディ。貴族の御曹司と恋に落ち、プロポーズを待ちかねているメアリー。実力者とベッドをともにしている有名なスターたち。そういう関係は、この世界ではあたりまえなのだ。実際、ある有名女性歌手の恋人は著名な政治家で、既婚者だが、チェルシーのチェイニー・ウォークにある歌手の家をおおっぴらに訪れる。その歌手のふたりの子どもも、公には政治家の養子ということになっているが、愛人である歌手とのあいだにできた私生児であることは誰もが知っていた。政治家の妻は領地の邸宅に引っこんだきり、ロンドンにはやってこない。舞踏会やパーティに政治家が同伴するのはその歌手で、一緒に過ごすのも、愛しているのも彼女なのだ。

どうしてジェイと自分がそれと同じことをしてはいけないのか？　自分の生き方にはもう合わない堅苦しいルールに、なぜ従わなくてはならないのか？　ときどきヘッティは、ジェイの説く新しい道徳観念と家族に教えられた古い道徳観念のあいだで引き裂かれ、途方に暮れることがあった。自分がどう振る舞うべきかを考えるだけで、心だけでなく頭も痛くなってくる。

ジェイと一緒にパリに行きたい。けれど、その先のことを思うと怖くてたまらない。イースターには実家に帰りたい。けれど、実際に母と顔を合わせるのが怖い。プレストンに帰ると思うだけで、あらゆる類いの不安が胸をかき乱す。

たしかに母は昔の母のような優しい手紙を書いてきた。でも、実際に会って、これまでと態度が変わっていたら？　数カ月まえとは違うわたしを、もう娘として愛したくないと思ったら？　プレストンには行かないほうがいいのかもしれない。気が変わった、と父に手紙を書くべきなのかも。そうすれば、少なくとも新たに傷つかなくてすむ。

第三部

23

「たったいま何を聞いたと思う?」メアリーが楽屋に駆けこんできて興奮ぎみに報告した。「このオペレッタはあと半年続くんだって!」

コーラスの娘たちが失望のうめきや安堵《あんど》のため息をもらす。それを聞きながらヘッティはみんなと同じように驚いているふりをしたものの、本当はすでに知っていた。思いがけない成功で、『プリンセス・ゲイシャ』の公演をあと半年延ばすことにした、と今週の初めにジェイから聞いていたのだ。

「そんなに成功してるんなら、どうして給料が上がらないのか、あたしはそれが知りたいね」仲間にうっかり蹴られたくるぶしをなでながら、アギーが不満をもらした。

「チケットの値段は同じなんだから、上がるわけないでしょ」ジェニーが言い返す。

「スーキーは大丈夫なの?」ヘッティはアギーに尋ねた。「昨日のリハーサルには姿が見えなかったけれど」

「へえ、それに気がついたなんてびっくりだ」バブスが辛辣に言った。「歌の練習やら、後援者と水入らずで過ごすやらで、ずいぶん忙しそうなのに」

バブスの批判にヘッティは赤くなった。でも、本当のことだから言い訳はできない。バブスはジェイと親しくすることに反対で、それを言葉でも態度でもはっきり表していた。ヘッティが特別扱いされたくてジェイの機嫌をとっている、と思っているのだ。

「あの錠剤をやめなきゃだめだ、ってはっきり言ってやったんだけど」アギーがヘッティの問いに答えた。「全然聞こうとしやない。スーキーはすっかり変わったよ。ちょっとでも批判めいたことを言おうもんなら、このまえみたいに怒りだして、大声でわめきちらすんだ。あたしは、ステップがずれてた、って言っただけなのに。頭がおかしいんだよ」

「コーラスの一部はイースターのお休みをもらえるんだよね」ジェニーが口をはさみ、話題を変えた。「あたしとジェスはブライトンへ行くつもり。一緒に来たい人いる？」

バブスは首を振った。「あたしはリバプールに帰って家族と過ごすの」

「家族？　スタンとじゃなくて？　もしかして、彼ももうすぐ家族になるとか？」誰かがわざと尋ねる。

「だったら何よ、ファニー・ホランド？」バブスは鋭く言った。「よけいな口をはさまないで。あたしとスタンの問題なんだから」

「いやだ、そんなに怒ることないでしょ」ファニーが急いでなだめた。「からかっただけじゃない」

「あらそう！　あたしとスタンは冗談の種になると思ったわけ？　少なくとも、あたしたちは後ろ指を指されるような関係じゃないよ。誰かさんと違って」

「あんたのことだよ、メアリー」ファニーがそう言ってメアリーの脇腹を小突いた。「あんたと、例の貴族のお坊ちゃん……」

ヘッティはうつむいた。バブスが言ったのはメアリーのことだけではない。

「あんたはどうするの、ヘッティ？」メアリーが尋ねた。

「決まってるだろ、しちゃいけないことをして過ごすのさ」バブスが非難がましくつぶやく。

「家族に会いにプレストンに帰るつもり」ヘッティは挑むようにバブスを見ながら、きっぱりと宣言し……すぐさま後悔した。

わたしったら、何を言ってるの？　ゆうべは眠るまえに、自分もジェイとパリに行きたいと願っていることを認め、彼と過ごす夜を想像して、レースの縁取りがついたシルクの下着を買う余裕があるかどうか考えたくらいなのに。

つい昨日、〝パリは恋人の街なんだよ。きみを連れていき、ベッドをともにしたくてたまらない〟とジェイに囁《ささや》かれたときには、自分もそうしたいと心から願った。会うたびにジェイにキスされ、抱きしめられて、ヘッティは急速に女性として目覚め、欲求に胸を焦がすようになっていた。すでに心のなかで、両親に〝結局仕事があって家には帰れないことになった〟と説明する謝罪の手紙すらしたためていたくらいだ。それなのに、愚かにもプレストンでイースターを過ごすとみんなの前で宣言してしまった。

　大丈夫、プレストンではなくパリに行っても、誰にもわかりはしない。頭のなかで小さな声が囁く。でも……自分だけは真実を知っている。それにプレストンに帰り、久しぶりに家族の愛に包まれて過ごしたいという思いもあった。パリに行くことを強く望んでいるけれど、会いたがっている母の願いをかなえなければいけない気もする。

「プレストンに帰る？　こんなに頼んでいるのに、わたしと一緒にパリに行ってくれないのか？」

「ジェイ、お願い、わかって。ずっと具合が悪かった母がわたしに会いたがっているの。父と母には大きな恩が……」

「恩ならわたしにもあるだろう？　それはどうでもいいのか？」ジェイは憤慨して、さきほどの議論を蒸し返した。

「ジェイ」ヘッティはみじめな気持ちで訴えた。「どうか、わたしの言うことをちゃんと聞いて」

「断る！　きみの気持ちなど聞く気はないし、理解もできない」

　ふたりはフォートナム＆メイソンでアフタヌーン・ティーの最中だったが、ジェイはいきなり立ちあがり、ヘッティの懇願を無視してウェイトレスを呼ぶと、金を突きつけ、怒って立ち去った。ウェイトレスは青い顔で呆然《ぼうぜん》と座っているヘッティにかまわず、飲みかけのお茶を片付けはじめた。

ジェイが怒る気持ちはわかる。でも、わたしも同じように落胆していることを少しはわかってくれてもいいのに。ヘッティはそう思いながら涙をのみこみ、立ちあがった。

出口へ向かおうとすると、空いているテーブルに案内されてくるカップルが目に入った。青年のほうはすっかり相手に気をとられてヘッティに気づかなかったが、ヘッティは彼が誰だか気づいた。メアリーが付き合っている貴族の御曹司だ。

でも、彼は〝年老いた親戚が亡くなったせいでイースターの休みには会えない〟とメアリーに言ったんじゃなかった？　同伴している若い女性は身内なのだろうか？　ヘッティはコートが来るのを待ちながらそう思った。

「ヘッティ！　こっちだよ！」

三人の若者がプラットホームでヘッティの名前を呼びながら、夢中で手を振っている。それを見たとたん、ユーストンからの長旅のあいだ胸にわだかまっていた不安と憂鬱が消えていった。そのうちふたりは弟だが、もうひとりは……驚いた、フィリップだわ！

「ねえ、ヘッティ、ブロマイドを持ってたらサインしてよ。学校でみんなに見せて自慢してやるんだ」

「ヘッティ、ほんとにいまは有名な歌手なの？」

「ふたりとも、うるさくするなって父さんたちに言われただろ。行儀よくすると約束したから、一緒に迎えに来るのを許してもらえたんだぞ。こいつらにかまうことないよ、ヘッティ」フィリップが笑いながら甥《おい》たちの頭をつかみ、ぶつけるふりをした。

「見違えたわ、フィリップ。もう少しで誰だかわからないところだった」

「ぼくらは？　ぼくらのことはわかった、ヘッティ？」末の弟が尋ねた。

かすかに赤くなったフィリップを見ながら、ヘッティはふいに思った。ジョンよりも十歳若いとはいえ、フィリップは彼にそっくりだ。弟たちが荷物を持ってさっさと歩きだす。

「きみが帰ってくるって聞いて、家じゅうが大喜びさ」フィリップが言った。「エリーはみんなにきみのことを自慢してるんだよ。新聞に載ったオペレッタの批評も全部切り抜いて取ってある」

思いがけない温かい出迎えに、ヘッティはほっとして尋ねた。「母さんのことを話して。具合はどうなの？」

「ずっとよくなった。以前のエリーに戻ったよ。もうすぐその目で確かめられる。言ったっけ、ぼくはギデオンのところで働いているんだ」

「ううん、知らなかった」

「ジョンと違って、卒業したあと何をやりたいのか、さっぱりわからなくてさ。伯父さんたちは牧師にしたかったようだけど、その気は全然なかったし。ギデオンの勧めで、彼が持ってる貸家の管理と維持をしてる」前を行くふたりがけんかを始めるのを見て、フィリップは注意した。「ふたりとも、ヘッティのスーツケースを乱暴に扱うなよ」

「あの子たちもずいぶん大きくなったわ。このまえ見たときは、わたしより小さかったのに」

「いたずらばかりしてるけどね」フィリップが笑いながら言う。

「母さんは娘が欲しかったのよ」ヘッティはため息をついた。

フィリップがけげんそうな目を向けてきた。「けど、娘ならもういるじゃないか。エリーはきみのために、もういくつか計画を立ててるよ。鍋市《ポット・フエア》とか、月曜日の卵転がし《エッグ・ロール》とか。卵転がしじゃ自分の得意技を見せてやるってすごくはりきってる」

ヘッティは笑った。まだ十代のころにこの競技で父に挑戦して、みごと勝利をおさめた母の〝得意技〟のことは、耳にタコができるほど聞かされて育ったのだ。

ヘッティとフィリップが追いつくと、リチャードが言った。「ビンキーも連れてきたかったんだけど、父さんが許してくれなかったんだ」

「ビンキーって、たしかジョンが連れてきたコリー犬よね？」

「うん」フィリップがうなずく。「ジョンは向こうに連れていく、って言ったんだけど、ギデオンがこっちに置いといてくれってジョンに頼んだんだ、エリーが気に入ってたから、少しでも慰めになればと思ったんじゃないかな」

「母さんは本当によくなったのね？」ヘッティは念を押した。

「うん、とっても。まあ、もうすぐわかるって」

ウィンクリー広場の家が近づくと、玄関の扉が開き、並んで立っている父と母が見えた。ヘッティはつかのま不安にかられたが、次の瞬間には走りだし、門を通りすぎて小道を駆け、まるで子どものようにエリーの腕に飛びこんだ。

「まあ、ヘッティ。すっかり大人びて見違えるようだわ」自分とヘッティの涙を拭いながら母が言った。

父は再会を喜ぶふたりを残し、賑《にぎ》やかな子どもたちとフィリップを連れて家のなかへ入っていく。「おまえたちは、ヘッティが着いたからお茶にしたいとジェニングス夫人に言っておいで。エリー、ヘッティと居間で少しゆっくりしたほうがいい」

子どものころのように、ヘッティが椅子に腰をおろした母の前に座りこむと、母が言った。「ああ、ちゃんと顔を見せて。こんなに美しくなって……」声を詰まらせ、お茶の一式を運んできた夫を見上げた。「ヘッティ、お茶を注《つ》いでくれる？　ギデオンときたら、わたしには何もさせてくれないの」

「そんなことはないさ。アイリスの指示に従っているだけだよ」

「ヘッティ、あなたの話を聞くのが待ち遠しいわ。わたしもギデオンも、あなたのことがとっても誇らしいの。ねえ、ギデオン？　それにとっても興奮しているのよ。あなたに関する批評も、新聞に載ったあなたの写真も全部アルバムに貼ってある。『プリンセス・ゲイシャ』を観《み》に行きたいとギデオンにせがんでいるところよ。これでジョンが帰ってきてくれたら言うことないんだけど」

お茶のカップを手にしていたヘッティは、突然のジョンの名前に動揺し、受け皿にお茶をこぼしてしまった。

「ほら、これで拭くといいわ」母がそう言ってナプキンを差しだす。「長旅で疲れているでしょうに、わたしったら休ませてもあげないで。でも、話したいことがたくさんあるんですもの……」

母はまたしても父と目を見交わした。

「月曜日にはコニーが来るの。このままお天気が続いたら、みんなでアヴェナム公園に行きましょうね。コニーやわたしやジョンが昔やったように、みんなで卵転がしを楽しみましょう。あなたもよくやったわよね？」

ヘッティはうなずき、なつかしい思い出に目を潤ませた。

「楽しい思い出がたくさんあるわね、ヘッティ」エリーは静かに言って、ヘッティの手を取った。「あなたがいなくてとても寂しかった。たとえほんの数日でも、こうして帰ってきてくれてどんなに嬉《うれ》しいかわからないわ。ロンドンの話を聞かせてちょうだいな。ずっとどんなふうに過ごしていたの？」

「実はいま、声楽の先生についているの」ヘッティは勢いこんで話しはじめた。「それに、いまのオペレッタを作曲したアーチーが、ソプラノ・リリコを主人公にした新しいオペレッタを書いているところなのよ。ソプラノ・リリコというのは、わたしの声の正しい呼び方で……」

24

ヘッティは驚くほどたやすく昔の生活に戻っていた。イースターの金曜日は伝統的な魚だけの食事に舌鼓を打った。土曜日は鍋市が催されるプレストンの賑《にぎ》やかな市場へ出かけ、日曜日には寝室で自分を待っていた〝イースターの日曜日〟用の帽子をかぶって家族と教会へ行った。帽子そのものは流行の型ではなく、自分が最近選ぶものよりも地味だったが、両親の心づくしだと思うととても嬉《うれ》しかった。

礼拝が終わると、みんなで春の明るい陽射《ひざ》しのなかに出て、母の隣人であり、気難しくて口うるさい伯母アメリアとその連れ合い、娘セシリーの一家に合流した。

「エリー、あなたに実の娘がいないのは残念ね」セシリーがエリーに言っているのが聞こえた。「あなたは美しいことで有名なバークレイ家の女性の誰よりも美しいのに。わたしの娘たちは、残念ながらわたしよりも夫のほうに似たみたい」

せっかくの明るい日に影を落とすようなことを聞きたくなくて、ヘッティはすぐにその場を離れ、父の腕に手をからませた。

父はヘッティを見下ろし、ほほ笑んだ。「みんなおまえがいなくて寂しかったんだぞ。いちばん寂しがっていたのはお母さんだ。ロンドンに連れていくと約束させられたよ」

ヘッティは唇を噛《か》み、顔をそむけた。両親がロンドンを訪れたら、ジェイを紹介しないわけにはいかなくなる。「でも、母さんは長旅をしても大丈夫なの？　また具合が悪くなったりしたらたいへんだわ」

父がけげんそうに眉根を寄せ、答えようとすると、母が急ぎ足に近づき、夫の腕に手を置いた。「ギデオン、いまセシリーに訊《き》かれたんだけど……」

「気づかれたのかな？」ギデオンが訊き返す。

ヘッティは内緒話らしいと感じてそばを離れようとしたが、母がすばやく腕をつかんで低い声で言った。

「ヘッティ、ここにいてちょうだい。あなたに話したいことがあるの……」母はちらっと父を見て、ヘッティに目を戻した。「もう少しあとで話そうと思っていたんだけど、セシリーにわかってしまったようだから……実は、わたしはまた身ごもったのよ」

ヘッティはショックを受けて母を見つめた。流産してあんなひどい目に遭ったのに、どうしてこんなに嬉しそうにしていられるの？　ヘッティは父を見たが、父も同じくらい嬉しそうだ。

「だけど……」ヘッティは心配に顔を曇らせて言いかけ、口をつぐんだ。せっかく喜んでいるのに、水を差すのははばかられる。

「あなたの考えていることはわかるわ」エリーは優しい笑みを浮かべた。「でも、心配する必要はまったくないとアイリスが保証してくれたの。それどころか、とてもいいことだと思う、と言ってくれた。正直な話、最初はわたしも心配だったけど、今度はこのまえと感じが違うの。このまえの可哀想《かわいそう》な赤ちゃんのときのように、気がかりなことは何もない。ただ、できれば女の子だといいと願っているの」

「ええ、そうでしょうね」ヘッティは胸がよじれるような苦痛をこらえ、無理に笑みを浮かべた。母は自分と血の繋《つな》がっている女の子が欲しいのだ。

母さんが幸せなのは、わたしが戻ったからではなく妊娠しているからなんだわ。

ヘッティは突然、休日が終わり、自分自身の人生に戻る日が待ちきれなくなった。


列車の窓の外を流れていく景色が、故郷に近づくに連れて変わっていく。オックスフォードシャーよりもランカシャーのほうが春の訪れが遅いのだ。

ジョンがあとにしてきた飛行場の周囲の道沿いでは、すでに生け垣の若葉が萌《も》え、水仙の花が開いているが、北部ではまだほとんどが蕾《つぼみ》で、ブラックソーンの生け垣もようやく新芽が若葉になりかけたところだ。北部の冷たい空気は生き返るようだった。それに、もうすぐ家族にも会える。

イースターは姉と過ごすとポリーに告げたものの、不在にしたせいでまた悲劇が起きたらと思うと踏ん切りがつかず、実際に帰ろうと決めたのは最後の最後だった。こっちにいるあいだに、ジムが死んだ飛行場を訪れる勇気をだせるだろうか？　ジョンは窓の外を見ながらそう思った。

人生はなぜつらいことばかりなのだろう？　救いのない苦悩に苛《さいな》まれているポリーのことを思うと、気の毒で胸が痛む。フランスに行く一行に加わるのをジョンが頑として断ると、ポリーはとても腹をたてた。それに、苦しんでいる原因をジョンに打ち明けたことも悔やんでいるらしく、最近は少しばかり冷ややかな態度をとるようになった。ジョンはそのことにほっとしながらも、ポリーが気がかりなのは変わらなかった。

ヘッティはイースター翌日の月曜日、すっかり興奮して朝からはしゃいでいるコニーの子どもたちの相手を引き受けた。今日はいよいよ、アヴェナム公園のゆるやかな丘の斜面で特別固く茹《ゆ》でた卵を転がす、プレストンの有名なイースター・マンデー・エッグ・ローリング大会の日だ。露店もたくさんでるし、時間があればリブル川でボートに乗ることもできる。太陽が輝き、大きなかごには卵がたくさん。コニーの子どもたちは一刻も早くそれを転がしたくてうずうずしていた。そんな子どもたちの気を散らすため、ヘッティは動物の鳴き声つきで物語を読んでやることにした。

ジョンが居間に入っていくと、くすくす笑う子どもたちの声と〝豚の鳴き声をもう一度やって、ヘッティ！〟とねだる声が聞こえた。

すっかり豚になりきったヘッティが、豚そっくりに鼻を鳴らし、〝ブーブー！〟と鳴く。子どもたちはお腹を抱えて笑った。

「ブーブー、みんな」ジョンは笑いながらそう挨拶した。

「ジョン！」子どもたちがいっせいに彼に飛びつく。

床に膝をついていたヘッティは、真っ赤な顔でジョンを見上げた。ジョンったら、帰ってくるなら知らせてくれればいいのに。子どもみたいに床に座りこんで豚の真似《まね》をしているところを見られるなんて、最悪もいいところだ。

「ジョン、よかった。帰ってこられたのね」母がそう言いながら立ちあがる。さいわい、ジョンはあっというまに姉たちや義兄たちに囲まれたので、ヘッティには立ちあがって人間に戻り、スカートの埃《ほこり》を払うふりをしてそれとなく観察する時間ができた。

ジョンは以前と同じだが、どことなく変わったようにも見える。肩幅が記憶にあるよりも広く、体が大きくなって、すっかり大人の男の人みたいだ。ヘッティは性に目覚めはじめている娘の目で気づいた。

それにとてもハンサムだ。意志の強そうなしっかりした顔立ち、彫ったような顎の線。

誰かが言った何かにジョンが白い歯をひらめかせて笑うと、思いがけずヘッティの背筋に細かい震えが走った。

いいかげんにしなさい。あなたはもう大人なのよ。それに、ジェイだって同じくらいハンサムだわ。

「ヘッティ、こっちに来てジョンに挨拶したら？」母が声をかけてきた。

「お久しぶり、ジョン」ヘッティはその場を動かずに落ち着いた声で言った。

「おっと、ちゃんと話すこともできるんだな。モーモーとかメエメエしか言えないのかと思った」

エリーに心配をかけたくなくて、ジョンは無理をして軽い調子を保ち、できるだけ明るい声でそう言った。

みんなが笑い、ヘッティ自身もどうにかその笑いに加わった。でも、公園に行くために外に出たときにも、ジョンの近くには行かないよう気をつけた。

妻が自分の腕を取り、妻の腕を義妹が取ると、ギデオンがふざけて号令をかけた。「よし、これで無敵だな。いざ公園に向かって出発！」

コニーがくったくのない笑い声をあげた。「ねえ、ギデオン、うちの母がどれほど厳格だったか覚えてる？　楽しいことは何ひとつさせてくれなかった」エリーと声を揃《そろ》えて叫ぶ。「〝わたしはバークレイ姉妹のひとりなんですよ！〟って」

「エリーを最初に見たときのことはよく覚えてるよ。あれは……」

「プレストンの組合《ギルド》祭りのときだったわね。一九〇二年の」エリーが引きとった。「父さんにきつく言われたのに、ジョンが人込みに駆けこんで……。あなたが助けてくれなければ、わたしは群衆に押しつぶされていたわ」

「うん、そんなことがあったね」ジョンが笑いながら昔話に加わった。「だけど、ギデオンはその少しまえに姉さんを見ていたよね？」

「おれがフライアーゲートを歩いていて、おまえたち三人が親父《おやじ》さんの店の上にある窓から通りを見下ろしていたときか？」

「うん。手品をやってみせてくれた」

「見せびらかしたのよ」口ではそう言ったものの、エリーの目は嬉しそうにきらめいていた。「わたしのことを心配してくれたあなたに、母はけんもほろろだった。あなたがウィリアム叔父さんと一緒に羊を追う仕事をしていたからよ」

「ああ、おれみたいな男に、大事な娘のまわりをうろちょろされたくないと思っているのはわかってたよ」

「結果的に世間の目から見れば、ふさわしくないのはわたしのほうだった。あのとき母にもそれがわかっていたら」エリーはため息をつき、静かな声で続けた。「今年は組合祭りの年なのよ。ギデオンは委員会に加わってくれと頼まれたんだけど、わたしの具合が悪かったものだから、断らなくてはならなかったの」

「そうじゃないさ。それに委員会に加わらなかったからこそ、こうしてみんなで楽しめるんだ」

「昔話はもうじゅうぶん」ハリーが口をはさんだ。「それより、今日はエリーが自慢どおりの凄腕《すごうで》かどうか、じっくり拝見させてもらうよ」

ジョンは警告するように義兄を見た。「あんたには勝てないよ。ギデオンだって勝てなかったんだから」

この言葉にエリーとギデオンが意味ありげに目を見交わした。実は負けず嫌いのエリーがギデオンに勝とうと必死になったことがきっかけで、ふたりは初めてのキスを交わすことになったのだ。が、もちろん、ヘッティもほかのみんなもそのことは知らなかった。

公園に着くと、ヘッティたちは大勢の人々のあいだを丘の頂上に向かい、卵を転がす順番を待っている人々の列へ加わった。

「早く、ヘッティ」コニーの長男が叫んだ。「並ばないと参加できないんだよ」

子どもたちが無邪気にヘッティを自分たちの仲間に加えるのを見て、ジョンは唇を痙攣《けいれん》させて笑いをこらえた。昔のヘッティなら頰をふくらませて怒っただろうが、いまはジョンの笑いを無視し、こう言った。「いま行くわ。ピンクの卵はわたしのよ……」

「ぼくも一緒に行くよ」ジョンが言った。「きみはすぐズルをするからな」彼は真顔を保っていたが、目に笑いがきらめいていた。

「ズルなんかしないわ。一度拾う卵を間違えただけじゃない」

ジョンはこらえきれずに笑いだした。「ああ、覚えてるんだな。それにあのとき間違ったのはぼくの卵だったぞ」

「でも、みんなには何も言わずにいてくれた」ヘッティは低い声でつぶやき、自分も笑いだした。

「ああ、ヘッティ。きみがどんなに楽しい子か忘れていたよ」そう言ったジョンはうっかりヘッティの手を取ってしまい、あわててその手を離すと目をそらした。

その日着いてそうそうに、ギデオンからヘッティの成功と夢のような未来を聞かされたジョンは、絶望に打ちひしがれていた。いまやヘッティの人生に、自分のいる場所はまったくない。もっと早く告白する勇気を持てなかったせいで、そのチャンスは永遠に失われてしまった。こんなに魅力的になったヘッティに恋をする男はいくらでもいるにちがいない。自分よりもずっと条件のいい男が。

太陽が沈み、黄昏《たそがれ》が訪れるころ、最後の卵が坂を転がっていき、一行はこの日の興奮とご馳走《ちそう》に目もお腹も満足して、ウィンクリー広場へと戻っていった。子どもたちは父や叔父の肩に担がれている。ヘッティは母やコニーと並んで歩いた。

食事が終わり、子どもたちに寝る支度をさせる時間になると、ジョンはみんなに別れを告げた。昔自分を下働きに雇い、写真の撮り方を教えてくれた師であり、古い友人でもあるプレストンの写真家に会いに行き、明日の朝オックスフォードシャーに戻るまえにひと晩一緒に過ごすのだ。

「ああ、ジョン、もっと長くいられればいいのに」エリーは弟と別れのキスを交わしながら言った。

「ほんと。レディ・ポリーのことを何も話してくれなかったじゃないの」コニーがからかう。「手紙には彼女のことがたくさん書いてあったのに」

コニーの言葉に、ジョンは気まずい思いを味わった。姉に悪気がないのはわかっているが、ジョンが手紙でポリーに触れたのは、〝たくさん〟どころか一度だけ。それも〝婚約者を失ってとても悲しがっている〟というひと言だけだったのだ。

ヘッティのほうはみじめな気持ちでいた。だから昼間、ジョンはわたしの手をすぐに離してしまったのね。気づくべきだった。レディ・ポリーのことは去年のクリスマス、コニーからたっぷり聞かされたのだから。いまでは洗練された貴族に囲まれているジョンが、ただの歌手でしかないわたしに関心を示さないのもあたりまえだ。

「ヘッティ」母が手招きした。「こっちに来て、ジョンが行くまえにお別れをおっしゃい」

「さようなら、ジョン」ヘッティはその場に立ったまま、ジョンのほうに明るすぎる笑みを向けてこわばった声で言うと、すぐさまフィリップに顔を戻した。

「ヘッティ、ほんとにあなたがいなくて寂しかったわ。帰ってきてくれてありがとう」母がそう言ってヘッティの手を取った。美しく飾りつけた居間にコニーと母の女三人で座り、パブへ行ったギデオン、ハリー、フィリップが帰るのを待っているところだった。

「絶対にロンドンに行って、あなたのオペレッタを観《み》るつもりよ」

「エリー、長旅をして大丈夫なの？　予定日まであと四カ月弱しかないのよ。まだお腹はそんなに目立たないけど」

「ええ。リチャードのときと同じ。あの子のときも、六カ月まではほとんど目立たなかったのよ。六カ月を過ぎたら急にせりだしてきたの」母はきっぱりした口調で付け加えた。「でも、騒ぎ立てるのはやめてちょうだい。この国には世界が羨む鉄道があるんですもの。ギデオンとふたりでロンドンに出かけ、ヘッティのオペレッタを観て戻ってくるぐらいわけないわ」

「ああ、エリー、嬉しいわ。すっかり昔に戻ったわね。この子が女の子だといいけど。ねえ、ヘッティ？」

「ええ、血を分けた女の子が持てるといいわね」ヘッティは小声でつぶやいた。

「無事に生まれてくれさえしたら、どちらでもかまわないわ」母はふたりを見ながらにこやかに言った。

「なんだか疲れちゃった」ヘッティはそう言って立ちあがった。「失礼して、そろそろ寝るわ。明日は朝が早いの。寝坊して乗りそこねたら困るもの」


ヘッティは昔の自分の部屋でベッドに座り、抱えた膝に顎をのせていた。頭のなかでは矛盾する思いが渦巻いていた。コニーが言ったように、母が昔に戻ったのはすばらしいことだ。それに今日の午後は久しぶりにコニーの子どもたちや弟たちと遊び、とても楽しいときを過ごした。

でも、ジョンと会ってなつかしい思い出がよみがえると同時に、数カ月まえの気まずいけんかのことも思い出さずにはいられなかった。毎日リハーサルやレッスンやオペレッタの上演に忙しいロンドンでは、ジョンに対する自分の気持ちを無視するのはたやすい。それにロンドンにはジェイがいて、ちょっとした仕草やキスで絶えず興奮をかき立ててくれる。ジェイといると、自分が魅力的な大人の女性だと思えた。ところがジョンのそばでは、一気に不器用で未熟な、半人前の娘のような気分にさせられてしまう。

でも、このふたりにはひとつだけ共通点があった。どちらと恋に落ちても、つらい思いをしなくてはならない。ジェイは既婚者。ジョンはほかの女性を愛している。もちろん、ジョンは自分と恋に落ちたいとほのめかしたことは一度もないけれど……。

ドアをそっとノックする音がして、母が声をかけ、ドアを開けて入ってきた。

「よかった、まだ起きていたのね」母はそう言ってベッドに腰をおろした。「あなたが帰ってきてくれて本当に嬉しかったわ。具合が悪かったあいだは、あなたにもつらい思いをさせてしまったわね」

「母さんのせいじゃないわ。それにアイリスがちゃんと説明してくれたもの」

「辛抱強く我慢してくれて、本当にありがとう」

「そんな……わたしはちっとも。新しい赤ちゃんのことは……母さんが幸せでとても嬉しいわ」ヘッティはどうにかそう言った。

「ええ、わたしは幸せよ。男の子たちを産んだときと同じで、今度はなんの問題もない気がするの。あなたもそのときがきたらわかるわ、ヘッティ。このまえは最初から心配だったの。まるで体の一部が――」

「母さん、もうやめて」ヘッティは懇願した。「母さんが女の子をどれほど欲しがってるか、よくわかってる」

母は眉をひそめた。「ええ、もうひとり女の子ができたら嬉しいでしょうね」〝もうひとり〟という言葉を強調する。「でも、女の子はもうここにいるわ」

ヘッティは母を見て口走った。「でも、わたしは違うわ。母さんは――」

「何を言うの、ヘッティ？　わたしはあなたの母親じゃない、とでも？　わたしはそんなこと、一度だって思ったことはないわ。あなたはわたしの娘よ。リチャードとデヴィッドがわたしの息子であるのと同じように、あなたはわたしの娘。初めて会ったわたしに、小さな手を差し伸べてきたときからずっとわたしの娘よ」

エリーは涙に目を潤ませ、喉を詰まらせてそう言った。

「あのときあなたは、言葉では説明できない形でわたしの心に触れた。そしてわたしは無条件にあなたを受け入れ、愛したのよ。あなたがいたからミナコのことも受け入れた……あなたのために。あなたを愛していたからよ。ヘッティ、あなたは最初からわたしの愛する娘だったわ。みんなで泊まれる場所を探して通りを歩きまわったのも、あなたがいたから――わたしの小さなヘッティがいたからよ」

エリーは優しい笑みを浮かべて、ヘッティの手を取り、自分の手で包みこんだ。

「ミナコが亡くなったのは不幸なことだった。ミナコのためにも、あなたのためにも悲しかったわ。でもね、あなたは覚えていないでしょうけど、ミナコが死ぬまえからあなたはもうわたしの娘だったのよ。だから、お腹の子がもしも女の子なら、ふたりめの娘になるわ。わたしのコニーのように、あなたの妹になるの。あなたはわたしの長女で、わたしの最初の娘。だから、これからもずっとわたしには特別な子どもよ」

「ああ、母さん……母さん！」ヘッティは泣きながら囁《ささや》き、母の胸に顔をうずめた。

「たしかにわたしたちのあいだには、血の繋がりはないかもしれない。でも、あなたはとてもわたしに似ているのよ。笑い方も、歩き方も、話し方もね。ギデオンにも、ほかの人たちにもよくそう言われるわ。あなたはわたしの自慢の娘。もうすぐ生まれる赤ちゃんが女の子だろうと男の子だろうと、あなたより愛するなんてことはない……」

25

「だから、もうスーキーは戻ってこない。監督がその場でクビにしちゃったもの。それだけじゃない、自分が監督する出し物には今後一切使わない、って言い渡した。あの状態じゃ無理ないね。自業自得ってとこ。なにしろ、波止場の労働者も顔負けの汚い言葉で監督を罵倒したんだから。気が短いのは知ってたけど、あれには驚いた。しかもさんざん罵っただけじゃ足りなくて、ペンキの缶まで投げつけて……」アギーはそのときのことを思い出したのか、あきれた顔で首を振った。「まったくどうかしてるよ。アイヴァンがジェイ・ダルハウジーを呼んだのも不思議はないさ」

ヘッティはなんとか目を開けておこうとしながら、アギーの話を聞いていた。ほんの一時間まえに列車をおりたばかりで、体はここにあるものの、心の大部分はまだプレストンにあった。

「ヘッティ、ちゃんと聞いてるの？」アギーが不満をぶつけた。

イースターのあいだは面白いゴシップに耳を傾けてくれる仲間がいなかったせいで、アギーは相当うっぷんがたまっていたらしい。ヘッティが帰ってくると、さっそく勢いこんで話しはじめたのだが、スーキーの巻き起こした修羅場と解雇という大事件に、ヘッティが思ったような反応を示さないことに腹をたて、こう訊《き》いてきた。

「あんた、ジェイからスーキーのことを聞いたわけ？　ものすごく親密な関係みたいだから」

「いいえ、何も聞いてないわ」ヘッティは首を振った。「聞いていたらみんなに話すもの」

「まあ、ちょっと聞いてるのかなと思っただけ」アギーは少しばかり口調を和らげた。「あたしたちはお互いの面倒をみなきゃね。それを忘れないでよ、ヘッティ。お金持ちや上流階級の連中は、自分に都合のいいときだけすりよってきて、あたしらをおだてあげ、あらゆることを約束するけど、指輪をもらってちゃんと結婚できる娘はそんなに多くないんだから」

アギーの忠告には何も言わず、ヘッティは心配して尋ねた。「スーキーがそんな状態になったのは、あの錠剤のせいかしら？」

「さあね」アギーは肩をすくめた。「あたしが知ってるのは、スーキーがクビになって、もうここにはいないってことだけ。昨日の朝の列車でリバプールに帰ったよ。ここを出られて嬉《うれ》しいってさ。で、あんたはどうなの？　実家は楽しかった？」

「ええ、とっても。母さんと父さんがオペレッタを観《み》に、ロンドンに来るかもしれないの」

「へえ、驚いた」アギーはつかのま気を散らされた。「それは楽しみだね。うちの母さんなんてランカシャーから出たこともないんだ。出る気もないしね。南部の連中は信用できない、関わりを持つのはごめんだ、ってさ。ま、母さんの言うとおりかも」

ジェイがスーキーをクビにしたということは、彼はパリに行かなかったの？　それとも、スーキーをクビにしてから行ったのだろうか？　ジェイがどうしたのか知りたかったが、アギーに訊くのははばかられた。どうしてあいつの行動にそんなに興味を持つのか、と逆に訊き返されるに決まっている。

ジェイは一緒にパリに行かなかったことを許してくれるだろうか？　そして、わたしは許してほしいの……？

家に帰り、両親と何日か過ごしたことで、ヘッティの心には迷いが生じていた。ジェイが自分に求めているような関係を、両親がどう感じるかは考えるまでもない。

でも、母もコニーも、ジョンが貴族の令嬢と仲良くするのは歓迎しているようだ。レディ・ポリーはどんな人なのだろう？　新しい人生のなかで大きな部分を占めているらしいのに、ジョンはあまり話したがらなかったけれど……。

傍目《はため》から見たらわくわくするような毎日を送っているのに、どうしてジョンのことを考えるとこんなに悲しくなるの？　たしかに子どものころは、愚かにもジョンを世界一のヒーローだと思い、彼に恋をしていた。でも、いまのわたしはずっと大人になり、そういう絵空事を卒業して、有名な歌手になろうとしている。

ヘッティが自分にそう言い聞かせていると、ドアが勢いよく開き、双子が入ってきた。そのすぐ後ろにメアリーとバブスの姿もある。

バブスの薬指で光る指輪に真っ先に気づき、ジェニーが興奮して叫んだ。「わお、バブス。スタンと婚約したんだ？」

「だったら何よ？」バブスはさっと頭を振って髪を後ろに払い、赤くなりながら答えた。

左手の薬指で光る、ダイヤに囲まれた小さなルビーの指輪を見ようと、みんながわっとバブスを取り巻く。

「メアリー、先を越されたね。婚約指輪をもらうのは自分が最初だって、さんざん吹聴《ふいちょう》してたけど」アギーがメアリーを揶揄《やゆ》した。

「あら、実はダイヤモンドの指輪をもらったのよ」メアリーが自慢した。

アギーが不信もあらわに言い返す。「へえ、ほんとに？　だったら見せてよ」

「いいわよ、ほら」メアリーはそう言って手袋をはずし、右手にきらめく大粒のダイヤを見せびらかした。

「まさかそれ、本物じゃないよね？」ジェスが目をみはる。

「もちろん、本物よ」

「たしかにそうかもしれない。だけど、貴族の婚約者がつける家宝の指輪じゃない」アギーが容赦なくこきおろした。「なんたって、あんたはエドウィナ・アシュレイじゃないもの。アシュレイはルイス・マウントバッテン卿《きょう》と婚約したけど。それに左手の薬指にはめてもいないじゃないか」

メアリーはつんと顎を上げ、鋭く言い返した。「あたしはほかの人たちがつけた指輪なんかごめんよ。右手にしてるのはね、いまのところは秘密だからよ」

「だったら、どうしてあたしたちに教えたわけ？」アギーがそっけなく言って背を向けた。

「ねえ、バブス、あんたとスタンはいつ結婚する予定なの？」

「来年かな。スタンは来年の夏もブラックプールでパントをやることが決まってるの。彼には、桟橋でやる夏のショーのオーディションを受けろって言われてるんだ。そうすれば一緒に過ごせるから。もともと『プリンセス・ゲイシャ』が終わってたら、そうするつもりだったしね」

「それで？　あんたと貴族の坊ちゃまはいつ結婚するのさ、メアリー？　冠をつけて、ウエストミンスター寺院で式を挙げるの？　まあ、ほんとに婚約してたら、だけど」

アギーが挑むように言ったが、メアリーが閉めたドアの音で、このあてこすりはほとんどかき消された。

「何を怒ってるんだか。あたしらは貴族と結婚なんかできやしないのに。できると思ってるなら、メアリーは大ばかだよ」

「とてもよかったわ、ヘッティ。本式のオペラで歌うには遅すぎるけど」マダム・ベアトリスは小さく肩をすくめた。「そのためには子どものころからきちんとしたレッスンを受けないとね。でもあなたはとても努力家ですよ。観客は、あなたが立派なソプラノ・リリコの声を持っているのを聴きとるわ。オペレッタで主役を演じられるだけの声になりましたよ」

マダム・ベアトリスの言葉にヘッティは頬を染めた。これは最上の褒め言葉だ。嬉しさに胸をふくらませてマダムにお礼を言いながら、ふと悲しくなった。ほんの少しまえまでは、こういういい知らせを聞いたらバブスのところへ駆けていき、真っ先に知らせていただろう。でも、バブスはもうヘッティに割く時間などないようだった。それどころか、ヘッティが声楽の個人レッスンを受けていることを何度も辛辣な言葉で批判していた。

「ヘッティ！」

マダムの家をあとにし、明るい春の陽射《ひざ》しのなかに出たとたんに名前を呼ばれ、ヘッティは胸に手をあてて叫んだ。「驚いた！　心臓が飛びだしそうになったわ」

ジェイはにこりともせずにヘッティの隣に並んだ。「ハドソンにきみを迎えにやろうと思ったんだが、少しでも早く会いたくてね。わたしが恋しかったかい？　こんなことを言って自惚《うぬぼ》れさせたくはないが、わたしはきみが恋しかった。きみのいないパリは少しも楽しくなかったよ」

「まあ」ヘッティは戸惑いながらも、喜びに頬を染めた。

ジェイは実際、ヘッティが恋しかったのだ。パリでわびしいときを過ごしたわけではないが、従順で美しい高級娼婦《しょうふ》たちをはべらせても、ヘッティのことを頭から追いだせなかった。

「それで、プレストンはどうだった？」彼はわざとそう尋ねた。「パリ行きを棒に振っただけのことはあったのか？」

優しそうな笑みを浮かべているけれど、ジェイはまだ怒っている。ヘッティはそれに気づいたが、正直に答えた。「ええ、行ってよかったわ。母さんはとてもよくなっていたの。『プリンセス・ゲイシャ』を観に、父さんとロンドンに来たいと言ってるのよ。わたしの様子をすっかり知りたがって――」

「だが、すべてを話したわけじゃないだろうね？」

そう言われたとたん、なぜかいやな気持ちになり、ヘッティはうつむいてジェイと目が合うのを避けた。「声楽のレッスンのことや、あなたがとてもよくしてくれることを話したわ」

ジェイはため息をついてヘッティの手を取り、ぎゅっと握りしめた。「わたしに腹をたてているんだね、ヘッティ。なぜだ?」

「怒ってなんかいないわ。でも、あなたは怒ってる」

ジェイはまたため息をつき、握った手に力をこめると、優しくヘッティを自分と向き合わせた。「もうやめよう。わたしは怒っていないよ。きみが一緒じゃなかったから、がっかりしただけだ」ジェイは言いながら、実際たしかにそうだった、と心のなかでうなずいた。「きみもわたしが恋しかったと言ってくれないか、ヘッティ。わたしが聞きたいのはそれだけだ」

「恋しかったわ」ヘッティは真剣な顔で言った。これは嘘ではない。ジェイのことは恋しかったのだ。

「ああ、それでいい。さて、ハドソンの車でリッツへ行くとしよう。ちょうどアフタヌーン・ティーの時間だ」

ヘッティは彼を引き戻した。「でも、ジェイ、午後はリハーサルがあるの。もしなかったとしても……」

「なかったとしても、なんだい?」

「あなたとリッツに行って、あのお友達に会ったら……」

「ハーヴェイのことか?」

「ええ」

「あの男が嫌いなのか？」

「ええ。あの人は……怖いわ」ヘッティは率直に言った。「それに、あそこの人たちは、あなたが結婚していることをきっと知っている。悪いことをしているわけじゃないけれど……」

「ヘッティ、ヘッティ、何度言えばわかるんだ。わたしの結婚は、わたしたちとはなんの関係もないよ」

ヘッティが黙っていると、ジェイはこう付け加えた。

「わたしが妻と離婚ができないのは、教会がそれを許さないからだ。それなのに、この心を捧《ささ》げたい相手と一緒にいたいと思うのは間違っているのかい？　フランスでは、そういう関係は世間に受け入れられている。きみの国でも、きみが思っているよりも受け入れられているよ。とくにこの業界ではね。きみがわたしの愛を受け入れて、きみの愛ときみ自身を捧げてくれたら――」ジェイはふいにかすれた声で強調した。「決して後悔はさせない。きみはわたしの心の妻になる。わたしは女王のようにきみを大事にするとも。ふたりで分かち合えるものを考えてごらん。きみはブロードウェイの観客をひざまずかせ、彼らは総立ちできみに拍手を贈るだろう。そのとき、わたしはきみの横にいたい。自分が発掘した才能のある歌手としてだけではなく、愛する女性としてきみをアメリカに連れていきたいんだ」

ジェイの言葉がもたらした光景は、とても心をそそるものだったが、ヘッティはためらった。「でも……奥さまは？」

ジェイはかがみこんで、ヘッティの顔を両手ではさみ、情熱に燃える目でひたと見つめた。「妻は関係ない。重要なのはきみとわたしだけだよ、ヘッティ」

飛行クラブに戻ったとたん、ポリーに関する最新の噂《うわさ》が耳に入ってきた。イースターの休日を一緒に過ごした若者たちのグループにクラブのメンバーがいて、彼らがポリーのことをバーのカウンターで話していたのだ。

「レディ・ポリーは最高に楽しい人だった。なあ、ボジー？」ひとりがもうひとりに言った。

「ああ。それにものすごくきれいだったし。うちの姉があのふたりを見たとたんにぴんときた、って言ってたよ。もちろん、ラルフはオリヴァーのいとこだから、オリヴァーに似てるし」

「あのふたり、うまくいくといいな」べつの若者が言った。「戦争が終わったと思ったときに、オリヴァーがあんなふうに死んだのは最悪だったもんな」

「ああ、ほんとに」最初の若者が相槌《あいづち》を打つ。

「けど、ラルフはケンブリッジに入学したばかりじゃないか？」

「うん。聞いた話じゃ、レディ・ポリーは辞めてくれと言ってるらしい。あいつと離れているのが耐えられないんだって。ぼくは辞めないほうがいいと思うけど」

「どうして？　必要なことは全部レディ・ポリーに教えてもらえるんじゃないか？　噂がほんとなら、それ以上のことを教えてもらえるかも」誰かが耳障りな声で笑った。

ジョンは反射的に両手を握りしめ、バーに向かおうとして……自分の愚かさに気づいた。ポリーと彼女の評判を守る権利は自分にはない。ポリーの兄に雇われた、このクラブの教官にすぎないのだ。

「姉さんが言うには、レディ・ポリーはものすごく進んでるんだって」さきほどの若者が言った。

「ラッセルズ家がふたりの関係をどう思うかな」さきほどいやな笑い声をあげた若者が辛辣に言った。

ジョンは顔をしかめ、このグループのそばを通りすぎた。クラブのメンバーと生徒は、みな貴族か貴族に近い者ばかりだ。彼らの傲慢さが腹にすえかねたことも、一度や二度ではきかなかった。だが、ポリーに関する卑しい噂は常にもましてジョンの心を揺さぶった。

ポリーを愛しているわけではない。このイースターの休みでヘッティと会い、胸が締めつけられるような痛みを感じたときに、それははっきりとわかった。だが、無防備で傷つきやすいポリーを見ていると、守ってやりたくなる。それにジョンはポリーが好きだった。

抑えつけられるのを嫌う彼女の向こうっ気の強さ、威勢のよさには、感心させられることもある。ポリーはイースターを一緒に過ごしてくれと頼んだのに、ジョンが断ったのを怒っている。若者たちが噂をしているこの新しい関係が、こちらに何かを証明したいという気持ちの表れだと思うほど自惚れてはいないが、どんな相手なのか気にかかった。ポリーがついに、オリヴァーが残した胸の空洞を満たし、自分を幸せにしてくれる相手を見つけたのなら、こんな嬉しいことはないのだが。

26

ロンドンは春の盛り、貴族たちがこぞってロンドンに集まる〝シーズン〟も盛りとあって、今年デビューする乙女たちの写真、婚約したばかりのエドウィナ・アシュレイとルイス・マウントバッテン卿《きょう》の写真が、新聞の社交欄や雑誌を賑《にぎ》わわせていた。

最新流行の〝オックスフォード・バッグス〟と呼ばれる幅広ストレートのズボン姿の若者と、テニスウェア姿の溌剌《はつらつ》とした若い娘たちの写真がグラビアを飾り、〝モダンな女性には小麦色の肌が似合う〟というマダム・ココ・シャネルの発言が話題を呼んでいた。

そこでヘッティたちも、暇があるとハイドパークに繰りだし、肌を焼くことに専念した。ヘッティはたちまちとてもきれいな金色の肌になり、ほかの娘たちに羨ましがられた。

ある午後遅く、アギーはメアリーとヘッティとともに下宿に戻りながら、くすくす笑うヘッティにこぼした。「いてて。やんなっちゃう、火傷《やけど》したみたいに顔が真っ赤だ。あんたはそんなにきれいに焼けたのにさ」

半袖のボレロがついたすてきなサンドレスが、美しく焼けた腕を引き立たせている。公園では、よく焼くためにボレロを脱いだのだ。若者たちのグループがすれ違いながら口笛を吹くと、ヘッティは少しばかり得意にならずにはいられなかった。

「カラミンローションを取ってくる」アギーが言って下宿に足を向けた。「すぐ追いつくよ」

アギーがいなくなると、ヘッティは尋ねた。「今夜は彼に会うの、メアリー？」

「ううん。彼はインチフィールドに帰ってるの。ご両親に呼ばれたんだって。実家の邸宅がそこにあるのよ」メアリーは首を振り、誇らしげに言った。

「邸宅なんて、すごいわ」

「うん、百室以上もあるんだって」メアリーが明るい声で言った。

メアリーはほほ笑んでいたが、なんだか無理をしているみたいに見える。それに少し痩せたようだ。

「ねえ、スーキーがのんでいた錠剤をのんだりしてないわよね？」

「あたりまえでしょ」メアリーはすぐさま否定したものの、驚いたことに急に涙ぐんだ。

「何かあったの？」

「なんでもない」メアリーは鼻をすすり、手の甲で涙を拭くと、強い調子で命じた。「いい、誰にも言わないでよ」

その日はジェイがブライトンに連れていってくれる約束だったのだが、土壇場で急な用事が入ったとかで遠出は中止になった。それでも、ヘッティが夜の上演を終えて劇場を出ると、ジェイが待っていた。

「ヘッティ、アーチーからすばらしい知らせが届いた。新しいオペレッタできみが歌う曲が二曲できあがったそうだ」

「二曲も？　でも、どういう物語にするかはまだ決まっていないんじゃなかったかしら？」ヘッティはジェイに腕を取られ、待っている車へと急がされながら尋ねた。

車は新しくなっていた。ロールスロイスだ。ヘッティは目をみはりながらクリーム色の革の座席におさまった。

「ああ、そのとおり。だが、アーチーもわたしも、『プリンセス・ゲイシャ』が成功した勢いに乗るべきだと考えている。だから新作が間に合わなければ、ブロードウェイでまず『プリンセス・ゲイシャ』を上演するつもりなんだ。あともうひとつ驚かせることがあるんだよ」

どうやらジェイはとても上機嫌らしく、目を丸くするヘッティに笑いかけ、両手を取った。

「きみとふたりでニューヨークへ行くんだ！」

「ニューヨークへ？」ヘッティは目を丸くしてジェイを見つめた。

「やっと驚いたな。そうさ、ニューヨークだ。もうすっかり手配してある。エージェントに命じてニューヨークへ向かう船の予約を入れた。それだけじゃない」彼はちらっとハドソンのしゃちこばった背中に目をやり、声を落とした。「きみが言ったことを考え、エージェントに、ニューヨークにいるあいだきみが滞在するアパートを見つけておくように指示した」

「アパート？」ヘッティは自分がニューヨークへ行くという知らせをまだ消化しようとしているところだった。ニューヨーク、そこはまるでべつの惑星のように思える。

「そうとも。わたしの新しいオペレッタのスターが、いまのようにコーラスと下宿を共有するなど考えられないことだ。ニューヨークではしみったれたことはできない。それに、きみがひとりでアパートに住めば、人目を気にせずに……頻繁に会いに行ける」

リッツに着くと、いつものようにドアマンがヘッティのためにドアを開けてくれた。ジェイはヘッティの手を優しく取った。「明日はチェルシーにこぢんまりした家をふたりで見に行くつもりだ。広くはないが音楽室もあるから、歌の練習もできる。ふたりきりになれるすてきな寝室もあるんだよ。だが、その話はあとでしよう」ジェイはそう言って、ヘッティが車を降りられるように手を離した。

一度にあまりにもいろいろなことを言われ、ヘッティはとてもついていけなかった。ニューヨークに行き、アパートに住む？　チェルシーに家を借りる？

もちろん、ジェイの自分に対する関心がどういうものか、いまではよくわかっている。ヘッティ自身も彼をとても魅力的な男性だと思っていた。ジェイには人を惹《ひ》きつけずにはおかないエネルギーとカリスマ性がある。彼に魅せられない女性はほとんどいないだろう。しかもジェイと自分のあいだには仕事という共通点もあった。ジェイのそばにいれば、夢を実現できるのだ。プレストンに帰って家族に再会するまえのヘッティなら、それ以上の望みはない、と言ったにちがいない。

でも、いまは……ためらいがあった。ジェイの愛人になることを両親が祝福してくれるとは思えない。母はショックを受け傷つくだろうし、父は怒るだろう。ふたりとも自分たちが恥ずべき関係とみなすものから、娘を守りたがるにちがいない。〝わたしが身を置く世界では事情が違う。裕福なパトロンと愛人という関係が父さんと母さんに決して受け入れられなくても、この世界ではよくあるものなのだ〟と言っても、きっとわかってはもらえない。

でも、ジェイとの関係を家族に秘密にしておくことができたら？　ロンドンでは不可能でも、ニューヨークならそれができる。そう思うと鼓動が速くなった。

ジェイはいつもこんなふうにこちらをときめかせる。ジェイが腕をつかんだり手を握ったりすると、そこから震えが走り、体が息を止めて何かを──未知の歓《よろこ》びを待つように、全身が張りつめる。ヘッティはそんな気持ちを表現したくて、衝動的にジェイに向き直った。が、とたんにジェイが怒りに体をこわばらせ、あとずさった。

「どうしたの？」ヘッティは、スイートに上がるのにいつも使うエレベーターへと自分を引きずるようにして急ぐジェイに尋ねた。

だが、ジェイは答える代わりに怖い顔で首を振り、スイートに入るまで口をきかなかった。そして部屋に入るなり、くってかかった。「その顔はなんだ？」

「顔？」ヘッティは不安にかられて尋ねた。「べつに……いつもと同じでしょう？」

「同じなものか」ジェイはヘッティの腕をつかみ、くるりとまわして鏡に向き合わせた。

「ほら、見るがいい。その肌を！」彼はけげんそうな顔をするヘッティに言った。

「わたしの肌？　それがどうしたの？」

「焼けているじゃないか……茶色に。まるで……」自分が何を言ってしまうか恐れるように、彼は口角をさげ、首を振った。そしてヘッティの腕を離し、苦い声で告げた。「その肌の色になった自分がどう見えるか、わからないのか？」

「これが流行だもの。ココ・シャネルが……」

「フランスのデザイナーがなんと言おうと知ったことか。わたしの国で女性の白い肌は、美徳よりも重要な魅力のひとつだ」

「白い肌が？」日光浴をしただけで、なぜジェイはこんなに怒るの？　ヘッティは彼の気持ちを理解しようと努めながら繰り返した。

「来なさい」ジェイは腕をつかみ、引きずるようにして居間に入ると、《ニューヨーク・タイムズ》を手に取って何ページめかを開き、それを突きだした。「これを読むといい」

ヘッティは不安にかられてその記事を読みはじめた。黒い少年が白人をレイプした罪で拷問され、杭《くい》に縛りつけられて焼かれたという記事だった。

最後まで読みおえるころには、ヘッティは涙を流し、ショックで震えていた。こんなにひどいことが起きるなんて。

「その少年がなぜそんな目に遭ったかわかるか？」ジェイはそう言い、返事を待たずに言葉を続けた。「肌が黒いからだ。そして相手が肌の白い娘だったからだ。白人が黒人の女性をレイプしたら、同じことをされたと思うか？」

「ジェイ、これはあんまりよ……ひどすぎるわ。こんなひどいことが起こるなんて恐ろしすぎる。でも、それがわたしの日焼けとどんな関係があるの？」

「わたしは先祖の話をしただろう、ヘッティ。わたしの故郷では、茶色い肌をした女には奴隷の血が混じっていると言われる。ニューオーリンズの金持ちの男は、白い肌の女性しか連れ歩かない」ジェイは目をそらして低い声で付け加えた。「わたしはきみの白い肌を愛していたのに」

ヘッティは熱い涙が目を焼くのを感じた。「ただの日焼けよ。日光浴をしなければもとに戻るわ」

そう、肌の色はもとに戻る。だが、ヘッティのなかの何かがジェイの言葉にひどく傷ついていた。たとえ独身だったとしても、ジェイは日本人の血が混じっているわたしとは結婚しないのではないだろうか？　ふいにそんな疑問が頭をよぎり、物事の表面しかとらえないジェイの一面が透けて見えたような気がした。

「ラルフィー、ダーリン、ジョンを紹介させてちょうだいな。とても意地悪な人なのよ。いくら頼んでも、わたくしに操縦を教えてくれないの」ポリーは横にいる長身の若者にそう言って、少しぎこちなくジョンのほうに顎をしゃくった。

ラルフ・ラッセルズは並外れてハンサムな若者で、ポリーを見る眼差《まなざ》しからするとすっかり夢中なようだ。だが、恋人を見上げたあとジョンに戻したポリーの目に、ほとんど捨て鉢に見える決意が浮かんでいるのを見て、ジョンは不安にかられた。

「ラルフィーはプロポーズしてくれたの。喜んで承知したわ。だから、レディだと主張できないにせよ、少なくとも伯爵夫人にはなれるの。わたくしは立派な伯爵夫人になると思う？」

ポリーの言葉に若者が当惑しているのは明らかだったが、礼儀上、立ち去ることもできず、わずかに首を傾けて、〝おめでとうございます、伯爵閣下〟というジョンの言葉を受けるしかなかった。

即座にポリーが笑いだした。「閣下だなんて、ばかげた言い方はやめて。それにラルフィーはまだ伯爵ではないのよ。お祖父《じい》さまがご存命ですもの。でも、見てちょうだい、とても美しい指輪をくれたの」

まだ笑みをたたえたまま、ポリーは薬指できらめく、ダイヤに囲まれた巨大なエメラルドの指輪を見せた。

「ポリー……」新しい婚約者がぎこちなくたしなめる。

「いいのよ、ラルフィー。ジョンはたんに兄の雇い人というだけではなく、友達でもあるの」

ポリーがエレガントなキセルに煙草《たばこ》を差しこむと、ラルフはすかさず火をつけた。ぎこちないとはいえ相手を喜ばせたいという熱心さがほほ笑ましい。まるで訓練をされていない子犬のようだ。

「行きましょうか、ダーリン。もう友達とはじゅうぶんに話したでしょう？　それに今夜は新しくできたパブに行く約束よ。覚えてる？」

ふたりがクラブハウスのドアに達したとき、ジョンがいちばん嫌っている生徒がそこから入ってきた。

パーシヴァル・モントフォード卿は色の薄すぎる冷たい青い目に赤ら顔の、がっしりした中年の男だった。自分より階級が下の人間を虫けら同然に扱うせいで、誰を雇っても一年と続かないと聞いたことがある。酒豪で大のギャンブル好き。モントフォード卿をめぐっては、カードでときどきインチキをするうえに、女性を手荒く扱う男という非常に不愉快な噂《うわさ》が立ちはじめている。結婚はしていないが、独身の若い女性よりも既婚女性を好むとも言われていた。

ジョンはそうした噂話から、モントフォード卿がどういう男か自分なりの結論を引きだしていた。アルフレッドもモントフォード卿がクラブに出入りするのをいやがり、できれば門前払いをしたいのだが、噂を証明するのが難しくて……とぼやいている。

モントフォードはクラブに入ってくるなりポリーに気づき、わざと行く手に立ちふさがったように見えた。ポリーは急いで婚約者に身を寄せ、その腕を取ってモントフォードを挑むように見た。だが、横にいたジョンは、強気な態度の下でポリーがこの男を怖がっているように感じた。

たぶん思い過ごしだ。ポリーのことになると少し気をまわしすぎるぞ、と自分をたしなめる。しかしその日の午後、暑さを逃れて涼しい場所を探そうと狭いオフィスを出たときにも、ポリーへの懸念を払えなかった。

久しぶりに自由な時間ができたジョンは、どこまでも青い空を見上げ、そこに舞いあがって、心の憂さをすべて忘れ、決して褪《あ》せない飛ぶ喜びに身をゆだねたくなった。

「なんてひどい暑さだろう」アギーがあえぐように言った。「ハイドパークに行くけど、誰か一緒に行く?」

ジェスとジェニーが目を見交わして首を振り、今日の午後はふたりのファンと過ごすのだと打ち明けた。

「あんたは、ヘッティ?」

ヘッティも首を振った。週の初めに小麦色に焼いた肌を見たジェイに激怒されて以来、もとの真珠のような白い肌に戻そうと、できるだけ陽《ひ》にあたらないようにしているのだ。日焼けを落とそうと赤くなるまで塩でごしごしこすったりもした。でも、小麦色の肌を見たときのジェイの激しい拒否反応は、いつまでも頭から消えずにいやな後味を残していた。

もちろんジェイを喜ばせたいとは思う。でも、人間にとって大切なのは外見ではなく内面だと教えられて育ったヘッティには、彼の機嫌をとるために白い肌を取り戻そうとしていることこそが、心の傷をこすっているような行為に思えるのだった。

新聞に今年の五月は五十年ぶりの暑さだと書いてあったが、実際、バブスとふたりで使っている狭い部屋は、窓をめいっぱい開けてもうだるように暑い。

外の通りからアイスクリーム売りの声が聞こえたとたん、口のなかに唾が湧いた。急いで小銭を手に階段をおりていくと、その途中で玄関のドアが開き、メアリーがうつむいて急ぎ足に入ってきた。

「あら、メアリー」

「ここで何をしてるの？　あんたも公園に行ったんじゃなかったの？」

「暑すぎるもの」ヘッティはとっさにそう答えた。「アイスを買いに行くところなの。一緒に食べない？」メアリーが泣いているのを見て、驚いて尋ねる。「メアリー、どうしたの？　何があったの？」

「なんでもないわ……なんでもない」メアリーは強い口調で言ったが、嘘だということはすぐにわかった。

もう一度訊《き》こうとすると、メアリーはヘッティを押しのけ、階段を駆けあがった。

ヘッティはためらったが、結局、表のドアを開け、アイスクリーム屋がいる通りの角へと急いで、手にした器のなかにふたすくい入れてもらった。

「おれと一緒に食べない？」アイスクリーム屋がそう言ってウインクする。

「だめ、友達が待ってるの」ヘッティはきっぱり言ってお金を渡し、器を受けとった。

メアリーの部屋は自分たちの部屋よりも一階上だ。ヘッティはドアの外で少し躊躇《ちゆうちよ》したあとノックした。「わたしよ、メアリー。アイスクリームを買ってきたの。でも、スプーンは自分のを使ってね」声をかけながら部屋に入ると、メアリーがベッドに突っ伏して泣きじゃくっている。「ああ、メアリー、何があったの？」

「あっち行って！」メアリーは邪険にそう言ったが、ヘッティはかまわずベッドの横に腰をおろした。

「メアリー、いったいどうしたの？」ヘッティは優しい声で尋ねた。「なんでもないなんて言ってもだめよ。そんなの嘘だもの。話してくれるまでは出ていかないから」

メアリーはまだ泣きながら体を起こした。「あの人が……実家に戻ったのは、貴族の令嬢と婚約するためだったの。新聞に載ってた」

「婚約？　でも……どういう意味？　婚約はあなたとしたんでしょう？　きっと何かの間違いよ」

「間違いなんかじゃないわ。部屋に行ったんだもの。最初は入れてくれなかった。でもドアを開けなければ、大きな声で叫ぶって言ってやったの。友達も口裏を合わせてあたしを騙《だま》してたのよ、ヘッティ」メアリーはすすり泣きの合間にそう言った。「あたしとはちょっと楽しみたかっただけだったの。自分のような階級の男があたしみたいな女と結婚すると思うなんてばかだ、って言われた。レディ・アラベラは子どものころからの婚約者で、もうすぐ結婚するんだって。ああ、ヘッティ、どうすればいいの？　ほかのみんなに――アギーになんて言われるか。みんな腹を抱えて笑うに決まってる」

「いいえ、笑ったりしないわ」ヘッティは慰めようとしたが、メアリーは首を振るばかりだ。

「あたしは胸が張り裂けそうだってのに」メアリーはつらそうに声を振り絞った。「向こうはこれっぽっちも気にしちゃいない」そしてベッドに身を投げ、また泣きはじめた。

「まあ、こうなるのは最初からはっきりしてたね。貴族の御曹司と結婚できるなんて、思うほうがどうかしてたんだよ」アギーはそう言った。

メアリー以外は、全員が劇場にいた。メアリーは頭が痛くてだるいからとリハーサルを休んだのだ。

「自業自得だけどさ、可哀想《かわいそう》」ジェスがぽつりと言った。

「うん」ジェニーがうなずく。

「ほんとだよね」アギーも声を和らげた。「ヘッティ、よく覚えておきなよ。金持ちの連中はみんな同じなんだから。ジェイ・ダルハウジーがアメリカ人だからって、彼は違うってことにはならないよ。おまけにあの男はもう結婚してるんだし」

「ヘッティには言っても無駄よ、アギー」バブスが辛辣に言った。「自分はあたしたちより上だと思ってるんだから」

「そんなことないわ」ヘッティは悲しい気持ちで言い返した。

「いいや。そうさ。みんな聞いてる？　ヘッティはここを出て借家に移るらしいよ」バブスの言葉に、ヘッティは赤くなった。「声楽は習うわ、毎晩のようにリッツで食事するわ、おまけに今度は家を借りてもらうだなんて。あたしらをばかにするのもたいがいにしてほしいよ」

「借家に移る？　そんなこと言ってなかったじゃない、ヘッティ？」ジェニーが非難するように言った。

「家のことは、まだ決まったわけじゃないの」ヘッティはうしろめたい気持ちを押し隠して答えた。「このままジェイが口にしただけで……」

「へえ、ジェイがね」バブスが嘲る。

どうしてバブスはこんな態度をとるの？　ヘッティは胸を締めつけられるようだった。

「まあ、あんたがどうなろうと、もうあたしには関係ない。リバプールに戻るんだから。マネージャーにももう話したの。今週の終わりにはここを出ていくわ」バブスは薬指にはまっている指輪をまわした。

「スタンが恋しい、ってか？」アギーがからかう。

「そうかもね。みんながみんな有名な歌手になりたいわけじゃないってこと」

「よしなよ、何もそんな意地悪を言わなくても……」アギーがたしなめる。

「それはそうだけど……」バブスはしぶしぶ同意して、冷たい目でヘッティを見た。

ヘッティは寝るときまで待ってバブスと話すことにした。誰より親しかったバブスの、手のひらを返すような態度には傷ついていたが、このまま別れてしまうのはつらすぎる。

せめて急に冷たくなった理由を突きとめる努力をしたかった。

　バブスは背を向けて黙って着替え、ヘッティが話しかけようとしても取りつくしまもない。ふたりともベッドに入ったあと、ようやくヘッティは思いきって声をかけた。

「バブス、わたしたちは友達だと思っていたけれど……」

「あたしもそう思っていたよ。でも、あんたは変わった」バブスは鋭い声で決めつけた。

「いまのあんたは、リバプールにいたときと違う。自分はあたしたちよりもましな人間だと思ってる」

「そんなことは思ってないわ。絶対に――」

「思ってるさ。あたしたちなんかどうでもいいんだ。昨日だって、ハイドパークに一緒に来なかったじゃないか」

「それは……」ヘッティは言いかけて、言葉を切った。ふたりはもう親友ではないのだ。以前なら、真っ先に自分の不安を打ち明けていただろう。でも、自分とジェイとの関係を非難している相手に、肌の色に関してジェイに言われたことを告げる気にはなれなかった。

「言わなくてもわかってるよ。あたしのいとこが、ちょうどあんたと同じだった。一緒にコーラスを始めたのに、ソロの役をもらったら、とたんにあたしたちを見下して、まるで大スターになったみたいに振る舞いはじめた」

「親戚に舞台に立っている人がいたなんて知らなかったわ。いまは何をやってるの？」

バブスは苦い声で笑った。「さあね。最後に聞いた噂じゃ、マンチェスターから来たどっかの男と駆け落ちしたらしい。いい厄介払いだ。あたしのスタンをあんたが見下してたのも、ちゃんとわかってるんだから」

「バブス、違うわ、そんなこと――」

「違うもんか。クリスマスにスタンから膝に座れと言われたとき、つんと澄ましてそばを離れたじゃないか」

驚いてバブスを見つめる。「でも、それは……」

ヘッティは言いよどんだ。スタンの頼みを断ったのはバブスに遠慮したからだと言っても、この新しいバブスにはわかってもらえないだろう。

ヘッティはむなしい気持ちで思った。これが舞台で成功する代償なの？　友人を失い、家族を失い、自分の信念を失うのが？　ヘッティはかすかに身を震わせた。


そろそろ暗くなってきた。ジョンは、クラブに戻る時間だとしぶしぶ自分に言い聞かせた。空はまるで奇跡のように美しかった。深みを増した群青色の空は、太陽が沈んでいく地平線のあたりで淡いレモン色に変わっている。カメラがあって、副操縦士がいたら、あの美しさを写真に残すことができたのに。

プレストンの暮らしがなつかしい。そう思いながら小型機を無事に着陸させ、所定の位置まで移動させた。昔のもっとゆったりした毎日が恋しかった。収入は少なくても、写真を撮る時間はあったし、家族や友達と過ごす時間もあった。

死んだジムのことを思うたびに自分を苦しめてきた鋭い痛みと罪悪感は、いつのまにか悲しみと喪失感に変わっていた。ところが皮肉なことに、ヘッティを失った悲しみと喪失感は、薄れるどころかいや増すばかりだ。

整備士たちはすでに帰宅し、飛行場はがらんとしていた。ふだんはひとりでいても寂しいとは思わないが、今夜は空気の暖かさと夏の訪れを感じるからか、あらゆる場所で草木や花が命を謳歌《おうか》しているからか、胸を衝《つ》かれるような孤独を感じた。

村の反対側にはこぢんまりしたパブがある。その店はジョンに、羊を市場へと追う家畜商人がよく集まる古いパブ〈羊と羊飼い《ラム＆シェファード》〉を思い出させた。プレストンの郊外にある、死んだ父とその弟のウィリアム叔父がよく行っていた店だ。

家畜商人だったウィル叔父さんはとんでもない変わり者で、プレストンとランカスターにそれぞれ家族がいた。叔父を思い出し、笑みを浮かべながら、ジョンは車に乗ってエンジンをかけた。妻と愛人がいて、おまけに両方に子を産ませている〝堕落した〟義弟を、気位の高い母は心底嫌っていたが、ジョンはウィル叔父さんが大好きだった。その昔ギデオンがジョンに約束したコリーの子犬を届けてくれたのも、ウィル叔父さんだったのだ。

少年と子犬、これは切っても切れない組み合わせだ。暗くなった田舎道を走りながら、レックスのことを思った。死んでからもう四年以上経《た》つが、十歳のときにギデオンがくれたあのコリーのことが、いまでもときどき恋しくなる。

頭上に昇った満月が周囲の景色を青みがかった銀色に染め、大きな濃紺のボウルのような空には星々がきらめいていた。

子どものころ星に興味を持つと、星や星座のこと、それがどう動くかを熟知していたウィル叔父さんがいろいろと教えてくれた。それから何年もあと、街の写真家のもとに〝弟子入り〟してからは、何時間も望遠鏡で星を見て楽しい時を過ごしたものだ。ヘッティも子どものころは空を見上げ、こちらが教える星座の名前に耳を傾けた。ヘッティのことは忘れなくてはいけないのに……つい考えてしまう。

目当てのパブは、村からほんの三キロばかりのところにあった。その店の前に車を停《と》めたとき、ほんの数メートルしか離れていないところにポリーとモントフォードが立っているのが見えた。自分たちの車のそばで何やら言い争っている。ふたりともジョンに気づいていないのは明らかだ。

ポリーとモントフォード？　何を言い争っているのだろう。それに、なぜこんな場所で会っているのか。

モントフォードが歩きだしたが、ポリーがあとを追いかけていく。明らかにまだ言い足りないようだ。しかし、モントフォードに押しのけられると、きびすを返して自分の車に乗りこみ、いつものように急発進して走り去った。モントフォードはそれを見送ってから自分のダイムラーに乗り、反対の方角に走りだした。

いったいどうなっている？　なぜポリーはあんなに嫌っているモントフォードと、こんなところで会っていたんだ？

いまやポリーには、守り、面倒をみてくれる婚約者がいるのだから、自分には関係のないことだ。しかし、なぜか保護者のような気持ちになってしまう。三十分後、ジョンはまだ心配しながら、女店主が運んできたステーキ＆エールパイを食べはじめた。

27

別れるときにはかつてのような親友ではなくなっていたが、それでもバブスがいなくなると寂しかった。ふたりで使っていた部屋が空っぽに思える。横になったあと、まるでバブスがそこにいるように一日の出来事を話す習慣が、いつの間にか生まれていた。

焼けた肌はほぼもとに戻り、そのことでジェイが激怒したことは、あれ以来どちらもひと言も触れなかった。ジェイは何かすてきなものを買ってあげたい、とほのめかし、チェルシーにある家に移るよう強く勧めはじめた。〝こぢんまりした、質素な家〟だと彼は言うが、ヘッティにはあまりにも贅沢《ぜいたく》に思えた。実際、二度めに行ったときは、くつろげないどころか、ひどく居心地が悪いと感じた。

「どこが気に入らないんだ？」少し見ただけでヘッティが首を振ると、ジェイは問いただした。

「どこって言われても……ただ、とても……」

フリルのついたカーテンにソファや椅子、分厚い絨毯《じゅうたん》と優美な家具――そんなこの家の居心地の悪さを言葉で説明できずに、ヘッティは肩をすくめた。それに、まだきつい香水のにおいが残っている部屋にいると、檻《おり》に閉じこめられたような気がする、とジェイに言うこともできない。

　プレストンのウィンクリー広場に面している家では、煙草《たばこ》と革と、母の好きなローズウォーターがかすかに香っていた。キッチンは料理のいいにおいに満ちていたし、子ども部屋はベビーパウダーのにおいがした。そういういろいろなにおいが、ウィンクリー広場の家を〝わが家〟にしていたのだ。でも、この家はわが家どころか牢獄《ろうごく》のように思えた。

　だからヘッティは、いまの下宿に留《とど》まりたいと告げたのだった。

「なんだ、まだ怒っているのか？」彼は心外だというように尋ねた。

　そうなのだろうか？　ときどき自分が彼にどんな気持ちを抱いているか、よくわからなくなる。きみが欲しいと耳元で囁《ささや》かれると体がほてるし、大人の女性として認められていることに自尊心をくすぐられる。厳格な道徳観念など振り捨ててジェイに自分を与え、禁断の果実を味わいたい。自分でも驚くほど強くそう思う一方で、尻込みする自分もいた。メアリーの身に起きたことを思うとなおさらだ。そして頭のどこかでは、ジョンと、彼のキスのことが忘れられなかった。

「いいえ。ただ……」

「ただ、なんだ？」

「ただ、一緒に暮らすのはニューヨークへ行くまで待ったほうがいいと思うの」

「それがどれほど残酷なことか、わかっているのか？」ジェイは低い声で尋ねた。「そんなに長く待てるかどうかわからないな、可愛《かわい》いヘッティ。ぼくの体はきみの甘さをこんなにも求めているんだ」

ジェイはそう言うと、いきなりヘッティの手をつかんで自分の体に押しつけた。

縮こまる指の下に脈打つ大きなものを感じ、ヘッティは真っ赤になった。ジェイの手がようやく離れ、急いで手を引っこめたあともまだ顔がほてった。

いろいろなことがあまりにも速く変わっていく。ヘッティはトラファルガー広場を横切り、パブの外に停《と》まっている醸造所の荷車を通りすぎながら思った。女主人がむっちりした手を腰にあて、痩せ細った使用人が石段の汚れをこすり落とすのを監督している。ヘッティは小さなため息をついた。リバプールでは、家の前の石段を掃除し、軽石でこすって真っ白にするのは、自分たちの家に誇りを持っている主婦たちだ。

シャフツベリー大通りとドルリー・レーンは、朝のこの時間にはいつも人通りが多い。劇場へ行く者だけでなく、自転車に乗った配達の若者、あくびをしながら早朝のリハーサルに急ぐ劇場関係者、下宿や店まわりの準備を始める大家や料理店のあるじもいる。早朝は、夜のあいだこの地域で働いていた人々が帰宅する時間でもあった。ヘッティは歩道を千鳥足で歩いてくる売春婦を見て、急いで目をそらした。歳《とし》はヘッティと同じくらいだが、ただれた口のまわりには血がにじみ、痩せた腕はところどころ紫色になっている。その腕に小さな赤ん坊を抱えているのを見て、ヘッティはとっさに足を止め、バッグを開けてその娘に何ペニーか差しだした。

うつろな目を見開き、その娘がヘッティを見つめる。

「赤ちゃんにミルクを買ってあげて」ヘッティは急いでそう言って通りすぎた。

どうしてあんなことをする気になったのか、自分でもわからない。この地域にいる売春婦たちは大声でわめき立て、ときには暴力をふるうばかりか、夜の公演を終えて帰宅するヘッティたちを罵倒し、腐った野菜や卵を投げつけるのに。

スーキーとバブスが途中で去り、代役のふたりが昇格したため、一座には新人がふたり加わった。そのコクニー訛《なま》りのロンドンっ子たちは、自分たちのほうが北部から来たコーラスよりも格上だと言葉や態度でほのめかすため、安物の化粧品のにおいが立ちこめる楽屋の雰囲気はとげとげしいものになり、辛辣な言葉が飛び交うことが多くなった。

ヘッティの仲間は、このオペレッタが終わることを願いはじめていた。ジェイも劇場を借りている九月の終わりまで続けるつもりはないと言っている。最近は観客の数が減りはじめているからだ。

あと数週間待っていれば、バブスは途中で辞めなくてもリバプールに戻り、スタンと一緒になれたのに。ヘッティはそう思いながら道を渡り、劇場に入った。楽屋に入ると、まだバブスの姿を捜し……彼女はもう何百キロも離れた街にいることを思い出す。少し離れたところに立っているメアリーが、コーラスのひとりに嘲られ、激怒していた。

「つまり、貴族の坊ちゃんは、ほかの相手を選んだわけね。メアリー、あんたじゃなく！」

「うるさい！　よけいなお世話よ。いますぐ大口を閉じなきゃ、そのみっともない長っ鼻に一発お見舞いするから」メアリーが鋭く言い返す。

ダイナは鼻を鳴らした。「あたしたちの前で指輪をひらひらさせるのもこれまでだね。賭けてもいいけど、そのダイヤは偽物さ」

「これは本物よ」メアリーが怒りに赤くなった顔で言い返す。

「ふん、どうだか。ほら、これをごらんよ」ダイナは仲間に呼びかけ、バッグから新聞を取りだした。「全部ここに書いてある。当の坊ちゃんの婚約が発表されてるよ。ふたりの写真つきでね」

ダイナが嬉《うれ》しそうに振りまわしているページに何人も群がるのを見て、ヘッティの胸はメアリーのために痛んだ。

「彼はあたしを愛していたんだよ、ヘッティ」メアリーは、かたわらで守るように立ったヘッティにつぶやいた。「愛してると誓ったんだ。あたしと結婚する、って。さもなきゃ、絶対に……母親のせいだ、母親に説得されたにちがいない。ふたりで話すことさえできれば……でも、彼は会ってくれないんだ」メアリーは涙をためてそう言った。

暑さのせいで、みんなが怒りっぽくなっている。監督が大声でリハーサルをやめさせると、ヘッティはそう思った。

「背景が違う」監督は怒って文句を言った。「変えろと言ったのに。新しい背景はどこにあるんだ？」

雑用係がステージ・マネージャーを呼びに走っていく。アイヴァンはまっすぐ若いダンサーのそばに行った。このごろはいつもあの若者と一緒だ。ステージ・マネージャーが来たあとも、何分も無視してダンサーと話したあと、おもむろに言った。「この背景は変えろと言ったはずだぞ」

ステージ・マネージャーは大きな赤い水玉模様のハンカチで汗を拭いた。「ええ、アイヴァン、わかってます。指示は伝えたんですが……」

「だったら、どうしてこれになってるんだ？」

ステージ・マネージャーはまたしても額の汗を拭いた。「セット・デザイナーの具合が悪いもんですから」

ヘッティはそれを聞いて、心配になった。今週の初めにはエディは劇場に来ていた。声はかけなかったが、姿を見かけたのだ。

「具合が悪い？　病気だってことか？」

ヘッティの後ろで誰かが鼻を鳴らし、つぶやく。「ああ、飲みすぎてね。エディはここにいるより〈旗と太鼓〉《フラッグ&ドラム》にいる時間のほうが長いもの」

さいわい、離れたところにいる監督には聞こえなかったようだ。

若いダンサーがその袖を引き、振り向いたアイヴァンの耳元で何やら囁いた。

「どうやらセット・デザイナーは起きられないほど具合が悪いわけじゃなさそうだな。ことピカデリー・サーカスのあいだにあるあらゆる不潔な酒場で、浴びるように飲んでるそうじゃないか」監督はそう吐き捨てた。

監督と違い、エディは仲間に好かれている。ステージ・マネージャーが困ったように口ごもった。「下宿に人をやって出てこさせますよ」

「その必要はない」監督は冷ややかに言った。「だが、このことはダルハウジー氏に報告するぞ」

監督はジェイにエディのことを告げ口するつもりなの？　ヘッティはゆっくりと息を吐いた。だったらわたしも、あの監督が恋人だったエディの前で新しい恋人とこれみよがしにいちゃつき、どんなにエディを苦しめているかジェイに話そう。エディの酒量がどんどん増えていくのは、監督の残酷な仕打ちのせいだもの。

通常のレッスンに加え、いまやヘッティはアーチーがアメリカから送ってきた新しい曲も練習していた。ジェイは今後の計画を誰にも知られたくないと、ヘッティとマダムにその件は秘密にすると誓わせていた。

こんなにたくさん学ぶことがあるのだから、疲れているのも無理はない。ヘッティはマダムの下宿から外の陽射《ひざ》しのなかへと出ながら、そう思った。

今日はレストランで食べるかわりにハイドパークでピクニックしましょう――そうジェイを説得し、昼食に落ち合うことになっている。

「ピクニックだって？　いったいどうしてピクニックなんかするんだ？」

「楽しいからよ」ヘッティはきっぱりそう言った。でも、高級スーツを着たジェイは、ジヨンがアヴェナム公園でよくしていたように、ハイドパークの埃《ほこり》っぽい芝生に寝転ぶのはいやかもしれない。

そんな気がしていたから、公園に入ったあと、ジェイがエレガントなカフェへ向かうのを見ても驚かなかった。

「遅れてすまなかった」ウェイターを呼びながら、ジェイは謝った。「アイヴァンがわたしに会いたがってね」

ヘッティはメニューを置き、心配になって尋ねた。「エディのことで？」

ジェイは顔をしかめた。「ああ、彼に関する話だった。きみが心配する必要はないよ」

「でも、心配だわ」

ジェイはメニューを置き、注文を待っているウェイターを追い払った。「なんだって？　わたしが雇ったセット・デザイナーが飲みすぎで仕事に出てこなかったことを、なぜきみが心配するんだ？」

ジェイの声には警告するような響きがあったが、ヘッティは無視することにした。「エディは友達ですもの。それに……アイヴァンはエディにとても残酷だった。ああ、ジェイ――」心をこめて訴える。「エディがあんなに飲んでいるのは、アイヴァンのひどい仕打ちのせいなのよ」

「そういう話は……」

「ジェイ、お願いだから聞いて。可哀想《かわいそう》なエディはアイヴァンを心から愛しているの。それなのに、アイヴァンは彼にそれは残酷な仕打ちをしてきた。ふたりはパリで一緒だったとエディから聞いたわ。アイヴァンは愛していると誓っておきながら……ジェイ！」

ジェイが嫌悪もあらわに椅子を押して立ちあがり、ナプキンを投げやるのを見て、ヘッティはうろたえた。

「そんな汚らわしいことを、よく口にできるな」ジェイは激怒して吐き捨てた。「嫌悪すべき……おぞましい倒錯のことを。そういう汚らわしい行為に浸る者が、ほかの者の耳を汚すことなど、許されるべきではない」

「でも、エディはアイヴァンを愛しているのよ」

「何が言いたいんだ？」ジェイは荒々しく問いただした。

ヘッティは頑固に繰り返した。「エディはアイヴァンを心から愛している。でも、アイヴァンはダンサーのひとりをベッドに連れこみ、事あるごとにエディに見せつけているわ。だから気の毒なエディは絶望しているのよ」

「なんだと？　その男は自分できみにそんな話をしたのか？　それだけでも、ここがニューオーリンズなら鞭《むち》で打たれるところだ。いいか、二度とこの話題を口にするな。そういう不自然な行為が法律で禁じられていることは知っていると思うが？」

ヘッティはジェイの反応に当惑していた。ジェイの口ぶりだと、まるでこちらが何か悪いことをしたかのようだ。でも、劇場にいる全員、ジェイの言う法律が絶えず破られていることを知っている。

「あなたはアイヴァンとエディみたいな男の人たちのことを知らなかったような口ぶりね。でも、知っていたにちがいないわ」ヘッティはきっぱりと言った。「劇場で働いている人たちはみんな知っている」

ジェイは吐き捨てるように言った。「知っているとしても、忌むべき生き方を容認しているわけではないだろう。わたしは容認していない。わたしの思い通りにできるなら、鞭をふるって汚らわしい倒錯を叩《たた》きだしてやる」

ヘッティは言葉もなくジェイを見つめた。こんな非情な人間だとは思いもしなかったのだ。ジョンなら、はるかに深い思いやりを示したにちがいない。ふいに目を涙が刺した。

「その件はもうおしまいにしよう」ジェイはふたたびウェイターに合図をしながらきっぱりと宣言した。

ヘッティはメニューに手を伸ばそうとはせず、首を振った。「食欲がないわ」


「ジョン、お願いがあるの」

ジョンはポリーを見上げて眉をひそめた。ポリーは少しまえにオフィスに駆けこんできて、どうしても彼に会いたいと言い張ったのだ。

「何です?」

「これをわたくしからだと言ってパーシヴァル・モントフォード卿《きょう》に渡してほしいの」

ポリーは手袋をはずし、バッグを開けて、紐《ひも》をかけた茶色い包みを取りだした。

「自分で渡すつもりだったのだけれど、愛するラルフィーを拾いにオックスフォードに行かなくてはならないの。彼のお母さまがわたくしに会いたがっていて、ラルフィーが同行したがっているものだから。お母さまからわたくしを守るためよ。ドラゴンのような方だけれど、ラルフィーにはとても甘いの」ポリーは笑ったが、ひどく無理をしているのがジョンにはわかった。

彼はポリーが机に置いた包みをちらっと見た。「レディ・ポリー、ぼくには関係のないことかもしれないが、あなたとモントフォード卿のあいだの……友情は……」

「友情？　どういう……意味？」

ポリーがこんなふうに頼みごとをしてこなければ、おそらくこのまえ見たことは胸に秘めていただろう。

ジョンは机に目を落とし、ふたたびポリーを見上げた。「村はずれのパブの外で、モントフォード卿とあなたが一緒にいるところを見たんだ」

「嘘、そんなはずないわ」ポリーは言下に否定したものの、それから首を振り、笑いはじめた。「ああ、ジョン」言葉を切ると、机の隣にある椅子に沈みこんで顔を覆う。「わたくしはとんでもない苦境に追いこまれているの……」

「苦境？」

「わたくしは恐ろしいことをしたのよ。でも、あなたには話せない。誰にも話せないわ」

「ラッセルズ卿にも？」ジョンは優しく尋ねた。

「とくに彼には。彼には絶対に知られたくない。ジョン、わたくしがあの男といたことを、誰かに話したりしていないでしょうね？　話していないと言ってちょうだい」

「いったい……」

「いいえ。何も訊《き》かないで。質問は禁止。耐えられないから。わたくしにはとても……とくにあの男に関してはだめ」ポリーは体を震わせ、苦悶《くもん》に満ちた低い声で言った。「あの男の名前を言うことすら耐えられない。それなのに……」

「あなたがそんなに苦しんでいるのを見たくないんだ。ラッセルズ卿に相談できないとしても、あなたを助けられる人が誰かいるはずだ。お兄さんとか……」

「アルフィー？　いいえ、だめ」ポリーはさっと手を振り、はずみで茶色い包みが机から落ちた。

ジョンは反射的にかがみこんでそれを拾った。紐の結びが解け、驚いたことに紙幣の束が見えた。ショックを受けてポリーを見上げると、強い眼差《まなざ》しが見返していた。「ポリー……」

「そのお金をあいつに渡さなくてはならないのよ、ジョン」ポリーは囁いた。「渡さなければ、人にしゃべると……」唇を震わせ、やっとそう言った。

「あいつはあなたを脅迫しているのか？」

ポリーはうなずいた。

「しかし……どうして？　何のせいで？」ジョンは口走り、そのあとで気づいた。ポリーは酔って罪悪感に圧倒され、モントフォードに堕胎のことを打ち明けてしまったのかもしれない。

「お願い、ショックを受けないで。わたくしに背を向けないで」ポリーは血の気の失《う》せた顔で懇願した。「とても愚かだったわ。ただ……たまらなく寂しくて……あの男は最初は優しそうに見えた。それに楽しかったのよ。ところが、アルフィーに、モントフォード卿は結婚相手には向かない男だ、あの男と付き合うのはやめろと言い渡されたの。〝腐った卵〟だ、と」ポリーは兄の口調を真似《まね》て言った。「わたくしのことは知っているでしょう？　だめだと言われると、反抗せずにはいられないの。これはだめ、あれもだめ、と指図されるのは我慢できない」ポリーはつんと顎を上げた。「だから……」

ポリーはいったん言葉を切り、唇を噛《か》んで目をそらした。

「夕食を一緒に、という誘いを承諾したの。わたくしがロンドンに行くことになった。そして愚かにも……」ポリーは膝に目を落とし、両手を握りしめて、突然、何かのお守りでもあるように婚約指輪に触れた。「あの男は駅に迎えに来た。彼はとても美しいオープンカーを運転しているのよ、ジョン。運転させてほしい、と懇願せずにはいられなかった。するとあの男は、そうしてもいいが、そのまえにわたくしに見せたいものがある、と言ったの。観光の名所にでも連れていかれるのだと思ったわ。ところがあの男はわたくしをある家に連れていき……」そこでぶるっと体を震わせた。「なかに入ってはいけなかったんだわ。入るつもりはなかったの。でも、アルフィーに警告でもされたのか、と挑発されると、わたくしは兄の話など気にしていないことを証明せずにはいられなかった。

その家は、よりによってチェルシーにある、恐ろしいほどみすぼらしい家だったわ。男の人が愛人を置いているような家。それから、飲み物を注《つ》がれ……何杯空けたかわからない。そのあと夕食に出かけるまえに着替えたほうがいい、と言われて……」

　ポリーがジョンを見る。そのあと何が起きたのかは聞かなくてもわかった。

「無理強いされたわけじゃないの」ポリーは震える声で言った。「立ち去ることもできたのよ。そうすべきだった。何杯も飲んだあと……言葉にするのもいまわしいことが起きた。そのあとは……愛するオリヴァーの写真をまともに見られなかった。自分のしたことが恥ずかしくて」青ざめた頰を大粒の涙が転がり落ちた。「だから、二度としないでと言ったのに、あいつは笑って、やりつづけた。そのとき自分を救うためには、ラルフィーと結婚するしかないと思ったのよ。でも、いまやあの男は、五百ポンド払わなければラルフィーの家族に全部ばらすと脅しているの」ポリーはためらった。「明日の夜、あの売春宿に持ってこいと言われた。でも、わたくしはとても行けない。行きたくない。あの男が怖くて……わたくしに何をさせようとするか。お願い、このお金を代わりに渡して。あいつは毎日のようにここに来るんでしょう？　こんなことを頼める人はあなたしかいないのよ。わたくしを最低の女だと思っているでしょうけれど、どうか、あまり厳しく裁かないで」

「ポリー……」ジョンは彼女を引きよせ、もろいガラスでできているかのようにそっと抱きしめた。ポリーの苦悩を思うと胸が痛み、その人生を台無しにしようとしているモントフォードに激しい怒りを感じた。

「そろそろ行かないと。ラルフィーが待っているんですもの。お母さまの前では煙草を吸わないように、前もって注意するつもりなんだわ。ラルフィーのお母さまはとても厳しい方なのよ。たぶんわたくしとの結婚は許さないでしょうね。でも、彼はとてもすてきでしょう？　オリヴァーにそっくりなの」

あの若者との結婚に関して、いま忠告めいたことを言うのはまずい。ジョンはとっさにそう判断した。ポリーにはすでに耐えがたいことが山ほどあるのだ。

「あの男に会って、それを渡してくださるわね、ジョン？」ポリーは手袋をはめながらもう一度懇願した。

「ちゃんと渡すと約束する」

「それに……この話は誰にも、わたくしにさえ、二度としないと約束してくださる？」

「言うまでもないよ」

「ああ、ジョン」ポリーは涙ぐんで身を乗りだし、ジョンの顎を唇でかすめると、シルクの服をひらつかせ、香水のにおいを残してオフィスを出ていった。そして帽子の小さなベールをおろしながら陽射しのなかへと歩きだし、急いで自分の車に向かった。

アイリスが順調だと太鼓判を押してくれたのよ、ヘッティ。もちろん、とても気分がいいから、心配はしていなかったけど。アイリスから、わたしが順調で、あなたの弟か妹は予定通りに生まれるはずだと告げられて、ギデオンはほっとしているわ。

本当は今月オペレッタを観《み》に行くつもりだったのだけど、ギデオンはこの暑さを心配して、ロンドンに行くのを渋っているの。ジョンにもよい知らせがあるのよ。いまギデオンが彼に手紙を書いているところ。ジョンの飛行場のことで政府のお役人から問い合わせがあったの。どうやら空軍があの土地を買いあげたがっているらしいわ。

ああ、ヘッティ、わたしはとても幸せよ。ウィンクリー広場のこの完璧な人生に足りないのは、あなただけ。あなたにとても会いたいわ。ここにいてほしいけど、それは自分勝手というものね。あなたには歌がある。あなたにとって歌うことがどれほど大事かはわかっているんですもの。

出産するまえにロンドンに会いに行けなければ、あなたが会いに来てくれるかしら？ とても会いたいわ、ヘッティ。

愛する母より

ヘッティは涙を拭いながら母の手紙を何度も読み返した。でも、これは喜びの涙、安堵《あんど》の涙だ。わたしはみじめでも、絶望しているわけでもない。

ヘッティは家族が恋しかった。とくに母に会いたくてたまらない。バブスがこの仕事をあきらめ、リバプールとスタンのもとへ帰った理由がわかるような気がする。

母からの手紙を受けとったばかりなのに、もう次の便りが待ち遠しい。今週は一度ならず二度も家に電話をかけた。

父と母はふたりとも、母体は順調で、母自身にも赤ん坊にもなんの問題もない、と請け合っている。出産のことが心配なだけでなく、ヘッティは母がとても恋しかった。それにジェイの決断をまだ家族には告げていないが、数週間後にはこの国を離れ、ニューヨークに出発するのだ。手紙や電話では話しにくいことだったから、両親がロンドンに来たときに話すつもりでいたのだが、こんなに暑いなか、妻をロンドンに連れてくる危険をおかしたくないという父の気持ちもよくわかる。

母の予定日は八月の初め。だから、赤ちゃんはわたしがニューヨークにいるときに生まれることになる。そう思うとまたしても涙があふれ、ふいに胸が痛むほど激しくウィンクリー広場にいたいと思った。

ジェイがわたしの未来に計画していることを知ったら、父と母はどれほどショックを受けるだろう。もちろん、ジェイの申し出を断ることはできる。でも、わたしは本当にそうしたいの？　ジェイが差しだしているのは、一生に一度のチャンスなのだ。それにニューヨークに行ったきりというわけでもない。新しいオペレッタがブロードウェイでヒットしたら、ロンドンにそれを持ちこむつもりだ、とジェイは言っている。

「でも、成功しなかったら？　アメリカ人がわたしを好きになってくれなかったら？」

「アメリカはきみを好きにならない」

ジェイにきっぱり言われてヘッティの心臓は一瞬止まった。ジェイはわたしのことを考え直したの？

しかし、それから彼はにっこり笑ってこう言った。「ヘッティ、アメリカはきみを愛する、るよ。わたしがすでにそうしているように」ジェイは低い声で付け加え、スイートの食堂で身を乗りだして、感じやすい耳のすぐ下に唇を押しつけた。

ヘッティはジェイへの懸念にもかかわらず、彼の腕に身を投げ、身も心も捧《ささ》げたくてたまらなくなった。

「客船の隣り合ったスイートを予約したよ」ジェイは耳元で囁いた。この瞬間、彼に抱きあげられ寝室へ運ばれても、抗《あらが》いも拒みもしなかっただろう。

だが、ジェイはそうしなかった。そのときは落胆したが、しばらくしてジェイの親密なキスがもたらした興奮が冷め、下宿の狭いベッドで横になったときには、何も起こらなかったことにほっとしていた。

バブスがいれば、すべてを打ち明け、相談することもできただろうに。自分の話に耳を傾け、親身になってこの世界のルールと道徳観念を教えてくれる者はひとりもいない。

ヘッティは母の手紙を丁寧にたたんだ。今朝のリハーサルと声楽のレッスンは、とても、重要な理由でジェイがヘッティに代わってキャンセルしていた。ふたりでお昼を食べたあと、ドレスを買いにボンド通りへ行くからだ。"きみには、最後の興行が終わった夜、わたしが業界のあらゆる重要人物を招いてリッツで催すパーティに着るドレスが必要だ〟と彼は言った。

「きみはそのパーティの女主人役を務めるんだよ、ヘッティ。わたしの女主人役、主演女優、わたしの愛する女性として」

ヘッティは母の手紙を専用の箱のなかにしまい、ドアを開けた。するとメアリーがひどく取り乱し、まるで脚を上げる力もないかのように手すりにしがみついて、階段を上がってくるのが見えた。紙のように白い顔で、頬を涙で濡《ぬ》らしている。

「メアリー、どうしたの?」ヘッティは即座に駆けより、手を貸そうとメアリーの腰に腕をまわした。

「ああ、ヘッティ」メアリーはヘッティに助けられ、自分の部屋に入りながらうめいた。

「どうしてこんなことになったんだろ」

「きっとまた好きな人が見つかるわ」慰めようとしてそう言うと、メアリーは首を振って大声で笑った。

「あたしが言ってるのは、そのことじゃない。あいつの子を身ごもってるのよ」

「赤ちゃんを?」ヘッティはメアリーを見て、お腹に手を滑らせた。たしかに少しふくらんでいる。

「そう、妊娠してるの、はらんでるのよ、間違いなく。それなのに、赤ん坊の父親は会おうともしないから、知らせることもできない。ああ、どうしよう、ヘッティ。もうお腹が出てきたし、つわりがあるの」

ふたりは顔を見合わせた。

ヘッティはショックを受け、恐怖にかられてつぶやいた。「でも、彼がなんとかしてくれるはず……」

「してくれるもんか。とにかく、できることはひとつしかない。急いで始末するしかないわ」

「始末する、って……孤児院に渡して養子にだしてもらうの?」

「まさか! 産むなんてとんでもない」メアリーは激しく首を振ったものの、震えながら付け加えた。「可哀想な子。けど、生まれないほうが幸せよ。母さんはあたしを家に入れてくれない。父さんが死んだあとに再婚した相手がひどいやつで……」メアリーの顔から表情が消えた。「母さんと結婚したんだから、あたしにも手を出す権利があるとばかりに……だから、出てけって叫んだのさ。でも母さんたら、そいつじゃなく、あたしを追いだした。嘘つきのあばずれ呼ばわりして」メアリーの目にまた涙があふれた。「十四のときだった」

「メアリー……」

ヘッティも涙ぐみ、ふたりは互いに抱きしめ合った。

「こんなとき、バブスがいてくれたら」ヘッティは静かにつぶやいた。

「なんでさ？　バブスにできることなんか何もないよ。けど、始末してくれる医者がいるらしい。誰かがそんな話をしてた」

ヘッティを離すと、メアリーは一歩さがって右手の薬指にはめたダイヤの指輪をひねった。「高い金をとるけど、腕はいいらしい。噂《うわさ》で聞くみたいに腹を引き裂かれるとか、大量に失血して死ぬようなことはないって話だ。わかるでしょ？」

すっかりわかったわけではないが、ヘッティにもメアリーが何を言っているか想像がつきはじめた。「でも……」

「仕方がないよ。それしか方法がないんだもの」メアリーは苦い声でさえぎった。「大きな腹を抱えたコーラスガールなんか、誰が雇ってくれる？　実家に帰って工場に勤めるのもいやだし、みんなに知られるのもごめんだ。彼がこれを知ったら絶対結婚してくれたよ。そうさ、きっと結婚してくれた。そしてこの子は貴族の赤ん坊として生まれただろうに。けど、彼は結婚してくれない。だから、彼のせいでできた子も生まれない」

「ああ、メアリー。彼がきっとなんとかしてくれるわ」

「あてになるもんか。とにかく、いまはだめ。家族を怖がってるんだもの。それに婚約者の家に滞在しててロンドンにはいないし。新聞にそう書いてある」メアリーは未練を振り捨てるようにさっと頭を振った。「もう決めたんだよ。この一週間ずっと考えてた。指輪を質に入れれば、医者に払う金はできると思う。今日の午後、質屋に行ってくる。それから……」メアリーは肩をすくめた。「その医者のところには劇場の娘たちが何人も行ってるけど、みんな大丈夫だった、って。ジンで景気をつけて、階段の上から飛びおりるよりはましだもの」

「ほかの方法があるかもしれない」ヘッティは震えながら必死に考えをめぐらせた。

流産したあと、母が流れてしまった赤ん坊のことを悲しみ、心まで病んでしまったことが忘れられない。それなのに、メアリーはまるで赤ん坊を憎んでいるような口ぶりで、違法行為であるばかりか、体にとってとても大きな危険をもたらす堕胎をすると言う。

メアリーが苦い笑い声をあげた。「どんな方法さ？　どっちみち、あんな男の子どもなんか育てる気になれやしない。ただのお荷物だよ。とにかく、質屋に行ってくる。堕胎の費用は、あたしじゃなくあの男が払うべきだからね」

「メアリー、どうか考え直して。どうしてもお医者に行くなら……わたしも一緒に行くわ」ヘッティは頭を回転させて、どうにかそう言った。メアリーに付き添って、最後までなんとか思い留まるように説得してみよう。

メアリーは少しためらったあと、口をゆがめて答えた。「どうかな。まあ、これしか方法はないよ。あとでね、ヘッティ。このことは内緒。あんたのいい人にもよ。こんな厄介な状況になって、仕事まで失ったりしたら踏んだり蹴ったりだ。あんたもこんなことが起こらないように気をつけたほうがいい」

わたしも？　ヘッティは恐怖に震えながら思った。ジェイの愛人になったら直面することになる不名誉と恥のことは心配していたが、これまでは自分がジェイの子を身ごもるなど考えたこともなかった。いまだって考えたくない。そんなの恐ろしすぎる。

「でも、メアリー、ほかのみんなに相談したほうがいいんじゃないかしら？」

メアリーは爪が食いこむほど強くヘッティの腕をつかんだ。「だめ！　絶対に話さないで。だから言ったこっちゃない、って説教されるのがおちさ」メアリーは顔をしかめた。

「あんたにも話すんじゃなかった。あたしがあんたなら、何もかも忘れるね」

「何もかもって……赤ちゃんのことも？」

「どの赤ん坊さ。赤ん坊なんかどこにもいない。それを覚えといてよ、ヘッティ」メアリーは怖い声で警告した。

ジェイがボンド通りのショーウインドーに飾られたエレガントなドレスにヘッティの注意を引き、弾む声で言った。「あれなんか似合いそうだ。おいで、この店に入ろう……」

ヘッティはその場を動かずに首を振った。ジェイは上機嫌だし、空は青く、太陽がきらめいている。でも、ヘッティに見えるのはショーウインドーの美しいドレスではなく、涙に濡れたメアリーの顔だった。

ジョンは時計を見た。午後九時。クラブの格納庫に自家用機を置いている、大半の生徒よりも経験を積んだパイロットの最後のグループが、飛行場を立ち去ったところだった。クラブに所属している初心者のレッスンは六時で終わりだから、今日はもうモントフォードがクラブに来ることはありえない。ポリーが預けていった包みは鍵のかかった机の引き出しのなかだ。

あの男は貴族の称号を持っているかもしれないが、真の紳士とは決して言えない。ジョンは苦い気持ちでそう思った。か弱い女性を脅迫するなど最低の男、クラブの若い生徒たちが言うところの〝ゲス野郎〟だ。クラブへの出入りを即座に禁止できたらどんなにいいだろう。だが、そんなことをすれば、仕返しにポリーの名誉を傷つけるかもしれない。

脅迫のような重大な犯罪は、本来なら警察に申しでるべきだ。しかし、ポリーが警察に訴えず、要求どおりに金を払う道を選んだ気持ちも、ジョンにはよく理解できた。女性を罠《わな》にかけ、親密な関係を持ったあげく、それをネタに脅迫したことが公になれば、間違いなくモントフォードは罰せられ、社交界からはじきだされる。しかし、ポリー自身もひどい噂をたてられ、傷つくことになるのだ。それでも、モントフォードのような悪党がなんの罰も受けないことには腹がたった。正義感から納得できないだけでなく、ポリーをあんなに苦しめていることが許せない。

六月の夜は明るく、暖かい。ふいにジョンはランカシャーに戻り、丘の上からリブル谷を見下ろしたくなった。北部とそこに住む朴訥《ぼくとつ》な人々が恋しい。オックスフォードシャーのリッチな貴族たちのあいだで送っている安楽な暮らしは、北部で育った自分の気質に合わないようだ。

家族や友人のことも恋しかった。こちらに来てから初めて、ジョンは自分が故郷に帰りたがっていることを認めた。

今朝配達されたギデオンからの手紙では、飛行場を買いたいという申し出がふたつあるという。ひとつは空軍から。もうひとつはプレストンで路面電車を製造しているディック・カー社の親会社、女性だけのサッカーチームを持つことで有名なイングリッシュ・エレクトリックから。

イングリッシュ・エレクトリック社は、新たに飛行機の建造を手掛けるために飛行場を欲しがっているという。ディック・カーのまたいとこにあたるハロルドからも、ジョンが北部に戻る気になったら、パイロットとしての技術をぜひとも当社で役立ててもらいたい、という手紙が届いていた。

しだいに光が薄れ、飛行場が暗くなってきた。そろそろ引きあげないと、夕食を逃すことになる。ジョンは立ちあがり、体を伸ばした。

ヘッティも同じようにプレストンと家族を恋しがっているだろうか？　ドアに鍵をかけながら、ふとそんな思いが頭をよぎって心が乱れた。だが、ヘッティは自分の人生から永遠に去ってしまったのだ。いいかげんにヘッティのことは忘れるべきだぞ、とジョンは自分に言い聞かせながら、鍵をかけはじめた。

自分の人生と未来は、このオックスフォードシャーにある。その選択はすでにくだされたのだ。実際、近くの村に新しい友人もできはじめていた。先週の日曜日には、教区委員の娘が、〝よかったら来週、教会のあと食事にどうぞ〟と真っ赤になりながら誘ってくれた。

28

アルフレッドの主張でジョンの住まいに引かれた電話がけたたましい音をたて、眠りを破った。ジョンはぱっと目を開け、ややあって何が眠りを妨げたのか気づいた。

大音量に急《せ》かされて急いで居間に入り、明かりをつける間も惜しんで電話に歩みよった。こんな時間に誰が電話をかけてきたのか知らないが、よほど緊急の用事にちがいない。

受話器を耳にあてたとたん、村の交換手エセルがほっとしたように言った。「よかった。ミスター・プライド、モートンプレイスから急ぎのお電話です」

まるで泣いていたようなその声に、いやな予感がして胃がちぢこまった。

「伯爵家の執事からです。お繋《つな》ぎします……」

かすかにかちりという音がして、ベイツのかすれた声が尋ねた。「ミスター・プライドですか？」

いまや眠気は完全に覚め、氷のように冷たい不安と恐怖が襲ってきた。アルフレッドに何かあったにちがいない。

「そうだよ、ベイツ、ジョン・プライドだ。どうした？　まさかアルフレッドに……？」

「ああ、ジョンさま」執事は泣いているような声で、ジョンも伯爵家の一員であるかのような呼び方をした。「警察が来ておりまして、いくつか質問をしたがっているのです。アルフレッドさまは……」鼻をかむような音がした。「お休みのところを申し訳ございません。でも、わたしどもが思いついたのはあなただけで……わたしどもにはとても……どうかこちらにおいでいただけませんでしょうか？」

「もちろんだ。すぐに行くよ、ベイツ」

服を着るために寝室に戻ったとき、何が起こったのか訊《き》き忘れたことに気づいた。

二十分後、ジョンは小型のオースチンをモートンプレイスの外に停《と》めた。前庭には、二台のパトカーと大きなベントレーが停まっている。

いつもならベイツが開けてくれる扉のところには、厳しい顔をした大柄な警官が立っていた。

「あんたはどちらさま？」

警官がぶっきらぼうに尋ねるのが聞こえたのか、扉が開き、その警官の上司とおぼしき男が出てきた。

「ジョン・プライド、アルフレッド卿《きょう》の雇い人です。執事のベイツから、大至急来てほしいという電話をもらって……」

「この人は通してかまわないよ、巡査」上官はそう言った。「どうぞ、ミスター・プライド、失礼しました」彼はホールに入るジョンに謝った。「こういう状況ですから、フリートストリートの記者連中が伯爵家の方々をわずらわせんように目を光らせておるんです。まったく恐ろしい出来事です」上官は首を振った。「申し遅れましたが、わたしはフィルポット警部補です」

「すみませんが、どういうことなのか話してもらえますか」警部補が差しだした手を握りながら尋ねたとき、ベイツが急ぎ足でやってきた。

明らかに泣いていたらしく目を赤くしている。まるでしぼんだように、いつもより小さく見えた。

「閣下が書斎でお待ちです、ジョンさま。お医者さまが一緒ですが……」

「よかったら、そのまえにちょっとお時間をいただけませんか？」警部補はそう言ってジョンを脇に引っ張った。

「遺体を確認しなくてはならないんですよ」警部補は沈んだ声で言った。「医者の話では、閣下はとてもそれができる状態ではないらしい。ここの使用人からあなたがレディ・ポリーをよくご存じだと聞きましてね。警告しておきますが、ひどい事故で……」

これは悪い夢にちがいない。ジョンはそう思った。真夜中にモートンプレイスに立ち、警部補がポリーのことを〝遺体〟と表現するのを聞いているなどありえないことだ。これが夢でなければ、あの活気あふれる、楽しいことが大好きだったポリーが死んだことになる。ポリーが死んだはずはない。今朝会ったばかりではないか。ジョンの頭では取りとめもない思いがぐるぐるまわっていた。

「いったい……どういう意味です？　レディ・ポリーが死んだはずがない」警部補に言う自分の声が、まるで第三者のもののように聞こえた。

警部補は心配そうに顔を曇らせ、巡査に命じた。「ウォルターズ、椅子をひとつ頼む。急いでくれ」そして巡査が持ってくると、ジョンに勧めた。「座ったほうがよさそうだ。何があったか聞いていないんですか？」

「ええ。つまり、ベイツが……」ジョンは警部補を見た。「ポリーには、レディ・ポリーには今朝会ったばかりです。ぼくはてっきり……伯爵に何かあったにちがいないと……」

「伯爵はすっかり動転しておられます。まあ、当然のことですが」

「本当なんですか？　本当にポリーは死んだんですか？」ジョンは麻痺《まひ》したような頭で尋ねた。

「お気の毒ですが、本当です」

「何があったんです？」

「交通事故でした」

「交通事故……」

「はい。こちらに戻られる途中だったようです」

「ここに？　しかし、今朝は婚約者を迎えにオックスフォードへ行き、そこから婚約者の家に向かうと言っていたが」ジョンはポリーの言葉を思い出し、そうつぶやいた。

警部補は暗い顔でうなずいた。「はい、その予定だったようです」

ベイツが急ぎ足で近づいてきた。「閣下がジョンさまに会いたいとおっしゃっておいでです」

「失礼します、警部補」

書斎に向かいながら、ジョンは何をどう考えていいかわからなかった。どうしてポリーが死ぬなんてことがありうるのか？　きっと何かの間違いだ。

アルフレッドは机の向こうに座っていたが、ジョンの姿を見てほっとしたように叫んだ。

「ああ、ジョン、来てくれたか」

「何かの間違いだろう？　まさかポリーが……」

アルフレッドは涙ぐんでうなだれた。「本当なんだ。妹は……ポリーは死んでしまった。いまいましいロードスターのせいで。スピードを出しすぎるといつも言ってたのに」

「落ち着いてくれ、アルフレッド」ジョンは友人の腕をつかみ、火のそばの椅子に座らせた。

「警察には、ここに運んでほしいと頼んだんだ」アルフレッドは片手で涙を拭った。「だが、そのまえに、妹を確認してほしいという。まったく融通のきかない連中だ。一緒に行ってくれないか、ジョン。ひとりではとても……ああ、恥ずべきことだ。あきれた臆病者だが……」

ジョンは鋭い悲しみに胸を衝《つ》かれ、すぐに言葉がでなかった。できることなら断りたい。だが、それは不可能だ。今朝会ったときのポリーの面影が頭に浮かんだ。

「きみは臆病者なんかじゃないよ、アルフレッド」ジョンも同じようにうなだれ、かすれた声でつぶやいた。

アルフレッドとともに病院をあとにしたときには、夜が明けていた。どこまでも澄んだ青空と地平線から顔をだしはじめた太陽が、暖かい上天気を約束している。だが、ポリーはもうそれを見ることも、楽しむこともできないのだ。病院の安置室に残してきたポリーが、きらめく陽射《ひざ》しとそのぬくもりを感じることは二度とない。

ポリーはジョンが今朝見たときの服をまだ着ていた。枕にのせた顔をこちらに向け、まるで眠っているように目を閉じていた。

木にぶつかったときの衝撃で首の骨が折れたのだ、と医者が説明した。

アルフレッドはすっかり取り乱し、すすり泣きながら妹を見つめたが、ジョンはまるで心が麻痺したように、最初のうちは涙もでなかった。氷のように冷たい青ざめた手を取り、それにキスして、頬にキスしようとかがみこんだとき、ポリーの青ざめた肌に何か温かいものを感じ、初めて自分の涙に気づいたのだった。

この数日、ジェイが話すことといったらニューヨークのことばかり。彼の興奮はしだいにヘッティにも感染しはじめた。ジェイの計画のことは、まだ仲間の誰にも話していない。ふたたび『プリンセス・ゲイシャ』が盛り返してきたため、ジェイは早めに打ち切るのをやめて、さらに三カ月間興行を続けることにしたのだった。

「六月の終わりで打ち切ると言っていたのに」

「そのつもりだったんだが、ギャンブラーの常で、わたしは迷信深いたちでね」ジェイは答えながら、ワインのボトルを手にしたウェイターに合図した。「リットン劇場は、わたしに途方もない幸運をもたらしてくれた。その幸運が続いてほしいんだ。だから、わたしたちがブロードウェイで成功をおさめて凱旋《がいせん》してきたとき、ここで上演できるように劇場の契約を延ばすことにした。どうせ劇場を借りておくなら、『プリンセス・ゲイシャ』の上演も延ばそうというわけでね。もっとも、これからの三カ月は、この半年ほどの興行成績は期待していないが。

『プリンセス・ゲイシャ』は最初の投資を百倍以上にして返してくれた。あのオペレッタときみは、これまでで最高の投資だ。きみの留守中にミミ役を演じる代役は、きみの足元にもおよばない。観客もきみの不在に失望するだろうが、やむを得ないな。わたしたちはもっと大きな成功をおさめるために、ニューヨークに行くんだから」

そう言うとジェイは、少し距離を置いて辛抱強く立っているウェイターに合図した。

「モエを一本頼む」

「今夜はふたりでお祝いしよう」ジェイは美しく飾りつけられたリッツのレストランで、テーブル越しにヘッティの手を取り、優しく握った。まるで自分にはいつでも好きなときにそういう親密な仕草をする権利があるというように。

「きみとわたしは、すでにお互いに幸運をもたらした。ニューヨークでもさらなる幸運をもたらせると信じているよ」

ウェイターが戻り、グラスに淡くきらめくシャンパンを注ぐ。

「わたしたちに乾杯！」ジェイはグラスを合わせ、手のひらで愛撫《あいぶ》するようにグラスを包んだ。ヘッティがちらっとそのグラスを見ると、彼は低く笑って言った。「知らないのかい？　シャンパングラスは女性の胸の形に作られたんだ。だから男はそのグラスを愛撫するように持ったとたん、愛する女性の美しい胸を愛撫したくてたまらなくなる」

そう言いながらジェイは意味ありげにヘッティの胸に目を落とした。今夜ヘッティが着ているのは、これまでになく大胆なデザインの服だった。コヴェントガーデンに近い市場の店で見つけたのだ。鋭い目つき、コクニー訛《なま》りの痩せた売り子は、ヘッティの細い体に合うように直しながら、〝これはウォルトの最新のデザインを真似《まね》てるんですよ〟と得意そうに打ち明けた。

コーラスガールはみな、デザイナーの一点ものを模倣した服を売ってくれる店を知っていて、その秘密をしっかり守っている。どれも貴族が贔屓《ひいき》にする高級店ではなく、ふつうのロンドンっ子が買い物をする店、ヘッティがこの服を買ったような店だ。

体にぴったりした新しい服を着るために、若い女性は旧式の分厚いコルセットを捨てた。今夜のヘッティは、ビーズや多面カットのガラスを縫いとった上等のシルクの下に、とても大胆なシルクサテンのフランス製ドロワーズと、驚くほど薄いお揃《そろ》いのキャミソールしかつけていなかった。ジェイに熱い目で見つめられると、胸がときめいて頬が薔薇《ばら》色に染まる。薄い布地の下で胸の頂がすぼまり、脚のあいだが熱くなってとろけるような気がした。

ジェイが手を離し、テーブルに身を乗りだして囁《ささや》く。「ヘッティ、ニューヨーク行きの客船に乗ったら、その胸を、一糸まとわぬ姿のきみを見せてくれるね。ただ見るだけではなく、この手に包んで優しく愛撫し、小さな蕾《つぼみ》にキスの雨を降らせながら味わわせてほしい」

「ジェイ、実は……ニューヨークに発《た》つまえに、家族に会いに行きたいの」ヘッティは急いで話題を変えた。「もちろん、ニューヨークに行くことは手紙で知らせたわ。でも……母にもうすぐ赤ちゃんが生まれるのよ。だから、そのまえに……」

もうすぐ親密な関係になるというのに、ジェイに母の妊娠について話すのがなぜこんなに気づまりなのだろう。家族への愛を口にするときも同じだった。ジェイは自分の家族のことを決して口にしない。息子たちのことさえ何ひとつ話そうとしなかった。

「この国を離れるのはほんの二カ月だぞ、ヘッティ。戻ってきたらいくらでも会えるじゃないか」ジェイは指摘した。「発つまえに一緒にしなければならないことが山ほどある。アーチーから新たに二曲届いたが、それも乗船するまえに歌えるようにしてもらいたい。主任旅客係《パーサー》にわたしたちが乗船することを告げて、船長の要請があれば特別な客のために歌ってもかまわない、と話しておいたんだ」

ヘッティは驚いてジェイを見た。「そんなこと、できないわ」

「もちろんできるとも」ジェイは笑ってたしなめた。「みんながきみを愛するにちがいない。そしてまだニューヨークに着かないうちに、きみが舞台で歌うのを聴きたがるようになるだろう。到着した一週間後には『プリンセス・ゲイシャ』を上演するため、あらゆる手配が整っている。そうしてきみはミミを演じるんだよ。向こうの記者たちは、すでにきみを手放しで称《たた》える記事を読んでいるんだ。ニューヨーク全部がきみの歌を聴くために集まってくるよ。それから、来年は向こうで新しいオペレッタを上演し、それを引っさげてこちらに戻る」

本当にそうなるといいけれど。新しいオペレッタがすっかりできあがるのを待ってニューヨークに向かうのではなく、たった六週間向こうでミミを演じるために大西洋を渡るなんて、途方もない話に思えた。

「いいね、新しいオペレッタのことは誰にもひと言ももらすんじゃないぞ」ジェイが釘《くぎ》を刺す。

ヘッティはうなずいた。いまのところ、ヘッティがニューヨークに行くのは六週間ミミとして歌うためで、そのあいだにジェイがアメリカで新たなミミ役にふさわしい歌手を見つけるのだ、とみんな思っている。

「エディ！」ヘッティは顔をほころばせた。「ずいぶん久しぶりね！」

「ああ、ほんとだ」エディは口をゆがめて言った。「きみはもうここにほとんどいないからな」

エディの責めるような調子に、ヘッティは赤くなった。

「追加のレッスンを受けていたのよ」ヘッティは気を取り直し、説明した。「でも、上演が延びたのはいい知らせでしょう？」

「どうかな」エディは苦い声で言い返した。「きみにはそうかもしれないが、アイヴァンの仕打ちをあと三カ月も我慢しなくてはならないんだ。そんなにいい知らせだとは思えないね」

「エディ……」

陰のなかに立っていたふたりのそばを、誰かが押しのけるようにして通りすぎる。すると天窓から入ってくる陽射しが、突然エディの顔を照らしだした。エディは髭《ひげ》も剃《そ》らず、肌は灰色で、頬がこけ、血走った目をしている。しかも夏だというのに、煙草《たばこ》に火をつけようとしている両手がぶるぶる震えていた。

エディが浴びるように酒を飲んでいることや、酔って癇癪《かんしゃく》を起こすことは、みんなの話でヘッティも知っていた。このごろは麻薬をやっているという噂《うわさ》もある。

ヘッティは少しでも慰めたくて彼の腕に触れ、シャツの袖に隠れている腕のあまりの細さに思わず息をのんだ。エディは即座にヘッティから身を引き、押しやるようにして離れていった。

「あの人、気をつけないと困ったことになるよ」誰かが舌打ちしながらつぶやく。

遠ざかる背中を見送ってきびすを返すと、楽屋へと廊下を急ぐメアリーの姿が目に入った。楽屋のドアを開けたメアリーの手からは指輪が消えていた。

ポリーが埋葬されてから三日になるが、ジョンはまだ彼女が死んだことが信じられなかった。いまにもドアが開き、ポリーが興奮に頬を染め、笑いながら急ぎ足で入ってくるような気がしてならない。

だが、ポリーは死んだ。それがどれほど受け入れがたい事実だろうと、ポリーはもういないのだ。そしてジョンには、たとえそれが本人の最初の意図とは異なる行為にせよ、ポリーのためにしなくてはならないことがあった。そこでアルフレッドに電話をして会いたいと告げ、ポリーから預かった金をポケットに入れてモートンプレイスに向かった。

気の進まない仕事だが、やらなければならない。停めた車から離れ、よく知っている扉へと向かいながら、ジョンはきちんとやり遂げられるよう祈った。

モントフォードはポリーが死んでから、ぱったりクラブには来なくなった。実際、この国を離れたという噂もあるくらいだ。噂の真偽はわからないが、あの男に我慢せずにすむのはありがたかった。クラブにやってきたら、外に連れだし、叩《たた》きのめしていたかもしれない。

呼び鈴を鳴らすと、ベイツが扉を開けた。扉にはまだ黒いリボンのリースがかかり、どのカーテンもぴたりと閉ざされている。アルフレッドが出てきて握手を交わし、ジョンを書斎に案内した。

ジョンは包みが解けかけた紙幣の束をポケットから取りだし、アルフレッドの机に置いた。「これを渡したかったんだ」

アルフレッドはけげんそうな顔をした。「それはなんだい？」

「レディ・ポリーから預かったものだ」ジョンは静かにそう言い、息を吸いこんで続けた。「ハンドバッグに入らないから、戻るまで預かってくれと頼まれたんだ」

ポリーの信頼を裏切ることだけは絶対にすまいと固く決意して、葬儀の日からずっとこの嘘を練習していたのだ。

「あいつは、なんだってこんな大金を持ち歩いていたんだろう？」アルフレッドが震える声で言った。「だが、届けてくれてありがとう。昨日ラルフと話したよ。気の毒にひどい状態だった」

ジョンは黙ってうつむいた。ラルフが警察に〝ふたりでかなり飲んだあと、ポリーが急に母に会いに行くのをやめて家に帰ると言いだした〟と話したことは、すでにアルフレッドから聞いていた。

「少なくとも、もう苦しまずにすむ。それにオリヴァーと一緒になれた」ジョンはかすれた声で言った。

アルフレッドはジョンの肩に手を置いた。「そうだな。ぼくもそう考えようとしているよ。きみだから打ち明けるが、ラルフ・ラッセルズとの婚約がうまくいくとは思えなかったんだ。しかし、気の毒にラルフは自分を責めている。あのときけんかさえしなければ、と……」

ポリーが死んだのが誰かの責任だとすれば、その誰かはパーシヴァル・モントフォードであって、ラルフ・ラッセルズではない。アルフレッドにそう言うことができたらどんなにいいか。たとえ直接手を下したわけではなくても、ポリーが死んだのはモントフォードがポリーを追いつめたからだ。

だが、ポリーの名誉のために、それを口に出すことはできない。

ヘッティはレディ・ポリーの悲劇的な死を知らせる母の手紙を置いて、涙を拭った。〝気の毒に、婚約者は胸を引き裂かれ、ジョンもすっかり打ちひしがれているのよ〟と母は書いていた。ジョンはひそかにレディ・ポリーを愛していたのだろうか？　ヘッティは胸を痛めながら手紙をもう一度読み返し、丁寧にたたんでポケットに入れた。仲間が階段を上がってくる。朝のリハーサルが終わったのだ。

「お昼を食べに行かない、ヘッティ？」ヘッティが答えるまえに、ジェニーはこう付け加えた。「何があったと思う？」

「何があったの？」ヘッティはまだジョンのことを考えながら、うわの空で尋ねた。

「エディがね、めちゃくちゃ怒って――」

「ジェニーったらあんた、誰彼かまわずその話をしてるね。もうじゅうぶんだろ、今度はあたしに話させてよ」アギーが横から口をはさんだ。「実は今朝、エディとアイヴァンがすごい剣幕でやり合いはじめたんだよ。で、それを聞きつけたジェイがおりてきて、荷物をまとめて出ていけ、ってエディに言い渡したんだ」

「そしたら」ジェニーが興奮して言い足す。「それを聞いたエディがアイヴァンに金切り声でくってかかって、まるで頭が変になったみたいに缶のペンキをセットじゅうにまき散らしてさ。ねえ、ジェス？」

「うん。缶のひとつをアイヴァンに向かって投げたもんだから、アイヴァンは赤いペンキをかぶっちまった。あの伊達男《だておとこ》のアイヴァンが！　エディはすごい勢いでアイヴァンを罵倒しながら、女みたいに泣きじゃくってさ。いまアイヴァンなんか大嫌いだ、殺してやりたいって言ったかと思うと、心から愛してる、アイヴァンなしじゃ生きられない、って。そりゃすごかったんだから」

　それでまたジェイが呼ばれたが、ジェイがほかの男たちに命じて放りだすまえにエディは劇場を走りでたという。三人が今朝の修羅場を描写するのを聞いて、ヘッティは体が冷たくなった。ジェイのことをよく知っているヘッティには、彼が激怒したさまが目に見えるようだった。

「ヘッティ、どこへ行くのよ？」ヘッティが急いでドアに向かうのを見て、アギーが呼びかけた。

「エディの様子を見に行ってくる」ヘッティはそう言い残して部屋を出た。

土曜日の午後とあって、通りを曲がるたびに逆方向に行く人々を押しのけながら進まなくてはならないほど人があふれていた。今日のピカデリー・サーカスはまさしくサーカスそのものだ。トラムが停まるたびに大勢の乗客が降りてきて、待っていた人々がどっと乗りこむ。

ようやく人込みを通過して劇場をぐるりとまわると、昼の興行を待って並びはじめた人々の列が目に入った。しかし、午後の上演には代役がミミを演じるから、ヘッティはいらない。仲間がヘッティのほうをじろりと横目でにらみ、何人かが〝贔屓されてる人はいいよね〟とこれみよがしにつぶやいた。

ヘッティはパブの外までやってくると、少しためらった。ここはエディがよくいる店だが、女ひとりで男たちが飲んでいるところに入っていくにはかなりの勇気がいる。そもそもエディがアギーたちの赤裸々な描写のような興奮状態だとすれば、パブに入るのも拒まれたのではないだろうか？　下宿に戻ったと考えたほうがよさそうだ。

互いに繋がった兎《うさぎ》の穴のような、しだいにみすぼらしくなる路地を進んでいくと、人の姿がぐんと見えなくなり、やがて通りの角に立っている物乞いしかいなくなった。ヘッティはいつものように硬貨をいくつか渡し、そのそばを通りすぎた。

下宿の分厚いドアは開いていたから、ノックする必要はなかった。戸口で煙草を吸っている厚化粧の女性の横を、体をちぢめて通りすぎる。パントマイムで男性が演じる女性のような、女というよりは男に近い仕草だと思ったが、べつの男が〝やあ、フランク〟と挨拶したときにはやはりショックを受けた。

階段と踊り場には誰もいなかった。エディの部屋のドアは閉まっている。ヘッティは力をこめてノックし、しばらく待った。エディが戻っていてドアを開けてくれたら、なんと言えばいいかも、自分に何がしてあげられるかもわからないけれど……。

もう一度ノックしようとすると、エディの声がした。「誰?」

「わたしよ、エディ。ヘッティよ。なかに入れてちょうだい」

なかでエディが動く音がした。ベッドのスプリングがきしみ、くぐもった足音がして、鍵がはずれる。

エディがドアを開けるのを待たずに取っ手をまわし、ヘッティは急いでなかに入った。

「何があったか聞いたんだね」エディは一歩さがってヘッティを通しながら、間延びした声で言った。

ヘッティはうなずいた。思ったより落ち着いているようだ。実際、ゆがんだうつろな笑みだったが、ほほ笑みさえ浮かべている。

「大丈夫?」

彼は苦労してヘッティに目の焦点を合わせると、顔をしかめ、瞬《まばた》きして、のろのろと話しはじめた。「まだ大丈夫じゃないが……もうすぐそうなる。きみはここに来ちゃいけなかったよ」

「心配だったの。もう戻ってこられないのは知っているわね？　ジェイには話してみるけれど……」

「遅すぎる。実際、もう何をするにも遅すぎるんだよ、ヘッティ」エディはそう言って笑いはじめた。「きみのノックが聞こえたときは、彼かと思った……ぼくがこうなっていることに彼が気づいて、愛しているからじゃなくても、自分の仕打ちを後悔して来てくれたのかと。まあ、これから来るかもしれないけど」

エディはベッドに戻って、力なく座った。

「彼に来てほしいんだ。ここにいて、しっかり見てほしい。ぼくに何をしたか。ぼくが最後の息を吐くのを見て、この体が彼の手の下で冷たくなっていくのを感じてほしい。死なないでくれ、生きてくれ、と懇願してほしい。ぼくの死を嘆いて、胸をかきむしり……」

激しく不安にかられ、ヘッティは早口で問いただした。「最後の息？　最後って？」

エディはヘッティを見て、どきっとするほど甘い笑みを浮かべた。「この人生を終わらせる手段を講じたんだよ。もうすぐ終わりが来ると思う。もう鼓動が遅くなっているのがわかるから……泣かないでくれよ、ヘッティ」

「エディ、何をしたの？　しっかりして、いまお医者さんを……」

にあるんだ」

「遅すぎるよ。医者に打つ手はない。死という物言わぬ救いは、すでにぼくの静脈のなか

どういうこと？　エディの言葉はまるで理解できなかったが、彼の話し方と動きはどんどん緩慢になっていき、胸のなかの恐怖がふくれあがっていった。

「苦痛を癒やす万能薬を摂取したんだよ。ぼくは天国のケシの花畑で阿片《あへん》を食べる人々に加わるんだ」エディは眠そうに言った。「阿片はとても策略に長《た》けた麻薬さ。ほんの少し摂取するだけで一時的に楽園に入れるから、いったんそこに入った者は、常にそこに戻りたがる。ぼくは永遠にそこに留《とど》まることになるんだ……横になってもいいかな、ヘッティ？　ただ……」部屋の外の踊り場から足音が聞こえ、彼は口をつぐんだ。

エディのこけた顔が赤くなり、正視にたえないほどの焦がれが目に浮かんだ。

「もう帰ってくれ。あれは彼だ。愛するアイヴァンが来たんだよ。来てくれるのはわかってた。ぼくはひとりで死なせたりしないことは！　ドアを開けてあげておくれよ、ヘッティ……」

足音は部屋の前を通りすぎていったが、ヘッティは立ちあがってドアを開けた。

「アイヴァン！」エディが弱々しい声で叫んだ。

「誰もいないわ、エディ」

「いるよ。きっといる。ヘッティ……そこにいるはずだ。アイヴァン……アイヴァン！」

エディは立ちあがろうとしたが、急速に力を失っていく体は思うように動かなかった。まるで穴の空いた器から命という水がもれていくようだ。

ヘッティがドアを閉め、ベッドのそばに戻ったときには、エディは意識を失っていた。どうしよう？　体は冷えきっているのに、汗が噴きだす。急いで医者を呼んでくるべきだと思ったが、心の底ではそんなことをしてもなんの意味もないことがわかっていた。

ヘッティは椅子を引きよせ、ベッドのそばに腰をおろすと、エディの冷たい手を握った。するとそれがわかったように、エディが突然激しく体を震わせ、ヘッティにはわからない言語で叫びながら体を弓なりに曲げ、ふたたびベッドに崩れ落ちた。

エディは体をこわばらせ、荒い息をついている。ヘッティはショックと心配で震えていた。誰かを呼びに行きたいが、いないあいだにエディが死んでしまうかもしれない。ひとりぼっちで死なせることはできなかった。しばらく迷ったあと、彼のそばに留まろうと決めた。誰かが部屋の前を通りすぎてくれたら、助けを呼んでもらえるのに。

けれど、踊り場は静まり返ったままだった。数分が数時間になり、エディの呼吸はひどく浅くなった。疲れた目をこすらなくては見えないほど胸もかすかにしか動いていない。外が暗くなりはじめるころ、エディがぱっと目を開けて、子どものような声で〝母さん！〟と叫び、ヘッティの手をぎゅっと握り返した。

それから呼吸が苦しそうなあえぎに変わり、喉の奥で恐ろしい音をたてたあと、完全に止まった。

ようやくドアの外で男たちの声が聞こえたが、助けを呼んでくれと頼んでも、エディにはもう間に合わない。ひたすらエディの静かな顔を見つめ、息をしてくれと祈りつづけていると、誰かがドアをノックした。ヘッティは優しくエディの手を放し、立ちあがって、彼の額にキスしてからドアを開けた。

踊り場には知らない男がふたり立っていた。どちらもハンサムで、女性のように優しい顔立ちをしている。

「エディが……死んだみたい」ヘッティはふたりにそう言うと、わっと泣きだした。

十時をまわった通りは暗かったが、ヘッティは下宿まで送るという申し出を断った。呼ばれてきた医者は、エディの死を確定し、頭が痛くなるほどたくさんの質問をヘッティに浴びせてきた。でも、エディが自分の命を断ったことを話すわけにはいかない。自殺は国の法律に反する行為であるばかりか、教会の法にも反する。ヘッティは慎重に言葉を選んで答え、自分はエディの友人で、具合が悪いのを知っていたから訪ねたのだと言い張り、医者の詮索するような質問をどうにかかわした。

よろめく足を踏みしめてどうにかピカデリー・サーカスまで戻ったとき、自分が頭のてっぺんからつま先まで震えているのに気づき、突然、ジェイに会いたくてたまらなくなった。彼に会って、慰めてもらいたい。抱きしめられ、大丈夫だと安心させてもらいたかった。タクシーを呼びとめ、リッツに行ってくれと告げると、運転手が問いかけるような視線を向けてきた。エレガントなホテルで夜を過ごす服装でもないのに、といぶかっているのだろう。

昨夜食事をしたときに、今夜は片付けなくてはならない仕事があると言っていたから、おそらくジェイはスイートにいるにちがいない。ヘッティは横の出入り口を使い、ドアマンの前を足早に通りすぎてエレベーターを呼んだ。

ジェイの部屋に行く廊下には誰もいなかった。しかし、急ぎ足にスイートのドアへと向かう途中で扉のひとつが突然開き、ジェイの友人が廊下に出てきた。

その姿を見て、ヘッティははっとして足を止めた。

「おや、誰かと思えばジェイの可愛《かわい》いツグミじゃないか。どこへ行くつもりかな?」ハーヴェイがからかうように言いながら行く手をふさぐ。

「ジェイのところに」そう言って横を通りすぎようとすると、ハーヴェイがいきなり腕をつかみ、笑いながら見下ろしてきた。

「何をしに行くつもりだ?　ジェイは部屋にはいないぞ。べつの可愛い小鳥に会いに行ってるからな。代わりにわたしが楽しませてやる」

そう言いながら、ハーヴェイはヘッティを自分のスイートに入る廊下へと引き入れ、壁に押しつけて自分の体で押さえつけた。

「やめて、放してください！」ヘッティは必死にもがき、いやらしい笑いを浮かべながら片手で胸をまさぐり、乱暴に乳首をひねるハーヴェイの手から逃れようとした。

ブキャナン氏のおぞましい行為が頭をよぎり、恐怖と嫌悪が喉を締めつけて息ができなくなる。汗ばんだハーヴェイの体が放つにおいに吐き気がこみあげてきた。

「好きなだけ抗《あらが》うことはできるが、すぐに違う歌を歌うようになる。ジェイに歌うのと同じくらい甘い歌をな」ハーヴェイは荒い息遣いで囁き、熱い息を耳に吹きこんだ。「ほらほら、ほんとは欲しいくせに、いやがるふりをやめたらどうだ？　きみのような女は、いつだって欲しがっている。わたしは気前がいい男だぞ。この可愛い耳には、ダイヤのイヤリングがよく似合いそうだ」

ハーヴェイは荒々しくヘッティのブラウスを引き裂き、固い指でヘッティの胸をつかみ、こねまわしながら、欲望に濡《ぬ》れた分厚い唇でヘッティの唇をとらえようとする。

「やめて……」荒々しくつかまれた胸の痛みに耐えながら、ヘッティはうめいた。

「何をしている？」

「ジェイ！」

急に離されたヘッティは、震える指で裂けたブラウスを胸にあて、すすり泣きながらジェイに駆けよった。

「その娘の言うことには耳を貸すな。そいつから誘ってきたんだ」ハーヴェイがあわてて言った。「きみを訪ねてきたが、留守のようだから、よかったら……と」

ジェイは黙ってヘッティを引きよせ、脇に立たせると、驚くほどすばやくハーヴェイのシャツをつかみ、壁に叩きつけて拳で思いきり殴りつけた。

ヘッティは目に恐怖を浮かべ、床に崩れ落ち、口の端から血を滴らせているハーヴェイを見下ろした。

「たいへん……死んでしまったわ」ヘッティは囁いた。

「これくらいで死ぬものか。大丈夫かい?」

ヘッティはうなずいた。「ええ。でも、あなたが助けてくれなかったらたいへんなことに……」ぶるりと体を震わせ、大粒の涙が頬を滑り落ちる。

「おいで」ジェイはヘッティの腕をつかみ、自分の部屋へ向かった。「ここで何をしていたんだ?　今夜は忙しいと言ったはずだぞ。まさか、わたしが部屋にいるかどうか確かめに来たわけじゃないだろうな」

ジェイが開けてくれたドアからなかに入ると、ヘッティは急いで首を振った。「もちろん違うわ」

「だったら、どうして?」

「恐ろしいことが起こって、どうしてもあなたに会いたくなったの」

「恐ろしいこと？」

「エディが……死んだの」

「なんだって？」ドアを閉めるジェイの表情が変わり、こわばった。「どうして知っている

「どうして知っているんだ？　誰に聞いた？」

ジェイは居間に入ろうとしたが、ヘッティは彼を止め、向き合った。「誰に聞いたわけでもないわ。エディが死ぬまで彼のそばにいたの。今朝の言い争いから始まった騒ぎと、あなたがエディをクビにしたことを聞いて、様子を見に行ったのよ。エディの下宿はわかっていたわ。まえに……それはともかく、わたしが行くとエディが部屋に入れてくれて……自分はもうすぐ死ぬ、何かを……阿片を摂取したからと……ああ、ジェイ！」

エディにそれを聞いたときの恐ろしさと無力感を思い出すと、涙があふれ、頬を伝った。

「エディはわたしがアイヴァンだと思ったのよ。アイヴァンが来てくれると本気で信じていた……わたしがアイヴァンだと……」

ヘッティは泣きはじめたが、ジェイは慰める代わりに鋭い声で命じた。「やめなさい、ヘッティ。そもそも、そんなところへ行くなんていったい何を考えていたんだ？　そういうスキャンダルは、わたしのあらゆる努力を一瞬にしてぶち壊しかねないんだぞ。そのことをほかの誰かに話したのか？」

「いいえ。エディの友人たちが来て、お医者さまを呼んでくれた」

「で、その医者はきみを見たのか?」

「ええ、エディの友人だったと説明したわ」

「劇場で起きたことは?　何か話したか?」ジェイは鋭く問いただした。

「いいえ。でも、何があったかはみんな知っているわ。わたしはみんなから聞いたんだもの」

「だが、エディが死んだことがわかれば口を閉ざすさ。こういうスキャンダルはショーのためにはならない。まったく、愚か者が。せめて、わたしたちがニューヨークへ行くまで待ってくれればよかったのに」

　思いやりのひとかけらもない言葉に、ヘッティは愕然《がくぜん》としてジェイを見つめた。慰めてほしくてここに来たのに、ハーヴェイに襲われ、レイプされそうになったあげく、こんな非情な言葉を投げられるなんて。このジェイが、自分に甘い言葉を囁くのと同じ男性だなんてとても思えない。

「あの男には家族がいるのか?」

「ええ。でも、絶縁されたと言っていたわ」

「ありがたい。だったら、よけいな質問に答える気にはならないだろう。ああいう手合いは鞭《むち》で……」

「ジェイ、お願いだからやめて」ヘッティは懇願した。

だが、ジェイはその言葉が聞こえなかったように、部屋のなかを歩きまわりながら話しつづけた。

「きみは下宿に戻れ。そのうち警察が知らせに来るだろう。そのときにここにいないほうがいい。あの男が死んだときに、きみがそばにいたとすればとくに」

29

ジョンはついいましがた、たたんだばかりの便箋をふたたび広げ、読み直した。たったいま読んだばかり——いや、今週の初めに受けとってから、もう百回も読んでいるのに。ヘッティからの手紙だった。震える手で書いたような文字、ところどころインクがにじんでいるのは、涙が落ちた跡だろう。

その手紙は〝大切なお友達だったレディ・ポリー〟の死を悼む言葉から始まり、自分も〝とても不幸せな境遇にいた友人を亡くしたばかり〟だと告げていた。〝不幸せ〟と〝境遇〟の文字がひどく乱れ、ほとんど読めないほどににじんでいる。

ジョンは親指で便箋をなで、それを書いているヘッティの姿を思い浮かべようとした。だが、いまいる下宿がどんなところかまったくわからないとあって、エリーの家の居間で小さな机に向かっているヘッティの姿しか浮かばなかった。

〝そのことはこれ以上言えないの。もうすでに言いすぎたくらい。あなたも大切な人を失って悲しんでいるときに、わたしの悲しみまで押しつけてごめんなさい。エディは明日埋葬されるけれど、わたしたちは行けません。エディの家族が来て、お母さんのそばに埋葬するために運んでいってしまったから。でも、日曜日に教会へ行ったら、エディのためにお祈りするわ。レディ・ポリーのためにも。

ジョン、あなたが慰めと安らぎを得ることができるように願っています。そして神さまが守ってくださるように。ジェイは、いえ、ダルハウジー氏は、ニューヨークに行く船に乗り、ロンドンを離れてしまえばずっと気分がよくなると言うのよ。あちらで六週間過ごし、プリンセス・ミミを演じながら、ダルハウジー氏が企画している新しいオペレッタの歌を練習することになっているの。ダルハウジー氏はエディのことをもう忘れるべきだと言うけれど、そんなにたやすく忘れることなどできそうもないわ〟

ジョンは手紙をたたみ直した。初めて読んだときは、すぐさまロンドンへ行き、ヘッティのそばにいてやりたい、という思いにかられたが、そんなことをしてなんになる。ヘッティのそばには守ってくれる男がいるのだ。手紙に頻繁に名前が出てくることから、ヘッティの恋人ではないかとエリーが推測していたアメリカ人が。ヘッティを自分たちから引き離し、ニューヨークへ連れていこうとしているのも同じ男だ。それに、自分にはヘッティに差しだすものは何ひとつない。ヘッティが望むようなものは何も……。

いまのふたりは住む世界が違う。

エディの死は、劇場で働く者全員の心に暗い影を落としていた。少なくとも、ヘッティにはそう思えた。監督のアイヴァンはこれまでもよく癇癪《かんしゃく》を起こしていたが、いまやどんなささいな失敗にも、すさまじい怒りを爆発させる。

ジェイですら、オフィスを出て舞台に顔を見せるたびに自分を迎える沈黙に閉口していた。

「キャストもスタッフも、あの男が死んだのはわたしのせいだと思っているようだな」

そんなことはない、と打ち消すことはヘッティにはできなかった。ときどき陰口を叩《たた》くことはあっても、みんなエディのことが好きだったのだ。アギーはその気持ちをこう言って表した。〝あっちの気があったかもしれないけどさ、エディはあたしたちの仲間だったからね〟そしてみんな、ジェイがエディだけをクビにしたのは冷たい仕打ちであるばかりか間違ったことだ、と感じているのだった。

「だけど、エディがあんなことになったのは、アイヴァンのせいよ」ヘッティがそう言ってジェイをかばおうとすると、アギーはそっけなく首を振った。

「けど、クビにしたのはジェイだからね」

誰が言ったとは言わずに、ヘッティがこの言葉を告げると、ジェイは激怒して毒づいた。

「くそっ、どうすればよかったというんだ？」

けれど、この業界では、何があってもショーを続けなくてはならない。そこでジェイは小柄でがっしりしたウェールズ出身の若者、〝歌えないウェールズ人はおれだけだ〟というのが口癖の、エディのアシスタントだったブライアン・デイヴィスをセット・デザイナーに格上げした。


「メアリーは、今日一日寝てるんだってさ」

大家が朝食の食堂に使うのをしぶしぶ許可している、階下にあるみすぼらしい居間へと階段をおりていく仲間に、アギーが報告した。

みんなが居間に入ると、薄汚いぼろをまとった痩せたメイドが現れ、お茶が入った重い壺《つぼ》を染みだらけのサイドボードにどすんと置いた。「コックがパンを買いにやるのを忘れたから、今朝はトーストなしだよ。けど、代わりにお粥《かゆ》を作ってる」

粥と聞いてジェニーとジェスがうめくような声をもらし、顔をしかめる。

「アギー、メアリーは具合が悪いの?」ヘッティはお茶を注《つ》ぎながら尋ねた。

望まぬ妊娠のことも堕胎のことも、本人はあれっきり口を閉ざしているが、メアリーの薬指からダイヤの指輪が消えたことはわかっている。もう医者のところに行ったのだろうか?

「いいや。月のものがひどいだけさ。ゆうべはひと晩じゅううなりどおしで、こっちもろくろく眠れなかった」

月のものがあるなら順調なんだわ。ヘッティはほっとした。「今日のレッスンはいつもより遅めだから、あとで様子を見がてらお茶を持っていってみる」

「ああ、それがいい。ゆうべうなってるときに、湯たんぽを入れるといいのに、って勧めたんだけどね。お腹が痛いときは温めるのがいちばんだから」

コックを説得してメアリーのために淹れたお茶と湯たんぽを手にして、ヘッティはカップのお茶をこぼさぬよう注意深く階段を上がっていった。

メアリーがアギーと使っている部屋のドアは開いていた。窓のカーテンはぴたりと閉ざされ、夏の陽射《ひざ》しをさえぎっている。メアリーはドアに背を向けて横になっていたが、うめき声がもれてくるところからすると、眠っていないのは明らかだ。

「メアリー、お茶を持ってきたわ」ヘッティは声をかけて部屋に入っていった。「湯たんぽも持ってきたのよ。お腹が痛いときは、湯たんぽがいちばんだってアギーが教えてくれたの」

メアリーはしぶしぶ寝返りを打ち、つらそうに体を起こした。顔はむくんでいるし、真っ青だ。薄い上掛けを体に巻きつけていたのに、がたがた震えている。

「アギーから聞いたの。月のもので具合が悪いんでしょう?」ヘッティはアギーのベッドに腰をおろし、お茶のカップをベッドのあいだにある小テーブルに置いて、湯たんぽを差しだした。「アスピリンなら少し持ってるけれど……」

メアリーは動きながら顔をしかめ、体を震わせた。「どうしよう、出血多量で死にそうな気がする。あの男が知ったら、いっそ死んでもらいたい、って思うかもね。上流階級の男に愛してるって囁《ささや》かれても、絶対本気にしちゃだめだよ、ヘッティ。嘘に決まってるんだから」

そしてお茶に手を伸ばそうとして、鋭い悲鳴をあげた。

ヘッティは青ざめて腰を浮かせた。「メアリー、どうしたの？」

「体のなかが……あのへぼ医者ときたら。少し出血するかもしれないってだけで、こんなになるなんて言わなかった。あのヤブ医者があたしに何をしたか、見せてやりたかったよ」メアリーは涙を浮かべた。「体にぐいぐい何かを突っこまれたんだよ。数人がかりで押さえつけなきゃならないほどひどい痛みだったんだから。ああ、ヘッティ、あの痛みが永遠に続くのかと思った。それから……」

メアリーは身を震わせると泣きだした。

「しかも、よりによって今日があいつの結婚式だなんて。レディ・アラベラと……あいつが憎いよ。あんな男に出会わなけりゃよかった」メアリーはがたがた震えはじめた。「寒くてたまらない……」

「毛布を持ってくるわ。はい、湯たんぽ。アギーがそれをお腹にのせるといいって」

ヘッティが立ちあがって湯たんぽを入れようと毛布をめくったとたん、真っ赤な染みが目に入り、血のにおいが鼻を打った。

これはただの月のものじゃない。こんなに大量に出血するなんて、メアリーはひどく具合が悪いにちがいない。ヘッティは急いで毛布をもとに戻した。

「誰にも言わないでよ、わかった？　大家にばれたら、放りだされちゃう」

「ねえ、お医者さまを呼んだほうがいいんじゃないかしら？」

メアリーは苦い声で笑った。「医者？　冗談やめてよ。こんなことになったのは医者のせいなのに。大丈夫、少し眠ればよくなるよ」


ヘッティは心配でレッスンにも集中できず、ジェイに会うのを取りやめて、急いで下宿に戻ってきた。

「メアリーはどう？」

アギーの顔がこわばるのを見て、不吉な予感に襲われ、胃がよじれた。

「まさか……」

「病院にいるよ」アギーは厳しい声で言った。「生きて病院に行けただけ運がよかったんだ。あたしがバッグを忘れて戻ってこなかったら、いまごろは失血死してただろうね。血を流してるところをトイレで見つけたんだよ」アギーは口をへの字に曲げた。「月のものだってごまかそうとしたけど、あたしにはすぐにわかった。母さんがときどき助産婦みたいなことをしてたからね。女があれだけ出血するのはどうしてか知ってるのさ。メアリーには、何を言われても流産したことにしろ、って言っといた」

ヘッティは階段に座りこんだ。「メアリーはまた元気になるわよね？」

「さあね。診察室はどこもかしこもぴかぴかで、腕がいいって評判の医者だったそうだね。腹を切り裂いて、失血で死ぬまでほっとくような手合いじゃなかったらしいけど、行くのが少し遅すぎたのかもしれない。あそこを塩水で洗えと言われたんだって。あたしが見つけたときは、その指示に従おうとしてるとこだった。出血を止めようとして。だいたい、あんなに出血するのがおかしいと思わなきゃ」

「メアリーが死んだら、わたしのせいだわ」ヘッティはみじめな気持ちでつぶやいた。「今朝メアリーを置いて出かけなきゃよかったの。そばについて――」

アギーの表情が和らいだ。「あんたのせいじゃないよ。メアリーが死にかけたのは自業自得さ。本人もわかってるはずだよ。身の程知らずの夢を抱いたりしなきゃ、こんなことは起こらなかったんだ。貴族はあたしらみたいな娘とは結婚しない、って何度も警告してやったのに。自分だけは違うと思ったメアリーがばかなのさ。ほかの男と同じように、メアリーの相手だって自分と同じ育ちの相手と結婚したがるのはあたりまえじゃないか」そこで視線をヘッティに移す。「あんたもこれを教訓にしたほうがいいよ、ヘッティ。あたしらが何も言わないからって、起こってることを知らないと思ったら大間違いだ」

30

「ヘッティ、いったいどうしたんだ？　ついこのあいだまでは、あんなに楽しい相手だったのに」ジェイが苛立《いらだ》たしげに言った。

ヘッティは無理やりほほ笑んだものの、こう思った。最近はジェイといると、彼の機嫌をとるため、自分の気持ちとは裏腹に楽しいふりをしなくてはならないことが多くなった……。

「来週のいまごろは、サウサンプトンからニューヨークに向かう船の上だな」

今度は本物の笑みが浮かんだ。一日も早くロンドンを離れ、ジェイと一緒に新しい人生を始めたい。いまはジェイと同じくらいそのときが待ち遠しかった。

ジェイは毎日のようにヘッティの服を買い、リッツの自分のスイートに届けさせていた。そこには、同じくヘッティのために買った新しいトランクが、そうした服で埋まるのを待っている。

サウサンプトンに発《た》つまえの盛大なお別れ会には、『プリンセス・ゲイシャ』に関わったあらゆる人々が招待されている。その食事会を楽しみにすべきなのはわかっていたが、ヘッティはその日が来るのを恐れてもいた。

そこにはエディがいない。薬のせいで仕事をクビになったスーキーや、疎遠になってしまったが親友だったバブス——堕胎のあと、回復しはじめてはいるがまだ仕事に戻れるほど本調子ではなく、ブラックプールで下宿を営むいとこの家に身を寄せているメアリーもいない。

自分もメアリーと同じ轍《てつ》を踏まないようにしなくてはならない。でも、もしも妊娠してしまったらどうすればいい？　ジェイはわたしを愛していると言うけれど、彼には奥さんがいるのだ。

エディの死に対するジェイの反応を見たときから、ヘッティのなかには小さいとはいえ彼に対する疑いの心が芽生えていた。ジェイはときどき恐ろしいほど残酷な面を見せる。でも、彼はわたしをハーヴェイ・メイヤーブロックから救ってくれた。ヘッティはそう自分に言い聞かせた。ジェイといるとき、たとえほかの人々がわたしを蔑んでいるとしても、ジェイ自身はわたしをレディのように扱い、とても優しく守ってくれる。それにアメリカでは、まわりの人の目もいまとは違うはず——ジェイがそう言うのだから。

ヘッティはつい昨日、シャンティ産レースに縁取られた淡い桃色とクリーム色の薄いシルクキャミソール、フランス風ニッカーズ、ブラジャーとシルクのストッキングをこの旅のために買ったばかりだった。寝間着の上にはおる白鳥の綿毛で縁取られた生成りのローブ、息が止まるほど美しいサテンの寝間着とお揃《そろ》いのケープも。

ジェイはニューヨークに行ったら、寒い冬に備えてクロテンのコートを買ってくれるという。その毛皮の上に一糸まとわぬきみを横たえて愛し合いたい、ジェイが耳元でそう囁《ささや》くと、ショックを受けながらも歓《よろこ》びに体が震える。

「きみはとても可愛《かわい》らしく頬を染めるね、ヘッティ」ジェイはキスしながらつぶやいた。

「初めてともに過ごす夜は、きみの薔薇《ばら》色に染まった肌がキャビン全体を照らすことになりそうだ。決して乱暴にはしないから、心配しなくても大丈夫だよ。きみがあげるのは甘い歓びの声だけだ」

ジェイの熱い囁きを思い出すと、体がほてり、奔放な気持ちになって息が少し乱れる。けれど、何もかも忘れジェイと愛を交わしたいと願う一方で、さまざまな不安や心配、妻のいる相手の愛人となるのは恥ずかしいことだという思いが自分を引き留めていた。父と母、そしてジョンがそれを知ったらどう思うだろう。

ジョンは手紙に、とても優しい、思いやりにあふれた返事をくれた。実際、あまりの優しさに、ジョンの言葉を思い出すだけで涙がにじむ。

「これから片付けなくてはならない仕事があるが、あとでフォートナム&メイソンで落ち合おう。一緒にお茶を飲もうじゃないか。そういえば、きみによく似合うとても可愛い帽子があそこにあったな」ジェイが甘い声で言った。

ヘッティは首を振り、きっぱり断った。「帽子はこれ以上いらないわ、ジェイ」

「ヘッティ、さっき電話があったよ。帰ったらすぐにかけ直してくれって」ヘッティが楽屋に入ってくるのを見て、ジェニーが言った。

「うん。お父さんからだった」ジェスが重々しくうなずく。

父さんから？　心臓がぴくんと跳ねた。父がすぐにかけ直せと言伝《ことづて》る理由はひとつしか考えられない。まだ予定日には早いし、母からはとても順調だという手紙が届いていたが、ヘッティは今度の赤ん坊にも何かが起こるのではないかとひそかに恐れていた。その恐れが的中したのだろうか？

「父さんはなんて言ったの？　伝言はなかった？」

「すぐに電話をくれって、そう言っただけ」ジェニーはそう答えたあと、きびすを返して楽屋のドアへ向かうヘッティを引き留めようとした。「ねえ、もうすぐリハーサルが始まるよ」

だが、その言葉はヘッティの耳には入らなかった。ジェイはオフィスにいないから、ドアには鍵がかかっている。アイヴァンに電話を使わせてくれと頼むのはいやだ。でも、ピカデリー・サーカスに行けば公衆電話がある。ヘッティは劇場から走りでて、通りを歩いている人々のあいだを縫うようにして進んだ。

ありがたいことに、電話ボックスには誰もいなかった。急いでなかに入り、受話器をつかんで、交換手にプレストンの交換台に繋《つな》いでくれと頼んだが、手が震えて握った硬貨を落としてしまい、かがみこんで拾わなくてはならなかった。聞きなれた北部訛《なま》りの交換手に番号を訊《き》かれると、ヘッティは早口でそれを告げた。

「すみません、話し中です」

「でも、父と話す必要があるの。母が……お願い、なんとかして繋いでください」ヘッティは涙声で頼んだ。

「ちょっと待っててね。もう一度繋いでみるわ」

またカチカチという音がして、静かになり、それから父が疲れた声で応じた。

「父さん、わたしよ、ヘッティよ。たったいま伝言を聞いたの。何があったの。母さんが……？」

「エリーはとても弱ってて、おまえに会いたがってる。赤ん坊が早く生まれたんだよ。ものすごく小さい女の子だ。ひどい難産のうえに早産で、エリーは赤ん坊が死んでしまうんじゃないかと、とても心配しているんだ」

父は泣いているようだった。

「おまえに家に帰ってきてほしいと、うわごとのように繰り返してる。おまえが必要なんだよ、ヘッティ。エリーと生まれたばかりの赤ん坊が、おまえを必要としているんだ」

ヘッティは呆然《ぼうぜん》と受話器を握りしめた。

「ヘッティ、聞いてるのか?」

「ええ、父さん」ヘッティは震える声で言った。頭が真っ白になって父の言葉がなかなか染みこんでこない。

母さんがわたしに会いたがっている。母さんと赤ちゃんがわたしを必要としている。でも、五日後にはニューヨークに発つことになっている。そこでは輝かしい新たな人生が待っているのだ。この六カ月、自分がどれほど上手に歌えるかを世界に示すために、必死に励んできた。それにジェイとともに過ごす、ジェイに愛される人生も待っている。

涙があふれ、頬を流れて、黒いベークライトの電話に落ちた。

「何を言っているんだ。本気じゃないんだろう?」トランクがいくつも並んでいる横でジェイが声を荒らげた。

ヘッティはうなだれ、消え入りそうな声で震えながら続けた。「いいえ、本気よ。家に帰って、母のそばにいなくてはならないの」

「行かせるものか」ジェイは怒って言い返した。「少しは良識を働かせたらどうだ? たしかにいま、お母さんの具合はよくないかもしれない。だが、二カ月もすれば元気になるさ。それまで看護婦に付き添ってもらえばいい。わたしがその費用をもとうじゃないか」

そこでジェイは肩をすくめた。「だが、きみが実家に帰り、病気の母親に付き添い、赤ん坊の面倒をみられるように予定を変更することはできない」

ヘッティが思わず身を縮めると、ジェイは彼女をにらみつけた。

「頼むよ、ヘッティ。その赤ん坊がきみにとって重要だなんてふりをしてもだめだぞ。血の繋がりもないのに。それに、きみには具合の悪い養母の心配をするよりも重要なことがあるだろう」

ヘッティはジェイを見つめた。どうしてこの人はこんなに冷淡になれるの？　いまの自分には、一日も早く母のそばに戻るのが何よりも重要なことだった。予定どおり来週出発することはできないという決断に、ジェイが苛立つのは覚悟していた。でも、少し落ち着けば仕方がないと納得して、航海の予定を変更し、弱っている母のもとに帰る時間を与えてくれる――そう思っていたのだ。

でも、ジェイはたんに苛立っているのではなく、激怒している。実際、見たこともないほど怒っていた。

ヘッティの目に涙があふれるのを見て、ジェイは低い声で毒づき、近づいてきた。

「ヘッティ、ハニー、きみが取り乱しているのはわかる。でも、わたしの言うことをよく聞いて、信じてくれ。わたしは自分が何をしているかわかっている。もしも来週発つことになっていなければ、少し休みをとってお母さんといることもできたろう。だが、いまはそれができないんだ。わたしたちにはもっと重要な仕事があるだろう？　ニューヨークが待っているんだよ。記者会見や会議、さまざまな計画の段取りがすっかり整っているんだ。これは大きなチャンスだ。きみにとってだけではなく、わたしにとっても大きなチャンスなんだ。もしも拒めば、二度とめぐってこない。歌うことは、息をするのと同じくらい重要なことだと言わなかったか？」

ジェイの声は優しかったが、なじるような鋭い調子と同じくらいヘッティを傷つけた。

「でも……母がわたしを必要としているの」ヘッティはみじめな気持ちで訴えた。「わたしに帰ってきてほしいと言っているのよ。その願いに応えたいわたしの気持ちも、わかってくれるでしょう？」

「いいや、わからないね」ジェイは即座に言い返した。「きみとわたしは同じタイプの人間だと思っていたよ。同じ大きな野心を持ち、成功したいと強く願い、人生に同じ見解を持っていると思っていた。それなのに、実の母親でさえない女のために、すべてを投げ打ってもかまわないと言うのか？」

「母はわたしを必要としているのよ」ヘッティは泣きながらふたたび訴えた。

ジェイは冷たく肩をすくめた。「人生には難しい選択をしなくてはならないときがある。きみにとって、歌手として、役者としてのキャリアが大きな価値のあるものなら、迷うことなどないはずだ。お母さんのことは心配だろう。だが、ニューヨークにいても心配はできる」

「父と母には大きな恩があるの」

「わたしに対する恩はどうなる？」ジェイは荒々しく言い返した。「それを考えたことはないのか？　わたしはきみにすべてを賭けているんだぞ、ヘッティ。コネを使い、あれこれ取り引きし、危険をおかし、ニューヨークで上演する新しいミュージカルできみに主役を演じさせようとしているんだ。多くの金を投資して――」

「だから、その見返りにわたしと寝たがっているの？」自分のものだとはとても思えない冷たい、硬い声でヘッティはそう口走っていた。

　気づまりな沈黙が訪れ、それからジェイは不快そうに口をゆがめた。「まあ、脱がす楽しみが頭になければ、誰がウォルトやシャネルのドレスに大金を払う？　どんな投資にも利息がつくものだ。きみはわたし自身へのちょっとしたボーナスさ」

　ヘッティは呆然とジェイを見つめた。彼の言葉の意味が、毒入りの氷水のように心に染みこんでくる。

「つまり、わたしを愛しているわけじゃなかったのね。本当に愛しているわけじゃ……」

ヘッティは血の気の失《う》せた顔でどうにかそう言った。

「きみはどうなんだ？　わたしを愛しているのか？」ジェイは言い返した。「愛しているなら、ふたりの未来を真っ先に考えるはずだぞ」

「一カ月だけニューヨークへ行くのを遅らせてほしい。わたしが頼んでいるのはそれだけよ」ヘッティは訴えた。

ついさっきジェイが口にした言葉はとても信じられないものだ。信じたくなかった。しばらく実家に戻り母のそばにいたい、とジェイに頼むのは怖かったが、まさかこんな反応を示すとは想像もしていなかった。たしかにジェイは、ときどき驚くほど非情な面を見せる。でも、ふたりの関係は特別なもので、ジェイは自分のことを大切に思っていてくれると信じていたのだった。

「いいか、来週一緒に船に乗るか、わたしがひとりでニューヨークへ行くかだ。きみが与えられたチャンスに飛びつく歌手はいくらでもいるんだぞ、ヘッティ」

ヘッティは顔を上げ、ジェイを見た。「ええ、そうでしょうね」

ジェイの顔から険しい表情が消えはじめた。「いい子だ」彼はそう言ってヘッティの腕をぽんと叩《たた》いた。「きみは最後はわかってくれる。このまえ見たダイヤのネックレスをもう一度見に行かないか?」彼は甘い声で囁きながら、キスしようとかがみこんだ。

喉と目の裏を涙が焼いていた。ジェイの腕に飛びこみ、彼にキスされ、熱い抱擁に身をゆだねて、いまのやりとりを忘れてしまいたかった。体は苦しいほどジェイを求めていた。ヘッティは目を閉じてジェイにしがみつき、夢中でキスを返した。ジェイの不規則な重い鼓動に自分の鼓動が呼応し、興奮のあまり速くなっていくのがわかる。

「道理をわきまえてくれると思っていたよ」ジェイが上機嫌でヘッティの唇につぶやく。

ほんの何秒かだけでもこの歓びを感じていたくて、ヘッティは目を閉じつづけた。それからゆっくりまぶたを開けると、胸が潰れるような痛みを感じながら言った。

「ニューヨークへは行かないわ、ジェイ。もう列車の切符を買ったの。わたしは明日の朝、家に帰ります……」

31

列車の旅は果てしなく続くようだった。それに、すべてを荷造りして持ち帰ったため、駅に着いてもそのまま家まで駆けていくことはできず、タクシーを待たなくてはならなかった。でもいま、ようやく帰り着いた。

玄関の扉が開き、父がそこに立っていた。このまえ見たときよりも痩せて心配そうに見える。ヘッティはすすり泣きながら父の腕のなかに飛びこんだ。「父さん、ああ、父さん……」

「ヘッティ、よく帰ってきてくれた」父はひしと抱きしめながら涙まじりの声で言った。「エリーがおまえに会いたいと言いつづけているんだ」

「具合はどうなの?」

「エリーはみんなを死ぬほど怖がらせてくれたよ」ギデオンはヘッティの問いに答えるのをやんわりと避けた。「寝るときには、夕食のときに食べたチーズがもたれているようだと言っていたんだが、夜中の二時におれを起こし、いきなり赤ん坊が産まれそうだと言うじゃないか」

「父さん、母さんの具合はどうなの？」ヘッティは鋭く父をさえぎった。

ギデオンは首を振った。「おまえを心配させたくなくて電話では言わなかったが、思わしくないんだ。ひどく弱ってる。みんな最悪の事態を恐れていたんだよ。赤ん坊が産まれただけでも奇跡だ、と医者は言ってる。産婆もそう思っているようだ。エリーが逆さになってどんなに必死にがんばっても、産婆が何をしても正常な状態に戻らず、出てこようとしなかったんだ」

父は涙でかすれる声で続けた。

「一時はふたりとも失うのを覚悟したくらいだ。エリーはひと息ごとに弱っていくし、明け方からずっと苦しんでいるのに、夜になってもまだ赤ん坊がでてこない。それで医者を呼びにやったんだが、奇跡的に産婆が赤ん坊を正しい位置に戻すことができて、ようやく生まれた」

「母さんも赤ちゃんも大丈夫なのね？」

父がためらい、涙ぐむのを見て、ヘッティは恐怖にかられた。

「大丈夫かどうか……。赤ん坊はあんなに小さいし、エリーは乳がでない。それどころか高熱で苦しんでいる。エリーの伯父が看護婦を手配してくれたが、祈って待つしかないと言ってる。ヘッティ、おまえが帰ってくれて、どんなに感謝してるか……」父は涙声で繰り返した。

「コニーも来たがったんだが、末の子が麻疹《はしか》にかかってて身動きがとれないんだ。回復には向かってるそうだから、きっと――」

「母さんのところへ行ってもいい？」ヘッティは父に尋ねた。

父がうなずく。

帽子を取り、薄物の上着を脱ぐと、ヘッティは両親の寝室へと階段を駆けあがった。父が重い足取りであとに従ってくる。

ドアを開けると、いつもの母の香りがヘッティを迎えた。開いている窓から入ってくる暖かい空気を、甘く爽やかな、淡い薔薇《ばら》の香りが満たしている。

糊《のり》のきいた制服姿の看護婦が、陰のなかに座ってエリーを見守っていたが、ヘッティはそちらには目もくれず、母が枕で上半身を高くして横たわっているベッドへと急いだ。

やつれた顔のなかでいつもよりもっと大きく見える目が、駆けよってベッドのそばにひざまずき、母の手に自分の手を重ねるヘッティを見つめていた。

「母さん……ああ、母さん！」

「ヘッティ、心配しなくても……大丈夫」

たったこれだけ話すだけでもどれほどつらいか、弱った体からどれほど力が奪われているかが見てとれた。父から電話があったと聞いたときから膨れあがるばかりだった不安が胸のなかで破裂し、ヘッティを粉々に砕いた。涙があふれ、体が震える。子どものように母にしがみつき、元気になってと訴えたかった。母を失うかもしれないと思うとパニックがこみあげてくる。

「ヘッティ、赤ちゃんを……わたしの小さなハンナを……頼むわね。あなたが……あの子の面倒をみると約束して。お願い……」

苦痛に満ちた呼吸の合間に、いまにも消えそうな声がこぼれてくる。ヘッティはきつく下唇を噛《か》んで嗚咽《おえつ》をこらえ、声もなくうなずいた。

「ありがとう、ヘッティ……あなたは自慢の娘よ」エリーはほほ笑んだ。

白い喉の薄い皮膚の下で、脈がせわしなく跳ねている。看護婦が立ちあがり、厳しい声で言った。「いまはそれくらいにしてください」

母が目を閉じるのを見ながら、ヘッティは看護婦に尋ねた。「母さんは大丈夫ですよね？」

「それが神さまの思《おぼ》し召しなら。わたしたちにできるのは祈ることだけなのよ」看護婦は静かに言ってエリーの上掛けを直した。

部屋の外では父が待っていた。

「母さんに赤ちゃんを頼まれたの。ハンナはどこにいるの？」

「三階の子ども部屋にいる」ギデオンが疲れた声で言った。「早産だったのと、ひどく弱っているせいでエリーは母乳がでなくて、調整ミルクをやっているんだ。エリーに近づけるたびに火がついたように泣くもんだから、エリーが少しでも休めるようにという看護婦の指示で、ずっと子ども部屋に置いてる。子守をつけているが、とにかくエリーのことが心配で……」

「会いに行ってもいい？」

父はうなずいた。

驚いたことに、子ども部屋はほとんど昔のままだった。新しい赤ん坊のために特別な飾りつけはひとつもされていない。

「ここを飾りつけるのは、赤ん坊が生まれてからにしたい、とエリーが言うもんだから」ヘッティの心を読んだように父が言った。「先に準備するのは不吉だから、と」

見るからに厳しそうな子守が、暖炉のそばに座っていた。ベビーベッドは半分開いている窓の下に置かれ、カーテンとベッドのフリルが涼しい夜風にはためいている。

ベビーベッドへと急ぎながらヘッティが体を震わせると、子守がとげとげしい声で言った。「赤ん坊には新鮮な空気がいちばんですからね」

その声を聞いたとたん、赤ん坊が泣きだした。痛ましいほど弱々しい声に、ヘッティはきつく包まれた小さな体をベッドから抱きあげた。

なんと小さな、痩せた赤ん坊だろう。布に包まれ、ぴたりと体に押しつけられている腕も驚くほど細くて小さい。真っ赤な顔をくしゃくしゃにして泣く赤ん坊の声が子ども部屋を満たした。

「泣くたびに抱きあげるのは感心できませんね」子守が鋭く言い、赤ん坊を取りあげようとするようにヘッティに歩みよった。

「でも、お腹がすいているのかもしれない」

「すいているとしても、自分が悪いんですよ。夕食のときにミルクを飲まなかったんですから。食事をとるべき時間にとらなければ、次の食事時間までお腹をすかせているしかない。赤ん坊にもそれを教えないとね」

「おむつがぐっしょりだわ」ヘッティは眉をひそめた。

「まだおむつを替える時間じゃありませんからね。濡《ぬ》れるたびに替えず、決めた時間に替えれば、赤ん坊もそのうちわかるようになるんです。いいから、その子をこちらにください」子守は赤ん坊の泣き声にかき消されまいと、声を高くして手を伸ばした。

ヘッティは赤ん坊を渡そうとしてためらった。母さんはこの子をわたしに託したのよ。でも、赤ちゃんのことなどわたしは何ひとつ知らない……。

「さあ、早く」子守は口を引き結んで赤ん坊をにらみ、苛立《いらだ》って急《せ》かした。「あんたときたら、まったく癇癪《かんしゃく》もちなんだから。だけど、おとなしくするようにあたしが教えます。癇癪を起こしてぎゃんぎゃん泣く子には躾《しつけ》をしないとね。ご心配なく、ミスター・ウォーカー」子守は表情を和らげ、父を見上げて付け加えた。「こんなふうにしょっちゅう様子を見に来なくても大丈夫ですよ。この小さなお嬢さんの面倒はあたしがちゃんとみます。いまは死にかけているお気の毒な奥さまと、お見舞いに訪れる人たちで手いっぱいでしょうから」

ヘッティの頭のなかで警告のベルが鳴りだした。この子守は、まだわたしの腕のなかで泣いている可哀想《かわいそう》な赤ちゃんより、父さんを慰めたがっているようだ。それに母さんが〝死にかけている〟ですって? その言葉を聞いた父の目に苦痛が浮かぶのは見逃さなかった。態度は偉そうだが、この子守はわたしとたいして違わない歳《とし》のようだ。冷酷そうな薄い唇と薄い水色の瞳を見ながら、ヘッティはそう判断した。

ヘッティは深く息を吸いこんだ。「これまで赤ん坊の面倒をみてくださってありがとう。でも、この子の面倒はわたしがみます。せっかくお願いしたのにごめんなさい。すぐにやめていただくことになるお詫《わ》びのしるしに、父が一カ月分のお給料をお払いしますわ」

そう言うと、ヘッティはさっと横を通りすぎ、さきほどまで子守が座っていた椅子に腰をおろした。赤ん坊を肩にあてて抱き、優しく囁《ささや》きながら、激怒してにらむ子守と、赤ん坊を包んでいる布からもれてくるひどいにおいを無視した。

「ヘッティ、おまえ――」

「大丈夫よ、父さん」心配そうな父の言葉をさえぎり、ヘッティはきっぱりと請け合った。

「ハンナの面倒をみてくれと、母さんに言われたの」

「なんですって！　おむつの替え方も知らないくせに！」子守が軽蔑もあらわに言った。

「でも、濡れているおむつも取り替えずに、お腹がすいて泣く子を放っておいては可哀想だというくらいはわかるわ」ヘッティは言い返し、父に訴えた。「心配しないで。わたしがこの子の世話をする。母さんはそうしてほしいのよ」

「あたしのことなら気にしないでください、ミスター・ウォーカー」子守が怒って言った。「お気の毒ですけど、百ポンドくれると言ってもここに残るのはごめんです」険悪な顔つきでヘッティをにらむ。「ええ、赤ん坊にも気の毒ですけどね。たぶん、この人のせいで生きられないでしょうから……」

ヘッティは表情を変えず、子守が荷物をまとめ、それを布製の鞄《かばん》に押しこむのを見守った。擦り切れた、みすぼらしい鞄に。それを見たときは、もう少しで気が変わりそうになった。態度はどうあれ、この女性は自分とさほど歳が違わないのだ。それに間違いなく仕事を必要としている。

でも、父さんに取り入ろうとするなんて許せない。

子守が何を狙っているか、ヘッティの目には明らかだった。この子守の狙いは、生まれたばかりの赤ん坊を抱えている、妻を失った裕福なやもめだ。そういう状況に置かれたやもめが頼るのは、すでに赤ん坊の世話をしている子守しかいない……。

冗談じゃないわ。母は絶対に死なないし、この子に子守はいらない。面倒をみる家族が、姉がいるんだもの。ええ、わたしがちゃんと面倒をみるわ。

ヘッティは心のなかで誓いながら、にらんでいる子守に言った。「荷物はべつの人に運ばせます。父さん、その人を下へ連れていって、支払いをすませたら？」

背を丸め、呆然《ぼうぜん》としている父は、一気に歳をとったように見える。すっかり打ちひしがれ、気力を失っているのだ。こんな父を見る日が来るとは思ってもみなかった。

子ども部屋のドアが開いて、トム・ウッドが入ってきた。父がその境遇に同情し、家まわりの仕事に雇い入れた元兵士だ。

「この人はやめるのよ、トム。荷物を運んであげてくれる？」ヘッティはトム・ウッドに言った。「そうだ、時間があるときでいいから、少し薪《まき》を持ってきて。それとジェニングス夫人に、あとでハンナのミルクのことでキッチンに行くと伝えてちょうだい」

父とトムとさきほどまで子守だった女性が部屋を出ていくと、思いがけず赤ん坊が目を開けてヘッティをじっと見た。少なくとも、見ているように思えた。赤ん坊の紺碧《こんぺき》の瞳を見つめ返していると、思いがけなく小さな妹への愛がこみあげてきた。

けれど、四週間も早く生まれてきた新生児の世話をしながら、絶望に陥っている家族を励まし、彼らの世話をするのは、実際のところ大仕事だ。前途に待つ困難を思うと、しだいに不安になってきた。

でも、わたしならやれると母さんは思ったのよ。それに、ひとりきりで奮闘するのはほんの数日だけ。ずっと保育園を運営してきたコニーが来れば、きっとよい子守を見つける手伝いをしてくれる。学生時代、長い休みのたびにコニーの保育園を手伝ったときの経験も少しは役に立つはずだ。

それに家政婦のジェニングス夫人は有能な人だ。エリーの急な早産がもたらしたショックから回復すれば、母がじゅうぶん回復して主婦として復帰するまで、いつものように効率よく家事を片付けてくれるにちがいない。

重い足音が階段から聞こえ、ドアが開いて父が入ってきた。睡眠不足と泣いたせいで目の縁が赤い。

ヘッティは、まっすぐ椅子のひとつに向かい、沈むように腰を下ろした父に尋ねた。「子守はおとなしく立ち去った？」

「ああ。だが、相当怒っていたぞ」父は疲れたように目をこすった。「ヘッティ、おまえの意気ごみはわかるが、あの子守は――」

「母さんはあの人にハンナの面倒をみてもらいたくなかったの」ヘッティはきっぱり断言した。「心配しないで、父さん。ちゃんとやれるわ。わたしはもう一人前よ」内心の不安を隠して繰り返す。「ハンナのおむつを替えたら、下に行ってジェニングス夫人に相談するつもり。人の出入りが多いから、栄養たっぷりのスープを作っておいたほうがいいんじゃないかしら。そうだ、母さんにはチキンスープを作ってもらわないとね。小さいとき、チキンスープは体にいい、って母さんがいつも言ってたもの」

「ヘッティ、おまえが帰ってきてくれてほんとによかった」父が立ちあがり、涙を拭った。

三十分後、ヘッティは赤ん坊を包んでいる布を剥ぎとり、ひどいにおいに顔をしかめながら、持ってきてもらったお湯のバケツにそれを落とした。

赤ん坊の体を洗うために用意した大ぶりの洗面器を使って、注意深くハンナをお湯に入れると、泣きだす赤ん坊をなだめ、古い水差しでときどきお湯を足しながら優しく洗いはじめた。

「ほら、気持ちがいいでしょ」洗いおえると、ヘッティは優しい声で話しかけた。「すっかり温まったし、気持ちがよくなった。さてと、体を拭いて、乾いたおむつをしましょうね」

おむつと寝間着はすでに用意してある。でも、この子にはもっと着るものが必要ね。そう思いながら丁寧に体を拭き、衝動的に身を乗りだして小さな手にキスした。

コニーの保育園を手伝ったときにやり方を覚えていたらしく、ヘッティは赤ん坊のお腹に清潔な帯を巻きつけおへそを隠してから、おむつを留めた。

いまのハンナは鼻が曲がるようなにおいではなく、石鹸《せっけん》とベビーパウダーのいいにおいがする。子守は首からつま先まできっちり包んでいたが、あれでは両の手足をまったく動かせない。コニーの保育園では、どんな小さな赤ん坊も腕と脚を自由に動かせるようにしていた。

「ジェニングス夫人が瓶を温めてくれましたよ。こっちはただの牛乳で、こっちは調合ミルクです。指示どおりにして持ってきました」

「ありがとう、モリー」ヘッティは下働きの娘にほほ笑み、椅子のすぐ横にあるテーブルを示した。「そこに置いてくれる？」

「それと、お嬢さまの大好きなビスケットがもうすぐ焼きあがるから、いつでも食べられます、って。トムにも、明日の朝いちばんにフライアーゲートの鳥屋に行って、チキンを買ってくるように言ってました」

「キッチンに戻ったら、ジェニングス夫人にお礼を言ってくれる？　それと、家のことは母さんがやっていたとおりにやりたいので手伝ってください、と伝えてほしいの。今日からわたしが母さんの代理を務めるわ」ヘッティはそう付け加えた。

モリーが行ってしまうと、ヘッティは暖炉のそばにある座り心地のいい揺り椅子に落ち着き、ハンナを抱いて温かいミルクに手を伸ばした。

「あなたもわたしも初心者だから、うまくないのは当然よね、ハンナ」ヘッティは静かにそう言い、コニーの保育園で職員たちがしていたように、温かいミルクを自分の腕に何滴かたらして温度を確認すると、ゴムの乳首をハンナの口元に持っていった。

赤ん坊が小さな顔をくしゃくしゃにして泣きだすと、不安にかられた。あの子守が言ったように、わたしの無知のせいでハンナが死んだりしたら……？

そして哺乳瓶から飲めなければ、ハンナは間違いなく死ぬ。いまだってこんなに痩せているのだ。

「ハンナ、いい子だからこれを飲みましょうね」ヘッティは語りかけながら、もう一度ゴムの乳首を近づけ、今度はハンナの口のなかに何滴かたらした。

「ほら、おいしいでしょう？　もう少しほしい？」

こうして十分間、辛抱強く促しつづけ、首尾よくハンナにゴムの乳首をくわえさせることには、不安と緊張で肩がこちこちになっていた。

ミルクの缶に書いてある注意書きによれば、ハンナは一本丸々飲むべきなのだ。けれど、哺乳瓶にはまだ三分の一も残っているのに、もう目を閉じてうとうとしはじめた。それから突然、乳首を口からはずし、全身を硬直させ、顔を真っ赤にして苦痛の泣き声をあげた。

ヘッティは恐怖にかられ、赤ん坊を見つめた。いったい何がいけなかったの？

「ガスがたまっているんじゃないか？」父が戸口から言うのが聞こえた。

ガスって……ああ、そういうこと！

「貸してごらん。どうやるか見せてやる。げっぷさせるのはおれのほうがうまいって、よくエリーに褒められたんだぞ」

ヘッティはハンナを渡しながら尋ねた。「母さんはどう?」

「ありがたいことに眠ってる」父は慣れた手つきで赤ん坊を肩にもたれさせ、そっと背中を叩《たた》いた。ハンナが急に大きなげっぷをするのを聞いて、ふたりとも笑った。

父は赤ん坊をヘッティの手に戻しながらまた言った。「ヘッティ、おまえには感謝してもしきれないよ」

「母さんに頼まれたんだもの。それに、わたしもこの子の世話がしたい」ヘッティは涙を浮かべて父を見上げた。「母さんがわたしにしてくれたことだわ」

ヘッティは心のなかで、実家にいるいまの自分と、ロンドンにいたころの自分を比べてみた。ロンドンでは、毎晩歌うたびに観客の拍手を浴びてきた。声楽のレッスンがあり、〝こぢんまりした家〟を借りてやる、きれいな服や宝石を買ってやるという申し出を受けた。それにもちろんジェイがいたし、ジェイが与えたがっていたありとあらゆるもの、両親にはおそらく想像もつかない名声が待っていた。

ここでは、おそらく子ども部屋を離れる暇もほとんどなく、高価な流行の服を着るどころか、洗いのきく綿のワンピースにエプロンをかけて一日じゅう過ごすことになりそうだ。一日に何度もお湯に入れる手は荒れ、ハンナの世話をしていないときは母のことを心配する日々が待っている。

それでも信じられないことに、ハンナを抱き、父の喜びと安堵《あんど》を目にしていると、自分が役に立っているというすばらしい満足感を覚えた。

ヘッティは赤ん坊を抱いたまま父の広い胸にもたれた。

すると、子ども部屋のドアが開き、ギデオンがそこにいるとトムに言われたジョンが入ってきた。

「ジョン！」父が喜びの声をあげ、ヘッティを離した。

ヘッティは父から離れ、揺り椅子に戻ってハンナにミルクの残りを飲ませはじめた。

「知らせを聞いて、取るものもとりあえず飛びだしてきたんだ。エリーはどう？　赤ん坊は？」

「エリーはとても弱ってる」父が暗い声で説明した。「だが、ハンナは乳を飲むようになってくれた。ヘッティのおかげだよ」

手放しで褒めるのはまだ早すぎる、とヘッティは思った。ジョンの顔に浮かんだ表情からすると、彼もそう思っているようだ。

けれども、ジョンの到着で、ヘッティは自分の新しい義務のひとつを思い出した。

「ジェニングス夫人に夕食をもうひとり分増やしてもらわなきゃ。それにベッドも用意させるわね、ジョン。ジェニングス夫人は明日、母さんのためにチキンスープを作ってくれるのよ。体力をつけてもらわなきゃいけないから」

ジョンは驚いてヘッティを見つめた。彼はヘッティのあらゆる表情を知っているつもりでいたが、このヘッティは記憶のどこを探しても見つからなかった。まるで腕に抱いている赤ん坊と自分が任された人々を守ろうと決意している、穏やかな聖母のようだ。

あの子どもみたいだったヘッティが、いったいいつ、どこで、いま目の前にいる成熟した女性になったのか？　焦がれるような感情に胸をわしづかみにされ、ジョンは言葉もなく立ち尽くした。

その一方で、ヘッティは彼の沈黙を誤解した。ジョンはわたしがここにいるのが気に入らないのだ、と。


ヘッティはそっとドアを開け、足音をしのばせて子ども部屋に入った。もう三日もここにいるなんて、信じられない。時間の経《た》つのがなんと早いことか。

ハンナはまだ眠っており、ヘッティは寝顔を見下ろして疲れた笑みを浮かべた。少なくとも、前夜とても具合が悪かった母と違って、この子は元気だ。

昨夜、父は看護婦の指示でお医者さまを呼んだ。でも、バーンズ先生は難しい顔で、待つほかはないのだと言った。産後の高熱にはこれという治療法がないのだ。

目をこすった拍子に、エプロンのポケットのなかで紙がかさかさと音をたて、思い出した。今朝届いた手紙を入れておいたのだ。父に渡されたとき、宛名の筆跡ですぐにジェイだとわかった。子ども部屋でひとりになったら読もうとポケットに入れていたのだった。

ヘッティは手紙を取りだし、開封して読みはじめた。

〝最後にもう一度だけチャンスを与える〟とジェイは書いていた。〝客船が出港するまえにサウサンプトンに来れば、この数日のことは忘れよう〟と。手紙にはサウサンプトンまでの列車の切符が同封されていた。

〝このすべてを投げ捨ててしまってもいいのか？　わたしたちがふたりで味わえる幸せを否定するのか？　それも、偽りの家族のために？〟

ハンナが眠そうな声で何かつぶやいた。でも、ミルクをあげるまでにはまだ二時間ある。このまま眠っていてくれるといいけれど。そうすれば少しのあいだ母に付き添い、看護婦を休憩させてあげられる。

誰かがドアを開ける音が聞こえた。父が様子を見に来たのだと思い、ヘッティは振り向いて唇に指をあてた。ところが、戸口にはジョンが立っていた。

「オックスフォードシャーに戻るから、お別れを言いに来たんだ」ジョンはよそよそしい声で言った。

ヘッティは手紙を落としたことに気づかず、黙ってうなずいた。ジョンが歩みより、それを拾ってくれた。

「もうすぐニューヨークに発《た》つんだろう？」

ヘッティは目をそらした。「その予定だったわ。でも、行かないことにしたの」

ジョンは驚いてヘッティを見た。「だが……」

「行けるわけないでしょう。母さんと赤ちゃんを置いていけない。ふたりともわたしを頼りにしているんだもの」

「ヘッティ……」

いきなりジョンに抱きしめられ、キスされて、ヘッティはショックも驚きも感じるまもなく目を閉じてしがみついた。これまで胸の奥に閉じこめてきたありったけの情熱をこめてキスを返す。

「ごめん、こんなことをしちゃいけなかった」

ヘッティは泣きたいくらいだったが、どうにかほほ笑んだ。この三日間、ふたたびジョンを身近に感じて、ジョンに対する自分の気持ちがどれほど深いかにはっきりと気づいたのだ。

「このまえのときも謝ってた」少し震える声で言った。「でも、そんな必要はないのよ。だって……」

「だって、なんだい？」ジョンが眉をひそめた。

ヘッティはため息をついてジョンから離れた。「わたし、あなたをいつも怒らせてばかりいるみたい」

「怒らせてる?」ジョンは驚いて目を見開いた。「ヘッティ、ぼくはきみに怒ったことなんか一度もないよ」

ヘッティは笑いだした。「嘘ばっかり。わたしが最初にリバプールに行って、アデルフィで歌うためにオーディションを受けたときのことを覚えてるでしょう?」

「ああ、あのときは、ほんとにばかだった」ジョンは自分の愚かさを認めた。

「わたしが人前で歌うのを非難したし、新しいドレスもこきおろしてわたしを泣かせた。あのドレスを着た自分を見てもらいたくて、とっても楽しみにしていたのに」

「ドレスを着たきみがとてもきれいで、ほかの男たちがあれを着たきみを見ると思うと、たまらなかったんだ。だから、ついあんなことを言ってしまった。きみを傷つける気はなかったんだよ。ほんとにすまないと思ってる」

「わたしたちは親友だったのよ。あなたが大好きだったのに」

「ぼくだってきみが心から大好きだった。だが、友達としてじゃない」

ヘッティは赤くなりながらも、どうにか笑みを浮かべた。こんなふうにジョンと率直に話せる日は二度とこないだろうとあきらめていた。でも、いまはそうしている――キスしたせいで。

「あのドレスを着たわたしは、いつもよりずっと大人に見えたでしょう? あなたにそう言ってほしかったの。だから、けなされてすっかり取り乱したのよ。でもいちばん傷ついたのは、あなたがわたしの歌を聴きに来てくれなかったこと」

そのときの失望を思い出し、ヘッティの目に涙が浮かんだ。

「ヘッティ……」ジョンがうめくように名前を呼び、手を取って謝るようにぎゅっと握った。

「わたしは手紙を書いたのに、謝罪の手紙も、来なかった理由を説明する手紙もくれなかった。父さんも母さんも、ジョンは忙しいにちがいないと言うばかりで……」

あのときの悲しさを思い出すと、大粒の涙が頬を伝った。

「ヘッティ」ジョンは低いかすれた声で、訴えるように名前を繰り返した。

主人公を演じる役者が深い感情を相手役に伝えるとき、こういう声をだすのを聞いたことがある。でも、なぜかジョンの声は、あの役者とはまるで違う反応をヘッティにもたらした。

「きみを傷つけるつもりはなかったんだ。それどころか……」ジョンは息を吸いこんだ。

「少し歩かないか？　話したいことがある」

ベビーベッドのほうに目をやると、ハンナはぐっすり眠っている。

赤ん坊のそばを離れたくない気持ちを察したように、ジョンが言った。「ハンナはしばらく眠っているさ。公園を少し歩いて、川へおりるだけだ。三十分ぐらいで帰れる」

「母さんのそばにいようと思ってたの」

「エリーのそばにはギデオンがいるよ。もちろん、行きたくないなら無理にとは言わない。もしもいやなら――」

「いやじゃないわ」ヘッティは急いでさえぎった。「一緒に散歩したい」

ヘッティは自分の頬が染まるのを抑えようとしたが、うまくいかなかった。プレストンでは、若い娘が公園を散歩しようと誘われたら、それは一生をともにしようという申し出を受けたのと同じことなのだ。

「出かけるからハンナのことを見ていて、とジェニングス夫人に頼むわ。ハンナが目を覚ましたとき、誰もそばにいないのは可哀想だもの」


肌寒いといけないから上着を持っていこうか、とひとしきりジョンが世話を焼いたあと、ふたりは外に出た。夏の夕方は明るく、暖かかった。西の地平線に近づいた太陽が、広場に長い金色の影を投げている。ふたりは昔と同じように並んで公園へと足を向けた。

でも、昔のわたしは、きっとジョンの横で飛んだり跳ねたりしていたわ。ジョンの腕を取って歩いたこともあったかもしれない。ヘッティは公園に入りながらそう思った。

ジョンも同じことを考えていたらしく、こう言った。「腕を組もうか、ヘッティ。ここから川までは急な下り坂だ。きみが転がり落ちると困る」

「ロンドンのハイドパークにいるとき、この公園のことをよく思い出したわ」ヘッティはジョンが差しだした腕に手をぐらせながら言った。「わたしたちのアヴェナム公園のほうが好き」

「ああ。アヴェナムはいい公園だ」ジョンはゆったりと答えたあと、話題を変えた。「ヘッティ、きみのデビューの日にアデルフィ・ホテルに行かなかったのは、理由があったんだ。でも、エリーとギデオンにはきみにそれを話さないように頼んだ」

それはどういう意味？　ヘッティは下り坂で足を止め、そう問いただしたかった。でも、ジョンは歩きながらのほうが話しやすそうだ。

「きみを動揺させたくなかった。まあ、正直に言うと、あのときはぼく自身がすっかり動揺してて……」

「何があったの？」

「最悪の事態が起きたんだ。ひどい事故だった。訓練所の生徒のひとりが指示を無視して、ひとりで飛ぶだけの技術もないのに飛行機に乗って空に舞いあがった。それも、三人も仲間を乗せて。駅に行く途中でエンジン音を聞いて、空を見上げると……」

ジョンが片手で目を拭うのを見て、ヘッティは彼の腕に置いた手に力をこめた。

「その飛行機は格納庫に落ちた。ジムがなかにいたんだ」

「ジムが？」ヘッティはショックを受けて口走った。

「ひとりも助からなかった。若い生徒たち四人も、ジムも」

「ああ……ジョン」

「エリーたちに口止めしたのは、きみの喜びを、せっかくのデビューを台無しにしたくなかったからだ。でも黙っていたことで苦しめたのだったら謝るよ」

「ジョン」ヘッティは涙ぐんで繰り返した。「そんなときにも、わたしの気持ちを考えてくれたなんて。あのころのわたしは、自分勝手で甘やかされた、愚かな子どもだったんだわ」

「自分勝手なんかじゃなかったさ」

「いいえ、わたしは自分のことしか考えていなかった。でも、いまはもう少し賢くなったと思いたい。たいへんだったのね、ジョン。ジムは親友だったのに。ジムもその生徒たちもお気の毒に」

ふたりは川の土手に到着したが、ジョンはまだヘッティの腕を離そうとはせず、ヘッティも彼の腕を取りつづけた。

こうしてジョンとここにいることが、とても正しい気がする。まるでずっとこの瞬間に向かって生きてきたようだった。

「きみに話したいことがたくさんあるんだよ、ヘッティ」

「わたしも」

「ぼくを許してくれる？」

「キスしたことを？」ヘッティはついそうからかっていた。

ヘッティを見返すジョンの瞳に笑いがきらめく。

「許してくれたら、またキスしたくなるかも」

「だったら、許してあげるかもしれない」ヘッティは消え入りそうな声で答えた。

32

「ここにいたの、母さん」

ヘッティは自分が抱いていた三カ月になるハンナを、なれた手つきで母の腕のなかに移すと、暗褐色の豊かな巻き毛をなでて赤ん坊に笑いかけてから、母の枕を叩《たた》いて空気を入れた。

「ああ、ヘッティ、あなたがいなかったらわたしたち、どうしていたかしら」母が感謝の笑みを浮かべてハンナを抱き、ヘッティの手をそっと握りしめた。「見て、ハンナがあなたを見ているわ」

「母さんがハンナの世話ができるほどよくなれば、ちゃんと母さんを見るようになるわ」ヘッティは優しく言った。

母は危うく死にかけたのだ。実家に戻ってからの二週間のことを考えると、いまでも体が震える。いつ母が死んでしまうかと怖くてたまらず、なんとしても死神を追い払わなくてはと、ハンナのベビーベッドをすぐ横に置いて暇さえあれば母のそばに座り、死なないで願いつづけたのだった。

父も、頻繁に訪れるようになったジョンも、そんなヘッティを優しく叱り、一家全員がヘッティを頼りにしているのだから体を壊したら困る、少しは休め、と促した。でも、ヘッティは無視した。

体の奥にある直感のようなものが、ベッドのそばで母を見守れ、みんなが母をどれほど必要としているかを訴えつづけろ、と告げていたのだった。

母の熱がさらに高くなった夜、バーンズ医師はこれ以上できることは何もない、と沈痛な表情で告げた。ヘッティはハンナを母のぐったりした腕のなかに置き、赤ちゃんには母親が必要なのよ、と耳元で囁《ささや》きつづけた。

「母さんはわたしをひとりにしなかった。小さなハンナをひとりにしないで。この子には母さんが必要なのよ。わたしも……みんなが母さんを必要としてるの……」

次の朝、母の熱はさがりはじめた。これは奇跡だ、とバーンズ医師は言った。

そしていま、まだ本調子でないとはいえ、母は危機を脱し、回復しつつある。

「ハンナは男の子たちのどっちにも似ていないわね。母さんにも父さんにも似ていない」

エリーは巻き毛をなでながらほほ笑んだ。

「この髪はわたしの父譲りよ。目も父にそっくりだわ。顔立ちはジョンが赤ん坊のころにそっくり。でも、愛らしいオリーブ色の肌は、きっとイタリア人だったギデオンのお父さんのものね。こんなに美しい娘ふたりに恵まれるなんて、わたしは幸せ者だわ。いちばん幸せなのはハンナね。とても愛してくれるお姉さんがいるんですもの」

ヘッティは涙が目の奥を刺すのを感じた。「母さんの娘が生まれたら、やきもちを焼くんじゃないかと心配だったの。だって、わたしは母さんと血が繋《つな》がっていないんだもの。でも、この子を見たとき、ここで感じた」ヘッティは胸に手をあてた。「わかったのよ、この子を心から愛してる、って」

「わたしもあなたを見たときに同じように感じたのよ、ヘッティ」母は優しい笑みを浮かべてヘッティの手を取った。「これはわたしたちが持っているとても特別な贈り物。この愛——母と娘、姉妹どうしの愛はね。ハンナはあなたの愛がなければ死んでいた。わたしもきっと……」

「母さんがわたしを愛してくれなければ、わたしも死んでいたわ」

「あなたはわたしの大事な娘。もうすぐロンドンへ戻ってしまうと思うと、とてもつらいわ」

ヘッティは母の手から手を引っこめた。「もうロンドンには戻らない。プレストンにいることにしたの」

エリーはぱっと顔を輝かせ、それから曇らせた。

「でも、ヘッティ。歌はどうするの？　昔はともかく、あなたにとって歌がどれほど大きな意味を持っているか、いまはわかっているつもりよ」

「物事は変わるわ、母さん。いえ、変わったのはわたしの気持ちかもしれない。歌と舞台がとても輝いて見えたこともあるけれど……」

　仲間の顔が目に浮かんだ。スタンと一緒にいたくてロンドンの舞台に背を向けたバブス。血の気の失《う》せた顔で自分の不幸を打ち明けたメアリー。この手のなかで冷たくなっていったエディ。

「歌うのはどこでもできるわ。でも、家族といられるのはここだけ」

　エリーはヘッティを見た。「詮索するつもりも、あなたにつらい思いをさせるつもりもないのよ。でも、手紙によく名前が出てくる人がいたから、てっきり……」

「ええ、わたしはジェイに恋をしていたと思う」ヘッティはため息をつき、静かな声で認めた。「だけど彼には奥さんがいるの。ジェイはわたしを大スターにしたいと言ってくれた。わたしも少しのあいだはそれが自分の望みだと思ったわ。でも、たとえ彼が独身で、わたしと結婚したいと望んだとしても……」ヘッティは言葉を切り、続けるまえに首を振った。「結婚したかどうかわからない。わたしがなぜ実家に戻らなくてはならないか、母さんのそばにいなくてはならないか、ジェイはわかってくれなかった」

　ヘッティはハンナの頭越しに母と目を合わせ、それ以上何も言わなくても心が通い合うのを感じた。

「これからどうするか、考えていたんだけれど……ブラウン先生がそろそろ引退したいから、先生の生徒を教えてはどうかとおっしゃってくださったの」

「あなたはそうしたいの？」

「ええ。舞台で歌った経験や、ロンドンで一流の先生について学んだ経験から、教えられることはたくさんあると思う」ヘッティは熱意をこめて言った。「プロとして舞台に立ちたければ、歌だけじゃなくダンスを学ぶ必要もある。それに、オペラ歌手になる道もあるのよ。それはわたしには教えられないけれど、ふさわしい教師を見つけることはできるわ」

　エリーはあきれたように笑いながら首を振った。「まあ、野心的な計画だこと。本当にあなたはギデオンの娘だわね」

　ヘッティも笑った。「父さんにはもう話したの。そしたら教室に使えそうな場所を探してくれるって」

「ああ、ヘッティ。とてもすばらしい知らせね。まずジョンがプレストンへ帰ってくる。今度はあなたもここに留《とど》まってくれるなんて」

　ヘッティは赤くなったのを見られたくなくて、かがみこんでハンナの顎をくすぐった。

　わたしが歌と踊りを教える教室をプレストンで始める計画を立てたのは、ジョンがこの街に帰ってくるからじゃない。プレストンに戻ることにした、とジョンに告げられたとき、嬉《うれ》しくて心臓が早鐘のように打ったとしても。

生死の境をさまようエリーへの思いが、半年前には想像もできなかったほどジョンとヘッティの気持ちを近づけたのだった。ジョンは心を開いて自分の不安や心配を打ち明け、ヘッティも同じように自分の心を口にした。嬉しいことに、いまではジョンはヘッティを一人前の大人として認め、あらゆることを話してくれる。

ジョンが親友の死に感じている罪悪感を苦しそうに語ると、ヘッティはエディのこと、エディが死んだときのことを泣きながら話した。

「たくさんの人が、エディの生き方を非難するけれど、エディの愛はほかのみんなと同じように真実そのものだったのよ、ジョン。あれほど純粋な愛を汚れたものだと決めつけるのは、間違いだとしかわたしには思えない。でも、あなた違うみたいね」ヘッティは黙っているジョンに囁くように言った。

ジョンはヘッティの手を取った。「ほかの人間を裁く権利は、ぼくにはない。何も言わなかったのは、きみの思いやりと洞察力の深さに心打たれたからだ」

ふたりはメアリーのこと、レディ・ポリーのことも話した。

「レディ・ポリーを愛していたの、ジョン？」ヘッティは思いきって尋ねた。

「友人としてね。それに、気の毒で見ていられなかった。あんなに情熱的で、与えるものがたくさんあった女性が……。きみはジェイ・ダルハウジーを愛していた？」

「そう思っていたわ。愛したいと思った。ジェイといるとすべてが可能に思えた、すばらしくきらめいて見えたから。でも、そのきらめきの下には何もなかったの」ヘッティは悲しい顔で付け加えた。「わたしがなぜ実家に戻らなくてはならないか、ジェイには理解できなかった。それをわかってくれない人を愛することなんてできない」

「きみは短いあいだにずいぶん成長したね、ヘッティ。そしてぼくが最も恐れていたことを実現した」

「どういう意味？」ジョンの言葉が理解できず、ヘッティは尋ねた。

「少しまえ、ぼくはきみが成長するのをじれったい思いで待っていたんだ。愛している、と告白できるように。ところが、実際に成長しはじめると、ぼくを追い越していってしまいそうで怖くなった。だから歌手になってほしくなかったんだよ。だが、きみはぼくを追い越して……」

「いいえ、それは違うわ」ヘッティは訴えた。「わたしはずっとあなたを愛していたのよ、ジョン。ずっと昔から」

この言葉が口をついて出たとたんに、まさしくそのとおりだと気づいてヘッティは驚きに打たれた。

そしていま、ヘッティのように、ジョンもプレストンに戻ることに決めた。ヘッティはそれを誰よりも早く打ち明けられていたのだった。

ドアを開けてくれたトムにうなずいて家のなかに入ると、ジョンはほっと息を吐いた。ギデオンとエリーの家は、昔から第二のわが家のようだったのだ。ありがたいことに、何もかも姉のエリーが元気だったときのままだ。

半年まえは、ヘッティがこの家を姉に代わって切り盛りできるとは思いもしなかっただろう。だが、ヘッティはびっくりするほどすんなりとその役をこなしている。ポリーの悲劇的な死と危うくエリーを失いかけたつらい経験のあととあって、安らぎを与えてくれるこの家の落ち着いた雰囲気は、ジョンにとってはオアシスだった。

蜜蝋《みつろう》の家具磨きの香りと、生花と陽射《ひざ》しのにおいがする廊下に立ち、彼はほほ笑んだ。

ハンナは母にミルクを飲ませてもらっているあいだも、じっとヘッティを見ていた。

なんて可愛《かわい》いの。でも、ハンナは母さんの子、わたしの子じゃない。ヘッティは自分にそう言い聞かせ立ちあがった。

「キッチンに行ってくるわ。ジェニングス夫人から、時間ができたら来てくれ、って言われてるの」

ドアを開けたとたん、ハンナが泣きだした。自分を求めて泣く赤ん坊の声にヘッティは胸をよじられるような気がした。でも、ハンナは母さんの子よ。母さんは一時期から比べるとだいぶ回復したのだから、母さんになつくようにしないと。

理屈ではわかっているが、涙がこみあげてくる。それを瞬《まばた》きして払い、ヘッティは急いで階段をおりていった。すっかりハンナのことに気をとられていたせいで、ほとんどおりきるまで、ジョンが見えなかった。

ジョンが見えたとたん、ヘッティは足を止め、速まる鼓動を抑えるように胸に手をあてた。

「ジョン、たったいま母さんとあなたの話をしていたところ」

「悪口じゃないといいが」ジョンはからかうように言ってから、少しためらい、早口で続けた。「ヘッティ、きみに言いたいことが……」

表玄関のドアが勢いよく開き、ふたりの弟がフィリップと一緒に入ってきた。

「ヘッティ、今度の休みにお祭りがあるんだって。掲示板に貼ってある。ぼくらは射的をやって、景品をとるんだ。ねえ、一緒に行く？　ぼくらと――」

「もう、大騒ぎね」ヘッティは笑いだした。「お祭りと射的のことは父さんに訊《き》いてからよ。父さんは外出中」

「だったら、二階に行って母さんに訊いてくる」

「ちょうどジンジャー・ブレッドが焼けたところよ。ジェニングス夫人に頼めば、もらえるかも。それを食べてるうちに父さんが帰ってくるわ」

歓声をあげてキッチンへ向かう三人を見送りながら、ジョンが笑いながら言った。「たいしたもんだ。うまくあいつらをキッチンに追いやったな」

ヘッティも笑った。「あの子たちは大好きだけれど、母さんにはまだ休養が必要だもの」

ジョンは手を伸ばし、ヘッティの手を取った。「適切な時と場所を選ぶべきかもしれないが、もう待てないんだ。ヘッティ……辛抱強く待てば、きみがぼくの愛を返してくれる日がいつか来るだろうか？」

「ジョン、言ったでしょう？　もうあなたを愛しているって」ヘッティは消え入りそうな声で言い、ジョンを見上げて付け加えた。「実際、ずっと昔から愛していたんだと思う。わたしが愚かだったせいで気づかなかっただけ。でも、歌いたいと願ったことも、舞台に立ったことも悔やんではいないわ。その経験で学んだことも」

「もちろんだ。後悔なんかしてほしくない。人の生き方は変わっていくものさ。ぼくたちは両親の生きた時代とはまるで違う時代を生きているんだ。それに、きみとぼくは……誰よりも親しい人たちすら経験しなかったことを知り、見てきた。ぼくたちが育った世界から出て、新しい、異なる世界へ足を踏み入れた。そしてさまざまな経験で学び、ここに戻ってきた」ジョンが深い想《おも》いにかすれた声で言った。「愛してるよ、ヘッティ」

「わたしもよ、ジョン」

「ぼくと結婚してくれる？」

「ええ……喜んで」

ヘッティがジョンの広げた両手のなかに飛びこみ、ふたりの唇が重なる。

しばらくして、リチャードが叫ぶ声がした。「フィリップ、ジョンとヘッティがキスしてるよ！」

訳者あとがき

　本書『カナリアが見る夢は』は、ペニー・ジョーダンのプライド家シリーズ、『この愛を諦め』『情熱と裏切り』に続く三作め、完結編です。一作めのエリー、二作めのコニーに続き、本書ではエリーが養女として三歳から育てたヘンリエッタ（ヘッティ）がヒロイン。歌手となる夢を実現するため都会に出ていくヘッティに、幼いころから彼女を妹のように可愛《かわい》がってきたエリーの弟ジョンと、甘い歌声に惚《ほ》れこんで後ろ盾となり、純情なヘッティに魅せられていくアメリカ人の実業家ジェイ・ダルハウジーがからみ、物語が展開します。

　エキゾチックな美しさと美声に恵まれたヘッティは、大好きな歌を歌うために養父母エリーとギデオンのもとを離れてリバプールへ。まだお金をもらって歌う女性が蔑視される時代とあって、エリーは最初反対するのですが、妹コニーのように家を飛びだすのを心配した夫ギデオンの説得でしぶしぶ許すことに。でも、いつしかヘッティを男として愛するようになっていたジョンは、リバプールのホテルで歌うことに反対し、ジョンに褒めてもらいたい一心で〝仕事用〟のドレスを着たヘッティにも、つい怒りをぶつけてしまいます。そんなふうにふたりの心はすれ違うばかり。やがてヘッティはミュージカルに資金を出しているアメリカの実業家ジェイの目に留まり、オペレッタの準主役に抜擢《ばってき》されてロンドンへ、ジョンにとってはますます遠い存在になっていくのでした。

ヘッティの歌声はロンドンでも称賛され、思いもかけない大成功に気をよくしたジェイはすっかりヘッティに惚れこみ、新作を引っさげてブロードウェイへの進出を計画しはじめます。既婚者であるジェイの愛人になることにためらいを覚えながらも、ヘッティは少しずつ官能を刺激され、たくみに口説かれて、ジェイを受け入れようという気になっていくのでした。

脇役として登場する、柄は悪くても気のいいコーラスガールたちが、物語に彩りを添えています。堅実な娘や、貴族との結婚を望む野心的な娘、コカインに手をだし転落していく娘。また、男どうしの愛に身を滅ぼしていく若者の悲劇。舞台で成功をおさめるヘッティの周囲に起こるさまざまな出来事。一方、親友を悲劇的な事故で失い、深い罪悪感にかられながら、思いきって南部に移り、新たな人生を切り開こうとするジョンは、伯爵である友人の妹に好意を寄せられて……。

著者ペニー・ジョーダンはすでにご存じのようにロマンス小説の大御所。一九四六年にペネロープ・ジョーンズとして、イギリスのランカシャー州プレストンに生まれ（本書を含むプライド・シリーズのルーツです！）、二〇一一年の大晦日《おおみそか》に惜しまれてこの世を去るまでに、二百冊以上のロマンス小説を残しています。同じロマンス小説でもジャンルによって名義を使いわけており、本書のような歴史ロマンスは、邦訳ではペニー・ジョーダン名義ですが、実際は母親の旧姓であるアニー・グローブス名義で書かれています。

華やかなショー・ビジネスの世界の裏側に入り乱れる思惑のなか、果たしてヒロインは、アメリカ人実業家の愛人となり、ブロードウェイでスターとなる道を選ぶのか？　それとも、愛する家族のもとで幸せを見つけるのでしょうか？

愛らしく優しいヘッティが真の愛をつかむまでの物語、どうぞお楽しみください。

二〇二一年九月

佐野　晶

訳者紹介　佐野 晶

東京都生まれ。獨協大学英語学科卒業。友人の紹介で翻訳の世界に入る。富永和子名義でも小説、ノベライズ等の翻訳を幅広く手がけている。主な訳書に、エリザベス・ローウェル『いつかあの丘の果てに』、アン・スチュアート『欺きのワルツ』、ジーナ・ショウォルター『オリンポスの咎人 ルシアン』(以上、mirabooks)がある。

mira

カナリアが見《み》る夢《ゆめ》は

2021年9月15日発行　第1刷

著　者　ペニー・ジョーダン

訳　者　佐野《さの》 晶《あきら》

発行人　鈴木幸辰

発行所　株式会社ハーパーコリンズ・ジャパン
東京都千代田区大手町1-5-1
03-6269-2883(営業)
0570-008091(読者サービス係)

印刷・製本　中央精版印刷株式会社

定価はカバーに表示してあります。

Printed in Japan
ISBN978-4-596-01259-3

カナリアが見る夢は

ペニー・ジョーダン
佐野晶 訳

HETTIE OF HOPE STREET
by Penny Jordan
Translation by Akira Sano

mira

HETTIE OF HOPE STREET

by Penny Jordan writing as Annie Groves

This edition is published by arrangement with HarperCollins Publishers Limited, UK

Published by K.K. HarperCollins Japan, 2021